Riedlingen, 10. Mai 2017

Projekt Goliath

Für Klaus,

viele spannende Lesestunden!

Matthias Bürgl

Danksagung

Besonders danken möchte ich meiner Frau und meiner Familie, die mir nicht nur den Rücken frei hielten, sondern auch für ihre Unterstützung und aufmunternden, bestärkenden Worte.
Danke, mein Sohn, für Deine Expertise und Überarbeitung der fachbiologischen Hintergründe. Ebenso meiner Lektorin Karin Krauer-Arpagaus und meiner Tochter für die Gestaltung des Covers.

Der größte Dank jedoch gilt Ihnen, liebe Leserinnen und Leser, dass sie sich für den Kauf meines Romans entschieden haben.
Ich wünsche Ihnen viel Spaß und spannende Lesestunden!

MATTHIAS BÜRGEL

Projekt Goliath

FSC
www.fsc.org
MIX
Papier aus verantwortungsvollen Quellen
Paper from responsible sources
FSC® C105338

Bibliografische Information der Deutschen Nationalbibliothek:
Die Deutsche Nationalbibliothek verzeichnet diese Publikation in der Deutschen Nationalbibliografie; detaillierte bibliografische Daten sind im Internet über http://dnb.dnb.de abrufbar.

 email: projekt_goliath@yahoo.com
www.projekt-goliath.de

Illustration: ***Matthias Bürgel***
Cover-Design: ***Shirin Bürgel***
Lektorat: ***Karin Krauer-Arpagaus***

Herstellung und Verlag: BoD – Books on Demand, Norderstedt

ISBN: 978-3-741-211386

Anmerkung des Autors

In diesen Roman flossen meine Erfahrungen und Kenntnisse meiner langjährigen, polizeilichen Praxis und meinen Auslandseinsätzen ein.

Das Europäische Seuchenschutzzentrum (ECDC) ist eine real existierende Einrichtung der europäischen Union. Ebenso handelt es sich bei den Handlungsorten um reale Orte.

Ähnlichkeiten mit lebenden Personen wären rein zufällig und nicht beabsichtigt.

Dieses Buch erhebt keinen Anspruch auf Faktizität, obwohl reale Unternehmen erwähnt und realistische Abläufe thematisiert werden, die es so oder so ähnlich geben könnte.
Die beschriebenen Personen, Begebenheiten, Gedanken und Dialoge sind fiktiv.

Prolog

Juan dos Santos Alvarez kotzte sich, als würde sich sein Innerstes nach außen kehren, die Seele aus dem Leib. Jedes Mal, wenn er glaubte, es ginge wieder, überkam ihn ein neuer Brechreiz. Er würgte und sein Magen zog sich schmerzhaft zusammen. Hustend spuckte er, wie er annahm, die letzten Reste seines Mageninhaltes, gemischt mit bitterer Galle, aus.

Ein Gemisch aus Blut und Erbrochenen rann zäh in den Ablauf des Edelstahlwaschbeckens. Seit gut einer Stunde belegte er nun schon die Bordtoilette. Die Anweisungen des Flugkapitäns, die Plätze wieder einzunehmen, die Anschnallzeichen und Anweisungen der Bord Crew zu befolgen, hatte er ignoriert. Es war ihm in seinem Zustand einfach nicht möglich seinen Platz einzunehmen und nach einiger Zeit war auch das wütende Klopfen der Purserin verebbt. Sie befanden sich im Landeanflug auf Madrid. Es kostete seine ganze ihm verbliebene Kraft sich gegen die Schwerkraft, des sich im Sinkflug befindlichen Jets zu stemmen.

Vor vierzehn Tagen hatte ihn seine Firma, als leitenden Ingenieur für Energieanlagenbau, zu Verhandlungen nach Sierra Leone geschickt. Verhandlungen über den Bau eines Solarparks, welche dem Land weitere sechs Megawatt Leistung bringen und so die Stromversorgung Sierra Leones sichern sollten. Die Gespräche gestalteten sich zäher als erwartet. Schon beim ersten Treffen mit den verantwortlichen Projektleitern in Freetown wurde ihm bewusst, dass es ihn, bzw. seine Firma einiges kosten würde, den Vertrag für den

Bau des Solarparks an Land zu ziehen.
Er machte großzügige Geschenke, führte sie zum Essen in die gediegensten Restaurants Freetowns aus und Abend für Abend feierten sie mit Edelnutten in einem teuren Nachtclub unweit des Regierungsgebäudes. Nach neun Tagen hatte er sie schließlich so weit, dass sie die Verträge unterzeichneten.
Der größte Abschluss seiner Karriere.
Der Vorstand in der Madrider Zentrale war mehr als zufrieden. Gerne hätte er seinen Erfolg gebührend gefeiert, aber als er schließlich in sein Hotelzimmer zurückkam fühlte er sich matt und fiebrig. Er schrieb es den langen Tagen und noch längeren Nächten der vergangen zwei Wochen zu und entschied, sofort nach seiner Ankunft in Madrid seinen Erfolg ordentlich zu feiern.
Plötzlich durchfuhr ein Ruckeln die Maschine als diese mit quietschenden Reifen auf dem Rollfeld des Madrider Flughafens aufsetzte.
«Herrgott, reiß´ Dich zusammen, Juan!», ermahnte er sich wandte sich dem Spiegel zu. Sein Gesicht war fahl und wächsern, dunkle Ringe unter den Augen. Mit beiden Händen spritze er sich, so gut es ging, Wasser in sein Gesicht, während die Maschine rapide an Geschwindigkeit verlor und eine langgezogene Kurve beschrieb. Beinahe hätte er das Gleichgewicht verloren. Gerade als er sich das Gesicht trocken getupft und die Krawatte zu Recht gerückt hatte, kam das Flugzeug mit einem sanften Ruck zum Halten. Er wandte sich der Türe zu und griff nach der Entriegelung.
«Por Dios…», fluchte er. Ungläubig betrachtete er das Blut an seinen Händen.

Sich langsam seinem Spiegelbild zuwendend erschrak er zu Tode.
Blut troff aus seinen Augen, das in dicken, zähen Tränen seine Wangen hinab lief, ebenso rannen kleine Rinnsale Blutes aus seinen Ohren. Als er an sich hinunter blickte hatte sich eine Pfütze schmutzig, braunen, übel riechenden Blutes zu seinen Füßen gebildet, welches warm an seinen Beinen hinunter lief. Eine Angst, die er noch nie gespürt hatte überkam ihn. Todesangst! Die enge WC-Kabine begann sich wild um ihn zu drehen. Schien schlagartig alle Konturen und Farben verloren zu haben. Ihm wurde schwarz vor Augen. Verzweifelt versuchte er irgendwo Halt zu finden, seine Hände griffen jedoch ins Leere.
Juan dos Santos Alvarez verlor das Bewusstsein und schlug hart auf der Toilette auf. Die Welt wurde dunkel.

Solna - Stockholm

Der Verkehr floss zäh an diesem Morgen. Patrick Sprenger scherte abrupt aus der Kolonne aus und lenkte den Wagen an den rechten Straßenrand. Wie jeden Morgen hielt er an dem kleinen Laden in der Torsgatan, um sich einen Cappuccino und eine deutsche Tageszeitung zu kaufen.

Hell bimmelte die kleine blaue Glocke über der Türe, als er die Ladentüre öffnete. Er mochte das Glöckchen. Es war so nostalgisch wie der Rest des Ladens. Es war, wie man sich einen Tante-Emma-Laden vorstellte. Auf einem Regal hinter dem Tresen standen verschiedene Tiegel, Dosen und Gläser mit Gewürzen, von denen er nicht mal die Hälfte kannte. Es roch nach frisch Gebackenem.

Aus dem Hinterzimmer trat eine ältere Frau, die ihn freundlich anlächelte, als sie ihn erkannte.

«Guten Morgen!», trällerte sie auf Englisch. «Wie jeden Morgen?»

Sie wusste mittlerweile, dass er kein Schwedisch sprach.

«Ja gerne eine Frankfurter Allgemeine», bat er. Er beobachtete, wie sie geübt und mit flinken Fingern die alte Kolbenmaschine bediente. Sie schäumte die Milch auf, während sich der Kaffee grunzend und gurgelnd in einen Pappbecher unter dem Kolben ergoss. Routine und festgefahrene Rituale waren ihm eigentlich zuwider, aber der morgendliche Besuch in diesem Laden war in den letzten Monaten für ihn zu einer festen Gewohnheit geworden, die nur durch die Wochenenden unterbrochen wurde. Es war dort ausgesprochen heimelig und es linderte sein Heimweh, das er in den letzten Wochen phasenweise verspürte. Sie reichte ihm den Cappuccino über den Tresen und er stellte sich an einen der beiden Stehtische, die an einem der großen Fenster standen.

Gedankenverloren nippte er bedächtig an dem heißen Kaffee und beobachtete den Verkehr und die Fußgänger, die vorbei eilten.

Er würde sich schon an die neue Situation gewöhnen.

Das Heimweh würde nachlassen. Trotz der Euphorie und Freude, ans ECDC berufen worden zu sein, vermisste er seine Eltern und Freunde sehr. Vor sechs Monaten war er nach Solna gekommen. Nachdem er das Haus, das ihm das ECDC besorgt hatte, eingerichtet hatte, zogen Alina und Chloé zu ihm nach. Chloé war zur Welt gekommen, als er noch am Max-Planck-Institut in Tübingen an seiner Promotion arbeitete. Alina hatte ihr Studium bereits abgeschlossen und arbeitete halbtags als Lehrerin. Das Europäische Zentrum für Prävention und Kontrolle von Krankheiten war vermutlich aufgrund einiger seiner Publikationen in Fachjournalen auf ihn Aufmerksam geworden. Er hatte sich am Max-Planck-Institut nie unwohl gefühlt und sicherlich hätten sie ihm nach der Promotion eine lukrative Stelle angeboten, aber das Angebot des ECDC war einfach zu verlockend gewesen. Selbst Alina, der der Gedanke, ihre gewohnte Umgebung zu verlassen, ein Grauen war, musste eingestehen, dass das Angebot, für die größte und wichtigste Europäische Gesundheitsbehörde zu arbeiten, ungeahnte Chancen und Möglichkeiten eröffneten. Viele Abende hatten sie darüber diskutiert. Schließlich willigte sie ein, stellte aber die Bedingung, dass sie wieder stundenweise arbeiten wolle.

Eine Woche später teilte er der Direktorin des ECDC mit, dass er sich geehrte fühle und das Angebot gerne annehme. Schon wenige Wochen später, fand Alina eine Stelle an einer Deutschen Schule in Stockholm, an der sie fünfzehn Stunden die Woche Deutsch unterrichtete.

Das Hupen eines vorbeifahrenden LKW riss ihn aus seinen Gedanken. Er lächelte still in sich hinein. Nie hätte er gedacht, nach dem Studium eine solche Stelle zu bekommen. Seine größte Sorge galt immer seiner kleinen Familie. Würde er nach dem Studium in der Lage sein, sie angemessen zu versorgen? Durch die staatlichen Studien- und Lehrförderung waren natürlich beachtliche Schulden zusammen gekommen. Klar, es ging vielen Akademikern ähnlich, dennoch bereitete es ihm Unbehagen.

Ein Blick auf seine Uhr verriet, dass er noch genügend Zeit hatte.

Er würde das ECDC in weniger als 10 Minuten erreicht haben. Klimpernd ließ er einige Münzen in die Glasschale auf dem Tresen fallen und verließ den Laden.

Die Ladenbesitzerin lächelte ihm nach.

Damaskus – Syrien دمشق

- Einige Tage zuvor -

Er hatte soeben sein Nachtmittagsgebet beendet und setzte sich zufrieden im Schneidersitz auf das Sitzkissen. Es herrschte immer noch eine drückende Hitze, weshalb er sich gebot im Haus zu verweilen. Früher liebte er die Wärme, mittlerweile setzten ihm der Staub und die Hitze mehr zu, als er sich eingestehen wollte.

Wie immer zu den Gebeten waren der Lärm und das Treiben für eine kurze Zeit verstummt.

Aber bald würde das übliche Treiben auf den Straßen Damaskus´ wieder einsetzen und der damit verbundene Lärm aufbranden.

Er klatschte in die Hände und ein sehr junger Diener eilte in den Raum. «Hukka und Çay», raunte er.

Wenige Augenblicke später kehrte der Junge zurück und servierte seinem Herrn Tee und eine Wasserpfeife, welches er beides vorsichtig auf einem kleinen Holztischchen neben ihm abstellte sich wortlos entfernte.

Mit Daumen und Zeigefinger nahm er das Glas auf und atmete mit geschlossenen Augen den Duft des mit Ceylon Zimt aromatisierten Tees ein.

Er betrachtete die rissige, braune Ledermappe, die vor ihm lag.

Bedächtig öffnete er den Verschluss entnahm ihr einen Stapel Papier, den er sorgfältig vor sich ausbreitete.

An der Wasserpfeife saugend, studierte er die Unterlagen, die Salim ihm gemailt hatte. Vor ihm lagen mehrere Seiten engbeschriebenen

Papiers, Ausdrucke von Stadtplänen und Bilder mehrerer Gebäude. Er hatte Salim beauftragt, ihm so viel wie möglich an Informationen zu beschaffen und Salim hatte gute Arbeit geleistet.
Er blies den Rauch seiner Pfeife aus und nippte erneut an seinem Teeglas. Mit spitzen Fingern griff er sich eines der Fotos, die zu seinen Füßen lagen und studierte eingehend das Gesicht des jungen Mannes. Eine blonde, auffallend schöne Frau, stand eng an seiner Seite und hielt strahlend ein Kleinkind im Arm. Ein Lächeln spielte um seinen Mund. Nickend brummte er zufrieden.

Ravensburg

Froh, endlich zu Hause zu sein, warf David achtlos seinen Schlüsselbund auf die Bar in der Küche, streifte seine Umhängetasche ab und ließ sich im Esszimmer auf einem Stuhl nieder. Er beugte sich vorn über, um seine Stiefel aufzuschnüren. Etwas behinderte ihn. Ihm wurde bewusst, dass er noch seine Waffe trug und ärgerte sich, dass er vergessen hatte, sie auf der Dienststelle im Waffenfach zu verstauen. Seufzend erhob er sich, zog die Waffe aus dem Holster, ließ das Magazin aus dem Griff gleiten und verstaute sie im Tresor im Büro. Den Wandtresor hatte er schon während der Bauphase einmauern lassen.

Damals noch Beamter eines Mobilen Einsatzkommandos war es oft unvermeidbar, seine Dienstwaffe mit nach Hause nehmen zu müssen. Aber wohl war ihm nie dabei.

Er trat gerade aus dem Büro, als sich ein Schlüssel im Schloss der Haustüre drehte.

«Hallo Schatz!», schlug es ihm entgegen.

Seine Frau kam zwischen den Bezirken, in denen sie Post zustellte, oftmals kurz nach Hause, um noch einen Kaffee zu trinken.

«Hallo Schatz!», entgegnete David.

Sie küsste ihn. «Wie war Dein Nachtdienst?»

«Chaotisch!»

«Wieso, was war?» Sie betätigte den Knopf der Kaffeemaschine, die sofort zu brummen begann.

«In der Asylunterkunft in Ravensburg sind zwei Araber mit Messern

aufeinander los. Kaum waren wir dort fertig, haben sich dreißig Flüchtlinge in der LEA in Sigmaringen in die Wolle bekommen. Gab einige Verletzte. Nicht genug damit, hatten wir in der Oberschwabenklinik noch eine Krankenhausleiche.»
«Oje, dann gehst jetzt erst mal ins Bett. Du kannst mir ja heute Mittag davon erzählen. Ich muss auch gleich wieder los, ich habe viele Briefe heute und jede Menge Werbung.»
Sie hob die Tasse zum Mund. «David, wir sollten heute noch dringend einkaufen!»
«Hm», brummt er müde.
«Ich muss los. Willst Du meinen Kaffee weiter trinken?»
Sie griff nach ihrer Jacke und verschwand so schnell, wie sie gekommen war.
Er saß noch eine Weile und blickte dumpf in die dampfende Tasse in seiner Hand. Seit über 25 Jahren war er Polizist mit Leib und Seele. Nach seiner Zeit beim MEK war er zunächst für acht Jahre Ermittler bei einem OK-Dezernat und wechselte vor drei Jahren zum Kriminaldauerdienst. Er hatte befürchtet, dass ihm die Umstellung vom Tages- auf den Schichtdienst mehr zu schaffen machen würde. Es war auch nicht der Schichtdienst, der ihm in der letzten Zeit an die Substanz ging. Tausende von Flüchtlingen waren in den letzten Wochen über Deutschlands Grenzen gekommen. Flüchtlinge aus Syrien, dem Irak, Eritrea, Somalia, Ägypten, Pakistan, selbst aus den Balkanländern, welche alle über die sogenannte Balkanroute, letztlich über Ungarn und Österreich, wie eine gewaltige Welle in Deutschland anbrandeten und das Land, nach Meinung vieler, schier überfluteten.

Keines der europäischen Länder war für einen Ansturm dieser Größenordnung gewappnet. Die Bundespolizei stieß personell seit Langem an ihre Grenzen und war nur noch mit der Registrierung der Flüchtlinge beschäftigt.
Es verging kein Tag, an dem nicht irgendwo irgendwelche Schleuser Flüchtlinge auf die Straße entließen und sie einem ungewissen Schicksal überließen. Deutschland war gespalten und in vielen schwelte eine diffuse Angst, die nicht recht zu fassen war. Hieß man die Flüchtlinge Willkommen, galt man als konform, äußerte man sich jedoch nur leise kritisch über die hohen Flüchtlingszahlen, oder brachte seinen Unmut zum Ausdruck, lief man Gefahr, politisch denunziert zu werden.
Die Angst war groß, nicht offensichtlich, aber doch latent vorhanden. Er konnte sich dieser Angst nicht entziehen. Obwohl seine Angst eine andere war. Mit den steigenden Flüchtlingszahlen schnellten in allen Bundesländern explosionsartig die Zahlen der registrierten Straftaten in die Höhe. Auf politischer Ebene wurde das natürlich negiert.
Die Zahl der Gewaltdelikte schlug hierbei besonders zu Buche. Was ihn so erschreckte war weniger die Quantität als vielmehr die Qualität der Delikte. Es erschütterte ihn, mit welch einer Brutalität und menschenverachtenden Grausamkeit hierbei vorgegangen wurde.
Immer häufiger erreichten ihn auch Berichte, in denen Frauen anzügliche Bemerkungen, bis hin zu sexuellen Beleidigungen, über sich ergehen lassen mussten oder gar sexuell angegangen wurden. Das alles machte ihm zu schaffen.

Stockholm

Salim klappte den Deckel seines Laptops zu. Ein zufriedenes Lächeln umspielte seine Lippen. Die Antwort auf seine Mail, mit der er die Dokumente verschickt hatte, war endlich eingegangen. Noch größere Freude bereitete ihm der Eingang des Geldes auf seinem Schweizer Online-Konto.

Salim saß in seinem Zimmer der kleinen Wohnung in den Hårdsgängen. Sie war nichts Besonderes und billig war sie auch nicht. Aber sie hatte den Vorteil, dass sie nur knapp zehn Gehminuten von der Uni entfernt lag. Die Wohnung teilte er sich mit einem anderen Studenten, einem Schweden, der irgendwo aus der Nähe von Malmö stammte. Vor 15 Monaten war Salim nach Stockholm gekommen, nachdem er ein Stipendium bekommen hatte.

Salim entstammte einer großen und angesehenen Familie.

Sein Vater war Kaufmann und hatte es mit dem Handel von erlesenen Gewürzen zu einem stattlichen Wohlstand gebracht. Sie lebten in Ithrat, einer kleinen Stadt nahe der jordanischen Grenze. Er hasste die Kleinstadt inmitten des Nirgendwo und war froh, als sein Vater ihn nach Riad schickte, um zu studieren. Von all seinen Brüdern galt er als der Vielversprechendste. Sein älterer Bruder würde bald in die Fußstapfen seines Vaters treten und dessen Geschäfte weiterführen, die anderen würden im Geschäft seines Vaters mitarbeiten. Salim war glücklich, Ithrat verlassen zu können. Er schrieb sich für Biologie ein und machte nach drei Jahren seinen Bachelorabschluss mit Auszeichnung, was ihm das Stipendium einbrachte.

Dies bot ihm die Möglichkeit, an einer europäischen Universität seiner Wahl seinen Master-Abschluss zu machen. Der Bereich der Humanbiologie, besonders die Epidemiologie, die Disziplin, die sich mit der Ursache und Verbreitung von Krankheitserregern beschäftigte, hatte es ihm angetan.
Salim war in Hochstimmung und überlegte, was er heute Abend tun könnte, als sein Handy klingelte.
«Salam Aleikum.»
«Aleikum salam, Bruder», grüßte Salim zurück.
Es war Ahmad, der an seiner Uni im vierten Semester Informatik studierte.
«Schon was vor heute Abend?», fragte Ahmad. «Ich will feiern. Und ich will ficken», entgegnete Salim.
«Dann lass uns ins Pet gehen», schlug Ahmad vor.
«Das Pet?» , entgegnete Salim.
«Eine Rock Bar in der Altstadt. Geiles Bier und geile Weiber, Bruder.»
«Dann sehen wir uns heute Abend?»
«Alles klar! Bis heute Abend.» Salim raffte seine Jacke und verließ die Wohnung.

ECDC Labor

Er stellte seinen Wagen auf dem noch leeren Parkplatz in der Nähe des Haupteingangs ab, betrat das Gebäude und chippte sich an einem der Terminals ein. Es ging hierbei weniger um die Erfassung der Arbeitszeit, als vielmehr um das Personalmanagement, um im Krisenfall sofort einen Überblick zu haben, wer alles im Hause war.
Die Direktorin des Zentrums gestattete ihnen die Arbeitszeiten sehr liberal zu gestalten. So gab es Kollegen, die, so wie er, sehr früh kamen und einige andere, die erst gegen neun oder zehn Uhr im ECDC eintrafen.
Er drückte auf die Taste am Fahrstuhl und die Türen glitten beinahe geräuschlos auseinander. Es war ein beeindruckendes Gebäude, neu und modern. Das ECDC war erst im Mai 2005 eröffnet worden. Nach dem Vorbild des US-amerikanischen Pendent, wurde die Europäische Seuchenschutzbehörde als Agentur der EU eingerichtet. Das ECDC war weltweit mit den bedeutendsten Laboren und Instituten vernetzt.
Seit neun Monaten leitete er nun schon die SRS Unit, die Surveillance and Response Support Unit.
Sein Team, bestehend aus acht Seuchenexperten, garantierte eine 24-stündige Bereitschaft, die im Fall des Ausbruchs einer unbekannten Krankheit, vor Ort entsandt würde, um die Krankheit zu spezifizieren und wenn möglich einzudämmen.
In den überwiegenden Fällen bekamen sie aus den europäischen Mitgliedsländern Proben zur Spezifikation übersandt, welche von

seinem Team analysiert, mit Datenbanken abgeglichen, katalogisiert und eingelagert wurden.
Der Job im ECDC hatte ihn von Anfang an gereizt. Die Vorstellung, in der reinen Forschung, in irgendeinem Labor zu versauern, behagte ihm nicht. Er wollte etwas Bedeutenderes, etwas verändern, etwas bewegen. Und die Möglichkeit zu reisen, kam ihm dabei noch zugute.
Die Lifttüren glitten auseinander und er betrat seinen Arbeitsbereich in der vierten Etage. Er tippte seinen achtstelligen Code in das Keypad und betrat sein Büro am Ende des Ganges, ein schöner, lichtdurchfluteter Raum.
Bedauerlicherweise war es ihm noch immer nicht gelungen dem Raum eine etwas persönlichere Note zu verleihen, außer einem Ficus, den er am Fenster platziert hatte. Er streifte sich das Jackett ab und drapierte es über die Lehne seines Bürosessels. Es war ungewöhnlich ruhig an diesem Morgen. Üblicherweise hörte man aus einigen Büros schon Stimmen oder Musik. Er nahm seinen Pappbecher mit dem mittlerweile lauwarmen Cappuccino und ging den Gang hinunter zum Sicherheitslabor. Hier herrschten wesentlich höhere Sicherheitsstandards. Mit seiner Key-Karte und der Eingabe eines weiteren zehnstelligen Codes öffnete sich klickend die Stahltüre. Der Laborbereich bestand aus einem großen fensterlosen Raum. Darin befand sich ein, durch dickes Sicherheitsglas getrenntes, Hochsicherheitslabor.
Es war an sich ein nicht mehr als acht mal acht Meter messender Glaskasten. Darüber befand sich ein spezielles Belüftungs- und Absaugsystem.

Dem Laborraum konnte quasi im Ernstfall die komplette Atmosphäre entzogen werden. Hier befanden sich diverse technische Laborgeräte, wie Brutschränke, Zentrifugen, Mikroskope und sterile Werkbänke.
Dem eigentlichen Laborraum vorgelagert, war ein Schleusensystem mit hochtechnisierten Dekontaminationsanlagen.
Als er den vorgelagerten Arbeitsbereich betrat, erkannte er durch die Panzerscheibe, zwei seiner Teamkollegen, die sich zu unterhalten schienen. Sie trugen blaue Vollschutzanzüge mit autarker Pressluftversorgung.
Er trat an die Scheibe und drückte die Sprechtaste der Gegensprechanlage.
«Guten Morgen P.A., guten Morgen Helena!», sagte er auf Englisch. Unisono kam ein «Guten Morgen» aus der Sprechanlage zurück. Helena winkte ihm lächelnd zu.
«Haben wir was?», fragte er.
«Mit dem letzten Kurier kam heute Nacht eine Probe aus Spanien.» In einer Madrider Klinik liegt ein Patient auf der Isolierstation. Die Ärztin, warte, eine Dr. Velasquez, vermutete einen Ebola Erreger. Zumindest deute laut Infektionsverlauf alles darauf hin.» P.A. blätterte durch einige Unterlagen. «Ja warte, hier. Patient nach Afrikareise in der Remissionsphase mit grippeähnlichen Symptomen eingeliefert worden. Stationäre Aufnahme erfolgt... bla, bla, bla..., Ausbildung von Petechien und Ekchymosen, dorsal und abdominal, hämorrhagisches Fieber mit Schleimhautblutungen und so weiter so fort. Deutet schon alles darauf hin», kommentierte P.A.
«Wie steht es um den Patienten?», erkundigte er sich.

«Nicht gut», entgegnete Helena. Er sei zwar stabil, aber laut Befund versagen nach und nach die Organe.»
Patrick nippte an seinem Pappbecher und verzog angewidert das Gesicht. Der Cappuccino war mittlerweile kalt geworden.
«Konntet ihr die virale RNA schon sequenzieren?»
Helena kam P.A. zuvor: «Wir haben die Probe vorhin schon aufgereinigt für eine RT-PCR. Die Reaktion läuft gerade und sobald wir so weit sind, starten wir die Gelelektrophorese. Erst anschließend können wir die Probe sequenzieren.»
«Ok», nickte Patrick zustimmend. «In was habt ihr die Lösung angesetzt?»
«Aufgereinigt in Chloroform und Isopropanol, gelöst in RNAse-freiem Wasser», schnarrte P.A. ´s Stimme aus der Gegensprechanlage.
«Gut, lasst mich wissen, wenn ihr so weit seid.»
Dieses Verfahren diente dem Zweck, den Virus anhand seiner genetischen Sequenz eindeutig zu identifizieren, die anders als bei Pflanzen und Tieren nicht in Form von DNA, sondern einer kompakteren Form, der RNA, vorliegt. Die virale RNA musste also erst einmal biochemisch in die stabilere DNA umgewandelt werden, damit die genetische Sequenz ausgelesen werden konnte.
Er wollte sich schon abwenden, als Helena gegen die Scheibe klopfte. Erneut drückte er den Knopf der Sprechanlage.
«Du gehst nicht zufällig in der Cafeteria vorbei?»
«Du Nervensäge!» lachte er. «Was willst Du denn, Du neunköpfige Hydra?»
«Die haben montags immer diesen leckeren Käsekuchen. Und der

ist mittags meistens schon ausverkauft. Bringst Du mir ein Stück mit?»

«Klar! P.A. willst Du auch was?»

Ohne von seinen Unterlagen aufzusehen, grummelte P.A. etwas, das er als «Nein» interpretierte.

Die Cafeteria lag nun nicht gerade zufällig auf seinem Weg. Aber er musste zugeben, dass der Käsekuchen aus der Cafeteria wirklich ein Gedicht war erst mit Helenas Erwähnung desselben bekam er Appetit darauf.

Er verließ das Labor und ging den Gang hinunter. Patrick mochte die beiden sehr. Helena, eine Griechin, die an der Piräus Universität in Athen studiert und in Biochemie promoviert hatte, war, wenn er sich recht entsann, bereits seit drei Jahren am ECDC. Über P.A., eigentlich Peer Arne Larsson, wusste er sehr wenig. Was er jedoch wusste, war, dass P.A. es hasste, Peer Arne genannt zu werden dass er einen sehr trockenen Humor hatte.

Der Schwede war ein Hüne und wirkte in den Laboren oft deplatziert. Patrick war der einzige Deutsche am ECDC. Er hatte seine Kollegen zu Beginn gefragt, ob jemand Deutsch spräche, was allgemein verneint worden war. Kaum zwei Wochen nachdem er am Zentrum angefangen hatte, sprach ihn P.A. eines Morgens auf Deutsch an. «Hey, Patrick. Hast Du eigentlich Haare in die Nase?»

Verdutzt und überrumpelt ob der Tatsache von P.A. auf Deutsch angesprochen zu werden, antwortete er: «Ja bestimmt, wieso?»

«Weil, ich hab welche am Arsch, die können wir ja zusammenknoten.» Im Labor brach schallendes Gelächter aus.

Auf die Frage, seit wann er denn Deutsch spreche, gab P.A. zurück,

dass «Das Boot» einer seiner Lieblingsfilme sei dies der einzige Satz auf Deutsch sei, den er könne.
Patrick gefiel P.A.´s Affinität für Filme, da er selbst ein großer Filmfan war. In den folgenden Wochen machten sie sich oft einen Spaß daraus, zu diversen Gelegenheiten Filmzitate zu rezitieren.
Die Lifttüren glitten auseinander.
Sein Handy piepte in dem Augenblick als er den Aufzug betrat. Eine Nachricht von Alina, in der sie fragte, ob er Zeit habe, kurz zu telefonieren.
Er wählte ihre Nummer und wartete auf das Freizeichen. Nach dem zweiten Klingeln hörte er ihre Stimme. «Hi Schatz. Alles klar bei Dir?»
«Ja, bei mir ist alles klar. Seid ihr gut aus dem Bett gekommen, ihr beiden?»
«Die Kleine war schon etwas quengelig heute Morgen und wollte sich nicht anziehen lassen.»
«Wann musst Du los?», wollte er wissen.
«Ich warte noch auf Arjona. Sie müsste jeden Moment kommen, dann fahre ich los.
Arjona war das Kindermädchen, das sie, seit Alina ihre Lehrtätigkeit an der DSS Schule in Stockholm aufgenommen hatte, für die wenigen Stunden engagiert hatten.
«Wie viele Stunden hast Du heute?»
«Nur vier Stunden Deutsch in zwei Klassen.»
«Gut, dann sehen wir uns heute Abend. Sollen wir essen gehen?»
«Oh ja, das wäre schön.»
«Prima, ich freue mich auf Dich. Ich liebe Dich und gib der kleinen

Maus einen Kuss von mir.»
«Das mache ich. Ich liebe Dich auch.»
«Bye, Schatz.»
Mit einem «Bing» kam der Lift zum Halt und die Türen glitten auf. In der Cafeteria bestellte er drei Stücke des Käsekuchens, da er vermutete, dass P.A. nicht würde widerstehen können, wenn er den Kuchen sah.
Zurück in seinem Büro angekommen, startete er den Rechner und wartete bis das Betriebssystem hochgefahren war. Sein Mailprogramm wies ihn auf den Eingang von 46 neuen Mails hin. Er startete das Programm und begann zu lesen.

Ravensburg

David hatte unruhig geschlafen, obwohl er um sieben Uhr völlig erschlagen ins Bett gegangen war, nachdem er den Kaffee seiner Frau noch ausgetrunken und eine Zigarette geraucht hatte. Es war kurz vor elf. Er überlegte, ob er sich noch einmal umdrehen sollte, entschied sich aber dagegen. Er würde eh nicht mehr richtig schlafen und wenn, Gefahr laufen, mit Kopfschmerzen zu erwachen.
Er schlug die Bettdecke zurück, zog den Rollladen nach oben und öffnete das Fenster. Es versprach ein schöner Tag zu werden. Ende September war das hier in der Gegend keine Selbstverständlichkeit. Durch den nahe gelegenen Bodensee gab es häufig Nebel, der sich hartnäckig zu halten vermochte, auch wenn andernorts die Sonne schien.
Er stieg die Treppe ins Erdgeschoss hinunter, betrat die Küche und startete die Kaffeemaschine. Er legte ein Kaffee-Pad in die Halterung, schob die Tasse darunter und drückte den Startknopf. Gurgelnd troff der Kaffee in die Tasse.
«*Die pfeift auch langsam auf dem letzten Loch*», ging es ihm durch den Kopf. Sie würden nicht umhin kommen, bald eine neue Maschine kaufen zu müssen.
Mit dem Becher Kaffee in der Hand setzte er sich auf die Teak-Bank vor dem Haus, zündete sich eine Zigarette an und inhalierte den Rauch. Er ließ den Blick durch den Garten schweifen. Der Rasen sollte mal wieder gemäht werden, die Hecken sollte man stutzen und das Unkraut schuf sich auch immer mehr Raum.

Er gemahnte sich, das in den nächsten Tagen zu erledigen.
Auf der anderen Seite drängte es ihn vielmehr, dass schöne Wetter für eine Motorradausfahrt zu nutzen. Er schaltete sein Handy ein checkte, ob er irgendwelche Mails bekommen hatte. «Immer diese scheiß Spam-Mails», brummte er missmutig.
Er öffnete seinen Messenger und schickte seinem Sohn eine Nachricht.
Die Antwort ließ nicht lange auf sich warten. «Klar können wir heute Abend telefonieren, Paps. Gegen 19 Uhr?»
Obwohl es keinen Tag gab, an dem sie sich nicht die eine oder andere Nachricht schickten, freute er sich sehr darauf, wieder seine Stimme zu hören.
Im Telefonbuch seines Handys suchte er die Nummer eines Kollegen heraus und wählte.
«Hey Piwi, hast Du Lust, ne Runde laufen zu gehen? Du hast doch auch frei heute, oder?»
«Prima, bis gleich.»
Pit Wilkens war ein Kollege von der Bundespolizei. Sie hatten sich 2000 im Auslandseinsatz im Kosovo kennengelernt. Pit, der aus Niedersachsen kam, war zu dieser Zeit noch bei der GSG9 in St. Augustin.
Beide hatten sie für eine kurze Zeit zusammen in einer Sondereinheit der UN-Polizei in Priština Dienst gemacht, aber irgendwie hatten sie sich nach dem Kosovoeinsatz aus den Augen verloren, bis sie sich nach fast vier Jahren zufällig in Konstanz bei einer Razzia auf eine Drogendisco wieder trafen. Pit hatte seine Dienstzeit bei der GSG9 altershalber beenden müssen und war auf eigenen

Wunsch hin nach Konstanz zur Grenzschutzinspektion versetzt worden. Er hatte schon immer Hunde geliebt und auch besessen, weshalb er sich beim Bundespolizeipräsidium zum Hundeführer ausbilden ließ.

Für die Razzia war er mit seinem Drogenspürhund angefordert und zugeteilt worden.

Piwi hatte über achtzehn Dienstjahre bei der Grenzschutzgruppe 9 zugebracht und in dieser Zeit viel erlebt und gesehen. David versuchte Piwi mehrfach beim einen oder anderen Bier zu überreden, von seinen Einsätzen zu erzählen.

Piwi lachte immer nur und sagte: «Ich könnte Dir natürlich davon erzählen, müsste Dich aber anschließend sofort liquidieren.»

David beließ es dabei, aber er wusste, dass Piwi in diesen achtzehn Jahren viel in der Welt herumgekommen war. Libyen, Tschad, Libanon, Saudi-Arabien, Jemen, Oman, Algerien, Somalia und Bolivien. Während er 2010 noch einmal für ein Jahr im Kosovoeinsatz war, hatte es Piwi 2011 und 2013 als Ausbilder nach Afghanistan verschlagen. In den beiden Jahren bildete er dort Sondereinheiten an der Polizeiakademie in Kabul aus.

Piwi war ein Brummbär der wenig redselig war und der nach seiner Scheidung vor einem Jahr, kurz nachdem er 2014 aus Afghanistan zurückkam, quasi in seine Nachbarschaft gezogen war. Er hatte schnell eine Wohnung gebraucht, da Piwi´s «Nachfolger» schon eingezogen war.

David konnte ihm ein paar Straßen weiter eine Wohnung vermitteln. Er leerte seinen Kaffee und ging ins Haus, um sich die Joggingklamotten anzuziehen.

Kaum, dass er in seine Laufschuhe geschlüpft war, klingelte es an der Türe.
«Na, alles fit im Schritt?» fragte Piwi breit grinsend als David die Türe öffnete.
«Nö», gab er zurück. «Aber Dir laufe ich allemal davon, alter Mann.»
Er zog die Türe hinter sich ins Schloss und sie liefen los.

ECDC

Es war fast Mittag als er alle seine Mails gelesen, weitergeleitet oder beantwortet hatte. Die meisten waren unwichtige oder für ihn bereits obsolet gewordene Meldungen.
Er lehnte sich in seinem Stuhl zurück und überlegte gerade, wohin sie heute Abend essen gehen könnten, als sein Telefon ihn aus seinen Gedanken riss.
«Sprenger», meldete er sich.
«Helena hier, die neunköpfige Hydra.» Er konnte sie förmlich grinsen hören.
«Hast Du meinen Käsekuchen?»
«Klar hab ich den. Hab ich Dich schon mal vergessen?»
Ihre Antwort war ein herzliches Lachen.
«Wo treffen wir uns?», fragte er sie.
Helena schlug vor, auf die Dachterrasse zu sitzen. Sie würde den Kaffee mitbringen.

Zehn Minuten später saßen er, Helena und P.A. auf der Dachterrasse. Der Sonnenaufgang vom Morgen hatte vermuten lassen, dass es ein milder, sonniger Spätsommertag werden würde. Irgendjemand hatte in der Vergangenheit vier Plastikstühle auf das Dach des Gebäudes gebracht. P.A., der die Dachterrasse für eine gelegentliche Rauchpause nutzte, hatte die Stühle entdeckt. Vermutlich waren diese schon seit Langem in Vergessenheit geraten.
Es war so, wie er vermutet hatte.

Als er den Kuchen aus dem Papier wickelte und P.A. sah, dass ein drittes Stück auf der Pappunterlage war, fingen seine Augen an zu leuchten.

«Dachte ich´s mir doch.» Er musste unweigerlich grinsen.

Er reichte jedem ein Stück Kuchen. Er fühlte sich unheimlich wohl in diesem Moment.

Sie genossen die Sonne, den Kuchen und den Kaffee, den Helena aufgebrüht hatte. Sie hielt nichts von Kapselkaffee oder Kaffee-Pads.

Sie war der Ansicht, dass Kaffee nur gut sein könne, wenn er aufgebrüht wurde.

Patrick konnte das nicht so gut beurteilen, da er eigentlich nicht der klassische Kaffeetrinker war. Klar, früh morgens nach dem Aufstehen, half es ihm auf Touren zu kommen. Zumindest bildete er sich das ein. Aber Helenas Kaffee schmeckte wirklich wunderbar.

«Wie weit seid ihr mit der Probe aus Madrid?», fragte er.

«Helena hat die DNA sequenziert. Die DNA des Virenstamms selbst hat mit dem Stamm des Ebola Virus, welches letztes Jahr in Guinea aufgetreten war, eine starke Ähnlichkeit. Ich habe sie mit allen vier den uns bekannten Stämmen abgeglichen. Der Stamm ist ähnlich, aber doch nicht derselbe», erklärte P.A.

Die Ebola Viren gehören zur Familie der Filoviridae, welche sich durch eine fadenförmige Struktur auszeichnen – hierzu wird auch das seltenere, aber mindestens genauso gefährliche Marburg-Virus gezählt. In der Vergangenheit hatte man die Viren ihrer Herkunft nach in vier Stämme, Sudan, Zaire, Elfenbeinküste und Reston, spezifiziert.

«Habt ihr schon eine Quantitative Analyse durchgeführt?», wollte er wissen.
«Ich habe bereits eine Zellkultur angelegt und sie mit dem Virus infiziert. In zwei Stunden sollten wir mehr wissen», entgegnete P.A.
«Hast Du die NCBI-Datenbank mal mit diesen Sequenzen durchsucht?»
«Ja klar», sagte P.A. «ich habe die Sequenzen in die Suchdatenbank eingegeben.»
«Und?»
«Dort bin ich leider nicht fündig geworden. Allerdings habe ich im hauseigenen Katalog über CLC eine Primärstruktur gefunden, die in ihrer Grundstruktur schon noch die des uns bekannten Ebola Erregers ist. Aber wie gesagt, anders.»
«Das müssen wir uns auf jeden Fall genauer anschauen», antwortete Patrick.
«Lasst uns ins Labor zurückgehen.»

Stockholm

Salim erwachte kurz vor 10 Uhr. Orientierungslos blickte er sich zunächst um, bis ihm gewahr wurde, dass er in seinem Bett lag. Er konnte sich beim besten Willen nicht mehr daran erinnern, wann und wie er nach Hause gekommen war. Entgegen seinen Gewohnheiten hatte er mehr getrunken, als er beabsichtigt hatte. Er erschrak, als er plötzlich eine Bewegung neben sich wahrnahm. Als er die Decke etwas zur Seite hob sah er einen blonden Haarschopf. Und noch viel weniger konnte er sich an diese fremde Frau erinnern, die da neben ihm nackt in seinem Bett lag und sich nun zu ihm umdrehte.

«Guten Morgen», sagte sie verschlafen.

Schweigend entstieg er dem Bett und watschelte nackt ins Badezimmer. Er klappte die Brille hoch und erleichterte sich. Da ihm schwindelig war, musste er sich mit einer Hand an der Wand abstützen.

Nachdem er gespült hatte, trat er vor den Spiegel und betrachtete kritisch sein unrasiertes Gesicht. Seine Züge waren fein geschnitten und er hatte einen dunklen orientalischen Teint. Seine Augen waren groß und von einem für seinen Volksstamm völlig untypischen blau-grün. Seine jordanische Mutter hatte blaue Augen, die sie selbst offenbar von ihrem amerikanischen Vater geerbt hatte.

Er kam sich selbst fremd vor ohne seinen Vollbart, den er über Jahre gepflegt hatte. Auch die Haare musste er sich kurz schneiden, was ihm jedoch leichter fiel, als sich den Bart abzunehmen.

Egal, bald würde er ihn wieder stehen lassen können.

Salim hatte sich freiwillig gemeldet, aber alles hier war ihm fremd, unwirklich und verhasst. Ihre ganze gottlose, frevel- und lasterhafte Lebensart. Und erst die ganzen ehrlosen, unzüchtigen Frauen.

Sie alle waren bloß dreckige Huren, die sich für ein paar spendierte Drinks und ein paar geheuchelten Komplimenten bereitwillig von ihm ficken ließen.

Sie alle waren nur Schweine, die sie schon in naher Zukunft zur Schlachtbank führen würden. Schon sehr bald.

Er wandte sich vom Spiegel ab und kehrte ins Schlafzimmer zurück. Das Pling seines Handys signalisierte ihm, dass eine Nachricht eingegangen war. Ohne die Frau in seinem Bett zu beachten setzte sich Salim auf die Bettkante und sagte «Raus!» Verwirrt sah sie ihn an. «Schau mich nicht so blöd an, verpiss Dich endlich.»

Hastig sprang sie aus dem Bett und raffte ihre Kleider zusammen, die überall im Zimmer verstreut lagen und verschwand im Badezimmer.

Er entsperrte sein Handy und las stirnrunzelnd die kurze Nachricht. «Sehr gut», murmelte er. «Jetzt endlich geht es los.»

Er öffnete seinen WhatsApp-Messenger und tippte die Nummer, die er auswendig kannte, in das Adressfeld. In das Textfeld schrieb er nur ein einziges Wort «إن شاء ال ل» - Inshallah. Dann drückte er auf senden.

Er sah aus dem Fenster und war von einer undefinierbaren Spannung erfüllt. Klackend fiel die Wohnungstüre ins Schloss. Die Hure war gegangen.

ECDC

Helena, P.A. und Patrick stiegen gerade die Treppe vom Dach ins Labor hinab, als sein Handy in seiner Tasche vibrierte. Er hatte es sich zur Gewohnheit gemacht, bei der Arbeit sein Handy auf lautlos zu stellen. Persönlich empfand er es als unhöflich, wenn in Gegenwart anderer ständig ein Handy klingelte oder ein Pling den Eingang von mehr oder weniger wichtigen Nachrichten verkündete. Er war kein Feind der modernen Kommunikationstechnik. Ganz im Gegenteil.

Er selbst nutzte die sozialen Netzwerke und diversen Messenger regelmäßig, um mit Freunden, Bekannten und seiner Familie in Kontakt zu bleiben.

Dennoch fand er es belästigend, wenn ständig irgendwelche Handys piepten.

Patrick entschuldigte sich bei Helena und P.A. und ließ sich etwas von den beiden zurück fallen. Er wischte über das Display und nahm das Gespräch an.

«Hey Schatz! Hast Du Sehnsucht nach mir?»

«Nein! Doch natürlich, aber deswegen rufe ich nicht an. Hat Arjona Dich angerufen und gesagt, dass sie mit Chloé raus geht?»

«Nein, wieso hätte sie das tun sollen?»

«Sie waren nicht da, als ich heim gekommen bin.»

«Hat sie keine Nachricht hinterlassen?»

«Nein», sagte Alina.

«Vielleicht machen die beiden nur einen Spaziergang, oder sind auf

den Spielplatz gegangen.»
«Hm, könnte sein. Naja, sie werden bestimmt bald da sein. «Duuuu», säuselte sie ins Telefon «ich freue mich schon sehr auf heute Abend und auf Dich. Soll ich Arjona mal fragen, ob sie heute Abend nochmal zwei oder drei Stunden auf die Kleine aufpassen kann?»
«Das wäre großartig. Ja, frag sie mal. Ich freu mich auch, Schatz. So wie es jetzt aussieht, werde ich auf jeden Fall pünktlich zuhause sein. Bis heute Abend.»

Ravensburg

Die letzten zweihundert Meter legten sie im Sprint zu Davids Haus zurück. David stieß einen triumphierenden Schrei aus, als er als erster die Haustüre erreichte.

Piwi schnaubte verächtlich. «Du brauchst Dich gar nicht so zu brüsten, Du bist schließlich ein ganzes Stück größer als ich.»

«Was soll das denn jetzt heißen?»

«Na, dass ich wesentlich mehr Schritte laufen muss als Du.»

David verdrehte die Augen und lachte. «Wasser oder Bier?»

«Blöde Frage, ein Bier natürlich.»

David schloss die Türe auf, während Piwi sich schwer atmend auf der Teak Bank nieder ließ.

Augenblicke später kehrte er mit zwei Flaschen Bier zurück und setzte sich neben Piwi.

«Fuck, wir werden alt, oder?!» sagte David.

«Ist das eine Frage oder eine Feststellung? lachte Piwi.

«Ja, wir werden alt. Ich spüre das schon lange. Der Raubbau an meinem Körper in jungen Jahren rächt sich langsam. Überall fängt es an zu zwicken und zu reißen.»

David erhob sein Bier, prostete Piwi zu und sagte: «Aber wir stehen immer noch gut im Strumpf.»

«So isses.» Piwi nahm einen tiefen Schluck und rülpste herzhaft.

Sie saßen eine Weile schweigend nebeneinander.

«Sag mal, fehlt Dir das?» fragte David.

«Fehlt mir was?»

«Na, die Gruppe?»
«Klar fehlt mir das. Mir schlafen in Konstanz die Füße ein. Es ist schon ok, mit dem Hund immer unterwegs zu sein. Keiner redet mir rein... und ich kann ziemlich frei arbeiten. Aber es langweilt mich zu Tode.»
«Gehst Du nochmal in einen Auslandseinsatz?»
«Würde ich gerne», entgegnete Piwi, «aber ich bin gesperrt.»
«Wieso gesperrt?»
«Bei unserem Verein haben sie vor ein paar Jahren die Regelung eingeführt, dass jeder Beamte nur fünf Mal in eine Auslandsverwendung darf dann eben nicht mehr.»
«Was ist das denn für ein Bullshit?»
«Eben», maulte Piwi. «Völlig bescheuerte Regelung.»
«Du warst zweimal im Kosovo, zweimal in Afghanistan und das fünfte mal?»
«Sechs Monate in Ramallah.»
«Und das rechnen sie als volle Missionszeit an?»
«Offensichtlich», grummelte Piwi.
«Naja, vielleicht liegt es auch daran, dass ich dem Deutschen Kontingentsleiter in Kabul die Nase gebrochen habe.»
David musste lauthals lachen.
«Würdest Du nochmal gehen?» hakte Piwi nach.
«Hm, weiß nicht. Würde mich schon noch mal reizen, aber Beate würde nicht mehr wollen, dass ich wieder ein Jahr weg bin.»
«Bea, ist eine feine Frau. Du solltest das respektieren.»
«Mache ich ja», sagte David. «Ich sagte ja nur, dass es mich reizen würde.»

Piwi leerte sein Bier und erhob sich. «So, Buddy, ich schlepp mich mal nach Hause. Ich brauche eine Dusche. Tust Du mir einen Gefallen? Lass es bei unserem nächsten Lauf etwas lockerer angehen. Ok?»

«Versprochen!» David grinste bis über beide Ohren.

ECDC

Patrick eilte den beiden ins Labor hinterher.

Mittlerweile war auch der Rest seines Teams im Labor geschäftig zu Gange. Er begrüßte jeden einzelnen mit Handschlag und fragte, wie es ihnen ginge.

Er streifte sich einen Laborkittel über und trat zu Helena und P.A.

«Also, was haben wir»?

P.A. saß vor einem Monitor und studierte eine Tabelle.

«Zeig Patrick mal die Basensequenz, die wir aus der Zellkultur sequenziert haben», forderte Helena P.A. auf.

Auf dem Bildschirm erschien eine Buchstabenfolge, welche die dekodierte DNA des extrahierten Erregers zeigte.

«Wir haben die Kultur analysiert und können aktuell davon ausgehen, dass das Virus an Pathogenität zugenommen hat. Eine erneute Sequenzierung hat das ergeben, was Du hier auf dem Schirm siehst. Das ist ein kleiner, fieser Zeitgenosse.»

Er starrte lange auf die Grafik. Etwas daran kam ihm seltsam bekannt vor.
«Welche Proteine werden durch diese Sequenz codiert? Hast Du Deine Suche auch auf unsere eigene Datenbank ausgeweitet?» fragte er P.A.
«Nein, noch nicht, aber das mach ich sofort.»
P.A. wechselte die Anwendung und kopierte die DNA-Sequenz, fügte sie in das Suchfeld ihres Datenverwaltungsprogrammes ein und betätigte die Enter-Taste.
Das Programm durchforstete die Datenbank.
Wenige Sekunden später piepte der PC und auf dem Monitor erschien die Meldung:

Similar Match found

P.A. klickte die Datei an und auf dem Bildschirm erschien die Anzeige:

3‘ ntr – NP – VP35 – VP40 – GP – VP30(.99) – VP24 – L – ntr 5‘
(1995_Ebola_Kikwit_)

Die erste Code-Reihe bezeichnete die Abfolge der viralen Strukturproteine, die sich auf dem Genom befanden. Diese Proteine, die zwischen dem 3'-Ende und dem 5'-Ende lagen, hatten wichtige Funktionen für die Replikation der DNA sowie die Transkription der Gene, also das Auslesen der genetischen Information, inne. Zudem steuerten sie diese Prozesse und bedienten sich dabei oft der

Strukturen der infizierten Wirtszelle.
«Hm», brummte Patrick. «Diese Sequenz habe ich schon mal gesehen.»
«Du kennst unseren kleinen Freund hier?», fragte Helena.
«Nicht direkt.» Im Rahmen meiner Forschungen, die ich damals am Robert-Koch-Institut durchführte, war ich sechs Wochen im Kongo unterwegs. Ich hatte dort Bekanntschaft mit einem Epidemiologen gemacht, der 1995 im noch damaligen Zaire war, als dort in einem Dorf, namens Kikwit, Ebola Verdachtsfälle bekannt wurden. 310 Menschen waren innerhalb kürzester Zeit infiziert. 282 starben. Das Virus hatte eine Letalitätsrate von über neunzig Prozent. Der Kollege schilderte mir, dass die Inkubationszeit 9-12 Tage betrug. Später hat man festgestellt, dass die Infektionsdosis bei nur ein bis zehn Viruspartikeln lag. Der Krankheitsverlauf war rasend schnell.»
Patrick legte eine ausgedehnte Pause ein und blickte in die aufmerksamen Gesichter seiner Kollegen, ehe er fortfuhr.
«Also, was wissen wir?
Wir haben einen ähnlichen Virenstamm, aber das Virus scheint mutiert zu sein.
Wenn ich das jetzt richtig gesehen habe, haben wir laut Sequenzabgleich in der fünften Sequenz beim Nukleokapsidprotein VP30 zur Madrider Probe eine Veränderung.» Diese Veränderung wurde durch das Programm eindeutig durch die Kommazahl hinter der Proteinbezeichnung angegeben.
Viel kann sich hier jedenfalls nicht verändert haben, dachte Patrick, die Sequenzen gleichen sich zu neunundneunzig Prozent.
«Helena, kontaktiere bitte diese Ärztin, wie war noch ihr Name,

Velasquez, in Madrid. Sie soll den Patienten absolut isoliert halten. Und sie soll nochmal Proben seines Blutes schicken. Ich will das einhundert prozentig verifiziert haben.»

Helena entgegnete schelmisch «schon so gut wie erledigt, Chef! Wäre es nicht auch ratsam, die Ärztin nach weiteren Informationen bezüglich der Afrikareise des Infizierten zu fragen?»

«Das wäre mir fast entgangen, danke Helena! Sie soll zudem ihre nationale Seuchenschutzbehörde benachrichtigen, wenn sie es nicht schon getan hat. Möglicherweise müssen wir mit weiteren Infizierten rechnen. Was denkst Du, Helena, wann haben wir die Proben?»

Helena zuckte mit der Schulter. «Weiß nicht genau, wenn es gut läuft sollten sie am späten Abend hier sein. Sonst morgen Vormittag.»

«Alles klar! P.A., Du spielst bitte die DNA Sequenz aus der Madrider Probe in die Datenbank ein.

Solange wir nicht wissen wo in Afrika sich der Patient infiziert hat, klassifizierst Du es mit der Bezeichnung:

2015_09_21_EBOV_Madrid

Ich muss ein paar Anrufe tätigen. Danke euch, das war super Arbeit.»

In sein Büro zurückgekehrt, ließ er sich in seinen Sessel fallen und rief sich ins Gedächtnis, wen er vorrangig informieren musste.

Es war 12:32 Uhr. Er fragte sich, ob er sie um die Mittagszeit überhaupt in ihrem Büro erreichen würde.

Patrick wählte die Nummer der Direktorin. Blanka Gergely, eine Ungarin Anfang fünfzig und seit vier Jahren Leiterin des ECDC. Sie war als Medizinerin viele Jahre für Ärzte ohne Grenzen und zuletzt für die WHO in allen Teilen der Welt unterwegs. Sie war es auch, die ihn für das ECDC angeworben hatte.

Er war noch nicht dazu gekommen, sie zu fragen, wie genau sie auf ihn aufmerksam wurde, oder was zu der Entscheidung geführt hatte, ihn ans ECDC zu holen. Sie nahm beim ersten Klingeln den Hörer ab.

«Ja bitte?!», meldete sie sich.

«Sprenger, hallo Frau Gergely. Ich wollte Sie darüber in Kenntnis setzen, dass es in einer Madrider Klinik einen Ebola Verdachtsfall gegeben hat. Wir haben eine übersandte Probe analysiert und können nach der Erstanalyse den Ebola Verdacht bestätigen. Ich habe in Madrid für eine Verifizierung weitere Proben anfordern lassen.»

«Wurde die spanische Seuchenschutzbehörde schon informiert?»

«Das klärt Dr. Nikiforos gerade ab. Sollte das seitens der Klinik in Madrid noch nicht erfolgt sein, werden wir das veranlassen.»

«Danke. Sehr gut, halten sie mich auf dem Laufenden.»

Damaskus

Er hatte seine engsten Vertrauten zusammenrufen lassen. Sie saßen nun in kleiner Runde zusammen, tranken Tee und aßen Baklava.

Die Mittagssonne brannte erbarmungslos. Die Luft vor dem Fenster flirrte. Behäbig drehte sich der Ventilator an der Decke, verschaffte aber nur wenig Linderung.

Er blickte in die Runde und musterte die Männer, die schon seit vielen Jahren seine Kampfgenossen und Brüder im Glauben waren. Einige kannte er von Kindesbeinen an.

Ihnen konnte er bedingungslos vertrauen.

Und jeder Einzelne von ihnen würde auf sein Geheiß, ohne zu zögern, für ihn in den Tod gehen. Nur die Männer, die hier saßen, kannten seine wahre Identität. Für den Rest der Welt war er ein Schatten, ein Phantom. Er hatte notgedrungen zu einem Meister der Tarnung und Täuschung werden müssen, eine Notwendigkeit zu der er gezwungen war, um das zu Ende zu bringen, was er vor vielen Jahren begonnen hatte. Trotz seines Alters, hatte er einen messerscharfen Verstand. Auch wenn er die modernen technischen Errungenschaften verachtete, war er doch damit vertraut.

Er war der einzige Sohn eines ägyptischen Diplomaten und seiner libanesischen Frau. Schon im Alter von sechs Jahren war er in der Lage, den Koran zu lesen und auswendig zu rezitieren. Er hätte gerne vorgezogen, weiter den Koran zu studieren, sein Vater jedoch war der Ansicht, dass sein Sohn Medizin studieren sollte. Den Wunsch seines Vaters respektierend, studierte er in Ägypten

Medizin. Er war ein brillanter Student und hatte letztlich seine Dissertation mit summa cum laude belegt, danach war er einige Jahre in Großbritannien und den USA, um klinische Erfahrung zu sammeln. Sein Hass erreichte 1985 seinen Höhepunkt. Im Weißen Haus saß seinerzeit dieser unfähige Republikanische Dilettant Ronald Reagan. Das einzig Gute an seiner Außenpolitik war seine zutiefst antikommunistische, anti-russische Haltung.
Er kehrte den Vereinigten Staaten den Rücken, reiste nach Afghanistan und stellte sich und seine Fähigkeiten in die Dienste der Mudschaheddin. Schnell hatte er sich einen Namen als tapferer Kämpfer und unverzichtbaren Mitstreiter im Kampf gegen die russischen Aggressoren gemacht.
Seinen Verhandlungen war es letztlich zu verdanken, dass die Mudschaheddin durch die CIA mit Waffen und FIM-92 Stinger-Raketen versorgt wurden. 1986 begegnete er erstmals Usāma ibn Muhammad ibn Awad ibn Lādin. Der gesamten westlichen Welt geläufiger unter dem Namen Osama bin Laden. In Usāma fand er seinen Bruder im Geiste, den er so lange gesucht hatte.
In den folgenden Jahren wurde er zu bin Ladens engstem Vertrauten. Sie wurden zu Guerilla Experten und setzten der russischen Armee enorm zu. Nachdem die Kämpfe 1988 langsam zur Ruhe kamen, wurden die russischen Truppen im Februar 1989 aus Afghanistan abgezogen. Sie hatten gesiegt.
Bereits im Kampf gegen die Russen hatte er sich als brillanter Stratege und Planer erwiesen, weshalb ihm Usāma die Steuerung und Koordination aller späteren Operationen übertrug.

Nur mit knapper Not war er aus Pakistan entkommen, als Spezialkräfte der US-Marines am 02. Mai 2011 in das sichere Haus, zumindest bis dahin sichergeglaubte Haus, in Abbottabad, eindrangen und Usāma und einige seiner Wachen erschossen. Er verlor seinen Bruder im Geiste. Dieser Verlust schmerzte ihn bis heute. Für diesen Frevel schwor er Rache.

Die erste von ihm akribisch geplante und durchgeführte Operation war am 26. Februar 1993. Mit dem ersten Anschlag auf das World Trade Center hatten sie die amerikanische Bevölkerung erschüttert und deren Verletzlichkeit vor Augen geführt. In den Jahren danach folgten weitere achtzehn Anschläge.

Das Herausragende waren die Anschläge vom 11.09.2001, erneut auf das World Trade Center.

Die Planung hatte ihn vor diverse logistische Herausforderungen gestellt.

Alle übrigen Anschläge danach, waren nur noch Nadelstiche, welche der Welt vor Augen führen sollten, dass die Bedrohung allgegenwärtig war.

Sie wollten Angst sähen das hatten sie erreicht.

Der jüngste Anschlag auf die blasphemische Pariser Zeitung «Charlie Hebdo» am 07. Januar 2015 war ein Selbstläufer einer seiner Pariser Zellen, der ohne seine Autorisierung erfolgte. Nachdem seine Glaubensbrüder bei der anschließenden Schießerei mit der Polizei getötet wurden die mediale Beachtung immens war, entschied er, sich offiziell zu dem Anschlag zu bekennen.

Er dachte größer, globaler.

«Allahu Akbar», meine Brüder»

«Allahu Akbar», erwiderten sie, den Zeigefinger Richtung Allah zeigend, unisono.
«Inshallah – Es hat begonnen. Die Zeit ist gekommen, der gottlosen, verdorbenen imperialistischen, westlichen Welt die Allmacht Allahs zu offenbaren und die ungläubigen Schweine, sofern sie sich nicht zu Allah bekehren, zur Schlachtbank zu führen.
Ohne Gott vermag der Mensch nichts. Wir sind seine Diener und Werkzeuge seines Willens. Haltet euch bereit.»

Stockholm

Salim wartete aufgeregt in dem kleinen Zimmer, das er vor einigen Wochen angemietet und im Voraus bezahlt hatte. Er mietete das Zimmer unter falschem Namen. Der Vermieter, ein schmuddeliger, bärbeißiger Rentner, gab sich damit zufrieden, ohne seinen Ausweis sehen zu wollen. Er nahm auf einem wackligen Holzstuhl Platz und ging in Gedanken die folgenden Schritte durch. Er war sich sicher, dass alles so laufen würde, wie er es geplant hatte. Wichtig war die zeitliche Abfolge. Nur wenige Minuten Verzögerung könnten seine komplette Durchführung vereiteln.
Er würde die Nachricht von unterwegs absenden müssen.
Dieser zeitliche Vorsprung war wichtig.
Er hörte das Knarzen der obersten Treppenstufe. Eine Person stieg

die Treppe hinauf. Seine Hand wanderte unwillkürlich unter sein T-Shirt und griff nach der Pistole in seinem Hosenbund. Salim hielt den Atem an und lauschte. Jeder Muskel seines Körpers war gespannt. Es klopfte viermal an der Türe. Drei Mal kurz, einmal lang - das vereinbarte Zeichen.

Er erhob sich und spähte durch den Spion bevor er die Schließkette zurückschob.

«Gut! Du bist pünktlich», flüsterte Salim. Er schob die Türe auf und ließ die Person eintreten. Sie trug ein, in eine Decke gewickeltes Bündel, auf dem Arm. Blonde Haare schauten daraus hervor.

«Sie schläft.»

«Gut, was denkst Du wie lange das Mittel anhält?»

«Sicherlich die nächsten sechs bis acht Stunden, dann musst Du ihr weitere zwei Tabletten verabreichen.

Er überschlug kurz die Zeiten im Kopf und mutmaßte, dass die Zeit ausreichen würde.

«Hast Du alles was ich brauche?», fragte Salim.

«Ist alles in dem Rucksack.»

Salim nickte kaum merklich. Ich muss jetzt los.»

In der Tiefgarage legte er das Mädchen behutsam auf den Rücksitz des Volvos, den er vor zwei Tagen abgestellt hatte, umrundete das Fahrzeug, stieg ein und startete den Motor. Nach kurzem Stottern sprang der Diesel an. Er fuhr die Rampe nach oben und schlug die Route hinaus aus der Stadt ein. Salim war dreißig Minuten unterwegs, als er die Autobahn bei Södertälje verließ. Das Navi zeigte ihm an, dass er in acht Minuten sein Ziel erreicht haben würde. Ahmad würde bereits auf ihn warten.

ECDC

Patrick hatte kaum den Hörer auf die Gabel zurückgelegt, als es an seiner Türe klopfte.
«Ja, bitte?»
Helena steckte den Kopf zur Türe herein.
«Darf ich Dich kurz stören?»
«Klar, komm rein. Was hast Du?» fragte er und deutete ihr, auf dem Stuhl vor seinem Schreibtisch Platz zu nehmen.
Sie ließ sich nieder und schlug die Beine übereinander. Helena war eine kleine, schlanke Frau mit typisch südländischem Teint und schwarzen Haaren. Patrick gefielen ihre sportlichen, wohlgeformten Beine, auch jetzt kam er nicht umhin, einen kurzen Blick darauf zu werfen. Helena war eine der wenigen Wissenschaftlerinnen, die tatsächlich Wert auf ihr Aussehen legten. Sie verströmte einen angenehmen Duft.
«P.A. und ich haben die Virenkultur des Madrider Stammes im Archiv verstaut und die Basensequenz in unsere Datenbank eingepflegt. Dr. Velasquez habe ich kontaktiert, sie wird uns die Proben, um die wir sie gebeten haben, sofort auf den Weg schicken. Die staatliche Seuchenschutzbehörde hatte sie gestern schon alarmiert. Mit dem Ableben des Patienten sei in den nächsten Stunden zu rechnen, da die Organe total versagen, sagte sie. Der arme Mann blute aus allen Körperöffnungen.» Sie schüttelte resigniert den Kopf.

«Die gute Nachricht: Bislang sind keine weiteren Fälle bekannt geworden.»
«Das könnte noch kommen. Wir wissen über die Infektionsfähigkeit dieses Stammes leider gar nichts», gab Patrick zu bedenken.
Sein Handy fing zu vibrieren an. Er hob entschuldigend die Hände und fragte: «Sorry, darf ich?»
Helena winkte ab und sagte lächelnd «ich bin eh' fertig.»
Sie erhob sich bereits, als er sein Handy aus der Hosentasche kramte.
Er wischte über das Display um den Anruf anzunehmen.
«Hi Schatz.»
«Hi Patrick», sagte sie. So nannte sie ihn selten.
«Was ist los? Du hörst Dich nicht gut an.»
«Ich mach mir langsam Sorgen. Arjona ist immer noch nicht da mit der Kleinen.»
«Hast Du schon versucht, sie auf ihrem Handy zu erreichen?» Patrick beschlich ein ungutes Gefühl.
«Schon zweimal, aber ich bekomme immer nur ihre Mail-Box.
Er legte die Stirn in Falten. «Das ist aber schon ungewöhnlich.» Solange war sie noch nie weg.»
«Ich mache mir allmählich richtig Sorgen.»
«Willst Du...» setzte er an, «nein, pass auf, ich komme nach Hause.» In 20 Minuten bin ich da, ok?»
«Ja bitte! Fahr vorsichtig.»
Er klickte in seinem Mailprogramm auf «Nachricht verfassen» und teilte seiner Chefin in zwei Sätzen mit, was Helena ihm vorhin mitgeteilt hatte.

Er entschuldigte sich dafür, dass er heute das Haus früher verlassen würde, aus familiären Gründen.
Nachdem er die Nachricht versandt hatte, nahm er sein Jackett vom Stuhl und verließ das ECDC.

Außerhalb von Södertälje

Salim fuhr von der Straße ab auf einen Feldweg. Er vergewisserte sich durch einen Blick in den Rückspiegel, dass ihm niemand gefolgt war. Der Weg schlängelte sich sanft einen Hügel hinauf, durch ein kleines Waldstück. Der Platz lag für ihre Zwecke optimal.
Von außen nicht einsehbar, aber mit dem Vorteil, dass sie selbst sehen würden, falls sich Fahrzeuge oder Personen näherten.
Die Scheune hatten sie vor einigen Wochen entdeckt. Mehrere Tage hatten sie die Umgebung beobachtet, um sicherzugehen, dass sie tatsächlich verlassen war. Ein altes, rostiges Schloss hing an der Türe, das sie mit einem Bolzenschneider problemlos durchtrennen konnten.
Er folgte dem Weg um eine Rechtsbiegung, sah vor sich die Scheune auftauchen und hielt an.
Ahmad wartete bereits in der Scheune auf ihn, als er mit dem immer noch schlafenden Mädchen auf dem Arm das alte, nach vermoderndem Holz riechende Gebäude betrat.

«Wie lief es?»
«Problemlos», entgegnete Salim. «Kaum Verkehr, keine Bullen unterwegs.»
«Ok, lass uns keine Zeit verlieren.» Vorsichtig legte er das Mädchen auf ein altes, zerschlissenes Sofa.
Er zog die Decke etwas zur Seite, sodass das Gesicht des Kindes zum Vorschein kam. Ihr Atem ging ruhig und gleichmäßig.
«Hast Du die Kamera?», fragte Salim.
«Klar, alles schon aufgebaut.» Ahmad deutete hinter sich auf ein Stativ, auf dem eine kleine Handy-Cam montiert war. Auf einem alten Tischchen standen ein Laptop, ein Drucker und andere Dinge, die Salim nicht erkennen konnte.
«Gut, fangen wir an.»
Nach zehn Minuten waren sie fertig und Ahmad begann mit dem Download des Videos auf den Laptop, was wiederum einige Minuten in Anspruch nahm.
Ahmad begann das Video mit einem Programm zu bearbeiten, nachdem er die Datei geöffnet hatte. Salim verstand davon zu wenig, weshalb er auch nicht fragte, was genau er da tat.
«Wenn Du soweit bist, laden wir die Datei in die Mail hoch.»
«Bin gleich soweit. Zwei Minuten», sagte Ahmad.
Salim warf einen prüfenden Blick auf seine Uhr. «Kein Grund zur Eile. Wir liegen gut in der Zeit.»
Und wenn er nicht trödelte, würden Ahmad und das Mädchen rechtzeitig in Kopenhagen sein.
«Hast Du den Kinderausweis der Kleinen fertig?»
«Aber ja doch», gab Ahmad genervt zurück.

«Den hab ich schon seit einer Woche fertig.»
«Gut!»
«So, fertig! Ich habe das AVI-File hochgeladen. Die Mail kann raus.»
«Na, dann raus damit!» Ahmad hieb mit dem Zeigefinger auf die Enter-Taste.
Salim half Ahmad, das Mädchen und einen kleinen, bunten Kinderkoffer ins Auto zu tragen. Auf dem Kofferdeckel waren Minions abgedruckt. Er fand ihn für ein Mädchen ihres Alters passend und am unauffälligsten.
Ahmad legte das Kind behutsam auf der Rückbank ab, während Salim den Koffer hinter dem Fahrersitz verstaute.
«Achte darauf, dass Du ihr, falls sie aufwacht, gleich zwei der Tabletten gibst. Gib ihr dazwischen ordentlich zu trinken.»
Sie umarmten einander. «Pass gut auf Dich auf», sagte Ahmad.
«Wir sehen uns, Inshallah, in zwei Tagen. Maʿa as-salāma Bruder», sagte Salim, während er die Fahrertüre schloss. Ahmad startete den Motor und brauste davon. Nachdem Ahmads Wagen außer Sicht war, öffnete er den Kofferraum seines Volvos und griff die beiden Benzinkanister, welche er am Tag des Autokaufes bereits befüllt hatte. Beide Kanister entleerte er in der Scheune, trat an den Eingang, riss ein Streichholz an und entzündete sich eine Zigarette. Alles lief nach Plan.

Stockholm - Wivalliusgatan

Achtzehn Minuten später parkte Patrick seinen Wagen vor dem Haus. Alina kam ihm entgegen gelaufen und warf sich ihm um den Hals. Er küsste sie zärtlich auf die Stirn.

«Schon was gehört?», fragte Patrick.

«Nein.» Sie schüttelte den Kopf. «Schatz, ich mache mir solche Sorgen.»

Er legte den Arm um sie, führte sie ins Haus und zog die Türe ins Schloss.

«Und Du hast auch keine Notiz gefunden? Auch keine Nachrichten auf dem Anrufbeantworter?»

«Nein, nichts, gar nichts», seufzte sie.

«Soll ich Dir einen Tee machen?»

«Nein, lass, ich mach uns einen. Das lenkt mich ab.»

Er nahm das Telefon aus der Station.

«Was machst Du?», wollte sie wissen.

«Ich ruf jetzt mal bei der Polizei an und frage nach, ob es vielleicht einen Unfall gab.»

«Oh Gott», Alinas Augen weiteten sich.

«Keine Angst, das muss nicht bedeuten, dass ihr etwas passiert ist, aber vielleicht war was mit Arjona oder so.»

So recht wollte er das auch nicht glauben.

Er wollte gerade die Nummer des örtlichen Polizeireviers in das Tastenfeld tippen, als sein Handy brummte.

«Vielleicht Arjona», sagte er und kramte sein Handy aus der Hosentasche. Aber es war kein Anruf. Die SMS-App seines Smartphones symbolisierte den Eingang einer Nachricht.
Im Display stand: *Check your E-Mails!*
Die Nummer des Absenders war unterdrückt worden.
«Was ist?», fragte Alina.
«Weiß nicht, ich habe eben eine ganz komische SMS bekommen.»
Sie sah ihn fragend an, «Wieso komisch?»
«Ich soll meine E-Mails checken.»
Er eilte hinaus ans Auto, wo er seine Tasche hatte liegen lassen. Als er wieder ins Esszimmer zurückgekehrt war, öffnete er den Deckel seines MacBooks und startete den Browser. Er meldete sich auf seinem E-Mail Account an, konnte dort aber keine neuen Maileingänge feststellen.
«*Hm, check your Mails*», ging es ihm durch den Kopf.
Er öffnete im Browser einen neuen Tab und wählte sich mit der IP, die er auswendig kannte, seinem Benutzernamen und seinem Passwort, über den sicheren Outlook-Exchange-Server des ECDC ein.
Von überall auf der Welt konnte er so auf seinen Mail-Account und wenn nötig auf die internen Datenbanken des ECDC zugreifen.
In seinem Postfach waren zwei neue Mails.
Eine war von der Direktorin, die wahrscheinlich die Antwort auf seine letzte Mail enthielt, die andere enthielt einen unbekannten Absender. Zumindest war ihm die Absenderadresse völlig fremd.
Er zögerte, die Mail zu öffnen. Patrick wusste zwar, dass sie zuvor über diverse Virenscanner des Zentrums gelaufen war, aber trotz allem hatte er ein ungutes Gefühl.

Alina stellte eine dampfende Tasse Tee auf dem Tisch neben ihm ab. Sie stand, ihre eigene Teetasse mit beiden Händen umfassend, hinter ihm und schaute ihm über die Schulter.
Er klickte die Mail an. Sie enthielt kein Betreff und offensichtlich auch keinen Text. Der Mail war lediglich eine AVI-Datei angehängt. Was sollte das bedeuten? Mit zittriger Hand ließ er den Finger über das Touchpad gleiten, bis der Cursor auf der Datei ruhte öffnete sie. Sogleich öffnete sich der Mediaplayer und die Videodatei startete.
Das Bild, das im Rahmen des Players erschien, war zunächst verwackelt, wurde dann ruhiger und schwenkte auf eine offenbar sehr alte, zerschlissene Couch, die nur undeutlich in dem diffusen Licht zu erkennen war.
Die Couch wurde herangezoomt.
Alina stieß einen spitzen Schrei aus. Ihre Teetasse zerschellte auf dem Fliesenboden. Heißer Tee und Scherben stoben in alle Richtungen.
«Oh Gott, Chloé!», schluchzte Alina mit vor die Brust geschlagenen Händen.
Fassungslos starrte er auf das Bündel, das dort, eingewickelt in eine Decke, auf der Couch lag.
Es war nicht zu erkennen, ob sie wach war, schlief, oder.... er verdrängte den Gedanken sofort wieder.
Die Kamera schwenkte nach rechts. Im Bild erschien eine schwarz gekleidete, vermummte Person. Alina trat an seine Seite. Ihre Finger krallten sich in seine linke Schulter.

«Dr. Sprenger, ich hoffe, ich habe jetzt Ihre ungeteilte Aufmerk-

samkeit.»
Die Stimme war offenbar technisch verzerrt worden.
«Wie Sie sehen, haben wir Ihre kleine Tochter in unserer Gewalt. Oh, keine Sorge, sie schläft. Es geht ihr gut. Noch!»
Alina schluchzte. Tränen liefen über ihre Wangen.
«Wenn Sie Ihre Tochter, zugegeben, ein süßes kleines Ding, lebend und wohlbehalten zurückbekommen wollen», fuhr die Stimme fort, «dann hören Sie mir nun gut zu. Sollten sie, sobald diese Nachricht geendet hat, die Polizei einschalten, stirbt Ihre Tochter. Sollten Sie unsere Anweisungen nicht minutiös befolgen, stirbt Ihre Tochter.»
An dieser Stelle durchfuhr Alina ein Zucken, ihr Griff wurde fester, fast schmerzhaft.
«Ich hoffe, ich habe mich klar und unmissverständlich ausgedrückt.»
Die Person, man konnte im diffusen Licht nicht erkennen ob Mann oder Frau, trat näher an die Kamera heran.
«Erwarten Sie um exakt 14 Uhr meinen Anruf und sorgen Sie dafür, dass ich Sie ohne Verzögerung erreiche.»
Das Bild wurde schwarz.
Alina ließ sich verzweifelt schluchzend auf einen Stuhl am Esstisch nieder.
«Oh Gott, unser kleiner Engel», kam es flüsternd aus ihr heraus. «Was sollen wir nur tun?»
Er fuhr sich mit den Händen durch die Haare und versuchte seine, sich überschlagenden Gedanken, zu ordnen.
Panik kroch in ihm hoch und er wusste, wenn er sich von der Angst um Chloé beherrschen ließ, würde diese ihn paralysieren und völlig handlungsunfähig machen.

Er atmete tief ein, hielt die Luft für einen Augenblick an und ließ die Luft aus seinen Lungen strömen. Er beugte sich über den Tisch und ergriff Alinas Hände. Sie blickte starr auf ihre Hände, während Tränen über ihre Wangen liefen und auf die Tischplatte tropften.
«Was sollen wir bloß tun?», wiederholte Alina ihre Frage.
Sie hob ihren Blick, «das ist doch alles ein blöder Scherz, oder nicht?!»
Er schüttelte den Kopf. «Oh nein, der Typ macht mir nicht den Eindruck, als würde er scherzen. Der meint das todernst.»
Seine Wortwahl bereute er im selben Augenblick, als Alina erneut in Tränen ausbrach.
Er sah sich das Video ein weiteres Mal an und fror das Bild an der Stelle ein, an der Chloé zu sehen war.
Es bestand kein Zweifel. Sie war bis zum Kinn zugedeckt, aber es war Chloé. Er vergrub das Gesicht in seinen Händen. Seine Gedanken drehten sich wirr im Kreis. *«Was soll ich tun? Was kann ich tun? Was wollen die überhaupt von mir? Soll ich die Polizei verständigen?»*
Sein Vater kam ihm in den Sinn. Aber was könnte der schon tun, der war über 1.700 km weit entfernt.
Er schaute zur Uhr. In knapp acht Minuten würde er den Anruf bekommen, er fühlte sich zum ersten Mal in seinem Leben völlig hilflos.
«Bitte, Schatz, ich will mein Kind zurück.» Alina sah ihn flehend, mit tränennassen Augen an.
Er nickte. «Ich auch. Ich werde tun was immer sie von mir verlangen.»

Hotel Birkastan, Solna

Salim war genau im Zeitplan. Dr. Sprenger musste mittlerweile seine Nachricht bekommen haben.

Er hatte sich den Stuhl näher ans Fenster gerückt und die beiden Mobiltelefone, seine Pistole, eine ungeöffnete Packung Zigaretten und das Fernglas vor sich auf das Fenstersims gelegt. Umständlich kramte er einen Streifen Aspirin aus seiner Jackentasche, drückte eine Tablette aus dem Blister und spülte sie mit einem Schluck Cola hinunter. Er hätte am Abend zuvor nicht so viel trinken dürfen.

Das Hotel lag genau gegenüber des ECDC und er hatte von seinem Zimmer aus einen guten Blick auf den Haupteingang und das, im vierten Stock gelegene, Büro Sprengers.

Er griff nach seinem Smartphone und sah auf die Uhr. Noch vier Minuten.

Er schielte auf die Packung Zigaretten und überlegte, ob er sich noch eine anzünden sollte. Der Versuchung erliegend, riss er die Schachtel auf, fingerte eine Zigarette aus der Schachtel, entzündete sie und nahm einen tiefen Zug. Salim legte seinen Kopf in den Nacken und blies Rauchringe zur Decke.

Schlagartig fiel ihm der Rauchmelder an der Decke auf. Panisch ließ er die Zigarette in seine Coladose fallen, die mit einem deutlich hörbaren Zischen erlosch. Den Rauch mit wild wedelnden Armen bekämpfend hoffte er, dass der Rauchmelder keinen Feueralarm auslösen würde.

Er lauschte kurz, aber offenbar war dies nicht der Fall.

Keine Piep-Geräusche, keine Sirenen oder Martinshörner. «Idiot», schalt er sich.
Er griff nach dem Fernglas und führte es, sein Ziel fokussierend, an die Augen. Im vierten Stock rührte sich nichts.
Vielleicht hielt sich Sprenger ja irgendwo im Labor auf. Nach heute Morgen hatte er sicher alle Hände voll zu tun.
Die Uhr seines Smartphones zeigte 13:59 Uhr.

Stockholm - Wivalliusgatan

Sie fuhren erschrocken zusammen, als Patricks Handy, welches vor ihnen auf der polierten Tischplatte lag, vibrierend über die Holzfläche wanderte.
Im Display stand: *Unbekannt*
Er war nervös, hatte Angst, sie hatten beide unbeschreibliche Angst. Alina spielte nervös mit ihren Fingern und warf ihm einen bangen Blick zu. Mit zittrigen Händen nahm er das Telefon auf. Patricks Finger waren schweißnass, weshalb er erst beim zweiten Wischen über das Display den Anruf annehmen konnte.
«Wo ist unsere Tochter was haben Sie mit ihr gemacht?», seine Stimme zitterte, als er lauter als beabsichtigt zu sprechen begann.
«Hören Sie mir zu! Ihrer Tochter geht es gut.»
Die Stimme des Anrufers war, wie die Stimme in dem Video, ver-

zerrt und entfremdet. Er konnte nicht mit Bestimmtheit sagen, ob die Stimmen identisch waren, aber er vermutete aufgrund des Tonfalls, dass es dieselbe Person zu sein schien.

«Was wollen Sie von uns?», fragte Patrick.

«Schön, dass Sie gleich zur Sache kommen, Dr. Sprenger. Sie haben seit heute Morgen eine Probe in ihrem Labor, mit der Bezeichnung EBOV_Madrid. Sie werden diese Probe aus dem Labor holen und exakt in dreißig Minuten ins Solna Center bringen. Vor dem Südeingang befindet sich eine Bank unter dessen Sitzfläche Sie einen Schließfachschlüssel finden werden. Sie gehen damit ins Solna Center, im Erdgeschoß befinden sich Schließfächer für die Kunden. Deponieren Sie den Probenbehälter im Schließfach Nr. 10.»

«Warten Sie», unterbrach ihn Patrick.

«Wie soll ich das denn bewerkstelligen? Die Behälter sind mit einem Sicherheits-Chip versehen. Den kann ich nicht so mir nichts dir nichts aus dem Labor tragen. Außerdem ist die Probe tiefgefroren und würde innerhalb kürzester Zeit auftauen. Und woher wissen Sie überhaupt von der Probe?»

«Das Transportproblem soll nicht das Ihre sein. Und wegen des Chips, da wird Ihnen sicherlich etwas einfallen», höhnte die verzerrte Stimme.

«Außerdem befinde ich mich nicht im ECDC, ich kann das gar nicht in dreißig Minuten schaffen.»

Die Stimme am anderen Ende schwieg für einen Augenblick.

«Wie lange brauchen Sie, um ins Labor zu gelangen?»

«Zwanzig Minuten, mindestens. Und weitere 15 Minuten bis ich im und wieder aus dem Labor bin», antwortete Patrick.

Wieder kurzes Schweigen.
«Dann werden Sie die Probe um 15 Uhr in dem Schließfach deponieren. Keine Minute später. Wenn ich auch nur den geringsten Verdacht hege, dass Sie meinen Anweisungen nicht Folge leisten, töte ich Ihre Tochter.» Der Anrufer schwieg einige quälend lange Sekunden.
«Haben Sie das verstanden?»
«Ja», sagte Patrick mit erstickter Stimme.
«Hören Sie mir weiter zu», forderte die Stimme.
«Im Schließfach werden Sie eine Dose Rasiergel finden. Der Deckel lässt sich abschrauben. Sie verstauen die Probe in dem Gefäß und verschließen den Deckel wieder. Danach drehen Sie den Boden der Dose eine viertel Umdrehung gegen den Uhrzeigersinn, bis sie ein zischendes Geräusch hören. Verstauen Sie die Dose wieder im Schließfach und bringen den Schlüssel dorthin zurück, wo Sie ihn vorgefunden haben. Sie werden in Ihren Wagen steigen und wieder ins Labor zurück fahren. Haben Sie mich soweit verstanden?»
«Ja, soweit klar», sagte Patrick. «Sie sind ja total irre.»
«Vorsicht, Dr. Sprenger», sagte die Stimme warnend. «Beleidigungen sind nicht unbedingt zielführend in Ihrer Situation.»
«Und wenn ich das alles für Sie erledige, bekommen wir unsere Tochter dann zurück?»
«Sobald ich habe, wonach ich verlange. Ich rufe Sie wieder an.»
Ein Klicken in der Leitung.
«Hallo? Hallo?!», schrie Patrick ins Telefon. «Wann bekommen wir unser Kind zurück, Sie kranker Bastard?» Nichts, keine Antwort.

Hotel Birkastan Solna

Salim wartete geduldig. Er beobachtete die Straße und den Verkehr vor dem ECDC. Achtete auf jede noch so kleine Bewegung, jedes Fahrzeug, das in der Nähe hielt oder etwas ein- oder auslud. Er beobachtete auch den Luftraum. Salim hatte sogar das Fenster gekippt um zu hören, ob sich ein Helikopter näherte. Sein Augenmerk galt zivilen Polizeifahrzeugen und Observationseinheiten. Seiner Erfahrung nach konnten sich die Behörden noch so viel Mühe geben, aber die lange Funkantenne auf den Dächern der zivilen Fahrzeuge war ihnen allen zu Eigen. Man erkannte sie einfach.
Er traute Sprenger auch nicht zu, die Polizei zu verständigen. Davor hätte er viel zu viel Angst.
Salim entsperrte den Bildschirm seines Smartphones. Die Uhr zeigte 14:21 Uhr. Es konnte nun nicht mehr lange dauern bis Sprengers Wagen auf den Parkplatz fuhr. Er checkte, ob er irgendwelche Mails oder Nachrichten bekommen hatte, was nicht der Fall war.
Den Sprachverzerrer, den Ahmad ihm auf das Smartphone aufgespielt hatte, hatte sich als ein feines Gimmick erwiesen.
Nicht, dass er es zwingend gebraucht hätte, aber es verschaffte ihm, falls Sprenger doch die Polizei einschalten würde, einen zeitlichen Vorsprung. Sie würden ihm früher oder später ohnehin auf die Spur kommen. Dann wäre er aber schon über alle Berge und in Sicherheit. Ahmad hatte im Internet keine für ihre Zwecke geeignete App finden können, weshalb er kurzerhand ein eigenes Programm schrieb und diese auf Salims Handy übertrug.
Ahmad war ein Magier am Computer.

Sein Herr hatte es eigentlich auf ein anderes Ziel abgesehen. Ihm lag an der Beschaffung des Kikwit-Virus.
Aber mit der Entdeckung eines mutierten, neuen Stammes, änderten sich auch ihre Ziele. Er konzentrierte sich wieder auf die Straße.

Stockholm - Wivalliusgatan

Patrick knallte das Handy auf den Tisch und fuhr auf. Er lief nervös im Wohnzimmer auf und ab, fuhr sich mit den Fingern durch die Haare. «Fuck», was sollen wir bloß machen?»
Alina saß weinend und schluchzend am Esstisch.
«Keine Polizei, Schatz, auf gar keinen Fall.»
«Wer garantiert uns denn, dass er uns Chloé zurückgibt, dass er sein Wort hält, wenn ich ihm beschafft habe, was der Typ verlangt? Das ist ein Irrer, ein Fanatiker, ein Terrorist. Was der will, ist eines der tödlichsten Viren, das die Welt je gesehen hat. Wenn der das Zeug freisetzt, sind wir eh' alle am Arsch! Also, was spielt es für eine Rolle?» Patrick war den Tränen nahe. Er ging vor seiner Frau in die Knie und ergriff ihre Hände.
«Soll ich nicht doch die Polizei einschalten? Wir schaffen das nicht allein.» Er schaute sie fragend an.
Alina sah ihm in die Augen, ihr Blick war entschlossen. «Keine Polizei. Denk bitte in erster Linie an Chloé.»
Er seufzte tief. «Glaubst Du, dass ich das nicht tue? Ok. Keine Polizei. Kann ich Dich alleine lassen? Ich sollte losfahren.»
Willst Du jemanden anrufen, oder bei Dir haben?
«Pfff, wen sollte ich denn anrufen? Ich kenne ja kaum jemanden hier.»
«Ok. Ich melde mich bei Dir.» Er nahm sie in die Arme, «Ich liebe Dich Schatz. Es wird alles wieder gut.»
Patrick wollte nur zu gerne daran glauben.
Er ergriff sein Handy, lies es in die Hosentasche gleiten, nahm den

Autoschlüssel vom Haken und verließ das Haus.

Patrick fuhr schneller als erlaubt über die Hauptstraße Richtung Solna. Der Verkehr lief etwas flüssiger als heute Morgen, als er dieselbe Strecke zum Zentrum zurückgelegt hatte.

Er warf einen Blick auf die Uhr im Armaturenbrett. Die Digitaluhr zeigte 14.18 Uhr. Er würde genügend Zeit haben. Aber die Ein- und Ausschleusung ins Labor würde Zeit kosten. Das S4-Sicherheitslabor des ECDC war das Einzige seiner Art im gesamten skandinavischen Raum. Das nächste befand sich in Hamburg im Robert-Koch-Institut, in dem er vor drei Jahren im Rahmen seiner Master-Arbeit für eine kurze Zeit tätig gewesen war. Aus Sicherheitsgründen wurde im ECDC das gesamte biologische Material, das hochpathogen war und unter die Risikogruppe 4 fiel, in einem Gefrierschrank innerhalb des S4-Labors gelagert, um das Risiko möglichst gering zu halten. So musste das Material für weitergehende Untersuchungen oder Vergleichszwecke nicht ein- oder ausgeschleust werden.

Alle Materialproben waren in Eppendorfgefäßen auf minus 80 Grad Celsius gekühlt. Virale Erreger wurden so inaktiv gehalten. Im Falle des Auftauens der Probe würden die Erreger unmittelbar wieder aktiv werden. Das ECDC bezog seine Eppendorfgefäße von einem Laborausrüster aus den Vereinigten Staaten. In den Plastikdeckeln waren bereits beim Kunststoffguss Chips mit einer Kennung eingearbeitet, um die Proben digital zu archivieren. Aber sie erfüllten noch einen weiteren Zweck. In den Chips war ein Sender implantiert.

Bei einer unautorisierten Ausschleusung aus dem Labor würde ein

hausinterner Alarm ausgelöst.
Und dieser Chip war das Problem. Wie sollte er die Probe aus dem Labor bekommen, ohne den Alarm auszulösen. Er wusste, dass der Chip nur eine geringe Reichweite und auch nur eine sehr begrenzte Energieleistung hatte, aber wie weit genau das Signal reichte, wusste er nicht.
Vielleicht könnte er den Chip des Primärbehälters so abschirmen, dass der Alarm nicht ausgelöst würde. Er musste es jedenfalls versuchen.
Für den Zugang in das Labor waren im ECDC nur wenige Personen autorisiert. Internationale Vorschriften verlangten, dass für das Betreten von Sicherheitslaboren dieses Standards Zugangskontrollen zu erfolgen hatten. Der Zugang konnte quasi nur mit einer persönlichen Key-Card und der Eingabe eines zehnstelligen Codes bewerkstelligt werden. Außer ihm waren das P.A., die Direktorin und ihr Stellvertreter. Das Labor konnte nur durch eine Vier-Kammern-Schleuse betreten werden. Einer Äußeren Kammer, in welcher man sich seiner Straßenkleidung entledigen musste, der eine zweite Kammer folgte, in der man sich gründlich abzuduschen hatte. Nach dem Duschen zog man dort einen speziellen, leichten Einweg-Overall an, mit dem man die dritte Kammer betrat. Dort hingen die persönlichen Schutzanzüge eines jeden Laborberechtigten. In jedem dieser Räume herrschten unterschiedliche Druckverhältnisse. Um eine Dekontaminationsübertragung zu verhindern, war ein rückwärtsgekoppeltes Unterdrucksystem vorhanden.

Gesetzliche Vorgabe war es auch, dass solche Labore kameraüberwacht sind. Die Kameras bereiteten ihm im Moment jedoch die geringsten Sorgen. Eine interne Vereinbarung sah vor, dass Einzelarbeiten im Labor untersagt waren. Er hatte keine Ahnung, ob das Sicherheitssystem beim Einschleusen registrierte, wie viele Personen das Labor betraten. Für einen kurzen Augenblick hatte er in Erwägung gezogen, die Probe dem Erpresser zwar zu übergeben, diese aber vorher mit Wasserstoffperoxid unschädlich zu machen, oder einen harmloseren Erreger zu übergeben. Würde dieses Manöver bemerkt, riskierte er jedoch das Leben seiner Tochter.

So oder so würde sein Einschleusen in das Labor nicht unentdeckt bleiben, aber darauf konnte er im Moment keine Rücksicht nehmen. Er war bereit alles zu riskieren, sogar sein eigenes Leben, um seine Tochter zu retten.

Es war 14:32 Uhr als er auf den Parkplatz des ECDC einbog.

Hotel Birkastan Solna

Aus südlicher Richtung näherte sich ein Wagen dem ECDC. Das Fahrzeug verringerte seine Geschwindigkeit und blinkte. Salim konnte den Wagen und das Kennzeichen mit bloßem Auge nicht erkennen, weshalb er das Fernglas an die Augen setzte.
«Hallo», sagte er langezogen. «Schön, Sie endlich auf der Party begrüßen zu dürfen, Dr. Sprenger.»
Salim tippte auf das Display seines Handys. 14:32 Uhr.
Er schwenkte mit dem Fernglas vor den Augen die Straße hoch und runter. Ihm fielen keine verdächtigen Fahrzeuge auf. Scheinbar war Sprenger niemand gefolgt.
Offenbar schien er sich bis jetzt an Salims Anweisungen zu halten.
Salim folgte Sprenger mit dem Glas bis er im Gebäude verschwunden war.

ECDC

Er parkte seinen Wagen auf einem dem Eingang nächstgelegenen freien Platz, schlug die Fahrertüre hinter sich zu und rannte, immer zwei Stufen auf einmal nehmend, die Treppe zum Haupteingang hinauf. Bevor er die Lobby erreichte, verlangsamte er seine Schritte und nickte dem Wachmann am Empfang freundlich zu.

Er durchquerte die Lobby und trat an den Aufzug. Die Kabine ließ nicht lange auf sich warten, dennoch kam es ihm wie eine Ewigkeit vor. Er trat in die Aufzugkabine und hämmerte nervös mit dem Zeigefinger auf die Taste für die vierte Etage ein. Enervierend langsam glitten die Lifttüren zu.

«Na, mach schon», raunte er. Mit sanftem Ruck setzte sich der Aufzug in Bewegung.

Als er die Kabine verließ, warf er einen Blick den Gang hinunter.

Er war froh, niemanden zu sehen. Es wäre zwar ungewöhnlich, zu dieser Zeit niemanden in den Laboren anzutreffen, aber dennoch sandte er ein Stoßgebet zum Himmel, dass niemand ihn unnötig aufhalten möge.

Er war gerade im Begriff, seine Key-Karte zu scannen, als die Türe aufglitt und einer seiner Kollegen heraus trat.

«Wäre ja zu schön gewesen», dachte er.

«Hallo, Herr Sprenger, ich dachte, Sie hätten das Haus schon verlassen?»

«Hallo, Herr Farnström, dem war auch so, aber ich muss noch etwas überprüfen.»

Farnström nickte ihm höflich und zu verschwand in der Aufzugkabine. Seine Knie zitterten und sein Hemd klebte schweißnass am Rücken. Er warf einen Blick zurück den Gang hinunter und schlüpfte durch die Türe in den Laborbereich.
14:35 Uhr. «Verdammt», murmelte er.
Mit großen Schritten durchquerte er den Raum und streifte im Gehen sein Jackett ab, das er achtlos auf einen der Bürostühle warf. Hektisch durchwühlte er die Schubladen der Labortische, bis er fand, wonach er suchte. Er trat an die äußere Schleusenkammer, hob seine Key-Karte zum Scanner und zögerte. Für einen kurzen Augenblick schloss er die Augen und atmete tief ein.
Das Gerät quittierte mit einem kurzen Piepton, dass seine Karte vom System erkannt wurde. «Please enter your Code», erschien auf dem Display.
Über das Tastenfeld tippte er seine zehnstellige Zahlenkombination ein und sofort entriegelte die schwere Stahltüre.
Er huschte hindurch und schob augenblicklich die Türe hinter sich ins Schloss, die sich mit einem saugenden Geräusch verriegelte. Er hatte verdammt nochmal keine Zeit, sich an das vorgegebene Prozedere zu halten, weshalb er sofort die zweite Schleusentüre öffnete, ohne sich seiner Kleidung entledigt oder sich geduscht zu haben.
Nachdem die zweite Schleusentüre verschlossen war, musste er eine Minute warten, bis der Entriegelungsmechanismus zur dritten Schleuse grünes Licht zeigte. Seine Ohren schlossen sich aufgrund des Unterdrucks.
Er fasste sich an die Nase, um einen Druckausgleich zu machen. Mit einem leisen Knacken entspannten sich seine Trommelfelle.

Er riss einen Schutzanzug vom Haken, der auf der linken Brustseite seinen Namen trug, öffnete den Verschluss, streifte seine Schuhe von den Füßen und stieg in den Anzug. Der Einstieg mit Anzughose und Hemd kam ihm ungleich schwieriger vor, als mit dem sonst üblichen Einweg-Overall.

Es kostete ihn einige Mühe sich die Haube über den Kopf zu stülpen, achtete aber sorgsam darauf, dass der Anzug luftdicht verschlossen war. Er wickelte sich den Schlauch für die externe Luftversorgung um den Arm und trat durch die letzte Schleuse.

Es befremdete ihn immer wieder aufs Neue, dass man durch den Unterdruck in einem Sicherheitslabor Geräusche ganz anders wahrnahm, als in einem Raum mit normalem atmosphärischem Druck. Er griff nach einem der Spiralschläuche, die von der Decke baumelten und koppelte seinen Schlauch an die Luftversorgung an.

Augenblicklich strömte kühlere Luft in seinen Anzug. Schweißperlen standen ihm auf der Stirn. Schnell hatte er die wenigen Meter zum Gefrierschrank zurückgelegt.

Auch dieser war mit einem digitalen Zahlenschloss versehen. Die dicken Gummihandschuhe würden ihn zwingen, seinen Code sorgsam in das Tastenfeld einzugeben, da schon eine einmalige Falscheingabe die sofortige Sperrung des Schlosses für 15 Minuten zur Folge hatte, bis er es erneut versuchen konnte. Und das wollte er auf keinen Fall riskieren. Er legte die Finger ineinander und zupfte seinen rechten Handschuh zurecht, dann begann er langsam eine Zahl nach der anderen einzutippen und quittierte mit Enter.

Zischend glitt die Türe zur Seite hin auf und gab den Blick auf hunderte kleiner, vor Kälte dampfender Röhrchen frei.

Im Kühlschrank herrschten konstant minus 80 Grad Celsius. Diverse Sicherheits- und Rückfallsysteme trugen dafür Sorge, dass sich daran nichts änderte.
Da auch für die Lagerung biologischen Materials eine strenge Ordnung vorgegeben war, fand er schnell, wonach er suchte. Behutsam ergriff er das Röhrchen am Deckel und schob die Türe wieder zu, die sich mit einem schmatzenden Geräusch verriegelte.
Er blickte sich hektisch im Labor um. Nie hatte er, seit er am Zentrum war, bewusst darauf geachtet, meinte aber irgendwann eine Uhr im Labor gesehen zu haben. Sie befand sich über der Schleusentüre. Gerade sprangen die Zahlen auf 14:41 Uhr. «Scheiße, nichts wie raus hier.»

Hotel Birkastan Solna

Salim saß unweit des ECDC im Hotelzimmer und beobachtete nach wie vor aufmerksam die Umgebung. Bisher schien alles normal und nichts erregte seinen Argwohn.
Wie gerne hätte er jetzt eine Zigarette geraucht, aber er dachte nicht daran, es zu riskieren, einen Brandmeldealarm auszulösen. Das Zimmer wollte er aber auch nicht verlassen.
Unruhig rutsche er auf seinem Stuhl hin und her. Die Uhr seines Handy zeigte mittlerweile 14:47 Uhr und Sprenger war noch immer nicht aus dem Gebäude gekommen. War etwas schief gelaufen?
Nein, er würde sicherlich gleich kommen. Dann plötzlich verließ eine Person das Gebäude. Angestrengt schaute er durch das Fernglas. Er justierte die Schärfe nach und erkannte Sprenger, der mit großen Sätzen die Treppe hinunter eilte.
Eilig raffte er seine Sachen zusammen und verließ das Hotelzimmer. So schnell es ging, ohne Aufsehen zu erregen, eilte er durch die Hotellobby, trat aus dem Gebäude und nahm auf dem Fahrersitz seines Wagens Platz, den er vor dem Hotel geparkt hatte.
Er startete den Motor, in dem Moment, als Sprenger vom Parkplatz auf die Straße Richtung Innenstadt einbog.
Sprenger fuhr schneller als es Salim lieb war. Er wollte nicht riskieren, von einer übereifrigen Streifenwagenbesatzung wegen zu hoher Geschwindigkeit angehalten zu werden, so hielt er zu Sprengers Wagen gebührenden Abstand. Vom ECDC war es nur eine Strecke von vier Kilometern bis zum Solna Center, einer großen Shopping-

Mall mit etlichen Geschäften, Restaurants und guten Parkmöglichkeiten. Salim hatte für die Übergabe bewusst diesen Ort gewählt, da es im Inneren kaum Kameraüberwachung gab und er unerkannt in der Menschenmasse würde abtauchen können. Sie hatten ihr Ziel fast erreicht. Sprenger, zwei Fahrzeuge vor ihm, bog nach links ab und hielt direkt auf das Einkaufscenter zu. Salim entschied, sich zurückfallen zu lassen und seinen Wagen in einer Seitenstraße abzustellen. Sprenger müsste ja zwangsläufig zur Bank am Südeingang kommen. Patrick parkte den Wagen in einer freien Lücke am Straßenrand. Gehetzt schaute er nach allen Richtungen. Für einen kurzen Moment glaubte er, im Rückspiegel ein Fahrzeug entdeckt zu haben, das ihm zu folgen schien. Wahrscheinlich spielte ihm seine Wahrnehmung nur einen Streich.

Die Zeit, die es erforderte, durch die Kontaminationsschleuse zu gehen und auf die Freigabe der anderen Schleusen zu warten, kam ihm endlos vor. Erfreulicherweise war ihm niemand begegnet, als er das Gebäude mit dem Behälter, den er in seinem Jackett eingewickelt hatte, verließ.
Ein Blick zur Uhr verriet ihm, dass er sich beeilen musste. Er hatte mit Alina erst einmal das Solna Center besucht, meinte sich aber an die Phalanx von Kundenschließfächern in der Nähe des Eingangs zu erinnern. Er näherte sich einem Eingang zum Center, von dem er annahm, dass es der Südeingang sein könnte. Aber er konnte nirgends eine Bank sehen. Fahrradständer, Kinderspielgeräte, diverse Werbetafeln, aber keine Bank.
«Verdammt», fluchte er, umrundete zur Hälfte das Gebäude und

kam an einen noch größeren Eingang. Dort, in der Nähe mehrerer Büsche, stand eine Bank.

Sich vergewissernd, ob in der Nähe nicht noch andere Bänke standen eilte er hinüber. Er ließ sich darauf nieder und versuchte so unauffällig wie möglich auszusehen. Seine Hand glitt unter die Sitzfläche und strich an der Unterseite der von «der Stimme» beschriebenen Stelle entlang. Nichts. *«Fuck, da ist nichts.»*

Er wollte sich schon wieder erheben, als er die Hand noch ein Stück weiter schob und seine Finger tatsächlich einen Gegenstand ertasteten, der mit einem Tape befestigt war.

Mit dem Fingernagel zupfte er vorsichtig an dem Tape und löste den Gegenstand vollständig ab. Er öffnete seine Hand und fand einen kleinen Schlüssel in seiner Handfläche.

Er verharrte einen Augenblick. Wurde er beobachtet? Dessen war er sich sicher, aber es war unmöglich, in der schieren Masse der Menschen ein bestimmtes Gesicht auszumachen.

Seine Gedanken schweiften zu Alina. Er konnte nur ahnen, wie sie sich fühlte, welche Ängste sie durchlitt. Er dachte an seine geliebte kleine Chloé und wie glücklich sie am Wochenende noch waren. Er fühlte sich so hilflos, machtlos, gelähmt. Er dachte an seinen Vater, zu dem er immer aufgeschaut hatte, seinem Held aus Kindheitstagen. Die Angst, Chloé vielleicht nie wieder zu sehen, brachte ihn fast um den Verstand. Es war lange her, dass er gebetet hatte.

Ob seinem schier grenzenlosen Gefühl der Hilflosigkeit schloss er die Augen und sagte: «Herr im Himmel, beschütze unser Kind und hilf, dass wir sie heil wiederbekommen.»

Dann erhob er sich und betrat das Solna Center.

Die Kundenschließfächer waren leicht zu finden. Fast auf Anhieb fand er das Schließfach mit der Nummer 10. Er sollte sich nicht immer so auffällig umschauen, dennoch fühlte er, dass irgendjemand ihn beobachtete. Er steckte den Schlüssel ins Schloss und entriegelte das Schließfach. Es war wie von dem unbekannten Anrufer beschrieben. Um sein Tun vor neugieren Blicken zu schützen kramte er den Behälter aus seinem Jackett und legte diesen zunächst in das Schließfach, griff nach der Dose Rasierschaum und drehte den Deckel ab.
Die Dose fühlte sich wesentlich robuster und schwerer als eine herkömmliche Rasierschaumdose an.
Nach Entfernen des Deckels erkannte er, dass die Dose doppelwandig und isoliert war. *«Du cleveres Dreckschwein.»*
Er öffnete den Transportbehälter aus dem Labor und entnahm ihm, vorsichtig am Deckel fassend, das Röhrchen, wickelte es aus der Aluminiumfolie und steckte es in die Öffnung der Dose. Danach verschraubte er den Deckel. Ihm ging die Möglichkeit durch den Kopf, dass er sich, wenn P.A. und Helena nicht sauber gearbeitet hätten, durch das Berühren des Röhrchens infiziert haben könnte, blendete den Gedanken aber sofort wieder aus.
Er inspizierte die Rasierschaumdose und drehte entgegen des Uhrzeigersinns am Boden der Dose. Er vermutete, dass er durch das Drehen des Bodens eine Stickstoffkartusche aktivieren würde, welche für eine gewisse Zeit die Kühlung des Virus sicherstellen würde. Plötzlich spürte er den Widerstand und zischend und pfeifend strömte ein Gas in die Dose. Die Kälte, die sich in der Dose auszubreiten schien, war deutlich spürbar.

Er stellte die Dose in das Schließfach, verriegelte es, stopfte den Transportbehälter und die Aluminiumfolie in die Tasche seines Jacketts und verließ das Einkaufscenter.
Das Klebeband hatte er nicht von dem Schlüssel abgezogen, um es wieder an seinem Ursprungsort zu befestigen, dann ging er zurück zum Wagen und trat die Rückfahrt zum ECDC an. Er hatte seinen Teil erfüllt.

Salim hatte ihn aus sicherer Entfernung beobachtet.
Einige Male hatte Sprenger in seine Richtung gesehen. Salim war sich nicht sicher, ob Sprenger sich an sein Gesicht erinnerte.
Er folgte ihm durch den Eingang des Einkaufscenters und setzte sich unweit der Schließfächer in ein Passagen-Café.
So konnte er Sprenger, den Eingang und die vorbeilaufenden Menschen beobachten.
Kaum, dass er Platz genommen hatte, kam eine junge Kellnerin, die seine Bestellung aufnehmen wollte. Er winkte ab und sagte: «Im Moment nichts.» Er würde ohnehin nicht lange bleiben.
Immer seine Umgebung beobachtend, sah er, wie Sprenger einen Gegenstand in das Schließfach legte. Sprenger stand mit dem Rücken zu Salim, so dass er nicht genau sehen konnte, was er tat.
Sprenger schloss das Fach und verstaute etwas, das wie eine Plastikflasche aussah. Anschließend wandte er sich um.
Sprenger lief an ihm vorbei und schien tatsächlich nicht das Leiseste zu ahnen. Aus sicherer Distanz sah er, wie Sprenger in seinen Wagen stieg, wendete und in die Richtung zurückfuhr, aus der er gekommen war.

Salim zwang sich zur Geduld. Er wollte sicher gehen, dass niemand Sprenger observiert hatte. Nach drei Minuten, eilte er zur Bank, barg den Schlüssel, den Sprenger wieder exakt an die gleiche Stelle geklebt hatte und ging damit zum Schließfach zurück.

Patrick zitterte am ganzen Leib, als er in seinem Wagen saß und zurück zum ECDC fuhr. Er öffnete seinen Messenger und tippte eine kurze Nachricht für Alina. «Alles erledigt. Melde mich, sobald ich was höre. Liebe Dich.»

Er parkte an derselben Stelle wie zuvor und stieg aus. Diesmal hatte er keine Eile, weshalb er die Stufen zum Zentrum langsamer empor stieg. Seine Gedanken kreisten. Hoffentlich meldete sich dieser Irre bald und gab ihnen ihre Tochter zurück. Er lockerte seine Krawatte. Erneut passierte er den Empfang und nickte dem Wachmann dahinter freundlich zu, der seinen Gruß diesmal nicht erwiderte.

Er näherte sich dem Aufzug, als er sich plötzlich von vier Wachleuten umringt sah. Ein Mann, den er als den Sicherheitschef des Zentrums erkannte, trat auf ihn zu. «Herr Dr. Sprenger, wir möchten Sie bitten, uns zu begleiten.»

«Na toll, jetzt bin ich erledigt.»

Er gab sich überrascht und fragte: «Wieso? Was kann ich für Sie tun? Gibt es ein Problem?»

Ein fast unmerkliches Nicken des Sicherheitschefs in Richtung seiner Leute und sie flankierten ihn von allen Seiten.

«Die Direktorin möchte Sie in einer dringenden Angelegenheit sprechen.» Er deutete mit der Hand zum Aufzug. «Darf ich bitten!»

Patrick gehorchte widerwillig.

Was für eine Wahl hatte er denn schon? Eine Flucht würde ohnehin keinen Sinn machen und seine Karriere im ECDC könnte die kürzeste in der gesamten Geschichte des ECDC, ach was, in der gesamten Organisation der Europäischen Union sein. Das alles war ihm in diesem Moment gleichgültig. Er wollte nur seine Tochter wiederhaben. Er fühlte sich mehr als unbehaglich. Flankiert von fünf Wachtleuten, die jeder einen Kopf größer zu sein schienen, in der engen Kabine des Aufzugs. Der Sicherheitschef bat ihn, seine Taschen zu leeren und ihm alles auszuhändigen, was er bei sich trug. Patrick gehorchte. Der Sicherheitschef ließ ihm den Vortritt als die Fahrstuhlkabine sich öffnete und deutete mit der Hand, den Gang hinab zu gehen. Als sie die Türe zum Büro der Direktorin erreichten, klopfte der Sicherheitschef und trat, ohne eine Antwort abzuwarten, ein.

«Frau Dr. Gergely, ich bringe Ihnen Dr. Sprenger.»

Sie saß hinter ihrem Schreibtisch und nickte ihm zu.

«Gut, Dankeschön.»

«Brauchen Sie mich hier?»

«Nein, danke. Aber warten Sie bitte draußen», sagte sie.

Er nickte andeutungsweise und ging. Patrick fühlte sich wie ein ertapptes Kind, das etwas Böses angestellt hatte. Er spreizte seine Arme ab. «Sie haben mich rufen lassen?» und deutete in Richtung der Türe, aus der der Sicherheitschef verschwand. Mit einem Blick, den er nicht deuten konnte, musterte sie ihn. «Nehmen Sie bitte Platz.» Er umrundete den Stuhl und nahm ihr gegenüber Platz. Lange Sekunden sah sie ihn nur an. «Herr Dr. Sprenger, was haben Sie heute gegen 14:45 Uhr im Labor gemacht?»

Ankara

Es herrschte großes Gedränge am Gepäckband. Salim schob sich vorwärts durch die Menge und hielt nervös nach seinem Koffer Ausschau. Während des Fluges von Stockholm nach Istanbul zwang er sich, ein wenig zu schlafen, was ihm jedoch nur leidlich gelungen war.

Beim Check-In und der Gepäckkontrolle auf dem Arlanda Airport waren seine Nerven zum Zerreißen gespannt gewesen. Ahmad hatte ihm versichert, dass die Rasierschaumdose in seinem Hygienebeutel beim Durchleuchten völlig unauffällig aussähe. Ahmad hatte die Dose mit einer dünnen Bleifolie abgeschirmt, sodass man sein Innenleben nicht erkennen konnte.

Er hoffte, dass dies auch für die Kühldauer zutraf, hatte Ahmad ihm doch die Kühlung für vierundzwanzig Stunden garantiert. Und das würde ausreichend sein. Wegen der Sicherheitskontrollen in Istanbul und Ankara machte Salim sich weniger Sorgen, da man es dort mit der Sicherheit nicht allzu genau nahm.

Sein Flug nach Istanbul hatte fast sechs Stunden gedauert, dort stieg er in eine kleinere Maschine um und war nach Adana weitergeflogen. Ahmad hatte dafür gesorgt, dass ein Auto für ihn bereit stand, mit dem er, sobald er seinen Koffer in Empfang genommen hatte, nach Syrien weiterfahren würde. In Aleppo würden sie sich treffen.

ECDC

«Ich frage Sie noch einmal, was haben Sie im Labor gemacht?», fragte die Direktorin eindringlich.
Patrick schwieg beharrlich. Seine Gedanken kreisten um seine Tochter und seine Frau. Der Sicherheitschef hatte sein Handy konfisziert und alles, was er sonst noch bei sich trug. Wie sollte er den Anruf des Entführers entgegen nehmen? Was, wenn der Mann sich gar nicht mehr meldete? Alina wartete bestimmt auf eine Nachricht und er saß hier fest.
Ein Klopfen riss ihn aus seinen Gedanken.
«Ja bitte?!», sagte die Direktorin.
Der Sicherheitschef trat ein und übergab der Direktorin eine Mappe.
Sie bedankte sich und der Mann entfernte sich wieder. Erst jetzt wurde ihm bewusst, wie unsympathisch dieser Kerl war.
Patrick versuchte, einen Blick zu erhaschen, als sie sich in ihrem Sessel zurücklehnte und die Mappe aufschlug.
Sie überflog die Seiten und richtete ihren bohrenden Blick auf Patrick. «Das sind die Nachrichten, die Sie in den letzten fünf Stunden von ihrem Handy aus versandt haben. Herr van Reuss, unser Sicherheitschef, hat Ihr Handy auswerten lassen.»
«Wann bekomme ich mein Telefon zurück?», wollte Patrick wissen.
Sie schüttelte ungeduldig den Kopf.
«Hören Sie, Sie verstehen das nicht, ich brauche dieses Telefon», flehte Patrick.

«Sie haben Ihrer Frau geschrieben: Alles erledigt! Melde mich, sobald ich was höre…» Ich frage Sie nochmals, was haben Sie im Labor getan und was hat diese Nachricht zu bedeuten? Und was verstehe ich nicht?»
Er rieb sich nervös die Hände und wich ihrem durchdringenden Blick aus.
Für eine Sekunde überlegte er, ob er ihr erzählen sollte, was geschehen war.
«Also gut», sagte sie resigniert, «wenn Sie nicht mit mir kooperieren wollen, zwingen Sie mich, den Vorfall an die Polizei zu übergeben.»

Adana – Türkei

Erleichtert zog Salim seinen Koffer, einer der letzten, vom Gepäckband und bahnte sich seinen Weg zum Parkplatz. Nachdem er sich kurz orientiert hatte, fand er den Toyota, den Ahmad für ihn hatte bereitstellen lassen, in einer wenig beleuchteten Ecke des Parkplatzes. Ahmad hatte den Auftrag, einen zuverlässigen Geländewagen zu besorgen, der über genügend Tankreserven verfügte.
Der Schlüssel lag wie vereinbart auf dem rechten Vorderrad. Er legte den Trolli in den Kofferraum und zündete sich eine Zigarette an. Seit er in Stockholm abgeflogen war, war dies seine erste Zigarette und mit geschlossenen Augen, genoss er den ersten Zug.

Salim öffnete die Beifahrertüre und kramte im Handschuhfach nach dem Navigationsgerät, in dessen Speicher die Route, die er vor sich hatte, eingespeichert war. Sofort nach dem Einschalten begann es nach verfügbaren Satelliten zu suchen.
Nachdem er den Wagen umrundet hatte, ließ er sich auf dem Fahrersitz nieder, befestigte das Navigationsgerät in der Halterung und verband das Kabel mit der 12V-Stromversorgung.
Seine Hand fuhr unter seinen Sitz und tastete nach der Pistole, die dort deponiert sein sollte.
Er hatte sich seiner Pistole in Schweden entledigen müssen und hatte sie auf dem Weg zum Flughafen Arlanda in einen See geworfen, an dem er vorbeifuhr. Nicht, dass er die Waffe dringend gebraucht hätte, aber er wollte für jeden denkbaren Fall gewappnet sein.
Nichts würde ihn aufhalten, bis er geliefert hatte, wozu er beauftragt worden war. Dazu gehörte auch das Mädchen.
Er ließ das Magazin aus dem Griffstück gleiten und vergewisserte sich, dass das Magazin gefüllt war, schob es zurück, lud die Pistole durch und steckte sie in den Bund seiner Hose.
Nach zwei weiteren tiefen Zügen schnippte er die Zigarette weg, startete den Motor und fuhr vom Parkplatz.
Ein Blick auf die Uhr zeigte ihm, dass er gut in der Zeit lag. Er steckte sich eine weitere Zigarette an, als er mit konstant 120 km/h über die nächtliche Autobahn Richtung Süden fuhr.
Ihr ursprüngliches Ziel galt einem anderen Erreger. Es war mehr als nur Zufall, als er die SMS erhielt, dass ein wesentlich potenterer Erreger aufgetaucht war. Für ihn war dies eine Fügung Allahs.

Nicht, dass es etwas an dem ursprünglichen Plan geändert hätte, lediglich das Ziel war ein Neues. Eine wesentliche Änderung hatte es jedoch gegeben. Das Kind sollte in der Scheune zurückgelassen werden, sobald er das Virus hatte. Sprenger hätte eine Nachricht bekommen, wo er seine Tochter finden könne und das wäre es gewesen.

Sein geistiger Vater schien jedoch andere Pläne mit dem Kind zu haben, weshalb er ihm auftrug, sie nach Damaskus zu bringen. Ob er das Mädchen für sich oder an Kunden mit gewissen Präferenzen verkaufen wollte, war ihm einerlei. Er hatte seinen Auftrag. Das Mädchen würde sicherlich einmal bildschön sein, was den Preis natürlich enorm in die Höhe schnellen ließ.

Für ihn bedeutete es, dass er einen größeren Aufwand damit hatte, das Kind aus Schweden zu schleusen. Das hatte ihm nicht gefallen. Ganz und gar nicht.

Der Mann, dem er ergeben diente, würde in naher Zukunft schon eine neue Weltordnung erschaffen haben. Der Islam würde endlich die Stellung in der Welt einnehmen, die ihm vorbestimmt war. Ein globaler Gottesstaat, ein Großkalifat, in dem sein geistiger Vater als Statthalter Allahs regieren würde.

Endlich würden nach den Gesetzen des Korans wieder Recht und Ordnung einkehren.

Dazu mussten alle Ungläubigen und Abtrünnigen vom Antlitz der Erde getilgt werden, hierfür war ihnen jedes Mittel recht.

Salim warf einen Blick auf das Navigationsgerät. In fünf Stunden würde er an der syrischen Grenze sein.

Stockholm

Patrick war von van Reuss an vier zivile Beamte übergeben worden, die ihn aus dem Zentrum eskortierten. Er saß auf dem Rücksitz des Volvos, rechts und links je ein Zivilbeamter. Sie hatten darauf verzichtet, ihm Handschellen anzulegen. Die Fahrt Richtung Stadtmitte hatte nur wenige Minuten gedauert. Das Gebäude, in das sie ihn brachten, hätte er niemals als Polizeistation identifizieren können, nichts deutete äußerlich darauf hin. Es schien eher ein normaler Bürokomplex zu sein, in dem sich Ärzte und Anwälte niedergelassen hatten.

Mit einem Aufzug fuhren sie in die dritte Etage und man platzierte ihn in einem fensterlosen, spärlich eingerichteten Raum, dann verließen sie ihn. *«Was ist das für eine Behörde?»*, fragte er sich.

Nach einigen Minuten betrat ein Mann den Raum. Er schien im Alter seines Vaters zu sein, war groß, gepflegt und trug einen perfekt sitzenden Anzug. Pathetisch zog er sich den Stuhl heran und nahm ihm gegenüber Platz.

«Mein Name ist Arvid Bengston. Ich bin der leitende Ermittler der Sektion Nord Mitte», sagte er in perfektem Englisch. «Wollen Sie einen Dolmetscher?»

Patrick schüttelte den Kopf.

«Wo bin ich hier?», fragte er Bengston.

«Sie befinden sich bei der SäPo, der Sicherheitspolizei.» Er sah Patricks verständnislosen Blick und fügte hinzu: «Beim schwedischen Inlandsgeheimdienst.»

«Ihre Vorgesetzte hat uns über einen, sagen wir mal, sicherheitstechnischen Vorfall informiert.
Sie haben heute um genau 14:36 Uhr das Sicherheitslabor betreten. Dieser Zutritt war unautorisiert. Was wollten Sie im Labor?»
Patrick wich schweigend seinem Blick aus.
«Sie hielten sich etwa fünf Minuten darin auf. Haben Sie etwas aus dem Labor mitgenommen?», fragte Bengston weiter.
Bengston lehnte sich zurück und faltete seine Hände vor dem Bauch.
«Hören Sie», ermahnte Bengston eindringlich. «Sie können mit uns kooperieren oder weiterhin auf Stur schalten und beharrlich schweigen. Aber letzteres, das kann ich Ihnen versprechen, wird Ihnen wenig nützen.»
Patrick wischte sich seine schweißnassen Hände ab.
«Hören Sie mir bitte zu», sagte er flehend, «ich benötige ganz dringend mein Telefon.»
«Erwarten Sie einen dringenden Anruf?», wollte Bengston wissen.
Er wandte sich der Einwegscheibe zu, welche fast die gesamte Wand zu seiner linken einnahm, «bringt mir sein Telefon.»
Einen kurzen Augenblick später öffnete sich die Türe und eine Beamtin in seinem Alter überreichte Bengston einen mit «Evidence» bedruckten Plastikbeutel, den er wortlos entgegen nahm.
Die Beamtin entfernte sich wieder.
Bengston legte den Beutel vor sich auf den Tisch und sah Patrick durchdringend an.
«Ich vermute mal, dass Sie in Schwierigkeiten stecken.

Wollen Sie nicht doch mit uns kooperieren?.»
Patricks Blick wanderte zu seinem Mobiltelefon.
«Was ist das für ein Anruf, auf den Sie warten?» fragte Bengston. «Seit Ihrer Festnahme sind keine Anrufe auf Ihrem Telefon eingegangen. Das haben wir bereits überprüft.»
Patrick war kurz davor, in Panik auszubrechen. Seine Hände begannen zu zittern. *«Warum ließ dieser erlösende Anruf so lange auf sich warten?»*
Er hatte sich genau an die Anweisungen gehalten, hatte genau das getan, was der Entführer verlangt hatte. Ich habe keine andere Wahl, ich werde es ihnen erzählen müssen. Der Entführer würde sich vielleicht nie wieder melden und wollte er das Leben seiner Tochter retten, musste er kooperieren.
«Ich werde Ihnen sagen was los ist, aber erst müssen Sie mir eine Bitte erfüllen», sagte er an Bengston gewandt.
Bengston zog die Stirn kraus. «Eigentlich sind Sie ja nicht in der Position, irgendwelche Bitten oder Forderungen zu stellen, aber was wäre das?»
«Bitte benachrichtigen Sie meine Frau. Sie weiß nicht wo ich bin sie macht sich sicher Sorgen.
In unserer Wohnung befindet sich mein Laptop. Darauf finden Sie eine Video-Datei, die vieles erklären wird. Würden Sie das für mich tun?»
«Ich habe meine Leute bereits schon vor einer halben Stunde zu Ihrer Wohnung beordert, die in diesem Moment Ihre Wohnung durchsuchen. Wir lassen Ihre Frau dann hierher bringen.»
«Danke», sagte Patrick.

Aleppo – Syrien

Salim war gut vorangekommen und hatte die Grenze nach Syrien über einen kleinen, ungesicherten Gebirgspass passiert. Es war weniger eine Straße als ein schmaler Pfad, der ohne geländegängigem Fahrzeug nicht zu überqueren gewesen wäre. Es dämmerte bereits, als er Aleppo erreichte. Langsam schlängelte er sich durch die Straßen, welche mit Trümmern, Müll und ausgebrannten Fahrzeugen übersäht waren. Die Kämpfe der vergangenen Monate hatten ihre Spuren hinterlassen. Manche Stadtteile waren nur noch Ruinen, deren zerbombten, rußgeschwärzten Häuser wie faulige, abgebrochene Zahnstümpfe in die Höhe ragten. Nur gelegentlich begegnete er Menschen, die ängstlich und geduckt über die Straße huschten.

Salim fuhr die Hauptstraße hinunter und erreichte die Zitadelle in der Altstadt Aleppos. Er umrundete das Gebäude und bog in eine kleine Seitenstraße ein.

Er schaltete das Licht aus und näherte sich dem kleinen Haus am Ende der Straße.

Ahmad schien ihn gehört zu haben, denn er wartete bereits in der Hofeinfahrt. Salim stellte den Wagen ab und stieg aus.

«As-salāmu ʿalaikum, mein Bruder», begrüßte ihn Ahmad und umarmte ihn herzlich.

«Komm rein, ich habe was zu essen, Du bist bestimmt hungrig.»

«Warte, was ist mit dem Behälter?», fragte Salim.

«Bring ihn rein, ich habe Trockeneis, damit werden wir ihn weiter kühlen.»

Salim holte seinen Koffer und folgte Ahmad ins Haus.
«Wo ist das Mädchen?»
«Im Schlafzimmer», sagte Ahmad, «sie schläft.»
«Gab es irgendwelche Probleme?», fragte Salim.
«Die Kleine war während des Fluges einmal kurz wach und rief nach ihrer Mutter. Ich habe ihr zwei, in Apfelsaft aufgelöste, Tabletten verabreicht. Seitdem schläft sie.»
«Sehr gut, lass uns beten und dann essen», sagte Salim.

Stockholm

Patrick fühlte sich elend. Ihm war nach Weinen und Schreien zumute. Seine Ellbogen auf der Tischkante abgestützt, verbarg er das Gesicht in seinen Händen. Hätte er doch sofort die Polizei einschalten sollen? Er hatte einem mutmaßlichen Terroristen ein todbringendes Virus in die Hände gegeben, für den es keinen Impfstoff gab der, wenn er freigesetzt würde und nicht rechtzeitig ein Gegenmittel zur Hand wäre, die halbe Menschheit ausrotten könnte. Der Entführer hätte ja nur unter Laborbedingungen überprüfen können, was für einen Erregertyp Patrick ihm geliefert hatte ob dieser überhaupt lebend und aktiv gewesen wäre.
Er hatte diese Möglichkeit durchaus in Betracht gezogen, aber dann hätten sie seiner Tochter etwas angetan, davon war er überzeugt.

Nur deshalb, vermutete er, behielten sie sie weiter in ihrer Gewalt. Seine Gefühle schwankten zwischen Wut, Angst und Verzweiflung er konnte nicht definieren, welches Gefühl vorherrschte. Alle Selbstvorwürfe halfen ihm jetzt nicht weiter.
Die Türe des Vernehmungsraumes ging auf.
«Alina!», er sprang auf und sie fielen sich in die Arme.
Sie schluchzte an seiner Brust. Er küsste ihre Stirn und streichelte ihr beruhigend durchs Haar.
«Jetzt wird alles gut», sagte er zuversichtlicher als er es war.
«Oh Schatz, wo ist unser kleiner Engel? Glaubst Du, es geht ihr gut? Glaubst Du, sie...» ihre Stimme erstarb, während sie wieder zu schluchzen begann.
Patrick hob seinen Kopf und begegnete Bengstons Blick, der ihm mitfühlend zunickte. Er stand im Flur vor dem Vernehmungsraum.
Bengston wartete geduldig, bis Alina sich beruhigt hatte.
«Darf ich Ihnen etwas bringen lassen?» fragte er. «Wasser? Kaffee? Etwas anderes?»
«Ja, bitte», antwortet Alina mit belegter Stimme, «ein Kaffee wäre schön.»
Auf Bengstons Nicken hin verschwand einer seiner Mitarbeiter.
«Lassen Sie uns in mein Büro gehen», sagte Bengston und deutete mit der Hand den Gang hinunter.
«Ich habe unsere Eltern angerufen», sagte Alina, als sie den Flur entlang gingen. «Meinen Vater habe ich nicht erreicht, der ist geschäftlich in Prag, aber meine Mutter und Deine Eltern wissen Bescheid.»
«Das ist gut», sagte Patrick. «Kommen sie?»

Alina zuckte mit den Schultern, «Das weiß ich nicht, solange konnten wir nicht reden.»
Sie folgten Bengston bis zu einem Raum am Ende des Ganges.
Mit einer einladenden Handbewegung führte Bengston sie in sein Büro.
Der Raum war überraschend groß, freundlich aber funktional eingerichtet. Vor einer großen Fensterfront stand ein rustikaler Schreibtisch, der sicherlich nicht zur Standardausstattung einer Polizeidienststelle gehörte.
Bengston deutete auf eine kleine Sitzgruppe zu seiner Linken, bot ihnen an, Platz zu nehmen. Er hatte kaum die Türe geschlossen, als ein Mitarbeiter klopfte, ein Tablett hereintrug, das er auf dem Tisch vor ihnen abstellte und Tassen, Milch und Zucker darauf verteilte.
«Danke, Ole», sagte Bengston.
Der Mann nickte und zog sich zurück.
Bengston schenkte jedem Kaffee ein und nahm auf einem Sessel Platz.
Alina füllte Milch und Zucker in ihre Tasse und rührte gedankenverloren um.
Bengston räusperte sich: «Herr und Frau Sprenger, ich habe das Video, das Sie erwähnten, bereits gesehen.»
«Ich weiß», unterbrach ihn Patrick, «wir hätten sofort…»
«Nein, Herr Sprenger, », fiel ihm Bengston ins Wort, «ich hätte an Ihrer Stelle vielleicht genauso gehandelt. Ich will ehrlich zu Ihnen sein. Selbst wenn Sie umgehend die Polizei eingeschaltet hätten, wäre der Zeitkorridor viel zu eng gewesen, als dass wir effektive Maßnahmen hätten ergreifen können.

Und hätten wir auf Zeit gespielt, wäre der Entführer unter Umständen argwöhnisch geworden. Seine Drohungen waren diesbezüglich unmissverständlich. Es macht Ihnen niemand einen Vorwurf. Sie waren in dieser Situation emotional in einem Ausnahmezustand trotzdem haben Sie intuitiv das, aus ihrer Perspektive, Richtige gemacht.

Ich, respektive meine Behörde und ich, müssen nun schauen, wie wir den Schaden begrenzen und was viel wichtiger ist, wie wir Ihre Tochter zurückbekommen. Ich kann Ihnen versichern, dass meine Leute bereits mit Hochdruck daran arbeiten. In den nächsten Stunden werden wir mehr erfahren. Bis dahin bitte ich Sie um Geduld.»

Patrick und Alina nickten.

«Erzählen Sie mir, wie der heutige Tag bis zu ihrer Festnahme verlaufen ist? Am besten einer nach dem anderen.»

Patrick und Alina sahen einander an. «Soll ich anfangen?» fragte Patrick.

«Ja, mach Du. Mein Tag ist schnell erzählt.»

Patrick schilderte, wie er nach dem Aufstehen heute Morgen das Haus gegen 06:30 Uhr verlassen hatte und wie er zuvor in dem Tante-Emma-Laden einen Kaffee und eine Tageszeitung gekauft hatte, bevor er ins Zentrum gefahren war und sich ins System eingeloggt hatte.

Bengston nickte: «Ja, da haben Sie sich um 07:03 Uhr ins System eingebucht. Weiter?»

Er schilderte die Geschehnisse im Labor bis zur Mitteilung des bestätigten Ebola Verdachtsfalles an seine Direktorin.

Er ließ nichts aus, nicht einmal, dass er in der Cafeteria Käsekuchen

für sich, P.A. und Helena gekauft hatte und wie sie diesen, bei einer Tasse Kaffee, auf dem Dach des Zentrums genossen hatten.
«Ich habe die Arbeit dann früher verlassen, weil meine Frau mitteilte, dass unser Kindermädchen mit der Kleinen noch nicht zu Hause war, als sie von der Schule zurückkam. Wir machten uns Sorgen. Und dann kam diese SMS. Der Rest ist Ihnen ja schon bekannt.»
«Wann haben Sie das Haus verlassen?», wandte Bengston sich an Alina.
«So gegen halb neun», sagte sie.
«Ich hatte heute vier Stunden Unterricht.» Es hätte eigentlich genügt, wenn ich um neun Uhr los gefahren wäre, aber ich wollte meinen Unterricht noch vorbereiten.»
«Wann kam das Kindermädchen?»
Alina überlegte kurz. «Das muss so kurz nach acht Uhr gewesen sein. Wir tranken schnell einen Kaffee miteinander, bevor ich ging.»
«Hatte sie erwähnt, ob sie plante, mit ihrer Tochter etwas zu unternehmen?», fragte Bengston.
«Nein, nichts. Ich hätte das jetzt auch nicht erwartet.
Es kam schon vor, dass sie mit der Kleinen einen Spaziergang unternommen hat oder mit ihr auf dem Spielplatz gewesen war. Das wäre nichts Außergewöhnliches gewesen. Zumal sie immer wieder zu Hause waren, wenn ich von der Schule nach Hause kam.»
«Wie war doch gleich ihr Name?»
«Arjona», antwortete Alina, «Arjona Krasniqi.»
«Und wie haben Sie sie gefunden?», fragte Bengston weiter, als er sich den Namen auf einen Notizblock schrieb.
«Wir hatten ein Inserat geschaltet in der Dagens Nyheter, kurz

nachdem ich die Zusage bekommen hatte.
Den Anzeigetext hat mir eine Lehrerkollegin aufgesetzt. Wir können beide kein Schwedisch» sagte Alina.
«Und wie lange war sie bei ihnen? Vier Monate?»
«Knapp fünf», antwortete Patrick.
«Gab es in dieser Zeit irgendwelche Auffälligkeiten»?
«Absolut nicht», sagte Alina. «Die Kleine mochte Arjona vom ersten Tag an. Sie war immer sehr zuverlässig und wir hatten keinen Grund zur Klage.»
«Ok», brummte Bengston, der weitere Notizen auf den Block kritzelte. «Wann kamen Sie von der Schule?»
Alina überlegte kurz. «Wann habe ich Dich angerufen?» fragte sie an Patrick gewandt. «So gegen eins? Viertel nach eins? Na, kurz davor würde ich sagen.»
«Glauben Sie, Arjona hat etwas mit dem Verschwinden unserer Tochter zu tun?» fragte Patrick an Bengston gewandt.
«Das wissen wir noch nicht. Wir können es momentan jedenfalls nicht ausschließen. Deshalb ist es wichtig für uns, den zeitlichen Ablauf so genau wie möglich zu rekonstruieren. Können Sie mir über den Mann auf dem Video etwas sagen, wenn es denn ein Mann war?»
Patrick schloss für einen kurzen Augenblick die Augen. «Die Gestalt war vermummt und die Stimme elektronisch verändert. Die Statur wirkte auf mich aber männlich.»
«Ist Ihnen am Tonfall, in der Wortwahl, dem Akzent, irgendetwas aufgefallen», bohrte Bengston weiter.
«Ich meine einen leichten Akzent gehört zu haben.

Ich konnte ihn aber keiner bestimmten Sprache zuordnen.»
«Meinen Sie damit, dass er Ausländer war?»
«Das kann ich nicht mit Bestimmtheit sagen, aber ich glaube, dass es kein Schwedischer Akzent war.»
«Gut. Hatten Sie, als Sie den Behälter in dem Schließfach deponierten, das Gefühl, beobachtet zu werden oder sind Ihnen irgendwelche Personen aufgefallen?», fragte Bengston.
«Nein», gab Patrick zur Antwort. «Ich habe bewusst darauf zu achten versucht, aber mir war niemand Besonderes aufgefallen.»
«Wie haben Sie eigentlich das Sicherheitssystem ausgetrickst, als Sie die Phiole aus dem Labor brachten?»
«Ich dachte nicht, dass es funktionieren würde», antwortete Patrick, «ich hatte das Eppendorfröhrchen mit einigen Lagen Aluminiumfolie umwickelt und gehofft, dass der Alarm nicht ausgelöst würde.»
«Ich muss noch einmal nachhaken. Sie haben dieses Ebola-Virus erst heute Morgen entdeckt. Ist das korrekt?»
«Richtig», sagte Patrick.
«Wer konnte von dieser Entdeckung gewusst haben?», wollte Bengston wissen.
Patrick hob die Schultern: «Außer mir, P.A., Helena, meiner Direktorin, im Prinzip das ganze Laborteam. Genau genommen jeder, der auf die CLC-Datei Zugriff hat. Vereinfacht ausgedrückt ist das CLC-System eine interne Datenbank, in der die Basenabfolgen aller viralen, eukaryotischen oder bakteriologischen Krankheitserreger erfasst sind.»
«Wie muss ich mir das vorstellen?» fragte Bengston. «Das Virus ist tiefgefroren, aber lebend?»

«Richtig. Dieses ist durch die Kühlung auf minus 80 Grad Celsius lediglich inaktiviert worden.»
«Und im Zuge der Erwärmung quasi wieder hochansteckend?.»
«Leider», antwortete Patrick.
«Welcher Gefahr sehen wir uns konfrontiert?», fragte Bengston.
Patrick sah ihm in die Augen: «Der Schlimmsten, Herr Bengston, die Sie sich vorstellen können. Mit dem nötigen Equipment und Knowhow lassen sich die Viren vervielfältigen. Diese strategisch verbreitet, könnten zu einer Pandemie ungeahnten Ausmaßes führen.»
«Ok, ich danke Ihnen. Das genügt mir. Mit Ihrem Einverständnis würde ich gerne Ihre Mobiltelefone, Festnetz und Ihren E-Mail Account überwachen lassen.»
Patrick und Alina nickten zustimmend. «Bekomme ich mein Telefon zurück? Falls der Entführer sich melden sollte?»
«Selbstverständlich. Sollte er sich melden, erfahren auch wir das.»
«Soll ich Sie nach Hause bringen lassen?», fragte Bengston.
«Danke», sagte Patrick, «das ist nicht nötig.
Wenn uns nur jemand zum CDC bringen könnte, fahren wir selbst nach Hause.»
«Gut, das kann ich veranlassen.» Bengston überreichte Patrick eine Visitenkarte. «Sie können mich jederzeit anrufen, wenn Sie Fragen haben oder Ihnen noch etwas einfällt. Und scheuen Sie sich nicht, es auch zu tun.»
Er ging zur Türe und sprach dort leise mit einem seiner Mitarbeiter, der offenbar vor der Türe gewartet hatte.
«Ole, mein Kollege, wird sie schnell zum Zentrum rüber fahren.»

«Wie geht's denn jetzt weiter?», wollte Alina wissen.
«Zuerst müssen wir Ihr Kindermädchen ausfindig machen und alle technischen Auswertungen abwarten. Sobald ich mehr weiß, melde ich mich bei Ihnen. Gehen Sie nach Hause versuchen etwas zur Ruhe zu kommen, vielleicht können Sie sogar etwas schlafen. Ich verspreche Ihnen, wir werden alles daran setzen, Ihre Tochter zu finden. Sollen wir Ihnen einen Betreuer zur Seite stellen?»
Alina liefen Tränen über die Wangen. «Nein, Danke.»
Bengston reichte ihnen die Hand und verabschiedete sie.

Ravensburg

David und Bea waren geschockt, als Alina völlig aufgelöst angerufen und ihnen mitgeteilt hatte, was geschehen war. Sie waren unterbrochen worden, als schwedische Kriminalbeamte die Wohnung gestürmt hatten. David hatte danach mehrere Stunden versucht, die beiden zu erreichen.

Auf Patricks Handy erreichte er nur die Mailbox und auf dem Festnetzanschluss lediglich den Anrufbeantworter.

Auf beidem hinterließ er die Nachricht, dass sie sich umgehend melden sollten. David hätte gerne auf nähere Details gewartet, aber Bea war nicht zu halten.

«Ich muss zu meinem Kind», hatte sie gesagt.

David hatte daraufhin sofort in Zürich angerufen und für sie einen Flug um 20:25 Uhr nach Stockholm gebucht.

Sie würden um 22:45 Uhr landen. Einen Leihwagen könnte er dort mieten.

Nachdem sie nur die nötigsten Dinge gepackt hatten fuhren sie los.

Als sie gerade ins Parkhaus am Züricher Flughafen einfuhren, klingelte sein Handy.

«Patrick? Gott sei Dank!»

«Hallo Papa. Alina und ich sind wieder zuhause.»

«Wir sind auf dem Weg zu euch. Unser Flug geht in neunzig Minuten», sagte David.

«Wann landet ihr?», wollte Patrick wissen.

«Planmäßig um 22:45 Uhr.»

Wir nehmen uns dort einen Leihwagen.»
«Quatsch, ich hole euch natürlich ab.»
«Das wirst Du nicht», insistierte David, «Du bleibst, wo Du bist und bei Deiner Frau. Das ist sicherer, glaub mir.»
«Ok», sagte Patrick resigniert.
«Gut, mein Großer. Wir sind bald bei euch. Nur nicht verzweifeln.
«Wir geben unser Bestes. Fahrt vorsichtig.»
David legte auf.

Damaskus

Aufgeregt und mit zitternden Händen öffnete er den Deckel des Styroporbehälters, der sich quietschend vom Rand löste. Der kalte Dunst des Trockeneises waberte darin. Er blies leicht hinein, damit der Dampf des sublimierenden Eises verschwand. Beinahe enttäuscht blickte er auf die, mit einer dünnen Eisschicht überzogene, unscheinbare Rasierschaumdose. Er wusste nicht was er erwartet hatte. Aber entscheidend war, dass er es hatte.
«Das habt ihr gut gemacht», sagte er und verschloss den Behälter wieder.
«Danke Sayid», entgegnete Salim. Das Lob seines Herrn erfüllte ihn mit Stolz.
Langsam drehte er sich zu ihnen um.

«Ihr müsst hungrig sein. Kommt mit nach oben. Ich führe euch durch das Haus und dann essen wir», sagte er mit brüchiger Stimme. Er war gealtert, seit Salim den Kalifen zuletzt gesehen hatte. Er sah kränklich aus. Ging gebeugter, bedächtiger. Salim fragte sich, ob er wirklich krank war?

Sein Herr hatte in vielen Schlachten gekämpft und sich als mutiger Krieger und Feldherr erwiesen.

Die Alten erzählten sich Geschichten über seine Kämpfe gaben diese an ihre Kinder weiter, so wie er sie von seiner Großmutter erzählt bekommen hatte.

Durch eine Krankheit dahin gerafft zu werden, schien ihm unwürdig für einen Mann seiner Größe.

Gebeugt ging er ihnen voran, während sie die Treppenstufen erklommen. Sie kamen durch die Halle, die mit edlem Marmor ausgelegt war. An den Wänden hingen kostbare, handgewebte Teppiche aus feinster Seide, die mit Koransuren bestickt waren. Salim fiel erst jetzt auf, wie prachtvoll das Haus war. Ahmad folgte ihm staunend.

Sie waren über die M5 nach Damaskus gelangt. Salim empfand die letzten 250 Kilometer als Tortur.

Er schob es jedoch dem Schlafmangel und den Strapazen der langen Fahrt nach Aleppo zu. Es wäre unvorsichtig gewesen, dass Ziel in Damaskus in das Navigationsgerät zu tippen, deshalb hatten sie einige Mühe das Haus in der Nähe des Tishreen Parks zu finden. Umso mehr staunte Salim über den Luxus im Inneren des Hauses, da es von außen völlig unscheinbar anmutete. Ein quaderförmiges, zweistöckiges Anwesen, umgeben von einer mehr als mannshohen Mauer. Überall waren Überwachungskameras, die jeden Winkel zu

erfassen schienen. Nur wenige, kleine, Fenster waren in das Gemäuer eingelassen, was die angenehmen Temperaturen im Inneren erklärte. Der Halle schloss sich ein Salon an, der mehr als großzügig war. Der gesamte Boden war mit erlesenen Teppichen ausgelegt, einige wenige Sitzkissen, ein Tischchen und ein Sekretär befanden sich darin. An der Decke drehte sich träge ein hölzerner Ventilator.
Er führte sie weiter die Treppe hinauf, die ebenfalls mit feinstem Marmor belegt war.
Oben angekommen, sah Salim zur rechten ein Büro, dass mit modernstem Computer-Equipment bestückt war.
Der alte Mann deutete nach links, «dort befinden sich meine Privaträume, ansonsten könnt ihr euch frei im Haus bewegen», sagte er.
Eine zweiflügelige Türe aufstoßend, tat sich vor ihnen ein ausladender Raum auf. Die große Glaskuppel aus blauem und rotem Mosaikglas tauchte den Raum in ein warmes Licht. Der Raum wurde von einem riesigen Bett beherrscht, hinter dessen Baldachin, aus hauchdünnem Seidentuch, ihn junge Augen verängstigt musterten.
«Wenn ihr Zerstreuung sucht, fühlt euch wie zu Hause. Seid meine Gäste», sagte der Kalif mit einem Lächeln im Gesicht.
Ahmad bekam leuchtende Augen, indes Salim mit einem ehrerbietenden Kopfnicken dem Kalifen dankte. Salim würde dieses Angebot nicht annehmen, seine Vorliebe galt reiferen Liebesdienerinnen. Er würde später eines der inoffiziellen Hurenhäuser in Damaskus aufsuchen.
«Wie geht es dem Mädchen?» erkundigte sich der alte Mann, während er die Flügeltüre wieder schloss.

«Sie müsste das Sedativum bald abgebaut haben und wieder klar sein», antwortet Salim.
«Gut! Habt ihr darauf geachtet, dass sie genügend Flüssigkeit zu sich nimmt?»
«Ja Sayid», entgegnete Salim. Ahmad nickte eifrig.
Der alte Mann stieg vor ihnen die Treppe hinunter und führte sie in den Salon. Auf eine entsprechende Geste des Kalifen hin, ließen sie sich auf den Kissen nieder. Er klatschte in die Hände und vier junge Diener betraten den Raum. Auf mehreren Tabletts trugen sie Essen und Tee auf. Salim erblickte scharf gewürztes Lammfleisch, Fladenbrot, Oliven, Käse, Couscous und Ayran. Das Wasser lief ihm im Mund zusammen. Erst jetzt spürte er, wie hungrig er war.
Ahmad und Salim aßen mit großem Appetit, während sie sich plaudernd unterhielten. Als sie ihr Mahl beendet hatten, brachten Diener frische Datteln, Tee und eine Wasserpfeife. Der Kalif sog tief und lange am Mundstück. Er blies den Rauch gegen die Decke und beobachtete, wie dieser durch den Ventilator verwirbelte und zerstob.
«Morgen beginnen wir, das Virus zu vervielfältigen», sagte er.
«Und dann wird sich Allahs Allmacht der Welt und allen Ungläubigen offenbaren. Wie der Prophet schon sprach, ihr heißet was Rechtens ist ihr verbietet das Unrechte und glaubet an Allah. Und wenn das Volk der Schrift geglaubt hätte, wahrlich, es wäre gut für sie gewesen! Unter ihnen sind Gläubige, aber die Mehrzahl von ihnen sind Frevler. Die Ungläubigen Kafirs sind die abscheulichsten Wesen in Allahs Schöpfung. Allah schlage sie tot.»
«Allahu Akbar», schmetterten Salim und Ahmad unisono.

Stockholm - Wivalliusgatan

Ihre Maschine war pünktlich in Stockholm gelandet. Beate und David waren reibungslos durch die Einreisekontrolle gekommen und hatten sich am Schalter der Autovermietung einen Kleinwagen gemietet. David hatte darauf bestanden, dass das Auto über ein Navigationsgerät verfügte. Kaum zwanzig Minuten nachdem sie am Airport losgefahren waren, kamen sie in Wivalliusgatan an. Patrick kam ihnen entgegengelaufen und fiel seiner Mutter in die Arme. Er konnte seine Tränen nicht zurückhalten begann in den Armen seiner Mutter zu schluchzen.

«Es tut so gut, dass ihr hier seid», kam es gedämpft von Beates Schulter.

David ließ seine Reisetasche fallen und eilte Alina entgegen, die aus der Türe getreten war und schloss sie in die Arme.

Alina lag von einem Weinkrampf geschüttelt in seinen Armen.

«Alles wird wieder gut», versuchte David sie zu trösten.

Er strich ihr übers Haar und redete beruhigend auf sie ein.

Er schob sie ein Stück von sich und sah ihr in die Augen.

«Wir werden sie finden, hörst Du?»

Sie nickte und wischte sich die Tränen aus dem Gesicht. «Kommt doch erst mal rein.»

David lauschte Patricks detailliertem Bericht, während Beate sich um Alina kümmerte. Sie hatte ihr eine heiße Schokolade zubereitet und sie in eine Decke eingewickelt auf die Couch verfrachtet.

Nur gelegentlich unterbrach er ihn, um eine Frage zu stellen.

«Was hast Du für einen Eindruck vom dem Ermittler?», fragte er Patrick, als er geendet hatte.
«Bengston? Hm, auf mich hat er einen sehr kompetenten Eindruck gemacht..»
«Gut», entgegnete David.
«Papa, ich mach mir solche Vorwürfe.
Hätte ich gleich die Polizei einschalten sollen?» fragte Patrick.
David beugte sich vor und ergriff die Hände seines Sohnes.
«Du hast Dir nichts vorzuwerfen, Patrick. Jeder hätte so gehandelt wie Du. Ich auch. Und es ist so, wie dieser Bengston sagte, Du hättest wahrscheinlich Chloés Leben gefährdet, wenn Du es dennoch getan hättest. Du konntest nicht ausschließen, dass Du observiert wirst. Und ich bin davon überzeugt, dass es so war.
Was mich aber etwas befremdet ist, dass sie euch keinen Krisenmanager zur Seite gestellt haben.»
«Das hat uns Bengston angeboten», erwiderte Patrick, «aber wir haben das Angebot abgelehnt. Ich wusste, dass ihr kommen würdet und Alinas Eltern kommen morgen.» Patrick sah zur Uhr. «Heute», korrigierte er sich.

Stockholm

Sein fadenscheiniger Sessel hatte, bei Gott, schon bessere Zeiten gesehen. Die Armlehnen waren speckig und übersäht mit Flecken. Außerdem roch er erbärmlich. Aber das traf im Grunde auf sein gesamtes Mobiliar zu. Schon lange hätte er sich mal nach einem neuen Sessel umsehen können, aber er war einfach zu phlegmatisch. Außerdem hing er irgendwie daran.
Er sah vielleicht nicht mehr danach aus, aber er war bequem. Nur selten verließ er noch das Haus. Warum auch? Er mochte die Welt nicht und die Welt da draußen mochte ihn nicht.
Vor zwei Jahren war er in Rente gegangen und jetzt bezog er eine mickrige staatliche Rente. Nur dem Umstand, dass er für das Loch, in dem er wohnte, keine Miete bezahlte, war es zu verdanken, dass er damit über die Runden kam.
Es hatte sich so ergeben, dass ihm der Eigentümer des Hauses die Miete erlassen hatte, wenn er im Haus, so als eine Art Hausmeister, nach dem Rechten sehen würde. Das Haus hatte mehrere kleine, schäbige Wohnungen und Zimmer, die er gelegentlich an Liebespärchen für heimliche Schäferstunden, Junkies und andere suspekte Gestalten vermietete. Es interessiert ihn im Grunde nicht. Solange Bar und im Voraus bezahlt wurde war es ihm einerlei. Und so konnte er ab und zu ein paar Scheine für sich einstreichen.
Er sah hinüber zum Kühlschrank und fixierte ihn, als könne er mit der schieren Kraft seiner Gedanken ein Bier daraus herüber schweben lassen. Er stöhnte und erhob sich schwerfällig.

Er schlurfte hinüber und nahm sich eine neue Dose aus dem Kühlschrank. Ihm war entfallen, wie viele er heute schon getrunken hatte. Zischend öffnete er den Verschluss und ließ sich schwerfällig wieder in seinen Sessel fallen. Im Fernsehen lief die Wiederholung irdendeiner stupiden Talkshow. Nicht, dass es ihn wirklich interessiert hätte, aber zumindest redete jemand, was seine trüben Gedanken vertrieb. Und zuweilen fand er sie doch ganz amüsant.

Irritiert bemerkte er den Fleck auf dem Bildschirm.

Er beugte sich vor und wischte mit dem Finger darüber und sah zur Decke.

«Was zum Geier…» Er hievte seinen feisten Körper aus dem Sessel, schnappte sich den Schlüsselbund und polterte die Treppe hinauf. Zitternd ließ er den Schlüssel ins Schloss gleiten, entriegelte und stieß die Türe schwungvoll auf. Inmitten der Bewegung erstarrte er, schlug sich die Hände vor den Mund und kämpfte gegen den Würgereiz an. Den Anblick nicht mehr länger ertragend rannte er aus dem Zimmer.

Wivalliusgatan

David hatte wenig und schlecht geschlafen. Lange nachdem Patrick und Alina sich zurückgezogen hatten, begann er sich Notizen zu machen. Einige hatte er mit einem Fragezeichen versehen. Er fragte sich, wie die schwedische Polizei den Fall Priorisieren würde. Würden sie der Jagd nach dem Entführer und der Suche nach dem Virus eine höhere Priorität als der Suche nach seiner Enkelin einräumen? Auf der Bettkante sitzend fuhr er sich mit den Händen durch die Haare und Gesicht. Er musste sich rasieren. Beate musste schon länger wach sein, er hatte sie nicht gehört, als sie das Bett verließ. David hatte sich geduscht, rasiert und angezogen. Als er schließlich ins Esszimmer kam, saßen Beate, Patrick und Alina versammelt am Frühstückstisch.

Alina sah übernächtigt aus und hatte tiefe Augenringe und verweinte Augen. David streichelte ihr über den Rücken, «Guten Morgen, konntest Du etwas schlafen?»

Alina zwang sich zu einem Lächeln. «Guten Morgen. So gut wie nicht.»

David nickte verständnisvoll. Er küsste Beate auf die Stirn. «Wie sieht es mit Dir aus? Hast Du ein wenig Ruhe gefunden?» «Ein paar Stunden hab ich geschlafen», antwortete sie und goss ihm Kaffee aus der Thermoskanne ein.

David wandte sich an Patrick.

«Wie geht's Dir?» Die Frage kam ihm lächerlich vor, im selben Moment als er sie stellte.

«Es geht. Ich hab zwar etwas geschlafen, bin aber ständig aufgewacht. Bengston hat schon sehr früh angerufen. Wir sollen heute Morgen in sein Büro kommen», sagte Patrick und biss von seinem Brötchen ab.

David wäre am liebsten aufgesprungen und sofort losgefahren.

«Hat er gesagt wann?»

«Nicht vor zehn.»

David warf einen kurzen Blick auf seine Uhr und nickte.

«Wann kommen Deine Eltern, Alina?»

«Mein Vater kommt mit der ersten Maschine aus Prag und nimmt dann in Frankfurt einen Anschlussflug nach Stockholm. Aber er sagte, dass es mindestens sechzehn Uhr wird, bis er hier ist. Mamma kann leider nicht kommen. Sie kann doch Oma nicht alleine lassen.»

David nickte. Ihm war entfallen, dass Alinas Großmutter schwer an Krebs erkrankt war.

Er nahm einen Schluck seines Kaffees. «Kann ich irgendetwas für euch tun. Müssen wir in der Schule anrufen? Oder bei Dir im Zentrum Patrick?»

Patrick schnaubte, «Da brauchst Du nicht anzurufen. Ich gehe davon aus, dass ich gefeuert oder zumindest suspendiert bin. Ich habe gegen ein Dutzend Vorschriften verstoßen. Ich mag mir nicht mal ausmalen, was strafrechtlich noch alles auf mich zukommt.»

David wollte darauf nicht näher eingehen.

«Soll ich in der Schule anrufen?»

«Das wäre toll», sagte Alina. «Ich weiß eh nicht was ich denen erzählen soll. Die Nummer ist im Telefon gespeichert.»

David nahm das Mobilteil aus der Station und ging damit in den

Flur. Nach wenigen Minuten kehrte er zurück und sagte: «Erledigt! Ich habe gesagt, dass Du aufgrund dringender familiärer Angelegenheiten diese Woche auf keinen Fall mehr würdest kommen können.»

«Sie haben nicht weiter gefragt?» wollte Alina wissen.

«Nein!»

Er sah zu Patrick. «Wollen wir?» Er hoffte, dass Beate und Alina nicht darauf bestehen würden, sie zu begleiten.

Als hätte Beate Davids Gedanken gelesen, nickte sie und sagte: «Ich bleibe mit Alina hier.»

Er küsste sie zum Abschied.

Patrick bestand darauf mit seinem Geschäftswagen zu fahren.

David, der in dem kleinen, gemieteten Opel kaum Platz für seine langen Beine fand, erhob keine Einwände. Sie fuhren eine Weile als David plötzlich das Schweigen brach.

«Was ist das für ein Virus?»

«Ein Ebola Erreger übelster Art, » antwortete Patrick.

«Ebola Viren sind an sich schon der Horror, aber dieses ist mutiert.»

«Was heißt das?»

«Dieses Virus ist aggressiver, als alles was wir bisher kennen.»

«Gibt es einen Impfstoff dagegen?», fragte David.

«Wo denkst Du hin? Es gibt ja nicht einmal hinreichend wirkungsvolle Seren für die vier bekannten Ebola Stämme.»

«Was ich noch nicht verstanden habe, Patrick. Du hast heute Nacht erwähnt, dass ihr das Virus noch keine vierundzwanzig Stunden im Labor hattet. Wer kann davon gewusst haben?»

«Mein komplettes Laborteam, die Direktorin im Prinzip alle die

Zugriff auf unser Datensystem haben.»
«Wenn wir jetzt mal annehmen würden, dass noch niemand das Datensystem durchsucht hat, könnte es sein, dass jemand aus Deinem Team etwas ausgeplaudert hat?», gab David zu bedenken. «Bewusst oder unbewusst, lassen wir jetzt mal dahin gestellt.»
«Keine Ahnung, theoretisch schon möglich. Ich kenne das Team noch nicht so lange, aber ich kann mir von keinem vorstellen, dass er derart sensible Dinge nach außen tragen würde. Vor allem Warum?»
«Da muss ja nicht mal Absicht dahinter stecken. Du weißt wie sowas läuft. *Hey, Schatz stell dir vor, wir haben heute einen neuen, coolen Virus entdeckt.»* Und schon macht sowas die Runde.»
Patrick runzelte die Stirn. «Klar, kann so gelaufen sein. Ich erzähle Alina ja auch gelegentlich was ich im Labor mache, obwohl ich das nicht dürfte.»
«Siehst Du! Und wenn die Information bewusst weitergegeben wurde, wäre das starker Tobak.»
David sah zum Fenster hinaus und beobachtete die vorbeihuschende Landschaft.
Patrick verließ die Schnellstraße und fuhr weiter Richtung Innenstadt. Er hatte sich die Strecke vom Gebäude der Sicherheitspolizei zum Zentrum eingeprägt als Ole, Bengston's Mitarbeiter, ihn und Alina zum ECDC gebracht hatte. Wenige Minuten später erreichten sie das Gebäude. Patrick parkte davor auf einem der Besucherparkplätze und sie stiegen aus.
David stellte den Kragen seiner Jacke auf, ihn fröstelte. Es war frisch an diesem Morgen.

David blickte an dem Gebäude empor. Äußerlich ließ nichts darauf schließen, dass hier eine der wichtigsten Sicherheitsbehörden Schwedens logierte.

Die *Säkerhetspolisen*, die Sicherheitspolizei, oder Säpo, wie sie nur kurz genannt wurde, war der Nachrichtendienst Schwedens und direkt dem Justizministerium unterstellt. Vergleichbar mit dem Deutschen Bundesamt für Verfassungsschutz. Sie betraten das Gebäude und meldeten sich am Empfang an.

«Man erwartet Sie schon», sagte die Frau hinter der Panzerscheibe. Sie reichte Ihnen zwei Besucherausweise und deutete auf den Lift.

«Dritter Stock. Ich werde sie ankündigen.»

Patrick und sein Vater hefteten sich die Besucherausweise an und betraten den Aufzug. Bevor die Türen sich schlossen, sah David, wie sie zum Telefon griff.

Als die Lifttüren in der dritten Etage aufglitten auf, empfing sie ein kleinerer, untersetzter Mann.

«Ole Sandberg», stellte er sich vor.

Er reichte David und Patrick die Hand.

«Ich habe meinen Vater mitgebracht. Ich hoffe das ist kein Problem?» sagte Patrick.

«Nein, überhaupt nicht. Würden sie mir bitte folgen?»

Patrick und David folgten Sandberg bis zu einem großen Besprechungsraum.

Inmitten des Raumes befand sich ein großer ovaler Tisch, um den bereits einige Personen Platz genommen hatten.

Patrick erkannte seine Direktorin und ihm wurde flau im Magen.

«Was macht sie denn hier?», schoss es ihm durch den Kopf.

Sandberg führte sie in den Raum und bat sie Platz zu nehmen.
David nickte einem Mann seines Alters zu, von dem er annahm, dass es Bengston war. Der Mann nickte höflich zurück.
David ließ den Blick durch den Raum schweifen und musterte die Gesichter, während er sich auf dem Stuhl niederlies.
Ein Mann betrat den Raum und schloss die Türe hinter sich. Er war groß und unter seinem Anzug zeichnete sich ein trainierter Köper ab. Obwohl er schon graue Haare hatte war sein Alter schwer zu fassen. Er hatte scharfe Gesichtszüge und klare blaue Augen, die aufmerksam durch die Runde streiften.
»Wie ich sehe, sind wir vollzählig», sagte er mit sonorer Stimme. «Guten Morgen, meine Damen und Herren. Für diejenigen, die mich noch nicht kennen. Mein Name ist Loke Viklund. Ich bin der amtierende Leiter der Sicherheitspolizei. Ich möchte zunächst die Gelegenheit nutzen, den stellvertretenden Justizminister Persson in unserer Mitte zu begrüßen. Sie wissen, dass uns ihr Besuch immer eine Ehre ist, wobei es leider immer unangenehme Anlässe sind, die Sie zu uns führen.» Er lächelte.
«Weiter heiße ich die Direktorin des ECDC, Frau Dr. Gergely, herzlich willkommen, Herrn Dr. Dahlberg von der Generalanwaltschaft und natürlich Kollege Bengstons Team. Begrüßen möchte ich auch Herrn Dr. Sprenger und seinen Vater, David Sprenger.»
David war nicht sonderlich überrascht, dass er seinen Namen kannte.
«Um Missverständnissen vorzubeugen», sagte Viklund, «würde ich gerne ihre Dienste als Berater in Anspruch nehmen, Herr Dr. Sprenger.»

Er suchte den Blick David Sprengers. «Herr Sprenger Sie sind als Beistand ihres Sohnes hier und zudem ein Kollege. Selbstverständlich haben wir Informationen über Sie eingeholt. Ihnen eilt ein hervorragender Ruf voraus, weshalb ich Ihnen nicht verwehren wollte die Ermittlungen zu verfolgen.
Ich betone jedoch, dass Sie nur Beobachter sind ich muss nicht erwähnen, dass Sie zu absolutem Stillschweigen verpflichtet sind. Ich bitte Sie, lassen Sie mich dieses Zugeständnis nicht bereuen.»
David nickte und dankte Viklund.
«Ich würde das Wort nun an den leitenden Ermittler weitergeben.»
Viklund nickte Bengston zu und nahm Platz.
David behielt Recht mit seiner Einschätzung. Bengston erhob sich von seinem Platz.
«Guten Morgen Frau Gergely, Herr Persson, Herr Dahlberg.»
Er nickte auch David und Patrick zu.
«Ich möchte mich nicht lange mit dem Grundsachverhalt aufhalten. Die wesentlichen Fakten sind Ihnen bereits bekannt. Ich hoffe, dass Sie alle mein Memo bekommen haben?!» Dahlberg und Persson nickten bestätigend. Ich komme gleich zur Sache.
Heute Morgen wurde in einer schäbigen Wohnung im Stadtteil Rinkeby die Leiche einer Frau aufgefunden. Der Hausverweser hatte sie gefunden, nachdem Blut durch die Decke getropft war.
Man hat ihr, mit einer großkalibrigen Waffe, mehrfach ins Gesicht geschossen, weshalb eine herkömmliche Identifizierung nicht möglich war. Die Leichendaktyloskopie hat einen Treffer zu einer Person ergeben, die in unserem Ausländerzentralregister registriert war. Sie stammte aus dem Kosovo.

Mit an Sicherheit grenzender Wahrscheinlichkeit handelt es sich um ihr Kindermädchen, Herr Dr. Sprenger, um Arjona Krasniqi.
Wir müssen zum jetzigen Sachstand davon ausgehen, dass sie mit der Entführung ihrer Tochter in Verbindung steht. Wie, müssen wir klären.»
Patricks Betroffenheit über den Tod des Kindermädchens, hielt sich in Grenzen. Wenn Chloé irgendetwas zugestoßen sein sollte, hätte er sie eh eigenhändig erwürgt.
Bengston reichte einem seiner Mitarbeiter einen Ausdruck.
«Mach mir von ihr bitte eine komplette Abklärung. Bring so viel wie möglich über sie in Erfahrung.»
David notierte sich den Namen des Kindermädchens in sein Notizbuch und schrieb den Vermerk *KIA Priština* dahinter. KIA war die Kosovo Intelligence Agency, der erst 2009 gegründete Inlandsdienst der Republik Kosovo. Aus seiner Zeit im Kosovo hatte er dort einen guten Kontakt, den er anmailen würde.
«Der Hausmeister wird zurzeit vernommen», fuhr Bengston fort.
«Die Spurensicherung ist ebenfalls noch in der Wohnung. Ich hoffe, dass uns die Obduktion der Frau, weiterbringen.

Ein weiteres Spurensicherungsteam hat sich das Schließfach im Solna-Center vorgenommen, allerdings mit mäßigem Erfolg. Sie haben dort zwar reichlich, sich überlagernde, Fingerspuren gesichert, aber die taugen alle nicht für eine forensische Auswertung. Da fällt mir ein, Dr. Sprenger, wir bräuchten in diesem Zusammenhang ihre Fingerabdrücke, um diese von den anderen abgrenzen zu können.»

«Klar», gab Patrick zurück.
«Und», Bengston zögerte, «wenn möglich DNA-Vergleichsmaterial ihrer Tochter. Eine Haarbürste, Zahnbürste oder ähnliches wäre hilfreich.»
Patrick sah Bengston an, schluckte schwer und nickte schließlich zustimmend.
«Danke Ihnen. Ich weiß wie schwer, dass für sie ist.
Im Rahmen der Spurensicherung haben wir gleich die Videoüberwachung des Solna-Centers überprüft, » fuhr Bengston fort.
«Zum einen ist der Bereich um die Schließfächer nicht erfasst, zum anderen findet keine regelmäßige Aufzeichnung statt. Im öffentlichen Nahverkehr und den Autobahnen lassen wir gerade alle Videoaufnahmen der letzten vierundzwanzig Stunden sichern.
Darüber hinaus laufen Abklärungen bei allen Fluglinien, Taxiunternehmen privaten Busbetrieben.»
David hörte aufmerksam zu. Der Mann war gut. Gründlich. Bengston schien so gut wie er zu wissen, wie wichtig es war, dem Entführer schnell auf die Spur zu kommen, um seine Enkelin zu retten. Wenn sie überhaupt noch lebte.
Panik überkam ihn bei diesem Gedanken.
Er verdrängte ihn schnell wieder, doch die Angst blieb.
Bengston wandte sich der Direktorin des ECDC zu.
«Dr. Gergely, wie schnell können Sie mir die Personalakten, um die ich Sie gebeten haben, zukommen lassen?»
«Die Akten sollten bereits auf dem Weg hierher sein. Ich habe die Personalleiterin schon früh damit beauftrag die Akten zu kopieren.»
Bengston bedankte sich.

«Ich möchte nun auf den zweiten großen Komplex zu sprechen kommen. Wir wissen, dass ein potentieller Terrorist im Besitz eines tödlichen Erregers ist. Da wir bislang nichts Konkretes haben, können wir nur spekulieren. Unserer Terrorabteilung liegen seit langem Hinweise vor, dass verschiedene Terrororganisationen über chemische Kampfstoffe verfügen.
Es wurden in der Vergangenheit unzählige Bedrohungsszenarien durchgespielt. Anschläge mit chemischen Kampfstoffen, radioaktive Stoffe, sogenannte schmutzige Bomben auch biologische Kriegsführung. Bislang sind diese Gruppierungen, unseres Wissens, aber noch nicht in den Besitz radioaktiven oder biologischen Materials gelangt, oder es konnte vereitelt werden. Erst letztes Jahr wurde in der Ukraine der Verkauf von kernwaffenfähigem Uran an eine Terrorzelle verhindert. Herr Dr. Sprenger hat mir gestern erklärt, dass, sofern das Virus freigesetzt würde, eine Pandemie ungeahnten Ausmaßes drohe. Wie lange würde es dauern, das Virus zu vervielfältigen und zu verbreiten, Dr. Sprenger?»
«Das kommt darauf an.»
«Worauf?» fragte Bengston ungeduldig.
«Über welche Ausrüstung diese Menschen verfügen», konterte Patrick und betonte hierbei übertrieben das Wort Menschen.
«Sie werden sicherlich nicht offen mit dem Virus hantieren, also müssten sie zumindest sogenannte Steril-Werkbänke haben. Um Kulturen anzulegen und um sie schnell gedeihen zu lassen, über einen Brutschrank. Des Weiteren ist entscheidend in welchem Vektor der Virus vervielfältigt wird.»
Patrick sah Bengston's wachsende Ungeduld.

«Ich kann nur eine sehr grobe Schätzung abgeben. Im günstigsten Fall, ich meine für uns, sieben bis zehn Tage.»
«Und im ungünstigsten Fall?» wollte Bengston wissen.
«Zwei bis drei Tage.»
Bengston nickte bedächtig. «Und wie lange würde es dauern einen Impfstoff dagegen zu entwickeln?»
Patrick sah fragend zur Direktorin. Sie nickte ihm zu, fort zu fahren.
«Keine Ahnung», entgegnete Patrick.
«Bitte?» Bengston wollte seinen Ohren nicht trauen.
«Herr Bengston, es gibt vier uns bekannte Ebola Stämme. Und für keinen der bekannten Stämme gibt es ein hundert Prozent wirkendes Impfserum. Ich könnte ihnen sagen, dass wir es schaffen in zwei Wochen einen Impfstoff zu entwickeln. Dann aber müsste er noch in solchen Mengen produziert werden, dass weitere Wochen ins Land gingen. Auf jeden Fall mehrere Wochen. Beantwortet das ihre Frage?»
Bengston rieb sich die Stirn.
«Entschuldigen Sie, Herr Bengston», ergriff die Direktorin das Wort.
«Dr. Sprengers Laborteam hat gestern noch weitere Blutproben des Patienten aus Madrid angefordert. Uns liegt ja leider kein Material des Virus mehr vor, weshalb wir die Blutproben erneut analysieren und das Virus isolieren müssen.»
Sie sah hinüber zu Patrick und lächelte.
«Ich würde Sie bitten sofort mit der Entwicklung eines Serums zu beginnen. Vorausgesetzt Sie fühlen sich dazu in der Lage.»

Patrick war überrascht, da er damit gerechnet hatte, dass sie ihm fristlos kündigen würde. Er sah seinen Vater fragend an, der ihm ermutigend zunickte.

«Ich bin mir nicht sicher», entgegnete er dann.

Bengston wandte sich Persson zu.

«Welche Verständigungsmaßnahmen haben Sie bereits getroffen?» fragte ihn Bengston.

«Ich habe gestern Nacht den Premierminister und den Außenminister informiert. Soweit mir bekannt ist, hat der Premier den EU-Kommissionspräsidenten bereits unterrichtet. Da ich die aktuelle Situation vorrangig als ein europäisches Problem betrachte, habe ich die WHO bislang nicht informieren lassen. Eine gesundheitliche Notlage mit internationaler Tragweite sehe ich zum jetzigen Zeitpunkt als nicht gegeben. Sicher müssen wir uns darüber Gedanken machen, inwieweit wir die Internationale Völkergemeinschaft vorwarnen können, ohne eine Massenpanik zu provozieren. Ich halte es im Moment aber noch für verfrüht.»

«Ich danke Ihnen, Herr Persson.»

«Herr Dahlberg?» wandte Bengston sich an den leitenden Staatsanwalt.

«Ich habe bereits beim zuständigen Gericht entsprechende Beschlüsse erwirkt, damit wir die erforderlichen Telefon und Handydaten bekommen können. Ich habe die Beschlüsse schon an die Betreibergesellschaften schicken und die Daten anfordern lassen, ebenso die Internetdaten. Wenn sie sonst noch etwas benötigen, sagen sie mir Bescheid.»

«Vielen Dank, Herr Dahlberg», sagte Bengston.

Bengston schloss die vor ihm liegende Mappe.

«Ich schlage vor, dass wir uns morgen Nachmittag wieder hier einfinden und uns austauschen. Fünfzehn Uhr?»

Alle stimmten zu.

Bengston und sein Team empfahlen sich und hatten den Raum verlassen noch bevor die anderen sich erhoben hatten. Persson kam auf Patrick zu und reichte ihm die Hand.

«Herr Dr. Sprenger, es tut uns sehr leid was Ihnen widerfahren ist. Wir alle tun unser Möglichstes Ihnen ihre Tochter zurück zu bringen. Richten Sie Ihrer Frau bitte unseren besten Wünsche aus.»

Patrick dankte ihm höflich. Mit dieser Anteilnahme hatte er nicht gerechnet. Es rührte ihn und er musste seine Tränen unterdrücken.

David legte seine Hand auf Patricks Schulter und sagte: «Komm, lass uns gehen.» Sie wandten sich der Türe zu, als die Direktorin sie zurück rief.

«Dr. Sprenger? Patrick, auf ein Wort.»

Patrick nickte seinem Vater zu. «Schon in Ordnung.»

David wandte sich zum Gehen. «Ich warte draußen auf Dich.»

Dr. Gergely deute Patrick sich auf den Stuhl neben sie zu setzen.

«Wie fühlen Sie sich?» In ihrer Stimme schwang echtes Mitgefühl.

«Ich habe Angst durchzudrehen», antwortete Patrick wahrheitsgemäß.

«Die Angst Chloé zu verlieren und die Selbstvorwürfe rauben mir den Verstand.»

Gergely nickte verständnisvoll.

«Wissen Sie», sagte sie «Ich war gestern sehr wütend auf Sie, weil Sie sich mir nicht anvertraut haben.

Ich verstehe das jetzt. Und es ist mir wichtig, dass Sie verstehen, dass ich Ihnen keine Vorwürfe mache.»

Sie ergriff seine Hände und sah ihm tief in die Augen. «Ich hätte an Ihrer Stelle vielleicht genauso gehandelt. Was mich mehr beunruhigt, ist die Tatsache, dass es im Labor offenbar eine undichte Stelle zu geben scheint. Vielleicht wären sie gar nicht in diese Situation gekommen? Ich weiß es nicht. Was ich aber sicher weiß ist, dass das ECDC Sie jetzt dringender braucht denn je. Wissen Sie, weshalb ich Sie am ECDC wollte?»

Patrick hob überrascht den Kopf und sah sie direkt an.

«Sie sind ein brillanter Molekularbiologe. Ich habe mit großem Interesse schon Ihre ersten Veröffentlichungen gelesen. Ihre Masterarbeit war bemerkenswert und ihre Promotionsarbeit enthält bahnbrechende Ansätze, die künftige Epidemien nahezu ausrotten könnten. Ich bin zutiefst überzeugt, dass, wenn es jemandem gelingt, für diesen Ebola Erreger einen Impfstoff und ein Heilmittel zu finden, dann Ihnen.»

Patrick fühlte sich geschmeichelt, dennoch schüttelte er den Kopf.

«Ich bin mir nicht sicher, ob ich Ihnen im Moment eine große Hilfe bin. Nicht so lange ich keine Gewissheit habe, dass meine Tochter noch lebt, oder in Sicherheit ist.»

«Sie können zu den Ermittlungen momentan nichts beitragen, aber sie könnten die Welt vor einer Pandemie retten.»

Patrick nickte, obgleich er ihre Zuversicht und das Vertrauen in seine Fähigkeiten nicht teilen konnte.

Damaskus

Salim hatte schon früh die Styropor-Kiste in den Wagen geladen und war damit zur medizinischen Fakultät gefahren. Er sollte den Behälter dort, einem dem Kalifen ergebenen, Laborassistenten übergeben, der das Virus entsprechend vervielfältigen sollte. Die Übergabe war unspektakulär. Der Assistent nahm ihm die Kiste ab. Nachdem sie die üblichen Grußfloskeln ausgetauscht hatten, verschwand er damit.

Sie hatten gestern Nachmittag lange zusammen gespeist und geplaudert. Salim trieb es am Abend jedoch in eines der Hurenhäuser, weshalb er sich höflich empfahl.

Er musste nicht lange suchen, bis er in einem etwas besseren Viertel im Westen Damaskus´ einen Nachtclub namens «Al-Dschawhara», das Juwel, fand. Prostitution war in Syrien eine Straftat.

Aber die Polizei drückte regelmäßig, gegen ein entsprechendes Handgeld, die Augen zu. Obwohl auch den Islamisten die Hurenhäuser ein Dorn im Auge waren, duldeten sie diese Etablissements. Vor allem deshalb, weil ausschließlich Frauen aus dem Osten, meistens aus Russland und Polen, dort um die Gunst der, überwiegend jungen, Kundschaft freiten.

Der gedrungene, schnauzbärtige Türsteher des Damaszener Nachtclubs musterte ihn von oben bis unten, was Salim als ziemlich impertinent empfand. Salim betrat den sogenannten Kontaktraum und nahm an einem der dunklen Holztischchen in einer Ecke Platz.

Die Frauen trugen teilweise schwarze Lack-Miniröcke, die so kurz waren, dass nichts der Fantasie überlassen blieb. Er zählte etwa zwanzig männliche Gäste, deren Gesichter er aufmerksam musterte. Eine kräftige Klimaanlage hatte den Raum auf angenehme Temperaturen gekühlt. Er bestellte sich ein Bier und beobachtete die jungen Frauen, die sich im Bereich der Bar zur Fleischbeschau aufgestellt hatten. Beinahe im fünf-Minuten-Takt griff einer der Freier nach der Hand einer Dame seiner Begierde und verschwand mit ihr. Eines der Mädchen hatte seine Aufmerksamkeit erregt. Anders als die anderen, hatte sie schwarze, lange Haare und smaragd-grüne Augen. Mit dem einstudiert-lasziven Blick einer Porno-Darstellerin bewegte sie sich langsam, die Hüfte wiegend, auf ihn zu.

Bewundernd betrachtete er ihren makellosen Körper als sie sich ihm näherte. Der Mini-Rock, den sie trug, verbarg nicht mal Ansatzweise ihre rasierte Scham. Sie gefiel ihm und er spürte, wie sich die Lust in seinem Schritt zu regen begann.

Sie leckte sich kokett über die Lippen und deutete mit einer knappen Kopfbewegung in Richtung der Séparées. Er nahm einen weiteren Schluck seines Bieres, erhob sich und folgte ihr zu den Zimmern.

Wivalliusgatan

Sie waren gleich nach dem Meeting los gefahren.

Im Wagen erzählte Patrick ihm von dem Gespräch mit der Direktorin.

«Und was wirst Du tun?» fragte David.

«Ich weiß es noch nicht. Ich komme mir vor wie ein Verräter und bin mir nicht sicher, ob es gut wäre ans Zentrum zurück zu gehen und so zu tun, als sei nichts geschehen. Wie soll mich mein Team denn noch ernst nehmen, nachdem was vorgefallen ist?»

«Darüber solltest Du Dir jetzt keine Gedanken machen, Patrick. Ich bin sicher, dass Deine Chefin das im Kreise Deines Teams schon besprochen hat, oder noch tun wird.»

«Ich bin mir trotzdem unschlüssig, Papa. Lass mich das erst mit Alina bereden.»

Schweigend fuhren sie eine Weile.

«Papa?»

«Hm?», brummte David, der sein Kinn aufgestützt hatte und tief in Gedanken die schwedische Vorstadtidylle an sich vorbeiziehen lies.

«Glaubst Du Chloé ist noch am Leben?» fragte Patrick unsicher.

Davids Kopf fuhr herum und er sah ihn streng an. «Daran darfst Du keine Sekunde zweifeln. Ich bin ganz sicher, dass sie das ist. Und das es ihr gut geht. Ich kann Dir nicht sagen wo sie ist, oder was sie mit ihr vorhaben, aber mein Gefühl sagt mir, dass es so ist. Aber die Zeit ist momentan unser größter Feind. Deshalb ist es wichtig das Bengston und sein Team schnell die ersten Ergebnisse bekommen. Sollte sie außer Landes gebracht worden sein, was ich vermute, verliert sich mit jedem Tag der verstreicht, mehr und mehr ihre Spur.»

«Glaubst Du, sie finden bald etwas? Du kannst besser beurteilen, ob das was in dem Meeting besprochen wurde erfolgsversprechend ist.»

«Glaub mir Patrick, Bengston macht auf mich einen sehr guten Eindruck. Er ist ein engagierter, erfahrener und akribischer Ermittler. Die drehen wenn es sein muss jeden Stein um, bis sie etwas Brauchbares gefunden haben.»

«Ich hoffe nur, dass Bengston bald etwas brauchbares ausgräbt», fügte David in Gedanken hinzu.

Patrick fuhr den Wagen in die Einfahrt. Alina schien ihn gehört zu haben und wartete bereits an der Haustüre. Sie hatte sich in ihre Strickjacke gehüllt und die Arme vor der Brust verschränkt.

Er fand, dass sie etwas besser aussah, als noch am Morgen.

Sie stiegen aus und Patrick ging auf sie zu, während er versuchte ein Lächeln zustande zu bringen.

«Mein Vater ist schon da», sagte sie. «Er hat eine frühere Maschine bekommen.»

«Das ist gut», entgegnete Patrick. Er legte seinen Arm um sie, küsste sie auf die Schläfe und führte sie ins Haus. Die Begrüßung war herzlich. Man umarmte sich und sprach sich tröstende und aufmunternde Worte zu. Johannes wollte natürlich sofort von David über den aktuellen Stand der Dinge informiert werden. Sie nahmen im Wohnzimmer Platz und David erzählte ihm detailliert von dem ersten Meeting.

Er ließ auch nicht unerwähnt, dass er vollstes Vertrauen in Bengston hatte und er überzeugt sei, dass zum Meeting, welches für Morgen Mittag um 15:00 Uhr angesetzt sei, bereits die ersten Ergebnisse vorliegen würden.

Beate rief aus dem Esszimmer: «Kommt essen ihr beiden, ich habe eine Kleinigkeit gekocht.»

SäPo Stockholm

Im Einsatzraum herrschte hektische Betriebsamkeit. Langsam trudelten die ersten Mails und Faxe ein, die es nun galt aufzuarbeiten. Daten mussten in andere Formate konvertiert werden, um diese durch Analyseprogramme laufen zu lassen, Graphiken mussten erstellt, Informationen gefiltert und zusammengeführt werden.
Bengston hatte sich zwei weitere Analysten schicken lassen, um die Massendaten aufzubereiten und auszuwerten. Zwei IT-Forensiker waren schon den ganzen Tag beschäftigt die Daten von Sprengers Laptop und Handy auszuwerten, ohne jedoch nennenswerte Erfolge zu erzielen.
Allein drei seiner Mitarbeiter beschäftigten sich mit der Auswertung der Personalakten, die die Direktorin ihnen hatte schicken lassen. Sie würden sich im ersten Moment nur auf Dr. Sprengers Team beschränken und im Nachgang ihre Überprüfungen auf die ganze Belegschaft des ECDC ausweiten.
Bengston hatte einen seinen Mitarbeiter zu Sprengers Haus geschickt um DNA Vergleichsmaterial und seine Fingerabdrücke zu erheben. Die Haar- und Zahnbürste des Mädchens hatte er gleich ins Labor bringen lassen.
Ringsum an den Wänden hingen Ausdrucke von Personalblätter, Schaubilder, Skizzen, Fotos und Ausdrucken von Videoprints, Landkarten und Ausschnittsvergrößerungen in großer Zahl.
Es war spät und ihm fiel auf, dass er den ganzen Tag noch nichts Anständiges gegessen hatte.

Bengston rieb sich die Augen und überlegte, ob er wohl noch einen Pizzalieferservice fände, der ihn und seine Mannschaft mit Pizzen versorgen könnte. Er würde sich gleich darum kümmern.
Ole knallte den Hörer auf die Gabel seines Telefons und wedelte mit einem Computerausdruck.
«Chef, ich hab vielleicht was.»
Bengston trat näher zu Ole. «Was hast Du?»
«Ich habe mir eben die Passagierlisten der abgegangenen Flüge der letzten achtundvierzig Stunden schicken lassen. Einer Mitarbeiterin der Luftsicherheit vom Kopenhagener Flughafen sei gestern ein arabisch aussehender Mann aufgefallen, der ein schlafendes Mädchen getragen und für einen Flug nach Istanbul eingecheckt haben soll. Sie hatte zunächst keinen Verdacht geschöpft, sich aber später Gedanken über das ungleiche Paar gemacht. Das Mädchen sei strohblond gewesen, hätte aber den gleichen Nachnamen wie er getragen.
«Ok, das könnte unsere vielleicht erste heiße Spur sein. Haben wir Videomaterial von diesem Check-In?»
«Hab ich schon angefordert, wird aber etwas dauern», gab Ole zu bedenken.
«Darauf kann ich nicht warten. Ich rufe mal eben bei der Flugbereitschaft an, die sollen uns einen Hubschrauber schicken. Du bringst mir dieses scheiß Videomaterial!»
«Yes Sir!», grüßte Ole gespielt militärisch, was ihm einen Knuff von Bengston in die Seite einbrachte.
«Idiot», sagte Bengston lachend. «Ach ja, lass bitte abklären,
ob dieser Typ und das Kind in Istanbul geblieben sind oder einen

Anschlussflug genommen haben. Lass Dich von den Türken ja nicht abwimmeln und mach denen Beine, wenn sie nicht in die Gänge kommen.»

«Schon erledigt», sagte Ole und griff nach dem Telefonhörer.

Er suchte den Raum ab und entdecke sie an einer Karte stehend, wie sie gerade Fähnchen in eine der Straßenkarten rammte.

Er durchquerte den Raum und trat zu ihr.

«Malin?», fragte er, «bist Du gerade abkömmlich?»

«Was brauchst Du denn, Arvid?» grinste sie schelmisch.

«Nicht, was Du gerade im Sinn hast», lächelte er breit.

«Ich glaube hier hat heute noch keiner etwas Richtiges zu essen bekommen. Würdest Du mal schauen, ob Du irgendwie fünfzehn Pizzen auftreiben kannst? Einfach quer Beet, was die Karte so hergibt.»

«Klar», sagte sie, «ich kümmere mich sofort darum.»

Wivalliusgatan

«Ich weiß nicht, was ich dazu sagen soll?» sagte Alina aufgebracht. «Offenbar hast Du Dich schon entschieden.»
«Ich hab noch gar nichts entschieden, deshalb reden wir ja darüber.» Patrick fuhr sich entnervt mit den Händen durch die Haare. «Ich möchte wissen, wie Du darüber denkst?»
«Was erwartet sie denn von Dir? Dass Du so tust, als wäre alles in bester Ordnung?»
«Sie erwartet gar nichts. Sie hat mich lediglich gebeten, ans Zentrum zurück zu kommen, um mit der Suche nach einem Impfstoff zu beginnen. Hör mal Schatz», er ging vor ihr in die Knie und legte ihre Hände in die seinen, «wir können bei der Suche nach Chloé im Moment eh nicht viel beitragen. Wir können nur hoffen und beten. Ich habe nicht die geringste Ahnung was dieser Typ mit dem Virus beabsichtigt zu tun. Ich weiß nur, dass wir im Moment einen zeitlichen Vorteil haben, den ich nutzen sollte, solange es noch möglich ist.»
Alina seufzte: «Dann tu, was Du tun musst. Aber erwarte nicht von mir, dass ich untätig hier zu Hause sitze.»
«Wieso? Was hast Du denn vor?», fragte er überrascht.
«Was glaubst Du denn?» schrie sie aufgebracht. «Ich kenne hier kein Schwein niemand ist da, der mir in irgendeiner Weise Trost spenden oder Hilfe geben könnte. Ich kann auch nicht Unterrichten, ich kann's einfach nicht. Du magst vielleicht ausblenden können, dass unser kleiner Engel entführt und verschleppt wurde,

aber ich schaff das nicht.» Alina vergrub ihr Gesicht in den Händen und schluchzte. Patrick zerriss es fast das Herz sie so zu sehen. «Da liegst Du falsch mit Deiner Einschätzung», sagte er leise. «Es vergeht keine Sekunde, in der ich nicht an unseren kleinen Schatz denke. Aber wir müssen jetzt einfach Vertrauen in die Polizei haben und hoffen, dass sie sie finden werden. Ich will ganz fest daran glauben, ich gebe die Hoffnung auch nicht auf, weil» – er schluckte, »ich sonst den Verstand verliere.»

David hatte die Mail vor wenigen Stunden abgeschickt. Er hatte Faton gebeten das Kindermädchen durch seine Systeme zu jagen. Faton war ein junger Polizeikadett des Kosovo Police Service, als sie sich zum ersten Mal begegneten. Das war jetzt über fünfzehn Jahre her. Zu Davids Aufgaben gehörte damals auch die Ausbildung junger Polizeikadetten. Faton war gelehrig und fleißig, was David beeindruckte, weshalb er ihn unter seine Fittiche nahm. Faton hatte es innerhalb weniger Jahre zum Offizier der Kosovo Polizei gebracht und war nach der Etablierung der Kosovo Intelligence Agency dorthin gewechselt. Faton behauptete immer, dass er es Davids strenger Hand und seiner geduldigen Anleitung zu verdanken habe, dass er es so weit gebracht habe. David wusste, dass es anders war. Faton entstammte einer einflussreichen Familie, was ihm wahrscheinlich auch Zugang zu politischen Ämtern ermöglicht hätte. Faton schien jedenfalls überzeugt, dass er David den ein oder anderen Gefallen schulde, weshalb er keine Gewissensbisse verspürte, zumindest einen dieser Gefallen jetzt einzufordern.

Er meldete sich auf seinem E-Mail Account an und öffnete gespannt den Ordner Posteingang. Faton hatte tatsächlich schon geantwortet. Im Anhang befand sich ein PDF Dokument, das er öffnete und mit wachsendem Interesse las.

Die Zeit zog sich dahin wie zäher Kautschuk. Jeder im Haus versuchte sich mit irgendetwas abzulenken. Patrick und Alina hatten einige Stunden geschlafen. Sie waren nach ihrem Streit völlig erschöpft, in ihren Kleidern, eingeschlafen. Johannes, hatte im Esszimmer geschäftliche Korrespondenz erledigt, während David auf der Couch eingenickt war.

Beate hatte sich die Freiheit genommen, sich ein Bad einzulassen, um dort ein wenig zur Ruhe zu kommen. Die Stimmung war gedrückt und jeder versuchte so unverfänglich wie möglich mit dem anderen umzugehen. Niemand hatte Lust einzukaufen, oder etwas zu kochen, weshalb sie sich entschlossen, abends essen zu gehen.

Als Patrick wieder aus der Dusche kam lag Alina mit offenen Augen im Bett und starrte zur Decke. Ohne ihn anzusehen, sagte sie: «Ich weiß nicht was ich machen soll, wie ich weiter leben soll, wenn ich mein Baby nicht wieder bekomme.»

Er ließ sich neben ihr auf dem Bett nieder und strich ihr zärtlich mit dem Finger eine Haarsträhne aus der Stirn.

«Wir dürfen die Hoffnung nicht aufgeben», flüsterte er. Spürst Du nicht, dass sie am Leben ist? Ich fühle es. Deshalb glaube ich ganz fest, dass wir unseren kleinen Engel bald wieder in die Arme schließen können.»

Sie sah in seine Augen und nickte langsam.

«Ja, Du hast Recht, ich spüre es auch. Wärst Du mir Böse, wenn ich mit meinem Vater nach Hause fliegen würde?

Ich sehe ein, dass Du hier gebraucht wirst, aber ich kann hier nicht bleiben. Ich bin Dir im Moment sowieso keine große Hilfe.

Ich wäre den ganzen Tag alleine, wenn Du am Zentrum bist. Ich habe hier doch niemanden. Ich brauche meine Familie um mich, verstehst Du das?»

«Natürlich verstehe ich das», sagte Patrick, «und ich bin Dir auch nicht böse deswegen.»

Er beugte sich über ihr Gesicht und küsste ihre Tränen von den Wangen.

«Und wann?», wollte Patrick wissen.

«Mein Vater muss morgen zurück. Wir nehmen den Flug um 10:15 Uhr nach Stuttgart.»

ECDC

Patrick war, nachdem er Alina und ihren Vater zum Flughafen gebracht hatte, gleich zum Zentrum gefahren. Der Sicherheitsmann am Tresen begegnete ihm mit Ressentiments. Sicherlich hatte man ihn darüber informiert, dass er wieder kommen würde, aber die Skepsis war ihm ins Gesicht geschrieben. Gezwungen höflich nickte er ihm zu, als Patrick die Lobby durchschritt und in den Aufzug trat. Er drückte die Taste und die Türen schlossen sich. Die Direktorin hatte ihm eine SMS geschickt, dass er zuerst zu ihr ins Büro kommen soll. In der dritten Etage trat er aus der Kabine und schritt den Gang hinunter. Neugierige Blicke folgten ihm. Er spürte sie, wie hunderte kleiner Ameisen, die seinen Rücken hinauf krochen. Sicherlich zerrissen sie sich ihre Mäuler hinter seinem Rücken. Er hoffte inständig, dass niemand ihn auf Chloé ansprechen würde. Schon die kleinste Erwähnung, selbst trostspendende Worte ließen ihn mit den Tränen kämpfen. Zögerlich klopfte er an. Ein gedämpftes «Ja bitte», drang durch die Türe und er trat ein.
«Guten Morgen, Patrick.» Sie hatte sich erhoben und kam ihm entgegen.
«Ich darf Sie doch Patrick nennen, oder?» sie lächelte. «Wie geht es Ihnen und Ihrer Frau? fragte sie vorsichtig.
«Den Umständen entsprechend, Dr. Gergely. Danke der Nachfrage.»
«Nennen Sie mich Blanka.»

Sie berührte seinen Arm und führte ihn an den kleinen, runden Besprechungstisch, an den sie sich setzten.
«Mein Frau ist heute mit ihrem Vater nach Deutschland zurück geflogen», sagte Patrick mit erstickter Stimme.
Dr. Gergely nickte verständnisvoll. «Gibt es schon was Neues seitens der Polizei?»
«Noch nicht. Für heute Mittag ist ja das Treffen angesetzt.»
«Werden Sie hingehen?» fragte sie.
«Ich weiß es nicht, ich denke nicht. Mein Vater wird auf jeden Fall daran teilnehmen und mir berichten, wenn es konkrete Anhaltspunkte gibt.»
Mit mütterlicher Wärme in ihrem Blick sah sie ihn an und legte ihre Hand auf seine Wange.
«Sie werden sehen, alles wird gut. Ich bin guter Hoffnung, dass Bengston ihre Tochter finden wird.»
«Danke Dr. Gergely», entgegnete Patrick und musste den Kloß in seinem Hals herunterschlucken.
«Blanka, Sie sollen sich mich Blanka nennen.»
«Danke Blanka», er versuchte ein Lächeln.
«Dr. G…, Entschuldigung Blanka, ich möchte Dich bitten, mich von der Teamleitung zu entbinden.»
«Ich verstehe Deine Beweggründe, aber das werde ich nicht tun», sagte sie knapp. «Ich brauche nicht nur Deine Expertise als exzellenten Fachmann, sondern auch Deine Führungsstärke. Ich gebe zu, dass ich zu Beginn etwas skeptisch war, ob Du aufgrund Deines Alters dieser Führungsaufgabe würdest gewachsen sein.
Aber meine Zweifel waren schnell zerstreut, als ich gesehen habe,

wie das Team auf Dich reagiert.
Ich hatte nie den Eindruck, dass Dein junges Alter, für die anderen ein Problem darstellt. Im Gegenteil, Du besitzt Charisma das vermisse ich heute bei vielen jungen Akademikern. Patrick war immer selbstbewusst genug seine Stärken und Schwächen realistisch einzuschätzen. Aber, dass er charismatisch sein soll, war ihm nie bewusst.
«Das ist auch nicht mein Problem. Ich habe eigennützig gehandelt, gegen ein Dutzend Sicherheitsvorschriften verstoßen. Die Einrichtung, wenn nicht die gesamte westliche Hemisphäre, einer Bedrohung ausgesetzt. Ich bin ein tolles Vorbild, findest Du nicht?»
«Wir sind immer noch Menschen und nachvollziehbar menschlich hast Du gehandelt. Das wird Dir hier keiner verübeln. Außerdem habe ich schon mit Deinem Team gesprochen. Sie stehen ausnahmslos hinter Dir. P.A. ´s Worte, was er mit dem Entführer anstellen würde, wenn er ihn in die Finger bekäme, will ich hier gar nicht wiederholen.»
Patrick versuchte sich P.A. ´s charmante Wortwahl vorzustellen und musste beinahe grinsen.
«Gut», sagte Patrick, «ich will es versuchen. Und danke für Dein Vertrauen.»
«Nichts zu danken», sagte sie. «Und jetzt mach Dich an die Arbeit.»
Im Aufstehen fragte er: «Sind die Blutproben aus Madrid schon gekommen und sind Dir weitere Krankheitsfälle bekannt?»
Sie schüttelte den Kopf. «Nein, soweit ich weiß, kam die Probe noch nicht an. Am besten erkundigst Du Dich direkt bei Dr. Velasques...»
«Das wird wohl das Beste sein.» Er verließ ihr Büro.

SäPo – Stockholm

Bengston und sein Team hatten fast die ganze Nacht durchgearbeitet. Malin hatte es tatsächlich geschafft für sie alle Pizza, Salate und Getränke zu organisieren. Außerdem hatte sie sie die ganze Nacht mit frischem Kaffee versorgt. Sie war ein echtes Goldstück. Gegen fünf Uhr hatte er jedoch darauf bestanden, dass alle nach Hause fuhren, ein paar Stunden schliefen und frisch geduscht um halb zwölf wieder hier sein sollten. Ole und Malin hatten sich beharrlich geweigert zu gehen. Erst mit entsprechendem Nachdruck konnte sie Bengston dazu bewegen, nach Hause zu fahren.
Er stand im Besprechungsraum vor dem Flip-Chart und ging die einzelnen Punkte durch, die sie darauf notiert hatten.
Er rieb sich die Augen und fuhr sich mit den Händen durch das unrasierte Gesicht. Er musste furchtbar aussehen.
Ein Blick auf die Uhr verriet ihm, dass es kurz vor halb acht war.
Im Keller des Gebäudes gab es ein kleines Fitnesscenter. Dort gab es neben den Umkleideräumen, auch die Möglichkeit zu duschen. Er entschloss sich eine heiße Dusche und danach ein Frühstück im gegenüberliegenden Café zu gönnen.
Vor Jahren schon hatte er sich angewöhnt, immer eine frische Garderobe in seinem Spind vorzuhalten. Bisher hatte er es selten in Anspruch nehmen müssen. Deshalb war er froh als er ein neues Hemd, und eine passende Krawatte dazu, auspackte.
Er verließ gerade das Gebäude, um ins Café zu gehen, als ihm David Sprenger über den Weg lief.

«Guten Morgen», rief Bengston.

David schrak aus seinen Gedanken und musste sich erst orientieren, aus welcher Richtung der Gruß kam.

«Guten Morgen» rief er zurück.

«Was machen Sie denn hier?», wollte Bengston wissen.

«Sie sind noch etwas früh dran, für die Besprechung.»

«Ich weiß», grinste David. «Ich hatte Hummeln im Hintern und hab es zu Hause, also bei meinem Sohn, nicht mehr ausgehalten.»

«Wie geht es ihm?» erkundigte sich Bengston.

«Er hält sich tapfer. Beide.»

Bengston nickte. «Ich war gerade auf dem Weg zu einem Frühstück», er deutete auf ein Café auf der gegenüberliegenden Straßenseite. «Kommen Sie, ich lade Sie ein.»

«Gerne», sagte David, «aber nur, wenn ich das übernehmen darf.»

Bengston zuckte mit den Achseln.

Als sie Platz genommen und jeder ein Frühstück, bestehend aus Kaffee, Brötchen, Konfitüre, Wurst und Käse, bestellt hatte, fragte Bengston, was ihn so früh in die Stadt trieb.

«Wollten Sie zu mir?»

«Na ja, nicht direkt. Doch! Ich hatte gehofft, dass Sie vielleicht schon da sind. Aber wenn ich mal raten darf, sind Sie nicht schon wieder, sondern *noch* da.»

«Ist das offensichtlich?» wollte Bengston wissen.

«Absolut nicht, Sie sehen aus wie aus dem Ei gepellt», gab David anerkennend zurück.

«Sie sollten mich mal sehen, wie ich nach einem Nachtdienst aussehe.»

Bengston musste lachen.
Er nahm einen Schluck seines Kaffees und musterte David.
«Wäre es ok, wenn wir uns duzen? Ich fände das passender unter Kollegen.»
«Herzlich gerne», sagte David.
Bengston reichte ihm die Hand. «Arvid, meine Name ist Arvid.»
«Freut mich sehr Arvid.»
«Also?» fragte er gespannt. «Was brennt Dir unter den Nägeln, dass Du so früh hier bist?»
David kramte einen Ausdruck aus seiner Jackentasche und entfaltete das Papier vor Arvid.
«Ich habe aus meiner Zeit im Kosovo einen alten Kontakt bemüht und mich mal über diese Arjona schlau gemacht.»
«Hm», nickte Arvid. «Wir haben sie auch schon durchleuchtet. Aber hier in Schweden war sie unauffällig.»
«Das war sie in Deutschland auch», entgegnete David.
«Im Alter von sechs Jahren war sie mit ihren Eltern, während des Kosovokrieges, nach Deutschland geflüchtet. Das war im April 1999. Nachdem der Krieg dann beendet war, hat man sie und ihre Familie im Januar 2001 wieder in den Kosovo abgeschoben. Das war wohl ein riesen Drama. Ihre Familie hatte gerichtlich versucht einen Abschiebestopp zu erwirken. Aber ohne Erfolg.
Ich kenne die genauen Umstände nicht, aber ihr Vater war kurz nachdem sie wieder in Mitrovica ankamen von einer serbischen Tätergruppe erschossen worden. Du kennst die Gegebenheiten in Mitrovica?» fragte er Arvid.
«Nur das, was man so aus der Presse hört.

Selbst jetzt, siebzehn Jahre nach Beendigung des Konfliktes, soll es da immer noch Unruhen geben.»

David nickte. «Mitrovica ist eine geteilte Stadt», erklärte David. «Durch den Fluss *Ibar* trennt sich die Stadt in den serbisch-sprachigen Norden und den albanisch-sprachigen Südteil.

Die Menschen dort sind sich immer noch Spinne-Feind. Ich habe versucht, mehr über Arjonas Vater in Erfahrung zu bringen, was mir nicht gelungen ist. Ich kann nur spekulieren.

«Und was ist Deine Spekulation?» unterbrach ihn Arvid.

«Ich würde vermuten, dass ihr Vater in der UÇK, einer paramilitärische Kampftruppe, für die Unabhängigkeit Kosovos gegen die Serben gekämpft hat. Als sie in den Norden des Kosovo zurückkehren mussten, fiel er einem Racheakt zum Opfer.

Arvid nickte. «Das wäre naheliegend. Und was hat das mit Arjona zu tun?»

«Das weiß ich noch nicht. Aber jetzt wird es interessant. Arjona war mit siebzehn, zumindest nach den Erkenntnissen meiner Quelle, fast ein Jahr in Pakistan. Das war 2010.

Es gibt Hinweise, dass sie im Kosovo mit einer radikal islamischen Gruppierung in Kontakt kam und von dort aus in ein Trainings-Camp nach Pakistan geschickt wurde. Ende 2010 war sie wieder in den Kosovo eingereist und danach verliert sich ihre Spur.

Arvid nickte anerkennend. «Diese Information ist Gold wert. Das schließt zumindest die Möglichkeit aus, dass sie rein zufällig in die Entführung Deiner Enkelin verwickelt war. Weiß man etwas über die Organisation, der sie sich angeschlossen hatte?

David wiegte den Kopf.

«Da hat sich meine Quelle bedeckt gehalten. Ich kann Dir den Ausdruck gerne überlassen.

Ich weiß, dass ihr das offiziell noch nicht in das Verfahren einfließen lassen könnt. Aber es sollte kein Problem sein, über ein entsprechendes Rechtshilfeersuchen an die Informationen zu gelangen.»

«Das könnte uns durchaus auf die Spur der Hintermänner bringen», meinte Arvid. «Zumindest könnte uns das etwas über deren Strukturen sagen. Du bist sicher, dass Du nicht auf der Suche nach einem neuen Job bist?» frotzelte Arvid.

«Wieso, suchst Du gerade jemanden Kompetenten?» Sie mussten lachen.

ECDC

P.A. klopfte ihm herzhaft auf die Schulter, als Patrick das Labor betrat. Es war ein sonderbares Gefühl. Als käme er an den Ort eines Verbrechens zurück. Nie wieder, würde er diesen Ort so unbedarft oder so leidenschaftslos wie früher betreten können. Immer wäre eine gewisse Beklemmung damit verbunden.
«Schön, dass Du wieder hier bist», sagte P.A. auf Deutsch.
«Ist das wieder ein Spruch aus einem Film, den Du Dir angesehen hast? Ich dachte Du sprichst kein Deutsch?!»
P.A. sah sich verstohlen um.
«Ich bin angefangen, ein wenig zu Deutsch lernen», sagte er unbeholfen und mit deutlich hörbarem Akzent.
«Das freut mich sehr», antwortete er lächelnd. «Wenn Du Hilfe brauchst, sag mir Bescheid. Ok?»
P.A. schien Patricks Unsicherheit zu spüren.
«Hör zu», sagte er ins Englische wechselnd, «es gibt nichts was Du Dir vorzuwerfen hast. Jeder hier, hätte an Deiner Stelle genauso gehandelt. Wir stehen alle hinter Dir und wenn Du Hilfe brauchst, oder jemanden zum Reden, dann sag mir bitte Bescheid. Ich bin jederzeit für Dich da. *Klar soweit?!»* näselte er, in Anspielung auf Johnny Depps Rolle als Kapitän Jack Sparrow.
«Aye, Aye Captain», entgegnete Patrick lächelnd und griff sich an eine imaginäre Hutkrempe.
«Wo ist denn Helena und der Rest der Crew?»

«Zwei haben sich krank gemeldet, Helena ist in die Cafeteria gegangen, zumindest hat sie das vorhin gesagt und die anderen werden wie immer später kommen. Kennst sie ja.»
«Ok. Weißt Du, ob die Blutprobe aus Madrid schon da ist?»
«Nicht das ich wüsste. Also ich habe keine gesehen», sagte P.A.
«Ich bin mal in meinem Büro, wenn was sein sollte.»
Patrick wandte sich um und verließ das Labor.
Es verwunderte ihn sehr, dass die Probe noch nicht angekommen war. Er ließ sich hinter seinem Schreibtisch nieder und startete seinen Rechner. Irgendwie schien die Oberfläche seines Desktops anders zu sein. Ihm fiel ein, dass Bengstons IT Forensiker sich gestern an seinem PC zu schaffen gemacht hatten und hierbei wohl beabsichtigt oder unbeabsichtigt etwas verändert hatten. Vielleicht hatten sie diverse Programme installiert, um ihn zu überwachen. Er schloss es jedenfalls nicht aus.
Nach kurzem Suchen fand er den Unterordner auf dem Server des Zentrums, in der der Fall *Madrid* abgelegt war. Dort befand sich auch das Anschreiben der Ärztin aus Madrid.
Er öffnete das Dokument, fand rechts oben ihre Telefonnummer und wählte.
Nach dem zweiten Klingeln wurde abgehoben. Eine weibliche Stimme war am Apparat.
!Buenos Dias! Hospital provincial de Madrid. ? Por favor?
»Buenos Dias. Pedir salir a alguien con doctor Velasquez?! Fragte er die Frau am anderen Ende der Leitung.
Sie gab ihm zu verstehen, dass Dr. Velasquez heute nicht in der Klinik sei.

Patrick erklärte, wer er war und dass er ganz dringend Dr. Velasquez sprechen müsse. Die Stimme zögerte kurz, dann gab sie ihm ihre Handynummer, musste ihr jedoch versprechen sie nicht zu verraten, was er hoch und heilig schwor.
Langsam tippte er die Nummer ein und wartete auf das Freizeichen. Er fürchtete schon, sie würde nicht ans Telefon gehen. Gerade als er wieder auflegen wollte, meldete sich eine schlaftrunkene Stimme.
«Velasquez?»
«Guten Morgen, Dr. Velasquez. Es tut mir leid. Wie es scheint, habe ich Sie geweckt. Mein Name ist Dr. Sprenger. Ich rufe vom ECDC Solna an.»
«Guten Morgen Dr. Sprenger. Sie sind Deutscher? Fragte sie.
Er war kurz irritiert. «Ja, das bin ich.»
«Prima! Ich bin in Deutschland aufgewachsen», fuhr sie in akzentfreiem Deutsch fort. «Meine Eltern leben in Düsseldorf. Was kann ich denn für Sie tun?»
«Ich bitte nochmals um Entschuldigung. Ich habe Sie an der Klinik nicht erreichen können und es ist leider dringend. Meine Mitarbeiterin, Dr. Nikiforos, hat vor zwei Tagen eine weitere Blutprobe angefordert.
«Das ist richtig. Und ich habe diese Probe auch gleich versandt. Stimmt damit etwas nicht?»
«Das weiß ich nicht. Sie ist noch nicht eingetroffen.»
Dr. Velasquez schien jetzt erst richtig wach zu sein. «Bitte?» sagte sie ungläubig.
«Das kann eigentlich nicht sein. Ich habe sie umgehend verschickt.»
«Können Sie uns noch eine Probe schicken?»

«Das würde Ihnen nicht viel nützen», antwortete sie. «Juan dos Santos Alvarez, mein Patient, ist wenige Stunden nachdem ich Ihre Probe entnommen habe verstorben. Unsere nationale Seuchenschutzbehörde hat ihn wahrscheinlich schon kremiert.»

«Scheiße!» dachte Patrick.

«Sind denn noch weitere Fälle aufgetreten?»

«Nicht hier in Madrid. Ich meine gelesen zu haben, dass in Valencia zwei Verdachtsfälle eingeliefert wurden. Ich muss aber ehrlich gestehen, dass ich die Sache nicht mehr weiter verfolgt habe.»

«Dr. Velasquez, ich bedanke mich für ihre Geduld. Und entschuldigen Sie nochmals die frühe Störung.»

«Keine Ursache.»

Er legte auf.

«Fuck, fuck, fuck!», brabbelte er vor sich hin.

Im internen Verzeichnis der nationalen Seuchenschutzbehörden fand er die Mail Adresse des Ministerio de Sanidad in Madrid.

In einer schnell herunter getippten Mail formulierte er die Bitte, mögliche Ebola Verdachtsfälle dem ECDC zu melden und, sofern vorhanden, Blutproben zu übersenden.

Raschen Schrittes eilte er ins Labor. Helena und der Rest seines Teams waren mittlerweile eingetroffen.

«Meeting in fünfzehn Minuten, im kleinen Besprechungsraum.»

Er fuhr eine Etage tiefer und klopfte an Blankas Bürotür.

«Herein!»

«Entschuldige die Störung, Blanka. Die Blutprobe aus Madrid ist hier nie angekommen. Ich habe vor ein paar Minuten mit Dr. Velasquez telefoniert.

Sie hat mir glaubhaft versichert, dass sie die Probe vorgestern auf den Weg geschickt hat. Angeblich soll es in Valencia zwei weitere, aber bislang offiziell noch unbestätigte, Verdachtsfälle gegeben haben. Wenn wir keine Blutproben mehr beschaffen können, haben wir ein Problem. Wir treffen uns gleich im kleinen Besprechungszimmer. Möchtest Du teilnehmen?»

«Ja!», sagte sie, «ich komme. Reicht mir die Zeit, um noch einen Kaffee zu holen?»

«Hervorragende Idee, den brauch ich jetzt auch.»

Auf dem Weg zum Besprechungsraum waren sie an der Teeküche vorbei gegangen und hatten sich einen Becher Kaffee eingeschenkt.

Das Team war bereits versammelt als Patrick und die Direktorin eintrafen. P.A., Helena, Nils Farnström, Kai Berg Lars Lindqvist. Anna Falk und Elias Hedlund hatten sich krank gemeldet.

«Hallo miteinander», begrüßte Patrick die anderen.

«Die Probe aus Madrid, die wir angefordert haben und dringend benötigen ist leider nicht angekommen. Und da wir kein Vergleichsmaterial mehr haben, wird es sich, sofern wir an keine neue Probe kommen, schwierig gestalten, einen Impfstoff zu entwickeln.»

Da noch immer nicht geklärt war, wie der Entführer an die Information des Madrider Erregers gekommen war, behielt er vorerst für sich, dass es möglicherweise zwei weitere infizierte Patienten gab.

«Helena, Du bist sicher, dass keine Proben eingegangen sind?»

«Ja!», sagte sie fast beleidigt. «Ich habe alle Eingänge noch einmal überprüft.»

«Ok», sagte er.

«Wenn wir kein Probenmaterial bekommen, bleibt uns nur die Alternative das Virus aus den chemischen Bestandteilen künstlich, d.h. ohne eine Wirtszelle, aufzubauen.
Aufgrund P.A. ´s und Helenas Analyse kennen wir ja bereits die Genabfolge der viralen Strukturproteine, die sich auf dem Genom befinden. Da die RNA chemisch instabil ist, müssten wir die RNA-Sequenz zunächst in eine DNA-Sequenz übersetzen, deren Stränge wir dann nach und nach zusammenbauen. Die DNA müsste danach, mit einer zellfreien Polymerase, wieder in die virale RNA rückübersetzt werden, damit das Virus sich neu synthetisiert. Dann, aber erst dann, könnten wir theoretisch mit Antikörperversuchen beginnen.»
«Wieso theoretisch?» hakte die Direktorin nach.
«Weil uns die gesamte Prozedur zwei Monate kostet, wenigstens fünf Wochen.
«Und», er machte eine Pause, «uns fehlt dazu die Ausrüstung.»
«Könnten wir die Ausrüstung bekommen?», wollte Blanka wissen.
Patrick dachte kurz nach und schüttelte dann den Kopf.
«Es gibt weltweit nur ein Labor, das dazu in der Lage und dazu autorisiert ist. Siehst Du Blanka, was wir beabsichtigen zu tun, ist die künstliche Herstellung eines hochpathogenen Virus. Das Labor von dem ich eben sprach gehört einer US-amerikanischen Firma, die wiederum der Central Intelligence Agency gehört.
«Der CIA? Du machst Witze!», platze P.A. hervor.
«Und wenn wir die Geräte dazu bestellen könnten?», wollte Kai Berg wissen.
«Die Angst vor Bio-Terror hat solche Gerätschaften quasi auf einen

Index gesetzt.
Das ist in etwa so, als wenn Du im Internet, bestimmte chemische Komponenten in einer bestimmten Größenordnung bestellst, die für den Bau einer Bombe geeignet wären.»
«Irgendwo schrillen dann sämtlich Alarmglocken und Millionen von Gizmos fangen an zu blinken», witzelte P.A.
«Richtig. Danke P.A. für Deine bildhafte Darstellung. Seit Jahren musst Du Dich beim Kauf diverser Chemikalien bei den Lieferanten legitimieren. Ebenso verhält es sich, bei der Bestellung hochspezifischen Laborequipments. Aber vielleicht brauchen wir gar nicht so viel Hard-Ware?», dachte Patrick laut nach. «Sei´s drum! Wir würden auch die Genehmigung für unser Vorhaben nicht bekommen», gab Patrick zu bedenken.
«Würde es Sinn machen unser Anliegen der EU Kommission vorzutragen?»
«Du kannst es versuchen, Blanka. Aber viel Hoffnung brauchen wir uns nicht zu machen. Die berechtigte Frage wird sein, warum wir beabsichtigen ein pathogenes Virus synthetisch zu reproduzieren, obwohl noch keine akuten Krankheitsfälle dokumentiert sind.
«Überall der gleiche Scheiß», polterte P.A., «es müssen wohl erst wieder tausende Menschen sterben, dann spielen Geld und Genehmigungen wie üblich keine Rolle mehr.»
Patrick machte eine beruhigende Geste, obwohl er ihm im Stillen zustimmte. Er sah, dass sie im Moment nicht weiter kamen.
«Helena», ich muss Dich leider wieder um einen Gefallen bitten.
Sie schien nicht sonderlich begeistert zu sein, als Patrick sie ansah.
«Bitte versuch herauszufinden, was mit der Probe aus Madrid

geschehen ist. Kontaktiere das Kurierunternehmen, die Fluggesellschaften, von mir aus die einzelnen Kurierfahrer.» Helena machte sich Notizen und nickte.

P.A. breitete in einer fragenden Geste seine Hände aus. «Und was mach ich?»

«Wenn Du möchtest kannst Du Helena unterstützen.»

Helena wiegelte ab. «Das ist nicht nötig, wirklich nicht.»

P.A. hob übertrieben die Schulter. «Pffff, ok, dann nicht.»

Patrick sah Helena stirnrunzelnd für einen Augenblick an.

«Ok«, sagte Patrick. »Back to business. Ich rufe euch wieder zusammen, sobald ich neue Informationen habe.»

«Verdammter kleiner Wichser!»

«Scheiß doch auf die Probe! Warum musste Sprenger auch so derart hartnäckig hinterfragen, wo die Probe geblieben ist. Sollte Helena doch nachforschen wie sie wollte, sie würde eh nichts herausfinden. Die findet im Dunkeln ja nicht mal ihren eigenen, dürren Arsch.

Dass die Gergely ihm diesen jungen Speichellecker vor die Nase gesetzt hatte, war nicht nur ein persönlicher Affront, sondern schlicht eine himmelschreiende Ungerechtigkeit. Aber nein, er würde sich damit nicht abfinden. Niemals! ER sollte Sprengers Position haben. War er es nicht, der sich die letzten Jahre am Zentrum den Arsch aufgerissen hatte? Auf Urlaub verzichtet und Überstunden geschoben hatte und deshalb seine Ehe vor die Hunde gegangen war?

Gut! Zugegeben, der Kleine war gut, aber halt nur ein Theoretiker mit einem hochtrabenden Doktortitel. Aber was hieß das schon. Seine praktische Erfahrung hat Sprenger nicht Er hatte die meiste Felderfahrung. Er war es, der sich in Sierra Leona und Liberia wochenlang bei fünfundvierzig Grad im Schatten Tage und Nächte um die Ohren geschlagen und sich Malaria eingefangen hatte, um die Epidemie einzudämmen.

Er hatte gehofft zwei Fliegen mit einer Klappe schlagen zu können. Nie hätte er damit gerechnet, dass die Alte, Sprenger ans Zentrum zurückholt, nachdem was er getan hatte. Er hätte ihn gerne in der Zelle eines Schwedischen Hochsicherheitsgefängnisses verrotten sehen.

Was fand sie bloß an diesem Schnösel? Scheiß drauf!

Die Alte gehörte weg. Er hatte es damals schon nicht verstanden, warum die Kommission sie in die Direktion berufen hatte. Wahrscheinlich hatte sie mit der halben Besetzungskommission gevögelt, um die Stelle zu bekommen.

Er musste schmunzeln. Vögeln würde er sie auch, nur zu gerne. Sie war nicht unattraktiv für ihr Alter. Beileibe nicht.

Sportlich, Schlank, gepflegt und immer elegant gekleidet. Sie schien viel für sich zu tun. Ein ums andere Mal hatte er lüstern ihrem geilen Arsch hinterher gestarrt, sich vorgestellt, wie er sie über einen Schreibtisch legen und von hinten nehmen würde.

Seit seine Frau ihn verlassen hatte, waren seine Beziehungen nicht mehr von Dauer. Schon nach wenigen Wochen gingen ihm diese Frauen auf den Geist. Seinem Intellekt waren sie ohnehin nicht gewachsen und sie langweilten ihn nach wenigen Tagen. Irgendwann verlor auch der Sex mit ihnen ihren Reiz und er hatte ihnen gesagt, sie sollen sich zum Teufel scheren. Er hatte angefangen zu trinken. Im Grunde hasste er es, aber es war ein schwacher Trost für all die Ungerechtigkeiten, die er zu erdulden hatte.

Seine Zeit würde kommen. Er musste sich nur in Geduld üben.

SäPo – Stockholm

Nachdem sie ihr Frühstück beendet hatten, war Bengston zurück ins Büro gegangen. David hatte sich die nächsten Stunden in der Stadt vertrieben. Er bummelte ziellos durch die Innenstadt. Vor einem Geschäft für Haushaltswaren blieb er stehen und betrachtete das Schaufenster. Die Auslage war über und über voll mit Armbrüsten, Bögen, Pfeilen mit Jagdspitzen, Messern aller Arten und Schlagwerkzeugen. Er schüttelte verständnislos den Kopf. Diese Dinge konnten alle Waffenscheinfrei ab achtzehn Jahren erworben werden. Kopfschüttelnd ging er weiter. Noch eine Stunde bis zur Besprechung. Er würde noch einen Cappuccino trinken gehen, selbst wenn es schon sein vierter seit dem Frühstück war. Seine innere Unruhe trieb in fast in den Wahnsinn. Gerne hätte er etwas unternommen oder bei den Ermittlungen geholfen. Er war zur Untätigkeit verdammt. In einem Straßencafé bestellte er einen Cappuccino. Während er rauchte beobachtete er die Menschen, die an ihm vorbei liefen. Ihm fiel auf, dass auffallend viele Frauen einen Hijab, den traditionellen Schleier vieler Musliminnen, trugen. Früher hatte ihn dieser Anblick nie gestört, oder vielleicht hatte er einfach nicht so sehr darauf geachtet. Jetzt rief dieser Anblick ein Gefühl der Beklemmung in ihm hervor.

Seine Gedanken waren bei seiner kleinen, süßen Enkelin. Seinem kleinen Engel.

Als Patrick und Alina ihnen damals eröffnet hatten, dass sie schwanger sei, war seine Freude zunächst gedämpft.

Beide waren sie noch mitten im Studium. Seine Bedenken hatten sich jedoch schnell zerstreut, denn schließlich musste in Deutschland kein junges Paar mit einem Säugling auf der Straße sitzen, oder Gefahr laufen, durch das soziale Netz zu fallen. Er liebte seine Enkelin abgöttisch. Klar, er wusste, dass Patrick nach seinem brillanten Studienabschuss würde die Jobs annehmen müssen, die sich ihm boten, bzw. seiner Karriere förderlich waren. Er hatte nie gezweifelt, dass er außerordentlich lukrative Jobangebote bekommen würde. Auch wenn dies bedeutete, dass sie noch weiter wegziehen müssten. Er hatte diesen Gedanken immer zu verdrängen versucht, bis ihn vor neun Monaten die Realität einholte. Patrick hatte sie angerufen und ihnen eröffnet, dass er eine Stelle in Schweden annehmen würde. Der Gedanke seinen Sohn und seine Enkelin nur noch zu Weihnachten zu Gesicht zu bekommen, die Kleine nicht aufwachsen zu sehen, brach ihm fast das Herz. Nur schwer konnte er sich an die neue Situation gewöhnen. Patrick und Alina taten ihr Möglichstes, seinen und Beas Trennungsschmerz zu lindern. Sie schickten, wie sie es versprochen hatten, jeden Tag einige Bilder oder kleine Videoclips von der Kleinen. Wenn sie dann einmal in der Woche zusammen via Skype telefonierten, war er jedes Mal den Tränen nahe, wenn die Kleine, wild winkend, im Bild erschien und «Hallo Oma, hallo Opa» rief.

Wenn der Kleinen etwas geschehen würde, das schwor er sich, würde er jeden Töten, der damit in Zusammenhang stand.

David hinterließ drei Euro auf dem Tisch und trat den Rückweg zur SäPo an. Er würde pünktlich zur Besprechung ankommen.

Als er die Lobby betrat, kramte er den Besucherausweis aus der

Innentasche seiner Jacke, nickte im Vorbeigehen der Dame am Empfang zu und betrat den Aufzug.
Ihm fiel sofort eine hektische Betriebsamkeit auf, als er aus dem Lift trat. Vier schwer bewaffnete Einsatzkräfte rannten mit ihren schweren, ballistischen Helmen und Schutzwesten an ihm vorbei, eine Treppe hinauf, die aufs Dach führte und bestiegen dort einen mit drehenden Rotorblättern, wartenden Hubschrauber. Er konnte durch die Oberlichter sehen wie die Rotoren sich schneller zu drehen begannen und die Maschine sich erhob.
Bengston stand am Ende des Flures vor seinem Büro und winkte David zu sich.
Er rannte den Flur hinunter. «Habt ihr was, Arvid?»
«Kann ich noch nicht sagen.» Wir haben einen Hinweis auf eine Scheune, vier Kilometer außerhalb von Södertälje, bekommen.
Irgendjemand hat die Scheune niedergebrannt. Ein Team fliegt gerade hin und sichert die Örtlichkeit.
Wenn Du möchtest können wir den Einsatz live im Einsatzraum mitverfolgen.»
«Nach Dir», sagte David.
Er folgte Arvid in einen abgedunkelten, mit modernster Technik vollgestopften, Raum. An der Stirnseite hing ein wandfüllender Monitor, auf den jeder Fußballfan neidisch gewesen wäre. Der Screen war in sechs Teile sequenziert, auf denen sich unterschiedliche Szenen abspielten.
«Was Du hier siehst…»
«Danke, Arvid, ich weiß was ich hier sehe», unterbrach ihn David breit grinsend.

Du scheinst meine Personalakte nicht vollständig gelesen zu haben.» Arvid zwinkerte.
«Klar, weiß ich was Du warst. Ich vergesse das gelegentlich.»
Seit einigen Jahren gehörten Helmkameras zur Standardausrüstung militärischer und polizeilicher Spezialeinheiten. Nachdem immer wieder Vorwürfe laut wurden, Spezialeinheiten hätten ihre Zielpersonen hingerichtet, war man dazu übergegangen diese Kameras zur Dokumentation und Beweissicherung einzuführen.
Schnell erkannte man die Vorteile einer Funkübertragung der Live-Bilder in die Einsatzleitstellen.

Nur wenige Minuten vergingen bis der Helikopter sein Ziel erreicht hatte. Die Bilder bewegten sich hektisch, nachdem die Spezialkräfte der Schwedischen Anti-Terror-Einheit NI aus dem Helikopter sprangen. Die taktische Annäherung an die rauchende Ruine, eines bis zur Unkenntlichkeit abgebrannten Gebäudes, war schulbuchmäßig. David hockte auf der Kante eines Schreibtisches und verfolgte die Szenerie.
«Stopp!», rief er. «Was war das?»
Bengston sprach in ein Funkgerät und gab die Anweisung die Kamera noch einmal nach links zu schwenken. Das Bild flackerte ein wenig bis ein rauchendes Etwas in der Bildmitte erschien.
David legte den Kopf schief. «Ja, leck´ mich doch! Ist das nicht die Couch aus dem Erpresser Video?»
Bengston fror das Bild ein. «Du hast Recht. Das könnte sie tatsächlich sein.»

«Alpha, ich will das ihr das Objekt gründlich absucht, » gab Bengston die Anweisung über Funk.
«Ole, schick sofort ein Spurensicherungsteam los.»
Ole nickte und wollte schon zum Hörer greifen.
David räusperte sich. Bengston sah ihn mit einem fragenden Blick an.
«Das ist Zeitverschwendung», sagte David an Bengston gerichtet. «Ihr werdet dort nichts finden. Die Brandzehrung hat vermutlich alle Spuren vernichtet. Und selbst wenn nicht, habt ihr wieder nur die Bestätigung, dass der oder die Täter dort waren.»
Bengston zog die Stirn kraus. «Kann ich Dich kurz sprechen?» Bengston deutete mit einer Kopfbewegung zum Ausgang.
«Hör zu David», sagte er nachdem sie den Raum verlassen hatten. «Viklund hat Dir gestattet unsere Ermittlungen beobachtend zu begleiten. Ich schätze Dich als Kollegen sehr, aber sag mir bitte nicht was ich zu tun habe. Ich stehe unter enormen Druck durch meine Führung es gibt Standards und Vorschriften in Schweden, zu deren Einhaltung ich verpflichtet bin.»
David schnaubte. «Arvid, Du machst dieses Geschäft schon genauso lange wie ich. Also erzähl mir nichts über Vorschriften und Standards. Wenn Du da jetzt ein Team raus schickst, wühlen die ein oder zwei Tage im Brandschutt herum, nur um Dir dann zu sagen, dass dort keine verwertbare Spuren mehr sind.»
David schluckte. «Du wirst dort auch Chloés Leiche nicht finden. Allenthalben die Bestätigung, dass sie dort war. Vielleicht, aber nur vielleicht, findest Du DNA Material, das Dir wiederum nur bestätigt, dass sie dort auf der Couch gelegen hat.

Aber es bringt Dich keinen Scheiß weiter.»
«Mag sein, dass Du Recht hast», sagte Bengston, «dennoch werde ich ein Spuren-Team hin schicken.»
David schnaubte und wandte sich um.
«Wo willst Du hin?»
«Ich geh pissen und dann eine Rauchen», blaffte David, ohne sich zu Bengston umzudrehen.
«In zehn Minuten ist das Meeting!»
David hob nur den Daumen.

ECDC

Kaum das er sein Büro betreten hatte, klingelt sein Telefon. Er hastete zum Schreibtisch und nahm den Hörer ab.
«Sprenger!»
«Velasquez hier. Ihr Anruf hat mir keine Ruhe gelassen, weshalb ich in die Klinik gefahren bin. Ich habe die Blut-Probe definitiv am Montagabend verpackt und an den Kurier übergeben. Aber ob und wann das Päckchen Spanien verlassen hat, kann ich leider nicht nachvollziehen.»
«Das ist nett von Ihnen, ich danke Ihnen. Ich rechne ehrlich gesagt nicht mehr damit, dass die Probe wieder auftaucht, deshalb konzentrieren wir uns auf andere Optionen.»

«Wieso? Worum geht es denn eigentlich?» wollte sie wissen.
Er überlegte, ob er ihr sagen sollte wofür sie die Probe benötigten.
«Die Probe wurde durch eine falsche Entwicklerlösung unbrauchbar», log er.
«Konnten Sie über die Verdachtsfälle in Valencia etwas in Erfahrung bringen?»
«Nichts Genaues. Ich weiß nur, dass man die Fälle dem Gesundheitsministerium gemeldet hat, so wie in unserem Fall in Madrid.»
Patrick wunderte sich, dass er noch keine Antwort auf seine Mail bekommen hatte.
«Ich frage mich», dachte er laut, «warum nicht mehr Fälle aufgetreten sind?»
«Das habe ich mich auch schon gefragt», sagte sie. «Bevor wir den Fall dem Gesundheitsministerium übergaben, habe ich bei der Fluggesellschaft angefragt. Demnach muss unser Patient zehn Tage, bevor er bewusstlos in der Flugzeugtoilette aufgefunden und notfallmäßig eingeliefert wurde, in Sierra Leone gewesen sein.
«Das ließe den Schluss zu, dass er sich schon ein paar Tage vor seiner Rückreise infiziert haben muss. Außerdem waren anscheinend nur sehr wenige Passagiere in der Maschine. Wir können von Glück sagen, dass es nicht mehr Fälle gibt.»
«Da haben Sie wohl Recht. Hoffen wir, dass es so bleibt.»
Er bedankte sich bei ihr und verabschiedete sich.

SäPo – Stockholm

David war immer noch wütend als er, nachdem er vor dem Gebäude zwei Zigaretten geraucht hatte, im Besprechungsraum Platz genommen hatte. Der Teilnehmerkreis beschränkte sich weitestgehend auf Bengstons Team und Persson, dem Vertreter des Justizministeriums. Bengston betrat als letzter den Raum, ohne David eines Blickes zu würdigen.

«Also», begann er, «Was haben wir?»

Ein Ermittler aus Bengstons Team blätterte in einigen Computerausdrucken.

«Ich habe das Kindermädchen soweit abgeklärt.»

Er fasste im Wesentlichen zusammen, was David schon in Erfahrung gebracht hatte. Bengston ergänzte seine Ausführungen um den Umstand, dass Arjona Krasniqi in einem pakistanischen Terror-Camp ausgebildet worden war und sich nach ihrer Rückreise in den Kosovo jegliche Spur von ihr verlor.

«Stell mir bitte ein offizielles Rechtshilfeersuchen an das Justizministerium im Kosovo zusammen, mit der Bitte uns alles zu schicken, was sie über diese Krasniqi haben. Und ich meine Alles. Familiärer, finanzieller Background, Freunde, Bekannte und was mir besonders wichtig ist, in welchen Gruppierungen sie im Kosovo aktiv war.»

«Das würde ich veranlassen», meldete sich Persson zu Wort.

«Danke Ihnen.»

«IT. Was habt ihr?» wandte sich Bengston den zwei Analysten zu.
Die beiden schienen sich uneinig, wer von ihnen den Anfang machen sollte.
Der größere der beiden räusperte sich übertrieben.
«Wir haben die IP Adresse der versandten Video Mail überprüft. Die IP gehört zu einem Server in den Staaten. Eine Anfrage läuft, aber wir haben noch kein Feedback.»
«Wir haben seit gestern Nacht etwa 20.000 Datensätze ausgewertet», übernahm sein Pendent. Wir konnten die Telefonnummer, von der aus Dr. Sprenger angerufen wurde, über die Verbindungsdaten seines Providers, identifizieren. Wir haben sie mit den Funkzellendaten im Großraum Stockholm abgeglichen und haben gleich mehrfache Treffer festgestellt. Wir haben die Funkmasten bezüglich ihres Abstrahlwinkels überprüft und konnten die Standorte eingrenzen.
«Mann, komm endlich auf den Punkt», dachte David, dessen Ungeduld wuchs.
«Und wo sind diese Punkte», drängte Bengston, dem Davids Gesichtsausdruck offenbar nicht entgangen war.
«Wir konnten den Bereich auf Södertälje, auf drei Kilometer Radius um die Scheune, eingrenzen. Weiterhin war die Nummer am Montag im Bereich des ECDC und dem Solna Center eingebucht.
«Im Bereich des ECDC?» fragte Bengston nach.
«Plus minus 50 Meter.»
«Und was ist dort?»
Ole meldete sich zu Wort. «Gegenüber des ECDC befindet sich das Hotel Birkastan.
Die Belegungsliste von Montag ist schon auf dem Weg zu uns.»

«Kann man die Nummer zuordnen?», fragte Bengston den Analysten.
«Nein, leider nicht. Es handelt sich dabei um eine Pre-Paid Karte, für die keine Registrierung erforderlich ist.»
«Noch was?»
«Allerdings! Wir fanden diese Nummer im Handyspeicher des erschossenen Kindermädchens. Außer ein paar ein- und ausgehenden, eher belanglose, Textnachrichten haben aber offenbar keine Telefonate zwischen den beiden stattgefunden.
Interessant war eine Nachricht, welche sie am Montag um 09.59 Uhr erhielt Es war nur ein einzelnes arabisches Wort: *Inshallah.*
Wir nehmen an, dass es ein Code oder eine Art Startsignal gewesen sein könnte. Zumindest würde es in die Chronologie von Montagmorgen passen, kurz nachdem Frau Sprenger zur Schule fuhr.»
David hob wie ein Schüler die Hand. Bengston nickte und erteilte ihm das Wort.
«Die Telefonnummer ist doch sicher mit der IP Adresse oder IMEI Nummer des Handy gekoppelt», stellte David fest.
Der Analyst nickte.
«Und wenn, ich nenne ihn jetzt mal «Er», die SIM Karte wechselt, würde die IP Adresse wieder mit der neuen Nummer gekoppelt.»
Wieder nickte sein Gegenüber.
«Worauf willst Du hinaus?», unterbrach in Bengston.
«Das wir, sofern die IMEI Nummer seines Telefons ausgefiltert werden kann, wir das Telefon fangen könnten.
Zumindest könnte man versuchen eine Schaltung zu veranlassen. Würde man nur die Nummer überwachen, würde diese sich dem

Überwachungsbereich entziehen, sobald er das Land verlässt, bzw. im Roaming sich in ein außerschwedisches Netz einwählen würde. Aber das weißt Du ja. Ich denke ihr habt sicherlich die Möglichkeit über benachbarte Aus- oder Inlandsdienste IMSI-Catching zur Standortbestimmung zu beantragen.»

Bengston schaute pikiert in die Runde. David ließ ihn in diesem Moment ganz schön alt aussehen. Es ärgerte ihn, dass er nicht gleich darauf gekommen war.

«Ich kümmere mich darum», sagte Ole. Er nickte David anerkennend zu und stürmte aus dem Zimmer.

«Was hat die Spurensicherung?» fragte Bengston in die Runde.

David kam der Gedanke, dass er Bengston brüskiert haben könnte. Er konnte Arvid gut leiden, aber in diesem Moment war ihm das egal. Er hatte nur ein Ziel. Seine Enkelin zu finden.

ECDC

«Im Augenblick können wir gar nichts tun», entgegnete Patrick.
Blanka Gergely saß ihm gegenüber. Sie hatten sich zum Essen verabredet und waren in ein Restaurant, unweit des Zentrums gefahren.
«Ich denke nicht, dass die ursprüngliche Blutprobe aus Madrid wieder auftaucht. Ich habe vor einer Stunde mit einem Mann im spanischen Gesundheitsministerium telefoniert. Obwohl mir Dr. Velasquez versicherte, dass es jüngst zwei Ebola Verdachtsfälle gab, scheint man das im dortigen Gesundheitsministerium herunter zu spielen. Man habe keine derartigen Meldungen oder Fälle bekommen. Ich weiß nicht wovor man sich dort fürchtet. Ich denke, dass sollte auf höherer Ebene geklärt werden. Könntest Du Dich darum kümmern?»
Blanka nippte an ihrem Wein.
«Ich werde mich gleich nachher darum kümmern. Die sollen von mir aus dementieren was sie wollen, uns geht es ja nur um die Blutproben, der infizierten Patienten.»
Patrick stimmte ihr zu.
«Hast Du heute Morgen Helenas Reaktion bemerkt, als ich sie gebeten habe, Nachforschungen wegen der verschwundenen Probe anzustellen?
«Ja, stimmt», sagte Blanka. «Jetzt wo Du es erwähnst, kam mir ihre Reaktion etwas übertrieben vor.»
«Eigenartig», dachte Patrick.

SäPo – Stockholm

Bengstons Kollegen von der Spurensicherung hatten vorgetragen, dass sie am Tatort des getöteten Kindermädchens kaum verwertbare Spuren gefunden hatten. Am Handlauf der Treppe habe man Fingerspuren gesichert, welche der jungen Kosovarin zugeordnet werden konnten. Das einzig bemerkenswerte war ein blondes Haar, das man auf dem Fußboden gesichert habe, welches nach der DNA Analyse zweifelsfrei Chloé Sprenger gehörte. Sie musste sich demnach mit hoher Wahrscheinlichkeit in dem Zimmer befunden haben. Wobei eben nicht ausgeschlossen werden konnte, dass das Haar vom Kindermädchen in das Zimmer übertragen wurde. Vielleicht hatte es sich aus ihrer Bekleidung gelöst und war zu Boden gefallen.
David hielt das, wenngleich möglich, für sehr unwahrscheinlich.
Die IT Analysten hatten ergänzt, dass das Video, anhand der Log-Files in den späten Vormittagsstunden des Montags gefertigt worden sein musste. David hatte zwischenzeitlich seine eigene Theorie. Patrick war am frühen Montagmorgen ins Zentrum gefahren. Alina war in die Schule gefahren, nachdem das Kindermädchen eingetroffen war. Fünfundvierzig Minuten später hatte Arjona die SMS bekommen, mit einem vereinbarten Codewort. Warum dieses Codewort? Offenbar war es von langer Hand geplant gewesen, seine Enkelin zu entführen und Patrick damit zur Beschaffung des Erregers zu zwingen. Warum dann dieser spontane «Marschbefehl»? Das würde bedeuten, dass sich ad hoc etwas geändert haben musste,

oder etwas drohte schief zu laufen. Vielleicht hatte es etwas mit der undichten Stelle im ECDC zu tun und dem neuen Erreger?
Es entzog sich aber immer noch seines Verständnisses, weshalb gerade Patrick das Ziel war. Er hatte begriffen, dass nur ein klar definierter Personenkreis Zutritt ins Innere des Labors hatte. Aber wieso Patrick? War er durch seine Familie besonders angreifbar, ein leichter erpressbares Ziel, was andere Autorisierte nicht gewesen wären? Oder steckte eine persönliche Motivation dahinter? Darüber konnte er nur spekulieren.
Arjona muss Chloé in dieses schäbige Zimmer gebracht und dort ihrem eigentlichen Entführer übergeben haben. Mit der Tötung des Kindermädchens hatte sich der Entführer einer Zeugin oder Mitwisserin entledigt. Würde Chloé dem Kindermädchen bereitwillig gefolgt sein? Oder hatte sie sie betäubt? Die Tatsache, dass ein unbekannter Mann beim Check-In am Flughafen Kopenhagen ein schlafendes Mädchen getragen hatte, spräche für seine Betäubungstheorie. Es gab bislang noch keine Bestätigung, dass es sich wirklich um Chloé gehandelt hat, aber David war mittlerweile überzeugt, dass sie sich bereits weit außerhalb Skandinaviens, sogar außerhalb Europas befand.
Bengston hatte es ihm nicht so deutlich gesagt, aber angedeutet, dass sie ebenso in Erwägung zögen, dass das Mädchen nicht mehr am Leben ist. Und genau das wollte David nicht glauben. Welchen Sinn hätte es die Kleine zu töten? Die Entführer hatten was sie wollten. Seine Enkelin war nicht das primäre Ziel. Es sei denn…, der Entführer wollte mit dem Mädchen seine Geldbörse füllen. Er hatte von Menschenhändlerringen gelesen, die Mädchen entführten

und sie an zahlungskräftige Kunden, mit kranken, pädophilen Neigungen, verschacherten.
Der Gedanke jagte ihm einen kalten Schauer über den Rücken.
«David?» rief Bengston.
Er erschrak. Er war so in Gedanken gewesen, dass er nicht mitbekommen hatte, dass sich das Meeting aufzulösen begann.
«Entschuldige», murmelte er.
«Dein Sohn ist gerade gekommen. Er wartet schon auf Dich.»

ECDC

Patrick hatte Blanka, nach dem gemeinsamen Mittagessen, zum Zentrum zurück gefahren. Sie versicherte ihm, dass sie sich gleich darum kümmern würde, in Madrid die verantwortlichen Leute zu kontaktieren.
Er blieb für einige Minuten, wie es ihm schien, auf dem Parkplatz stehen, lange nachdem Blanka im Gebäude verschwunden war. Seine Gefühle überrollten ihn in diesem Augenblick wie ein tonnenschwerer, heran rasender Güterzug. Er begann zu weinen, wie er seit seiner Kindheit nicht mehr geweint hatte. Er weinte und hämmerte, seine Wut, Frust und Angst hinaus schreiend, auf das Lenkrad ein. Nur langsam beruhigte er sich. Den Kopf gegen die Nackenstütze gelehnt und die Augen geschlossen, versuchte er seinen

Atem zu beruhigen. Wie ein Mantra redete er sich ein, dass alles gut werden und Chloé bald wieder bei ihnen sein würde.
Er kramte sein Handy aus der Hosentasche und wählte Alinas Nummer.

SäPo – Stockholm

David erschrak beim Anblick seines Sohnes. Patrick hatte im Flur auf ihn gewartet. Ihm war nicht danach an der Besprechung teilzunehmen, schon gar nicht in die laufende Besprechung hinein zu platzen.
«Du siehst nicht gut aus», sagte David.
«Mir geht's auch nicht gut. Ich hatte vorhin einen Zusammenbruch. Ich weiß nicht, wie lange ich das noch durchstehe.» Patrick schien erneut mit den Tränen zu kämpfen.
«Komm», er fasste David beim Arm, «wir holen uns einen Kaffee. Ich denke Bengston hat nichts dagegen, wenn wir uns an ihrer Kaffeemaschine vergreifen.» David versuchte heiter zu wirken. Patrick rang sich ein gezwungenes Lächeln ab.
Als sie den Gang zur Teeküche hinunter liefen, blieb Patrick wie angewurzelt stehen. Er blickte wie gebannt durch eine Trennscheibe eines der Büroräume auf einen der Computermonitore.

«Was ist», fragte David irritiert.
Auf dem Monitor flimmerten Videoaufnahmen, die offenbar vor einem Flugabfertigungsschalter aufgenommen worden waren.
«Da!» rief Patrick und zeigte mit dem Finger. «Ich kenn den Typ.»
«Wie? Du kennst den Typ!?» wollte David wissen.
«Kennen nicht, aber ich hab das Gesicht schon mal gesehen.» Er schloss die Augen und dachte konzentriert nach. «Am Montag im Solna-Center.»
David riss die Bürotür auf und stürmte hinein. Der Ermittler vor dem Monitor fuhr erschrocken zusammen. «Sorry! Mach mir bitte einen Videoprint von diesem Kerl da und check die Passagierlisten von diesem Flug.»
Der Analyst sah ihn verdutzt an. «Wird's bald!?» sagte David ungehalten. Der Mann drückte eine Tastenkombination und der Drucker begann zu summen.
Ungeduldig entriss David dem Farbdrucker das Papier und stürmte damit in Bengstons Büro. Dieser hatte seine Beine auf dem Schreibtisch hochgelegt und unterhielt sich lachend am Telefon.
«Entschuldige bitte. Klopft man bei euch in Deutschland nicht an, bevor man in ein fremdes Büro eintritt?»
David machte eine wegwischende Handbewegung. Er wollte darauf nicht eingehen, trat stattdessen auf Bengston zu und reichte ihm den Ausdruck.
«Was ist das?» fragte er. Ihm wurde bewusst, dass er noch den Hörer in der Hand hielt. «Ich rufe später zurück.»
Während er den Hörer auf die Gabel legte betrachtete er den Ausdruck.

«Patrick hat den Typen im Solna-Center gesehen.
Er hat da in einem Kaffee gesessen, als Patrick den Transportbehälter in das Schließfach gelegt hat.
«Mir war aufgefallen, dass er an einem leeren Tisch saß», sagte Patrick hinter Davids Rücken.
Bengston schien ihn erst jetzt bemerkt zu haben. «Ach, Hallo Dr. Sprenger.»
«Wie meinen Sie an einem leeren Tisch?»
«Na, dass er kein Getränk oder etwas anderes konsumiert hat.»
Bengston zog die Stirn kraus. «Und wo siehst Du da einen Zusammenhang?» fragte er an David gewandt.
«Arvid, ich bitte Dich. Ein Typ der im Solna-Center in einem Café sitzt, ohne etwas zu bestellen, gerade in dem Augenblick als mein Sohn am Schließfach ist sich kaum eine Stunde später am Flughafen in Stockholm eincheckt?
Bengston studierte mit kritischem Blick das Bild in seiner Hand.
«Verdammt, Arvid, ich bitte Dich doch nur darum, die Passagierlisten zu checken und das mit anderen Namen abzugleichen.» Und das Bild diesem, wie hieß er noch, diesem versoffenen Hausmeister zur Identifizierung vorzulegen.
Bengston schwang seine Beine vom Schreibtisch und erhob sich.
«Na gut. Komm mit.»
Er ging ihnen voran und betrat einen großen Büroraum, indem mehrere seiner Kollegen arbeiteten.
«Malin», er reichte ihr den Ausdruck, «sei so gut und mach mir davon mehrere Farbkopien.
«Ole, Björn, Lars, Gunnar, ihr teilt euch auf.

Besucht den Hausmeister und zeigt ihm den Ausdruck. Das gleiche macht ihr bitte im Hotel Birkastan. Wo sind die IT-Heinis? Ich will wissen, ob das Handy auch im Flughafen war. Außerdem will ich wissen, wohin der Flug ging, mit allen Anschlüssen und checkt die Passagierlisten.
Bengston wandte sich David zu. «Zufrieden?.»
David nickte.

SäPo – Stockholm

Der Analyst, den David angeraunzt hatte, hatte sich über ihn beschwert. Bengston hatte sie gedrängt nach Hause zu fahren. Er würde sich melden, sobald sie neue Erkenntnisse hätten. Das war jetzt beinahe vierundzwanzig Stunden her. Er lief im Wohnzimmer, wie ein unruhiger Tiger in seinem Käfig, auf und ab. Unzählige Male hatte er anzurufen versucht, ihn aber nie erreicht.
Wenn er es auf dem Mobilanschluss versuchte, bekam er immer nur die Mailbox zu sprechen. In drei Nachrichten bat er um Rückruf.
Beate hatte ihm verboten in die Stadt zu fahren. Er war geladen und kurz vor dem Explodieren.
«Setz Dich doch mal hin, oder nimm ein Bad, oder mach sonst was. Du treibst mich in den Wahnsinn, »hatte sie zu ihm gesagt. «Du beschleunigst durch Deine Hin- und Herlauferei überhaupt nichts.

«Ich geh baden», brummte er, als plötzlich sein Handy klingelte.
«Arvid?»
«Ja, ich bin es. Magst Du um sechzehn Uhr her kommen? Wir haben große Besprechung.»
David sah auf die Uhr. «Klar ich komme.» Bengston hatte schon aufgelegt, ehe David Fragen stellen konnte.
Er sprang, immer zwei Stufen nehmend, die Treppe hinauf ins Badezimmer.

Pünktlich um sechzehn Uhr traf er im Besprechungsraum ein. Die Runde schien sich heute um den Generalanwalt und weiterer wichtiger Leute, die David noch nicht kannte, erweitert zu haben.
David sah sich suchend nach Bengston um, der in diesem Moment mit großen Schritten den Raum betrat. Ole folgte ihm und schloss die Tür.
«Guten Tag zusammen», sagte Bengston. Er wirkte gehetzt und fahrig.
Auf ein Zeichen Bengston's hin betätigte Ole einen Schalter neben der Türe und die Jalousien vor den Fenstern begannen sich quietschend zu senken.
Ein an der Decke installierter Video-Beamer warf ein Bild auf die Leinwand hinter Bengston, das mit zunehmender Dunkelheit an Kontur und Schärfe gewann.
Nach und nach erkannte man das Bild eines bärtigen Mannes. David erkannte ihn sofort an den Augen. Der Mann aus dem Solna-Center.

«Meine Damen und Herren», sagte er für Davids Geschmack etwas zu pathetisch.

«Das ist unsere Zielperson.

Salim Mohamad Mansur al-Aziz, geboren am 13. April 1990 in Ithrat, einem syrischen Dorf, nahe der jordanischen Grenze. Absolvent der Universität in Riad, im Fach Biologie, Fachbereich Epidemiologie.»

Ein Raunen und Murmeln ging durch den Besprechungsraum.

«Der Hausmeister des Mietshauses im Stadtteil Rinkeby hat unseren Mann zweifelsfrei identifiziert. Ebenso die Rezeptionistin eines dem ECDC nahegelegenen Hotels.

Er deutete auf die Leinwand hinter sich. Al-Aziz mietete das Zimmer vor vier Wochen an und bezahlte Bar und im Voraus, weshalb der Hausmeister sich nicht weiter darum geschert hat und sich keinen Ausweis zeigen ließ, was uns auch nicht unmittelbar weiter geführt hätte, da er Alias Dokumente zu benutzen pflegte. Aziz war an der Uni in Stockholm, mit einem ägyptischen Pass, ausgestellt auf den Namen Salim Fathallah, eingeschrieben. Nach unseren Recherchen war er dort aber nur sporadisch. Ermittlungen zu seinem finanziellen Background dauern noch an. Recherchen in seinem Umfeld haben bislang erst einen wesentlichen Kontakt ergeben. Er scheint zu einem Kommilitonen einen engeren Kontakt unterhalten zu haben. Von diesem wissen wir bislang nur seinen Vornamen. *Ahmad.* Wir durchleuchten derzeit noch die Immatrikulationslisten der Universitäten. Aziz scheint noch ein weitestgehend unbeschriebenes Blatt zu sein. Die Türken, wie auch der britische MI5 hatten Hinweise, dass Aziz, der Al Qaida nahe steht.

Sein Name war schon einmal bei einem versuchten Anschlag auf den Time Square am 01. Mai 2010 aufgetaucht.
Eine direkte Verbindung konnte ihm jedoch nicht nachgewiesen werden. Und wir hatten ihn nicht auf dem Schirm, weil er mit gefälschten Dokumenten nach Schweden gekommen war.
Wir konnten mittlerweile die IMEI Nummer des von ihm, zumindest bis vor zwei Tagen, benutzten Mobiltelefons isolieren und ein Bewegungsprofil und eine Standortbestimmung durchführen.»
Bengston nickte in Davids Richtung.
Die Standorte seines Mobiltelefons konnten durch die türkischen Kollegen bis Dienstagmorgen um 03:31 Uhr rekonstruiert werden. Um diese Zeit verliert sich auf einem türkisch-syrischen Grenzpass jede Spur. Wir nehmen an, dass er sich seines Telefons entledigt hat. Wir konnten seine Reiseroute, bis zu dem eben genannten Punkt, nachvollziehen.
Aziz nahm den 16:30 Uhr Flug von Stockholm nach Ankara war von dort aus um 22:50 Uhr nach Adana weitergeflogen. Aufgrund des Bewegungsbildes gehen wir davon aus, dass er von dort aus mit dem Auto weiterfuhr. Nach bisherigen Erkenntnissen spricht alles dafür, dass er sich derzeit in Syrien aufhält.
«Was ist mit meiner Enkelin?» unterbrach ihn David.
«Dazu komme ich jetzt. Auf der Passagierliste eines Fluges um 15:10 Uhr von Kopenhagen nach Ankara fanden wir die Namen Ahmad und Christina Mirza, die als Vater und Tochter ausgewiesen waren. Lt. Beschreibung könnte es sich um Deine Enkelin, Chloé Sprenger, gehandelt haben. Ob dieser Ahmad Mirza der Kommilitone ist, den ich eingangs erwähnt habe, ist noch unbestätigt, da wir

kein Bild-Vergleichsmaterial vorliegen haben. Leider verliert sich dessen Spur nach einem Weiterflug nach Adana ebenfalls.
Ich fasse zusammen», sagte Bengston.
Wir haben einen identifizierten Mordverdächtigen und mutmaßlichen Terroristen, im Besitz einer potentiellen Bio-Waffe, mit dem entsprechenden fachlichen Know-How, der sich, so wie das entführte Kind in einem Land, mit einer völlig desolaten Regierungsstruktur befindet, auf das wir so gut wie keine Zugriffs- oder Einflussmöglichkeiten haben.
Betretenes Schweigen machte sich breit.

ECDC

Patrick war an diesem Donnerstagmorgen etwas später ins Zentrum gefahren. Seine Mutter hatte ihm am Abend eine Schlaftablette aufgelöst und er hatte, das erste Mal seit dem Verschwinden seiner Tochter, wieder richtig geschlafen. Seine Gedanken rasten, wie in den Nächten zuvor, wild und wirr durch seinen Kopf, irgendwann tat die Schlaftablette doch ihre Wirkung und ihm waren die Augen zugefallen. Er fühlte sich nach dem Aufstehen trotzdem wie erschlagen, obwohl er meinte traumlos geschlafen zu haben.
Er betrachtete seine Mutter, als sie sich Kaffee nachgoss.

Patrick hatte, seit sie Montagnacht angekommen waren, nicht einen einzigen Anflug von Schwäche an ihr gesehen.
Seine Mutter war eine starke Frau. Das war sie immer schon. Wenn Vater lange Einsätze hatte oder im Ausland war, hatten sie ihn oft wochenlang nicht gesehen. Sie war sehr oft alleine mit ihm und während der Pubertät war er alles andere als einfach.
«Danke Mama!»
«Wofür?» fragte sie überrascht.
«Dass ihr so schnell her gekommen seid.» Sie lächelte und küsste ihn auf die Stirn. «Mach das Du fort kommst und mach Deine Arbeit.»

SäPo – Stockholm

Es herrschte immer noch unangenehmes Schweigen im Besprechungsraum. David ließ seinen Blick durch den Raum schweifen und musterte die Gesichter.
«Was wollt ihr jetzt tun?» fragte er an Bengston gewandt. «Schickt ihr ein Team?»
Persson der stellvertretende Justizminister rutschte nervös auf seinem Stuhl hin und her.
«Herr Sprenger», hob er an, «Wir können kein Search and Rescue Team los schicken.»

David sah ihm direkt in die Augen. «Ich verstehe! Weil Chloé keine schwedische Staatsangehörige ist. Schon klar.»
Er klopfte gespielt lässig mit den Fingerspitzen auf die Tischplatte, ihn immer noch scharf anblickend.
Dann erhob er sich so schnell, dass Persson zusammenfuhr. Davids Stuhl kippte nach hinten und fiel mit einem lauten Knall auf den gefliesten Boden. Er stürmte aus dem Raum. Bengston kam hinter ihm her gerannt.
«David! Warte doch mal», rief er, als David den Aufzug erreicht hatte.
«Hör doch mal!», sagte er, als er zu ihm aufgeschlossen hatte. «Uns sind da die Hände gebunden. Das wurde auf Ministerialebene diskutiert und besprochen. Es wurde abgelehnt ein Team nach Syrien zu schicken.»
«Du und Deine Bürokraten können mich am Arsch lecken», blaffte David.
«Mein Sohn ist euch gerade Recht, weil er einen Impfstoff entwickeln soll, aber seine Tochter wollt ihr in Syrien ihrem Schicksal überlassen. Das ist mies, das ist richtig mies, Arvid.»
«Das aktuelle Recht…» setzte Bengston an.
«Hör auf, Arvid!» brüllte David. «Hör auf mich zu verarschen. Ich bin nicht blöd! Ich kenne mich hinlänglich aus, auch mit dem schwedischen Antiterror-Gesetz. Ihr könntet das jederzeit unter einem anderen Aufhänger rechtssicher verkaufen. Ihr wollt einfach nicht. Also lass es!»
David betrat den Lift und ließ Bengston stehen.

Wivalliusgatan

David war wutentbrannt aus dem Gebäude marschiert, in den Leihwagen gestiegen und, die Geschwindigkeitsbegrenzungen außer Acht lassend, zu Patricks Haus zurück gerast.

Er berichtete Beate in aller Kürze, was die Besprechung ergeben hatte. Nur allmählich schaffte sie es, ihn zu beruhigen.

Sie saß ihm gegenüber am Esstisch. «Was wirst Du jetzt tun?»

Er rieb sich den Nacken. Er schwieg. «Was wirst Du tun, David?», wiederholte sie ihre Frage.

Er hob den Kopf und richtete sich auf.

«Ich geh sie holen.»

Beate schien diese Antwort erwartet zu haben. Sie schloss die Augen für einen Augenblick und atmete tief ein. Dann öffnete sie ihre Augen. Eine Träne rann ihre Wange hinunter.

«Ja, bring sie zurück. Und den Dreckskerl, der sie uns weggenommen hat, lass ja nicht davonkommen.»

Er tippte einige E-Mails auf seinem Laptop. Von einigen Empfängern war er nicht sicher, ob sie sich noch an ihn erinnerten, geschweige denn ihm ihre Unterstützung würden angedeihen lassen. Er musste es jedenfalls versuchen. Notfalls würde er eben auf sich alleine gestellt vorgehen müssen.

Nachdem er die Mails versandt hatte, nahm er sein Telefon, ging damit hinaus auf die Terrasse und zündete sich eine Zigarette an. Er wählte Piwi´s Nummer.

Beim zweiten Klingeln nahm er ab.

«Hey Großer», hörte ihn David sagen.
«Hey Pit!»
«Wieso so förmlich? So hast Du mich noch nie genannt lachte Piwi am anderen Ende der Leitung.
«Ich hab Dich auch noch nie um einen so großen Gefallen gebeten, wie das was ich Dich gleich Fragen werde.»
David erzählte ihm in allen Einzelheiten, was sich seit Montag zugetragen hatte und alle Details der bisherigen Ermittlungsergebnisse.
«Hilfst Du mir?», fragte David, nachdem er geendet hatte.
«Du kennst mich, David. Ich bin einer guten Keilerei noch nie aus dem Weg gegangen, aber die Nummer ist echt heftig. Das ist Dir schon klar?»
«Ich habe keine andere Wahl, Piwi. Mit jedem Tag der verstreicht, schwindet die Chance sie zu finden. Weiß der Geier was man mit ihr vorhat, oder wohin man sie verkaufen will.»
«Was ist jetzt?»
«Ich will schauen, was ich machen kann. Mein Chef hat mich gerade mächtig auf dem Kieker und will mir ein Diszi reinwürgen. Immer noch die scheiß Geschichte aus Afghanistan. Du erinnerst Dich?
Als ich dem Goldfasan die Nase gebrochen habe?
«Hm», brummte David.
«Außerdem hab ich keinen einzigen Tag Urlaub mehr. Sieht also nicht sehr gut aus, David. Ich will´s versuchen, aber zusagen kann ich Dir im Moment nichts.»
«Gibst Du mir Bescheid?», wollte David wissen.
«Auf jeden Fall!»
«Mach´s gut Piwi.»

«Du auch.» Piwi hatte aufgelegt.

Enttäuscht starrte er auf das Handy in seiner Hand. Das Gespräch war anders verlaufen als er erwartet hatte. Er konnte es Piwi aber nicht verdenken. Was er vor hatte war kein Wochenend-Adventure-Trip. Es war gefährlich. Extrem gefährlich. Aber er war wild entschlossen seine Enkelin zu retten, selbst wenn es ihn sein eigenes Leben kostete.

Köszeg - Ungarn

Er saß still und in sich zusammen gekauert in einer Ecke und versuchte zu beten. Es war zu eng, um sich, den Gesetzes Allahs folgend, Richtung Mekka zu verneigen.
Sein Kopf schmerzte und er glaubte, dass er zerplatzen würde. Er konnte kaum einen klaren Gedanken fassen, weshalb er sein Gebet unterbrach. Es war nicht das erste Mal, dass er Kopfschmerzen hatte. Aber diese waren gänzlich anders. Jedes noch so kleine Geräusch hämmerte in seinem Kopf, hallte darin wie ein hundertfaches Echo wider.
Seine Augen brannten und das Licht stach wie glühende Nadeln in sein Gehirn. Ihn fror erbärmlich. In den vergangen Wochen hatte er oft frieren müssen, besonders nachts, jetzt da die Temperaturen wieder fielen. Aber diese Kälte war unerträglich.
Fraß sich unter seine Haut, durch sein Fleisch bis in die Knochen.
Er schluckte schwer. Auch das noch.
Er spürte ein Brennen in seinem Hals. *Du kannst jetzt nicht krank werden. Nicht so kurz vor dem Ziel.* Ging es ihm durch den Kopf. All die Mühen und Qualen der letzten Wochen, die gefährliche Überfahrt durchs Mittelmeer. Wenn er am Ziel wäre, gäbe es bestimmt Ärzte, die sich um ihn kümmern würden.
Die ungarische Regierung hatte Sonderzüge bereitgestellt, die ihn und die anderen nach Österreich bringen würden, aber er wollte nach Deutschland, musste nach Deutschland. Von nichts anderem hatte er die letzten Jahre geträumt.

Beinahe jeden Schilling seines kläglichen Einkommens hatte er gespart um sich die Überfahrt leisten zu können. Er konnte nicht länger warten, die Zeit war gekommen, da die *Shipper*, wie sie sie nannten, wöchentlich, ja beinahe täglich, ihre Preise für die Überfahrt erhöhten. Plötzlich kam Bewegung in die Menschenmasse. Die Züge fuhren ein. Er raffte seine Habseligkeiten zusammen und stopfte sie in den Rucksack zurück. Seine Knie schmerzten erbärmlich und doch gelang es ihm irgendwie sich aufzurichten und aufzustehen. Ihm war so schwindlig, dass er sich mit einer Hand an der Wand abstützen musste, um nicht der Länge nach hinzufallen. Das Schwindelgefühl legte sich und er begann einen Fuß vor den anderen setzend, den Menschen zu folgen, die Richtung Bahnsteig drängten. Er schaffte es, in dem ganzen Drängen und Schieben, stinkender, ungewaschener Körper und schreiender Kindern in den Zug zu gelangen. Sogar einen Sitzplatz konnte er ergattern. Als der Zug sich ratternd in Bewegung setzte verlor er das Bewusstsein.

Amman – Jordanien

David reihte sich in die Schlange vor der Einreisekontrolle ein. Als er aus dem Flugzeug auf die Gangway trat, schlug ihm eine drückende Hitze entgegen, an die er sich erst gewöhnen musste. Die Ankunftshalle hingegen war angenehm temperiert, nichts desto trotz klebte das durchgeschwitzte Hemd auf seiner Haut. Er hatte sich gegen schweres Gepäck entschieden und war nur mit leichtem Handgepäck geflogen. Alles was er bräuchte, würde er sich in Amman besorgen.

Auf seine Mails, von denen er einige noch von Stockholm aus versandt hatte, erhielt er keine oder nur lapidare Antworten. Er hatte sein Anliegen auch noch führenden Köpfen des Bundeskriminalamtes vorgetragen, aber ohne Erfolg. *Man könne ohne bekannten Aufenthaltsort des Entführers oder seiner Enkelin nichts unternehmen*, hieß es.

Auf Wunsch von Alinas Vater hatte er sogar im Auswärtigen Amt angerufen und dort den Fall geschildert. Man würde prüfen und beraten wie man ihnen helfen könnte, hatte ihn der Referent abgefertigt.

Fünf Tage hatte er damit vergeudet. Er hoffte inständig, dass er nicht zu spät kommen würde.

Niemand schien so richtig interessiert zu sein, oder fühlte sich zuständig und David konnte die Gründe dafür nicht erfassen. Er war sich sicher, dass die zuständigen Stellen über irgendwelche Kanäle bereits über das verschwundene Virus und der damit einhergehenden Gefahr informiert waren.

Die Schweden konnten dieses Problem ja nicht einfach totschweigen. Zumindest wusste er, dass die Leiterin des ECDC den Vorfall nach Brüssel gemeldet hatte.

Er und Beate waren einen Tag nach dem großen Meeting, an dem er wutentbrannt aus dem Gebäude der Sicherheitspolizei gestürmt war, nach Stuttgart zu Alina und ihren Eltern geflogen. Patrick bestand darauf sie zu begleiten, war aber am nächsten Morgen gleich wieder nach Stockholm zurück geflogen. Seitdem war er Tag und Nacht im Labor und arbeitete fieberhaft. Offenbar waren immer noch keine Proben aus Spanien eingetroffen, weshalb sie begonnen hatten, das Virus zu synthetisieren. Sie kämen jedoch nur quälend langsam voran, hatte er gesagt. Er klang niedergeschlagen und frustriert, als sie zuletzt telefoniert hatten.

Alina stand unter ständiger Betreuung und Johannes hatte erzählt, dass es ihr an manchen Tagen so schlecht ginge, dass sie in Erwägung zögen, sie stationär in einer psychiatrischen Klinik behandeln zu lassen. Nachdem sie die ersten Tage nur weinend durchlebte, habe sie sich aber wieder etwas stabilisiert. Als sie an einem der letzten Abende zusammen saßen, weihte er sie in seinen Plan ein. Natürlich nicht in allen Einzelheiten, aber dass er, koste es was es wolle, Chloé zurückholen werde. Alina schöpfte sogleich neue Hoffnung und fiel ihm dankbar um den Hals. Er wusste selbst nicht wie gut seine Chancen standen, deshalb brachte er es nicht übers Herz, ihre Euphorie zu dämpfen. Mit Piwi an seiner Seite wäre er wesentlich zuversichtlicher gewesen. Syrien war ein großes Land und er hatte keinen Schimmer, wo genau er mit seiner Suche beginnen sollte.

Eine seiner Mails war an einen hochrangigen, türkischen Polizeioffizier gegangen, mit dem er im Kosovo zusammen gearbeitet hatte. Attalay hatte seine Mail bislang noch nicht beantwortet. Gerade auf ihn hatte er seine größten Hoffnungen gesetzt. Auch von seinem jordanischen Kollegen war bisher keine Antwort gekommen.

Da er selbst nicht über die Mittel verfügte, bat er Alinas Vater um zwanzig Tausend Euro. Er würde Ausrüstung und Waffen kaufen müssen, würde nötigenfalls jede Menge Leute schmieren und bestechen müssen, um an Informationen zu gelangen. Seiner Erfahrung nach, standen Menschen, seien sie noch so fanatisch, dem Geld in der Regel näher, als einer Ideologie. Meist war es nur eine Frage der Summe und viele waren bereit ihre Ideologien oder Überzeugungen zu verkaufen. Johannes hatte keine Sekunde gezögert ihm die Summe zu geben. Er bestand sogar darauf ihn zu begleiten. «Das käme nicht in Frage», hatte David ihm geantwortet. Johannes hatte seit seiner Grundausbildung bei der Bundeswehr keine Waffe mehr abgefeuert. So rücksichtsvoll wie möglich gab er ihm zu verstehen, dass er ihm keine Hilfe sein würde. Viel wichtiger sei für ihn zu wissen, dass er zu Hause einen Verbündeten hätte, der ihn im Ernstfall logistisch unterstützen könnte, sprich ihn mit den finanziellen Mitteln versorgen, falls er wider Erwarten, doch mehr würde investieren müssen. Johannes war daraufhin zu seinem Tresor gegangen und hatte ihm dreißigtausend Euro gegeben. «Sicher ist sicher», hatte Johannes gemeint.

David schob seinen Pass unter der Panzerglasscheibe hindurch. Gelangweilt blätterte der Beamte der Einreisekontrolle durch das Dokument.

Nach dem Grund seines Aufenthaltes befragt, entgegnete David, dass er Geschäftsmann sei und beruflich in Amman zu tun habe. Dieser nickte nur desinteressiert, legte den Pass unter einen Scanner, klebte das Visum ein und hieb geräuschvoll einen Einreisestempel darauf. Die vierzig Jordanische Dinar für das Visum müsse er dort drüben bezahlen und deutete mit Kopf zu einem Schalter, an dem sich eine weitere Schlange gebildet hatte.
Zwanzig Minuten später trat er endlich aus dem Transitbereich in die eigentliche Ankunftshalle des Flughafens.
Die wabenartige Konstruktion aus Glas, Stahl und Beton, war beeindruckend.
Nur fehlte ihm im Augenblick die Muse, die Architektur gebührend zu bestaunen.
Er hatte Lust auf eine Zigarette und überlegte, ob er sich erst eine gönnen sollte, entschied dann aber, erst am Bankschalter vorbei zu gehen.
Es war gut, dass er sich im Vorfeld über die Einreisebestimmungen für Jordanien kundig gemacht hatte, denn bei der Einreise hätte er massive Probleme bekommen können, wenn er mehr als den erlaubten Höchstbetrag mit sich geführt hätte. Er war knapp unter der erlaubten Grenze von 15.000 Jordanischen Dinar, was circa 18.000 Euro entsprach, geblieben. Von Frankfurt aus, hatte er sich den Rest der Summe via Western Union nach Amman transferieren lassen. Er legitimierte sich am Schalter der Western Union und ließ sich die Summe gemischt und in großen Euro-, US-Dollar und syrischen Pfund ausbezahlen. Sorgfältig achtete er darauf, dass niemand ihn beobachtete.

Das letzte was er jetzt gebrauchen konnte, war irgendein Kleinganove, der es darauf anlegte ihn zu berauben. Er hatte sich noch keine Gedanken darüber gemacht, wie und wo er das Geld sicher verstauen würde, weshalb er das Couvert in seine Reisetasche stopfte und sich vergewisserte, sie wieder ordentlich zu verschließen. Darüber würde er sich später Gedanken machen.

Er verließ die Halle und trat auf den Vorplatz. Der plötzliche Unterschied zur Außenluft und der gekühlten Luft im inneren der Halle traf ihn wie ein Faustschlag ins Gesicht.

Drei Dutzend Taxen standen, wie auf eine Perlenkette aufgezogen, auf dem Taxistreifen, deren Fahrer auf Fahrgäste warteten.

Die ersten Fahrer feilschten bereits um seine Gunst. Er hatte es nicht eilig in die Stadt zu kommen. Das Hotel hatte er bereits online gebucht. Er musste sich erst orientieren und sich umhören, wo das zu bekommen war, was er benötigte.

Und dann würde das Feilschen um den Preis beginnen. Ihm war bewusst, dass er nicht wählerisch sein durfte und die Preise würde akzeptieren müssen, die man ihm diktierte.

Plötzlich traten zwei Männer in dunklen Anzügen und Sonnenbrillen auf ihn zu.

«Mister Sprenger?» sprach ihn ein großer, muskulöser Kerl an.

«Jordanischer GID. Würden sie uns bitte folgen?»

«*Was will der jordanische Nachrichtendienst von mir?»*, schoss es ihm durch den Kopf. Für eine Sekunde wog er seine Optionen ab. Weglaufen würde wenig Sinn machen. Die GID war bekannt für ihre hervorragend ausgebildeten und trainierten Einsatzkräfte.

Der GID stand dem Mossad in nichts nach.

Er würde also nicht weit kommen und vielleicht waren diese beiden auch nicht allein gekommen. Ob es ihm gefiel oder nicht, er musste sich fügen. Der kleinere und schmächtigere von beiden schien seine Gedanken erraten zu haben. «Sie haben nichts zu befürchten. Wir haben lediglich den Auftrag Sie zu einem»… er suchte nach einem passenderen Wort … «Rendezvous zu bringen.»
David war zwar nicht wirklich beruhigt, aber er entspannte sich etwas. Sie brachten ihn zu einem, ganz in der Nähe abgestellten, schwarzen Mercedes. Äußerlich sah er völlig unscheinbar aus, aber er erkannte sofort, dass es sich um ein AMG Modell, mit unanständig viel Leistung, handelte.
«Wo bringen Sie mich hin?», fragte er sie, als er auf dem Rücksitz Platz genommen hatte. Sie hatten ihn weder durchsucht noch nach Waffen abgetastet, was ihn in seiner Annahme bestärkte, dass sie in ihm offenbar keine Bedrohung sahen.
Die Antwort auf seine Frage blieben sie ihm schuldig.
«Wie sind denn Eure Namen?» Wieder schwiegen sie. Selbst wenn sie ihm ihre Namen verraten hätten, wären es nur legendierte Identitäten gewesen.
«Wie darf ich Euch denn nennen? Pat und Patachon?» Sie schwiegen beharrlich, während sie auf einer breit ausgebauten, mehrspurigen Straße Richtung Stadtmitte dahin brausten.
Zehn Minuten später bog der Fahrer, Patachon wie er ihn getauft hatte, ab und fuhr in die Tiefgarage eines modernen Mehrfamilienhauses. Sie bestiegen einen Lift und fuhren in die oberste Etage. David vermutete ein Penthouse.
Er sollte Recht behalten.

Als die Aufzugtüren aufglitten, betraten sie einen weitläufigen Wohnraum, der mit feinstem, lachsfarbenem, portugiesischem Marmor ausgelegt war, dem sich eine riesige, üppig bewachsene, Dachterrasse anschloss.

Unter einer Palme, saß in einem Rattan-Sessel, dem Rücken ihm zugewandt, ein Mann, flankiert von zwei bulligen Kerlen, die so manchen Wrestler hätten neidisch werden lassen. Seine beiden Begleiter deuteten David weiter zu gehen.

Er umrundete den Sessel. Seine Neugier wuchs. Ihm stockte beinahe der Atem, als er ihn erkannte.

«Seine Majestät!» David senkte seinen Kopf.

Kein geringerer als der jordanische König Abdullah II. saß vor ihm. Er war mit einer Blue-Jeans, Polo-Shirt, einem leichten Leinen-Jackett und feinen, handgefertigten Schuhen, bekleidet. Er trug eine Ray-Ban Sonnenbrille, die er mit einem verschmitzten Lächeln abnahm. So hatte David ihn zuletzt vor mehr als 15 Jahren gesehen. Ihm war entfallen, ob er damals noch Prinz oder schon König gewesen war. Er erhob sich und reichte ihm die Hand.

«David», sagte er mit sonorer Stimme. Es freut mich sehr, Sie wieder zu sehen. Wie lange ist es jetzt her? Zwölf, dreizehn Jahre?»

«Fünfzehn, Hoheit.»

«Wie ich sehe, Sind Sie meiner Einladung, meinem schönen Land einen Besuch abzustatten, endlich nachgekommen. Wenngleich ich befürchte, dass, nachdem was mir zu Ohren gekommen ist, Sie nicht gekommen sind um unsere Kulturschätze, Sehenswürdigkeiten und Gastfreundschaft zu genießen.»

«Ich weiß nicht, was genau Ihnen zu Ohren gekommen ist, Hoheit, aber so ist es. Ich bin leider nur auf der Durchreise. Wie geht es ihrer Familie?»

«Sehr gut, Danke. Rania lässt Sie schön grüßen.»

David nickte ergeben.

Der König wurde nachdenklich. «Sie wollen also nach Syrien weiterreisen?»

«Ja», antwortet David. «Ich muss meine Enkelin finden.»

Abdullah bedachte ihn mit einem Blick, den David nicht zu deuten vermochte. «Ich fühle mit Ihnen glauben Sie mir, ich möchte Ihnen gerne helfen.»

Der König beugte sich, seine Ellbogen auf den Schenkeln abstützend, nach vorne.

«Der Leiter meines Nachrichtendienstes hat mich informiert. Sie haben ihm eine Mail geschickt und ihn um Unterstützung gebeten.»

«Ich verstehe nicht...», sagte David. «Colonel Ayman, ist der Leiter des GID?», fragte er überrascht.

Der König nickte bedächtig.

«Ich dachte er wäre Offizier ihrer Palastwache?»

«Das war er, David. Und Angehöriger des GID. Um auf den Punkt zu kommen. Sie haben um Unterstützung ersucht, weshalb mir Colonel Ayman ihre Anfrage unterbreitet hatte. Sie müssen wissen, dass Jordanien seit Jahren Neutralität bewahrt, was uns die Amerikaner immer noch nicht verziehen haben. Dem Wohle meines Volkes ist es geschuldet, dass wir uns auch weiterhin neutral verhalten. Im Moment ist die gesamte arabische Welt im Umbruch begriffen, was gerade vielen islamistischen Fanatikern missfällt. Syrien zerfällt und es herrscht Anarchie.

Die Regierungsmitglieder sind nur noch Marionetten des IS. Nicht mal die Großmächte scheinen sich im Augenblick darüber einig zu sein, wen es eigentlich zu bekämpfen gilt. Die Amerikaner weigern sich mit dem Assad-Regime zusammen zu arbeiten. Die Russen hoffieren Baschar al-Assad und setzen sich mit ihm an einen Tisch, was wiederum die Amerikaner scharf kritisieren. Die Russen planen einen Militärschlag gegen Stellungen des IS und die Amerikaner denken bereits über eine Bodenoffensive nach. Aber beide scheinen sich nicht einig zu sein, wen oder was sie vorrangig bekämpfen sollen. Für die Amerikaner gilt Assad und sein Regime immer noch als einer der schlimmsten Diktatoren, gleich nach Saddam Hussein. Die Situation im Nahen Osten ist mehr als fragil. Wenn ich Sie also offiziell unterstützen würde, würde ich der Neutralität, der ich mich verschworen haben, zuwiderhandeln.»

David seufzte und nickte resigniert. «Also bin ich auf mich alleine gestellt.»

«Wer sagt denn so etwas?!», erklang eine vertraute Stimme hinter ihm. Sein Kopf fuhr ruckartig herum, in die Richtung, aus der die Stimme gekommen war.

In der gläsernen Schiebetüre der Terrasse stand Piwi, angelehnt an den Rahmen, grinsend und die Hände tief in den Hosentaschen vergraben.

«Piwi!» rief David freudig aus.

Er war aufgesprungen und umarmte ihn herzlich.

«Wann? Wie…?», stotterte David.

«Lass mich erst mal los Du Brüllaffe», raunte Piwi, «nicht das wir noch einen falschen Eindruck vermitteln.»

«Das ist eine längere Geschichte, erzähl ich Dir später. Aber sag mal, ich wusste gar nicht, dass Du so eine wichtige Nummer bist.» Piwi deutete mit dem Kopf Richtung König.
«Ach», grinste David, «das ist eine lange Geschichte, erzähle ich Dir später.»
Ein Mann trat aus einem der Zimmer, die an die große Lobby angrenzten. Er war in Davids Alter, groß, schlank und trug einen maßgeschneiderten dunklen Anzug, mit einem blauen Hemd und einer perfekt dazu abgestimmten Krawatte. Seine fein geschnittenen Gesichtszüge wurden von einem perfekt getrimmten Bart umrahmt.
Colonel Ayman trat auf David zu und griff seine Hand mit beiden Händen und schüttelte sie warm und herzlich.
«David», es ist schön, Dich zu sehen, nach so vielen Jahren» sagte er.
«Nein, Colonel», entgegnete David, «die Freude ist ganz auf meiner Seite.»
Mit einer einladenden Geste führte er David und Piwi wieder auf die Dach-Terrasse und bat sie Platz zu nehmen. Colonel Ayman nickte König Abdullah zu. «Hoheit!»
Auf ein Zeichen hin, servierte ein Diener heißen, süßen Pfefferminztee.
Colonel Ayman öffnete einen Aktendeckel und entnahm daraus ein Papier, das über und über mit arabischen Schriftzeichen befüllt war.
«Dann will ich Dich mal briefen.
Du hattest mich in Deiner Mail gebeten, einige Sachen für Dich in Erfahrung zu bringen. Entschuldige bitte, dass ich Dir nicht geantwortet habe.

Aber die Informationen waren einfach zu Delikat, um sie Dir zu mailen. Ich hoffe Du verstehst das. Wie Du ja schon geschrieben hast, verlor sich die Spur des Handys an der türkisch-syrischen Grenze. Mehr Informationen habe ich diesbezüglich auch nicht. Wir überwachen aber seit einigen Monaten ein Internetforum im Darknet, von dem wir annehmen, dass dort Kinder an finanzkräftige, saudische, Pädophile verhökert werden sollen. Wir haben versucht den Standort des Betreibers zu lokalisieren. Die IP Adressen ändern sich aber ständig alles läuft verdeckt über Server, verteilt über den ganzen Globus. Erst vor ein paar Tagen wurde ein Mädchen angeboten, das auf die Beschreibung Deiner Enkelin passen würde. Es war die Rede von einem bezaubernden, blondem, unschuldigen Engel.»
«Könntet ihr nicht als Kaufinteressenten auftreten und versuchen einen Kontakt herzustellen?», wollte David wissen.
«Das haben wir bereits versucht. Wir hatten aber keine Chance auf die Bieterplattform zu gelangen. Es scheint sich, um eine geschlossene Benutzergruppe zu handeln. Die Gebote scheinen über andere, uns bislang unbekannte Kanäle zu laufen.
Die letzte uns bekannte IP Adresse konnten wir bis nach Damaskus zurückverfolgen.
David schluckte schwer. «Läuft die Auktion noch?»
«Soweit wir wissen, ja.»
«Das ist nicht viel, aber immerhin ein Ansatz.»
David bedankte sich bei König Abdullah und Colonel Ayman.
«Noch etwas», sagte der Colonel und sah den König fragend an.
Abdullah nickte leicht und der Colonel fuhr fort.

Seit Jahren jagen wir und auch die westlichen Mächte, einen Terroristenführer, der sich selbst nur der «Kalif» nennt und unter Osama bin Laden groß geworden war. Der ist in den letzten zwanzig Jahren mit so vielen Alias-Namen aufgetreten, dass niemand seinen eigentlichen Namen kennt. Aber er ist gewissen- und skrupellos und ein krankhafter Fanatiker.
Auf sein Konto gehen unzählige Terroranschläge. Man sagt, dass er alle radikal-islamischen Splittergruppen unter sich vereint haben soll. Aber das ist nicht hinreichend verifiziert.
Es gab gelegentlich auch Hinweise, dass dieser Kalif, sagen wir, eine besondere sexuelle Präferenz haben soll. Je jünger desto besser. Aber das ist bislang auch nur ein Gerücht.
Einem unserer Spitzel war vor einer Woche ein dunkler, verbeulter Toyota, Land Cruiser, mit türkischer Zulassung aufgefallen, der suchend durch die Straßen Damaskus´ gefahren sein soll. Wir haben allerdings kein Kennzeichen und auch keine Beschreibung des Fahrers oder der Insassen.
Der Colonel zuckte unsicher mit den Schultern. «Wieder nur ein Hinweis. Tut mir leid, dass ich Dir nicht mehr sagen kann.»
«Danke Ihnen Colonel. Ich bin Ihnen etwas schuldig.»
«Ganz im Gegenteil, David. Ich werde für immer in Deiner Schuld stehen.»
David wollte das nicht vertiefen, wer nun mehr in des Schuld des anderen stand und wandte sich Piwi zu.
«Du bist sicher, dass Du mich begleiten willst?»
«Pf.... Glaubst Du, ich überlasse Dir den ganzen Spaß alleine?»
«Das wird ganz sicher kein Spaß, Piwi.»

David verdrehte die Augen.

«Dann kümmern wir uns mal um ein paar Ausrüstungsgegenstände.»

«Das wird nicht notwendig sein», unterbrach ihn der Colonel. In der Tiefgarage haben wir ein Auto für Dich bereitgestellt, mit allem, was Du gebrauchen kannst. Wollen wir?»

Der Colonel erhob sich.

Sie fuhren mit dem Lift in die Tiefgarage und näherten sich einem schwarzen Ungetüm.

«Was ein Hammer!», staunte Piwi.

Sie standen vor einem Mercedes Geländewagen.

Auf dem Heck stand nur ein kleiner Schriftzug. *AMG63i.* Der Wagen musste über 500 PS haben.

Der Colonel entriegelte das Auto mit einer Fernbedienung.

«Das Auto ist Vollgepanzert und hat die Schutzklasse B4. Kugelsichere Bereifung und zwei Tanks mit insgesamt 160 Litern Kraftstoff.»

Er öffnete den Kofferraum. Darin lagen mehrere Taschen. Er öffnete eine davon und es kamen mehrere Waffen zum Vorschein. Maschinenpistolen und Pistolen der Marke Heckler & Koch, zwei Nachtsichtgeräte genügend Munition. Sogar ein Präzisionsgewehr, bei dessen Anblick Piwi leuchtende Augen bekam.

«In den anderen Taschen», sagte der Colonel, «findet ihr Schutzwesten, Blend- und Rauchgranaten, Hand-GPS Geräte, Ortungstechnik, taktische Westen, Koppeln und Holster. Das habt ihr offiziell nie von uns bekommen. Du weißt was der König gesagt hat. Wenn was schief läuft, werden wir alles dementieren.»

Der Colonel sah ihn ermahnend an.
David und Piwi nickten einmütig.
«Dann lass uns keine Zeit mehr verlieren», sagte er an Piwi gewandt.
«Ich möchte mich nur schnell von König Abdullah verabschieden und ihm danken.»
«Der König ist bereits gegangen», sagte der Colonel, «aber ich werde ihm gerne Deine Grüße und Deinen Dank überbringen.»
«Ich danke Ihnen sehr Colonel.»
«Das ist das Wenigste was ich tun kann. Viel Glück!»
«Komm, lass uns fahren», sagte David.
Sie stiegen ein und fuhren los.

Passau

Patrick war erschöpft. Er ließ sich, gerade so wie er war, auf das Bett in seinem Hotelzimmer fallen. Er wollte eigentlich noch Duschen, aber das würde warten müssen.

Blanka hatte ihn bereits erwartet, als er direkt vom Stockholmer Flughafen ins ECDC gefahren war. Es war ihm wichtig gewesen, mit seinem Vater nach Stuttgart zu fliegen, Alina wieder zu sehen sich von ihm zu verabschieden.

Es fühlte sich an wie ein endgültiger Abschied und hatte ihn traurig gemacht. Davids versprechen, Chloé zu suchen, hatten Alina, eine schon verloren geglaubte, Hoffnung gegeben, an die sie sich nun verzweifelt klammerte. An die auch er sich klammerte.

Blanka hatte gehetzt und übernächtigt ausgesehen.

In knappen Worten hatte sie ihm berichtet, dass man vor drei Tagen an der Deutsch-Österreichischen Grenze, in einem behelfsmäßigen Zeltlager einen toten Afrikaner aufgefunden hatte. Der Somalier sei offenbar schon einige Stunden tot gewesen als man ihn entdeckte. Da die Umstände unklar waren, hatte man die Polizei hinzugezogen.

Die EU Kommission ließ schon vor mehreren Tagen, auf Veranlassung der Direktorin, alle nationalen Gesundheitsbehörden auf eine mögliche Infektionsgefahr durch Ebola-Erreger informieren, die wiederum Ärzte und Kliniken instruieren sollten. Die europäischen Sicherheitsbehörden waren alarmiert worden und stellten sich auf das schlimmste Szenario eines biologischen Terroraktes ein.

Glücklicherweise schien der leichenbeschauende Arzt, der den Leichnam des Mannes untersucht hatte, über diesen Umstand informiert gewesen zu sein.
Ihm waren unzählige offene Hautstellen aufgefallen. Der Mann lag in Erbrochenem und seinen Exkrementen, was sich offenbar mit einer großen Menge Blutes vermischt hatte. Der Arzt hatte nicht lange gezögert und den Verstorbenen sofort wegschaffen und isolieren lassen, aber nicht ohne dem Verstorbenen noch Blut abgenommen zu haben. Innerhalb weniger Stunden häuften sich die Mitteilungen, dass unter den Flüchtlingen offenbar eine Influenza-Welle grassiere. Hohes Fieber, Erbrechen und Durchfall waren die häufigsten Symptome.
Patrick wusste es besser. Es hatte begonnen.

Damaskus

Mit überkreuzten Beinen saß er auf einem Sitzkissen im Salon und genoss mit einem zufriedenen Lächeln die Wasserpfeife. Es waren die kleinen Dinge, die ihm in letzter Zeit Freude bereiteten. Er wusste ohnehin nicht, wie viel Zeit ihm noch blieb. Vor sechs Monaten waren die ersten Symptome aufgetreten, die er nur zu gut kannte. Ständig verlor er an Gewicht, fühlte sich müde und abgeschlagen und die Lymphdrüsen schwollen stetig an. Die Untersuchung seines Blutes führte zur unabänderlichen Gewissheit – er würde an Lymphdrüsenkrebs sterben.

Deshalb hatte er auch so zur Eile gedrängt. Ursprünglich sollten viel mehr seiner Anhänger die Botschaft Allahs in die Welt tragen. Die Vervielfältigung des Virus hätte dann aber länger gedauert, weshalb er sich damit begnügte nur zwanzig der ursprünglich vorgesehenen einhundertvierzehn zu entsenden. Für jede Sure des Korans einen Überbringer der Heilsbotschaft des Einen, Allmächtigen, Allgerechten Bewahrer der Welt. Für seine Nachfolge war gesorgt und der Ausrufung eines islamischen Staates würde nichts mehr im Wege stehen. Gerne hätte er die Früchte seines Lebenswerkes wachsen und reifen sehen. Aber das würde ihm nun nicht mehr vergönnt sein. Der Tod hatte seinen Schrecken schon vor vielen Jahren verloren, er fürchtete ihn nicht. Im Gegenteil, sein unerschütterlicher Glaube und seine Taten zu Lebzeiten würden ihm einen Platz im Paradies garantieren. Mit wachsendem Interesse hatte, er entgegen seinen Gewohnheiten, die Medienberichterstattung im Fernsehen verfolgt. Die Saat war ausgestreut und begann sich wuchernd zu verbreiten. Nicht mehr lange und Gott würde sich, durch ihn, der Welt offenbaren. Wie es schon im Koran geschrieben stand: *«O Musa, Ich habe Dich vor den Menschen durch Meine Botschaft und durch Mein Wort auserwählt. So nimm denn, was Ich dir gegeben habe und sei einer von den Dankbaren.»*

Er, der Kalif und Diener des Allerhöchsten, würde das Sprachrohr Gottes sein.

Zufrieden brummend sog er an der Pfeife.

Jordanien

David und Piwi waren gut aus der Stadt gekommen und erreichten, nach knapp einer Stunde den Grenzübergang Nassib. Der Colonel hatte ihnen gesagt, dass sie an der Grenze keinerlei Probleme bekämen, ihnen aber riet sich auf Nebenrouten zu halten, vor allem Städte und Dörfer zu meiden und großräumig zu umfahren. Sie müssten damit rechnen IS kontrollierte Gebiete zu durchqueren, vor allem auf gelegentliche Straßensperren zu stoßen, an denen Fahrzeuge generell durchsucht würden. Ausländer seien ihnen besonders verhasst. Je nach Größe des Kontrollpostens könnte man versuchen sie zu bestechen.

Der Großraum um Damaskus sei besonders stark kontrolliert.

Es sei mittlerweile unmöglich zu sagen, ob und inwieweit die syrischen Sicherheitskräfte bereits vom IS unterwandert sei.
Der Colonel hatte ihnen zwei kleine, eingeschweißte Ausweise überreicht. «Ihr reist als Ingenieure eines großen deutschen Maschinenherstellers, die Wasserkraftturbinen für das Kraftwerk am Assad-See liefern sollen», hatte er sie instruiert.
Zum Abschied hatte er ihnen Glück gewünscht und ihnen freundschaftlich auf die Schulter geklopft.
«Ich bin mir unschlüssig, ob wir unsere Suche nicht erst in Aleppo beginnen sollten», sagte David an Piwi gewandt, der neben ihm auf dem Beifahrersitz saß und Magazine mit Patronen befüllte.
«Würden wir dadurch nicht zu viel Zeit verlieren? Ich meine, wenn wir mit den Hinweisen des GID-Spitzels in Damaskus nicht weiter kommen, bliebe uns nichts anderes übrig, als zu versuchen die Spur in Aleppo wieder aufzunehmen.»
David nickte zustimmend und warf einen kontrollierenden Blick auf den Monitor des Navigationsgeräts im Armaturenbrett. Nach der Route, die er eingegeben hatte, würden sie, wenn alles gut lief, in vier Stunden in Damaskus ankommen.
«Also?», fragte David. «Welchem Umstand habe ich Dein unverhofftes Auftauchen zu verdanken?»
«Ich habe hingeschmissen!»
«Du hast was?» platzte es aus David heraus.
«Ich habe gekündigt.»
«Das ist nicht Dein ernst. Du hattest doch nur noch ein paar Jahre und die hättest Du auf einer Arschbacke abgesessen.»
Piwi blies die Luft aus. «Das ist nicht so einfach, weißt Du.

Seit ich bei der Gruppe aufhören musste, habe ich keinen Tritt mehr gefunden. Überall wo ich war habe ich mich fehl am Platz gefühlt. Mit den normalen Grenzaufgaben, selbst mit der Erstellung einfachster Anzeigen auf dem Computer, war ich hoffnungslos überfordert. Als ich die Ausbildung mit dem Hund gemacht habe, dachte ich, ich hätte was gefunden was mir Spaß macht, aber das langweilt mich im Grunde auch. Ich habe eh schon länger mit dem Gedanken gespielt aufzuhören, weil ich vor drei Jahren von einer Personenschutzfirma das Angebot bekommen habe, als Teilhaber in das Unternehmen einzusteigen. Ich habe es immer vor mir her geschoben, aber wenn die Sache hier erledigt ist, werde ich das Angebot annehmen. Jetzt will ich aber Deine Geschichte auch hören», sagte Piwi.

«Hm, wo fange ich an? Es war im ersten Kosovoeinsatz. Bevor wir uns in Priština begegnet waren. Ich war ganz neu auf einer Police-Station am Arsch der Welt, als ich mit zwei jordanischen Kollegen auf Streife war. Die beiden waren mir zugeteilt worden, weil die beiden schon länger dort mit den örtlichen Gegebenheiten vertraut waren. Zumindest hat man mir das damals gesagt. Als wir nachts auf Streife waren, wurden wir von serbischen Milizen aufgerieben. Angeblich hätten wir in feindlicher Absicht serbisches Hoheitsgebiet betreten.

«Und, was ist passiert?», fragte Piwi ungeduldig.

«Sie haben uns zu ihrem Basis-Camp, einem bewachten Grenzposten in den Bergen gebracht. Nachdem sie uns dort zwei Tage festgehalten hatten, entschloss ich mich zur Flucht.

«Und die beiden Jordanier?»

«Die hab ich mitgeschleift. Der eine war ein sehr junger, noch unerfahrener Kollege, der die ganze Zeit vor Angst gezittert und gebetet hatte. Dem anderen, in meinem Alter, haben sie mit dem Kolben eines AK47 die Kniescheibe zertrümmert. Irgendwann nachts, bei der Wachablösung, bot sich die Gelegenheit zu verduften. Unser Glück war, dass sie uns nicht gefesselt hatten.
Nachdem ich eine Wache ausgeschaltet hatte, packte ich mir den verletzten Kollegen über die Schulter und dann haben wir uns in die Büsche geschlagen. Vier Kilometer talabwärts liefen wir einer russischen KFOR-Patrouille in die Arme, die uns dann nach Priština gebracht hatte. Den jordanischen Kollegen haben sie gleich ins Bundeswehr-Lazarett nach Prizren geflogen.
«Und dieser Kollege, war oder ist der heutige Colonel Ayman, Leiter des jordanischen Geheimdienstes?!»
«Richtig», entgegnete David. «Ich weiß nicht, was er seinem Kontingentsleiter damals alles erzählt hatte, aber einige Wochen später wurde ich zu einem jordanischen Empfang eingeladen, bei der mir König Abdullah II, der seine Truppen besuchte, eine Medaille an die Brust heftete. Das war auch schon die ganze Geschichte», endete David.
«Ich wusste gar nicht, dass Du ein kleiner Held bist», frotzelte Piwi.
«Red keinen Müll! Mir ist der Arsch auf Grundeis gegangen, weil ich keine Ahnung hatte, was die Serben mit uns vorhaben.»
«Und wieso haben sie dem Kollegen das Knie kaputt gemacht?» wollte Piwi wissen.
«In der ersten Nacht hatten wir einen Wachmann, der restlos besoffen war. Er hatte uns fortwährend beleidigt, bespuckt und mit

angelegter Maschinenpistole zum Schein erschossen. Irgendwann zwang er Ayman ein Stück Speck zu essen.
«Ernsthaft?»
«Ja. Ayman hat den Speck in dessen Gesicht zurück gespuckt und das brachte ihm den Hieb mit dem Gewehrkolben ein.
«Üble Geschichte», sagte Piwi, «Wirklich übel.»
David lies das Seitenfenster ein Stück hinab gleiten und zündete sich eine Zigarette an.
«Ja das war es.»
Schweigend fuhren sie Damaskus entgegen.

Passau

Er war früh aufgestanden.
Schlaftrunken war er ins Bad getapst und duschte so heiß, wie es sein Schmerzempfinden gerade noch zuließ. Regungslos stand er lange Zeit unter der Brause und ließ sich das dampfende Wasser über Kopf und Gesicht rinnen.
«Wenn ich aus diesem Alptraum nur endlich aufwachen könnte», dachte er. Er haderte mit dem Schicksal. Selbstzweifel plagten ihn und er wusste nicht, ob er den Anforderungen würde standhalten können. Und er hatte immer noch keine Nachricht seines Vaters bekommen.

Aller Augen waren auf ihn gerichtet, als sei er der Messias, der Wunder vollbringen könne.
Immer mehr Meldungen erkrankter Menschen hatten das ECDC erreicht, weshalb die Direktorin sein Team nach Passau entsandt hatte. Die Laborcontainer und den Rest der Ausrüstung hatte sie nachschicken lassen.
Jetzt war schnelles Handeln gefordert. Er hatte für neun Uhr eine Konferenz einberufen, an dem die Maßnahmen besprochen und koordiniert werden sollten. Und dieses Maßnahmenpaket und die schnelle, unbürokratische Umsetzung würde entscheidend sein, wie schnell sie Herr der Lage werden würden.
Das Problem war, dass sie nicht überall sein konnten. Es waren Meldungen über Erkrankte aus allen betroffenen Grenzgebieten eingegangen. Griechenland, Italien, Mazedonien, Ungarn, Serbien, Slowenien und Österreich.
Besonders schlimm war es an der Deutsch-Österreichisch Grenze. Sie hatten sich für den Standort Passau entschieden, da die logistische Versorgung dort besser war.
Außerdem konnten sie auf eine große Anzahl Kliniken im Großraum München und Salzburg zurückgreifen. Sein Team hatte bereits veranlasst, dass, die in Frage kommenden Kliniken, behelfsmäßige Quarantänestationen einrichten sollten.
Aber er befürchtete, dass die bisherigen Kapazitäten schnell erschöpft sein würden. Viel zu schnell.
Patrick hatte sich angezogen und war mit dem Aufzug nach unten gefahren, um sich mit den anderen am Frühstücksbuffet zu treffen. Er liebte reichhaltige Frühstückbuffets, aber heute fehlte ihm der

rechte Appetit. Er würde sich zwingen müssen, zumindest eine Kleinigkeit zu sich zu nehmen.
Als er sich im Frühstückssaal des Hotels umsah, konnte er den Rest seines Teams aber nicht sehen. Wahrscheinlich würden sie in ein paar Minuten hier sein. Man hatte in einer Ecke mehrere Tische zusammengestellt und für sie reserviert. In der Mitte des Tisches stand ein kleines Schildchen mit dem Namen «Sprenger» darauf. Er hatte explizit darum gebeten. Die Zimmer wurden von der Verwaltung des ECDC gebucht und es wäre ihm unangenehm gewesen dort ein Schild mit der Aufschrift «ECDC» zu sehen. Viele Menschen hätten mit diesem Kürzel vielleicht nichts anzufangen gewusst, aber in einigen hätte die Präsenz eines Krisenteams der wichtigsten, europäischen Seuchenschutzbehörde, in einem namhaften Hotel, angesichts der aktuellen Situation, durchaus Angst oder Panik wecken können. Sowohl das ECDC, wie auch die betroffenen Regierungen, wollten um jeden Preis eine Panik oder Massenhysterie vermeiden. Damit wäre keinem Geholfen. Massenflucht, Krawalle, Hamsterkäufe und Plünderungen wären nur die geringste Folge davon. Die Sicherheitskräfte der betroffenen Länder waren ohnehin schon hoffnungslos überlastet um der Flut der Flüchtlinge überhaupt Herr zu werden. Man hatte in einer ersten Tranche tausende von Filtermasken an die eingesetzten Polizisten, Sicherheitskräfte und Helfer verteilen lassen. In den letzten Tagen war dies das beherrschende Bild in den Medien. Polizisten, die Filtermasken tragend an den Grenzzäunen standen und aufgebrachte Flüchtlinge zurückdrängten oder diese in Auffangstellen begleiteten. Ein beängstigendes Bild, wie Patrick fand.

Die Masken boten zwar keinen hundertprozentigen Schutz, aber es war ihm wichtig, dass die Einsatzkräfte keinem unnötigen Risiko ausgesetzt waren.
Er hatte sich gerade aus einer Thermoskanne Kaffee eingeschenkt als Nils Farnström, Kai Berg und Anna Falk den Frühstückssaal betraten. Ihnen folgten Elias Hedlund und Lars Lindqvist.
«Wo sind P.A. und Helena?», fragte er als sie sich setzten.
«Werden wohl auch bald kommen», sagte Kai.
«Der hat sich gestern noch ganz schön einen rein gelassen», meinte Anna Falk. «Als ich gegen Mitternacht ging, saß er noch an der Bar.»
Patrick nickte gedankenverloren in seinem Kaffee rührend.
Die ersten seines Teams hatten sich bereits mit Eiern, Brötchen und anderem vom Buffet bedient, als Helena und P.A. eintrafen.
«Guten Morgen», trällerte Helena. «Willst Du nichts essen?»
«Ich hab´ keinen Hunger», brummte er.
«Das gilt nicht», stupste ihm P.A. lächelnd gegen die Schulter. «Komm lass uns mal das Buffet stürmen.»
P.A. zog ihn am Arm hoch und drängte ihn zum Buffet.
Das Buffet war mehr als reichhaltig, fand Patrick. Frische Früchte, Käse, Wurst, Rühreier, Speck, Brot und Brötchen in allen Variationen, süßes Gebäck und fünf verschiedene Fruchtsäfte.
Er entschloss sich für eine kleine Portion Rührei mit Speck und würde sich danach noch ein paar Stücke der frischen Wassermelone und Ananas genehmigen. Der Anblick des Buffets hatte ihn doch hungrig gemacht. Er kehrte mit P.A. zum Tisch zurück und locker plaudernd genossen sie das Frühstück.

Syrien

Piwi schlief auf dem Beifahrersitz, während der Wagen über den staubigen Asphalt glitt. Entnervt hatte er aufgegeben einen Radiosender zu finden, der etwas anderes als arabische Pop- oder Folklore Musik spielte, weshalb er das Gerät ausschaltete. Das gleichmäßig, monotone Brummen des PS-starken V8 Motors war das einzige Geräusch. Er hatte den Ellbogen auf der Fahrertüre aufgestellt und rieb sich die Stirn.

Hunderte quälender Fragen schossen ihm durch den Kopf.

«Was, wenn er die Kleine nicht fände? Wenn sie am Ende schon verkauft worden war, würde er ihre Spur wiederfinden? Wenn er sie gefunden hatte, würden sie unbehelligt und schnell aus Syrien flüchten können?

Mit einem Kopfschütteln verdrängte er die Gedanken. Er würde sich damit auseinander setzen, wenn es soweit wäre.

Kurz bevor er die Maschine in Frankfurt betrat, hatte er noch mit Bengston telefoniert. Arvid wollte ihn kontaktieren sobald sie weitere Erkenntnisse hätten. Ein Blick auf sein Telefon verriet ihm, dass noch keine neuen Nachrichten eingegangen waren. Er hatte die Optionen im Menü seines Telefons geändert, sodass er auch hier würde SMS oder Mails empfangen können, vorausgesetzt er hatte Empfang. Die Roaminggebühren würden ihn zwar ein Vermögen kosten, aber das war ihm im Moment gleichgültig.

«Soll ich mal übernehmen?» Piwi war aufgewacht, der sich herzhaft streckte und gähnte.

«Nein, schon gut», sagte David.

«Könntest Du mal irgendwo rechts ranfahren? Ich müsste mal pinkeln.»
Sie waren während der letzten einhundert Kilometern keiner Menschenseele begegnet, weshalb David abbremste und an den rechten Straßenrand lenkte.
Piwi stieg aus und erleichterte sich neben dem Wagen.
Er war, obwohl er sich nicht erleichtern musste, mit ausgestiegen, zündete sich eine Zigarette an streckte seine steifen Glieder.
Gegen das Wagendach gelehnt, dehnte er die Bänder seiner Arme und Beine. Er hoffte nicht, dass sie auf dem Weg nach Damaskus irgendwelchen Straßensperren begegneten, aber wenn es sich nicht vermeiden ließe, würde er sich nötigenfalls den Weg bis nach Damaskus frei schießen.
Während er rauchte, kramte er sein Handy aus der Hosentasche. Ungeduldig starrte er auf das Display als er versuchte seine Mails abzurufen. Der Fortschrittsbalken kroch unendlich langsam bis er durch die Meldung *«keine Verbindung zum Server»* unterbrochen wurde. Er verließ die Anwendung und tippte eine kurze Nachricht, die er, so hoffte er, bei dem schwachen Netz würde senden können.
«Wie weit ist es noch?» hörte er Piwi von der anderen Fahrzeugseite her sagen.
«Etwa siebzig Kilometer. Wenn wir nicht angehalten werden, sollten wir in etwa eineinhalb Stunden in Damaskus ankommen.»
Piwi umrundete den Wagen. «Jetzt fahr ich den Rest.»
Langsam fuhren sie dahin. Nur gelegentlich kamen sie an kleineren Siedlungen vorbei, die sich mit jedem Kilometer, dem sie sich der Hauptstadt näherten, verdichteten.

Ab und zu passierten sie spielende Kinder, die ihnen neugierig nachblickten oder zu winkten. Plötzlich sah er aus einiger Entfernung, dass Sicherheitskräfte eine Straßensperre errichtet hatten. Er hoffte inständig, dass es keine IS-Leute waren. Er blickte über die Schulter und vergewisserte sich, dass sie alles gut verstaut hatten und nicht versehentlich etwas Offensichtliches auf dem Rücksitz lag. Sie hatten die Ausrüstung, die ihnen Colonel Ayman gegeben hatte, sorgfältig in allen nur möglichen Ritzen und Hohlräumen des Autos versteckt. Wenn sie in der Straßensperre durchsucht würden, fände man selbstverständlich unweigerlich die Waffen und die Ausrüstung. Was sie hoffentlich verhindern könnten. Ein Mann in einer schäbigen, schmutzstarrenden Uniform stand winkend, vor einer Panzersperre auf der Fahrbahn, als sie sich dem Check-Point näherten.

«Ich habe sechs gezählt», sagte Piwi. David nickte. «Ich auch. Siehst Du irgendwo einen Heckenschützen?»

Piwi ließ den Blick über die Fassade eines der Gebäude schweifen, die am Straßenrand standen. «Schwer zu sagen. Aber ich glaube nicht.»

Piwi zog die Pistole aus dem Hosenbund und legte sie sich unter den Schenkel auf den Fahrersitz, mit der Mündung zur Türe.

Er drosselte die Geschwindigkeit bis sie neben dem Soldaten oder Polizisten, das ließ seine schäbige Uniform nicht erkennen, zum Stillstand kamen. David beobachtete die übrigen, während Piwi die Seitenscheibe nach unten gleiten ließ.

Neben der Panzersperre standen drei Männer, allesamt unrasiert und in dem gleichen erbärmlichen Zustand wie ihr Vorgesetzter, wie David vermutete. Sie trugen staubige, rostfleckige AK47 Gewehre an alten Lederriemen, über den Schultern hängend. Das AK47 war ein, von Michail Kalaschnikow entwickeltes, russisches Sturmgewehr, das für seine Zuverlässigkeit bekannt war. Gerade durch die einfache Bauweise konnten ihm Dreck, Staub, Hitze oder Kälte wenig anhaben. Ihren Weltruhm hatte sie allerdings nicht ihrer Präzision zu verdanken. David fragte sich, ob die Waffen in diesem Zustand überhaupt noch abzufeuern waren, wenngleich er nicht sonderlich erpicht darauf war das herauszufinden.

Kaum war das Fenster unten schlug ihnen sogleich der säuerliche Geruch nach Schweiß und Knoblauch entgegen, den der Uniformierte verströmte. Als er zu sprechen begann entblößte er ein paar faulige, von Tee und Tabak verfärbter Zähne. Sein Mundgeruch war atemberaubend.

«Passport», sagte er knapp.

David und Piwi reichten ihm ihre Reisepässe und die Ausweise, die der Colonel ihnen mitgegeben hatte. David hatte in Amman noch darauf bestanden in jeden Ausweis zweihundert Dollar zu legen. Würde der Soldat nicht zu bestechen sein, würden sie andere Optionen in Erwägung ziehen müssen. Eindringlich musterte sie der Offizier mit zusammengekniffenen Augen. Wäre die Situation nicht so absurd gewesen, hätte David zu lachen begonnen.

Was glaubte der Kerl ihren Gesichtern zu entnehmen? Glaubte er den Röntgenblick zu haben?

Er musterte lange die eingeschweißten Karten. Langsam kamen David Zweifel, ob der Mann überhaupt des Lesens mächtig war, da er sie immer wieder verständnislos hin und her drehte.

Er reichte ihnen die Karten zurück und öffnete den ersten der Reisepässe, die Piwi ihm aus dem Fenster gereicht hatte.
David versuchte eine Reaktion im Gesicht des Soldaten zu erkennen, während er das Lichtbild darin studiert. Piwi hatte seine Hand unbemerkt in den Schoß wandern lassen, die dort, den Pistolengriff umfassend, ruhte.
Er blätterte einige Seiten weiter und war offenbar auf die Geldscheine gestoßen.
David meinte ein Zucken, um seinen Mundwinkel wahrgenommen zu haben. Er öffnete den zweiten Ausweis und blätterte diesen Seite für Seite durch, bis er auch dort das Geld fand. Ohne seinen Blick zu heben stopfte er die vier Scheine in seine Brusttasche und winkte einem der Wachposten. Piwi spreizte leicht die Beine und legte den Finger in den Abzug seiner Pistole. David schüttelte fast unmerklich den Kopf. «Warte», flüsterte er.
Der herbei gewunkene schlurfte gemächlich auf sie zu. Er trug einen Gegenstand unter den Arm geklemmt, den David nicht gleich erkannte. Es war ein Teleskopstab mit einem Spiegel an seinem Ende, wie man ihn zur Absuche von Fahrzeugunterböden nach versteckten Sprengstoffen benutzte.
Während er langsam, den Spiegel am Boden entlang führend um das Auto herum lief, behielt sie der Anführer der Truppe unentwegt im Auge. Wenn er auf die Idee käme, den Wagen durchsuchen zu lassen, wären sie aufgeschmissen, das war David bewusst. Würde er sich mit den vierhundert US-Dollar zufrieden geben, oder würde er die Kontrolle so lange weiterführen, bis er ihm mehr Geld anbot? Er spürte den aufkeimenden Groll in sich.

Er hasste korrupte Polizisten. Er hasste sie, wie die Pest. Er ließ seine Hand über die Hüfte gleiten und spürte unter seinen Fingern das kalte Metall seiner Waffe. Sobald der Anführer Anstalten machen würde, ihr Auto durchsuchen zu lassen, würde er ihn erschießen und er würde nicht einmal Reue empfinden.

Der Mann mit dem Spiegel hatte seine Runde beendet und schüttelte den Kopf. Der Anführer reichte Ihnen die Pässe durchs Fenster und spuckte ihnen ein verächtliches «Yallah» entgegen.

Piwi ließ sich das nicht zweimal sagen. Er startete, legte den Gang ein und fuhr mit aufheulendem Motor und durchdrehenden Reifen durch die Panzersperre, die die Soldaten gerade noch beiseite räumen konnten.

Erst als sie den Kontrollpunkt weit hinter sich gelassen hatten, erlaubte David sich etwas zu entspannen. Er betätigte den Fensterheber, ließ die Beifahrerscheibe hinunter und zündete sich eine Zigarette an.

«Gib mir auch eine», bat Piwi.

David reichte ihm eine Zigarette, die er sich anzündete und den ersten Zug tief inhalierte. Piwi´s erste Zigarette sein zehn Jahren.

Passau

Nach und nach trudelten die Besprechungsteilnehmer im Passauer Rathaus ein. Patrick war gleich nach dem Frühstück gefahren. Es bestand keine Veranlassung, dass das ganze Team an der Besprechung teilnahm, weshalb er sie gebeten hatte ihre Arbeit im Labor fortzusetzen. Kaum, dass er das Gebäude betreten hatte, lief ihm der Oberbürgermeister mit ausgestreckter Hand entgegen und begrüßte ihn überschwänglich.

Anfangs schien er nicht sonderlich begeistert darüber, dass Patrick den Ratssaal quasi als eine Art Einsatzleitstelle okkupiert hatte. Nachdem er aber erfahren hatte, wer alles an der Besprechung würde teilnehmen, schien sich seine Meinung schlagartig geändert zu haben. Der Typ war ein Speichellecker, wie er im Buche stand.

Bislang blieben sie von der Presse relativ unbehelligt. Aber auch das würde sich bald ändern.

Zum Glück musste er sich darüber keine Gedanken machen, damit sollten sich andere auseinander setzen.

Er hatte sein Laptop im Ratssaal bereits aufgebaut und mit dem Beamer verbunden, als die ersten eintrafen.

Bevor er sich gestern Nacht von seinem Team getrennt hatte und völlig erschöpft in seinem Zimmer eingeschlafen war, hatte er Lars gebeten ihm eine kleine Präsentation für die heutige Besprechung zusammenzustellen.

«Nicht viel», hatte er gesagt, *«zwei, drei Folien mit den wichtigsten Zahlen und Daten im Überblick.»*

Es würde eine kleine Runde sein an diesem Morgen. Patrick hatte gehofft, dass die Direktorin die Besprechung leiten würde, aber ihre Ankunft würde sich verzögern, sodass es nun an ihm lag.
Er hatte bewusst darauf verzichtet, die Sitzung auf einen größeren Personenkreis auszudehnen. Was er wollte, war die richtigen Entscheidungsträger an einen Tisch zu bekommen. Was sollte er sich mit einem Örtlichen Polizeichef auseinandersetzen, dem für entsprechende Entscheidungen oder Anordnungen die Kompetenzen fehlten? So würde nur unnötig Zeit vergeudet.
Außer dem Bürgermeister, würde der Staatssekretär des bayrischen Innenministeriums, ein Vertreter des Gesundheitsministeriums des Freistaates Bayern, eine Vertreterin des Österreichischen Krisen- und Katastrophenschutzmanagements, sowie die Leiter der drei wichtigsten Notfall- und Rettungsdienste anwesend sein.
«Guten Morgen», begrüßte er sie, als alle Platz genommen hatten.
«Mein Name ist Dr. Patrick Sprenger. Ich bin Leiter eines Krisenteams, der sogenannten Surveillance and Response Support Unit, der europäischen Seuchenschutzbehörde in Solna, Stockholm. Vor zwei Tagen hat man uns hierher entsandt, um gemeldete Ebola Verdachtsfälle zu verifizieren. Der Einsatz wird bei uns unter dem Projektnamen «Goliath» geführt. Zu meinem Bedauern muss ich Ihnen mitteilen, dass sich die ersten Analysen bestätigt haben.
Es handelt sich um einen neuen, mutierten Stamm eines uns bereits bekannten Ebola-Erregers.»
Er ließ die erste Folie aufleuchten. Es handelte sich um einen Kartenausschnitt in dem, an der Deutsch-Österreichischen Grenze und den Grenzgebieten zu Serbien, Slowenien Ungarn, rot markierte

Bereiche eingezeichnet waren.
«Was Sie hier sehen», fuhr Patrick fort, «sind die Gebiete aus denen uns Verdachtsfälle mitgeteilt wurden.»
Er klickte auf die Fernbedienung in seiner Hand und die rotmarkierten Bereiche wurden um Zahlen ergänzt.
«Mit Stand von gestern, kurz vor Mitternacht, ist das die Zahl der Betroffenen, bei denen eine Ebola-Infektion nicht ausgeschlossen werden kann. Bisher wurden uns sechsunddreißig Infektions- und acht Todesfälle gemeldet. Zwei Todesfälle konnten wir analytisch bestätigen, sechs stehen noch aus. Während im Grenzgebiet Ungarn-Österreich und Slowenien-Österreich nur sehr wenige Fälle bekannt waren, scheinen sie sich im Grenzgebiet nach Deutschland zu häufen.»
«Wie können wir Sie unterstützen?», meldete sich der Staatssekretär zu Wort.
Patrick wandte sich ihm dankend zu. «Ich bin froh, dass sie gleich zum Wesentlichen kommen. Es ist entscheidend, dass wir jetzt keine Zeit mit bürokratischen Dingen vergeuden.
Wir rechnen in den nächsten vierundzwanzig bis achtundvierzig Stunden mit einem exponentiellen Anstieg der Krankheitsfälle.
«Was heißt das im Klartext?» wollte die Vertreterin des Österreichischen Katastrophenschutzes wissen.
«Zwei bis dreihundert in den nächsten vierundzwanzig Stunden, neun- bis zwölfhundert in den nächsten achtundvierzig Stunden.»

Betretenes Schweigen breitete sich aus, während Patrick seine Worte wirken ließ.

«Ich habe die Klinik München-Schwabing alarmieren lassen.
Mit etwa vier Stunden Vorlauf kann die Station ihre Arbeit aufnehmen.
Die Klinik München-Schwabing ist eine von bundesweit sieben Häusern, welche über sogenannte Sonderisolierstationen verfügt, » ergänzte er.
«Mir ist bekannt, dass Seuchenschutz Sache des jeweiligen Bundeslandes ist. Nur leider wird sich das Virus nicht an irgendwelche Verwaltungs- oder Landesgrenzen halten. Es mag noch zu früh sein, einen nationalen Katastrophenfall auszurufen, aber Sie sollten alle nationalen Stellen informieren, Herr Staatssekretär.
Auch die benachbarten Länder sollten entsprechend sensibilisiert werden. Das ECDC hat zwar schon vor einigen Tagen an die nationalen Gesundheitsbehörden entsprechende Informationen steuern lassen, aber jetzt liegen ganz neue Parameter zu Grunde. Was wir jetzt brauchen ist eine enge Zusammenarbeit.
Der Staatssekretär nickte. «Dazu findet heute im Kanzleramt eine Sondersitzung statt.»
Patrick wandte sich den Vertretern der Katastrophendienste zu.
«Wir werden Fahrzeuge zum Transport hochkontagiöser Patienten benötigen. Krankentransportfahrzeuge und Hubschrauber.
Wir sollten in allen umliegenden Kliniken, alle nicht dringenden Intensivfälle auf Normalstationen umverlegen lassen, um Kapazitäten für Infizierte frei zu machen. Wir werden die Intensivstationen zu Quarantänestationen umfunktionieren.»
An den Vertreter des Gesundheitsministeriums gewandt sagte er: «Es muss gewährleistet sein, dass der Nachschub an Medikamenten

gesichert ist. Was wir dringend vorhalten müssen, ist ein Rekonvaleszentenserum und ausreichend fiebersenkende Präparate. Patrick sah den fragenden Blick des Ministers.

«Als Rekonvaleszentenserum bezeichnet man ein Blutserum, das von Personen, die Ebola überlebt haben, gewonnen wird. Das wird die Patienten nicht heilen, dennoch hoffe ich, dass wir ihnen damit mehr Zeit verschaffen können.»

«Entschuldigen Sie, dass ich so naiv nachfrage, Herr Dr. Sprenger. Ich dachte es gibt bereits ein Medikament, das zwar noch im Versuchsstadium ist, aber bei der Epidemie 2014 in Afrika erfolgreich eingesetzt wurde?»

«Das ist richtig. Ein experimenteller Antikörper mit dem Namen ZMapp, entwickelt von einer US Firma, hat in der früher Phase einer Ebola Infektion gute Ergebnisse gezeigt. Jetzt mal außer Acht gelassen, dass sich das Präparat noch in der Zulassungsphase befindet, haben wir festgestellt, dass *unser Ebola* Erreger auf ZMapp keinerlei Reaktion gezeigt hat.»

Etwas aus dem Konzept geraten, nahm Patrick den Faden wieder auf.

«Was uns derzeit zu Gute kommt, ist die Kanalisierung und Bündelung der Flüchtlinge. Dadurch, dass sie in großen Gruppen unterwegs sind und auch gebündelt an den Grenzen auflaufen, haben wir bislang sehr wenige Kontakte und Berührungspunkte zur Bevölkerung. Andererseits waren diese Menschen bei der Überfahrt über das Mittelmeer auf kleinen Booten, oder bei späteren Transporten in Lastwagen eng zusammengepfercht, was eine Übertragung innerhalb dieser Gruppe natürlich begünstigt.

Wenn der Flüchtlingsstrom weiterhin so kanalisiert werden kann und Transitzonen und zentrale Aufnahmestellen in großer Zahl vorhanden sind, können wir eine Ausbreitung am ehesten verhindern oder eindämmen. Es mag vielen unwürdig und unmenschlich erscheinen, diese Menschen, die hierhergekommen sind um Zuflucht zu suchen, wie Viehherden von einem Punkt zum anderen zu schleusen und sie erneut in völlig überfüllten Sporthallen und Kasernen unterzubringen, aber nur so bleibt die Situation beherrschbar. Besonders betroffen sind natürlich diejenigen, die täglich in engem Kontakt mit den Flüchtlingen stehen. Polizisten, Soldaten, medizinisches Personal, ehrenamtliche Helfer und Behördenmitarbeiter. Es ist deshalb ganz wichtig, dass der genannte Personenkreis besonders sensibilisiert wird und diese die Masken, die wir haben verteilen lassen, zwingend tragen. Vor allem sich unbedingt nach entsprechenden Kontakten die Hände zu desinfizieren. Wir haben in den Erstaufnahmestellen Info-Blätter verteilen lassen, worauf bei den ankommenden Menschen geachtet werden soll. Stichprobenartig sind Temperaturmessungen durchzuführen, ausnahmslos bei entsprechender grippeähnlicher Symptomatik. Wir haben eine große Zahl von Thermo-Scannern angefordert, die wir, hoffentlich schon in den nächsten Tagen verteilen können. Eine Weiterverteilung der Flüchtlinge in weitere Bedarfsunterkünfte oder Anschlussunterbringungen darf erst erfolgen, wenn diese medizinisch untersucht wurden und eine Ansteckungsgefahr ausgeschlossen werden kann.»

Patrick nahm einen Schluck des Mineralwassers, welches der Bürgermeister zuvor hatte servieren lassen.

Er räusperte sich und lies seinen Blick in die Runde schweifen.

«Wir müssen mit Todesfällen rechnen, weshalb wir uns darüber Gedanken machen müssen, wie wir damit umgehen. Wir werden Leichensäcke benötigen, sehr viele Leichensäcke.
Die Toten müssen, da sie auch post mortem hochinfektiös sind, schnell verbrannt werden. Das muss organisiert sein.
Und da es sich bei den flüchtenden Menschen überwiegend um Muslime handelt, muss mit tumultartigen Ausschreitungen gerechnet werden.
Im Islam ist die Waschung des Leichnams und die Ausrichtung des toten Körpers Richtung Mekka ein verpflichtender Ritus, ohne der oder die Verstorbene nicht zu Allah ins Paradies einziehen kann.
Das Verbrennen der Leichen ist für den gläubigen Muslim ein regelrechter Mord und eine Auferstehung damit ausgeschlossen.
Haben Sie noch Fragen an mich?»
«Wie schnell ist mit einem Impfstoff zu rechnen»? fragte die Österreicherin.
«Nun, das ist nicht so einfach zu beantworten», antwortete Patrick.
«Es gibt bislang keinen wirkungsvollen Impfstoff gegen Ebola. Wir arbeiten aber seit einigen Tagen an einer Möglichkeit und sind denke ich auf einem sehr guten Weg.»
Sie nickte nachdenklich, aber zufrieden schien sie mit seiner Antwort nicht zu sein. Wenn Sie keine weiteren Fragen haben, danke ich für das spontane Treffen und Ihre Aufmerksamkeit.»
Alle erhoben sich und verließen schweigend den Raum.

Damaskus

Piwi trug schwer an den beiden Taschen, die ihnen der Colonel überlassen hatte. Er war David vorausgegangen, während er den Mercedes in der Tiefgarage parkte. David traf wenige Minuten nach ihm im Zimmer ein. Sie hatten sich im Zentrum Damaskus´ in eines der wenigen noch betriebenen Hotels eingebucht.

Die Zerstörungen, die sie auf ihrem Weg ins Zentrum gesehen hatten, waren verheerend. Überall standen zerbombte Häuser, halb erstickte Brände schwelten rauchend in den Trümmern vor sich hin. Wahrscheinlich schon über Wochen und Tage. An vielen noch stehenden Fassaden sah man die Einschusslöcher von Maschinengewehrsalven und in den Vororten hing der beißend, süßliche Geruch, verwesender Körper in der Luft, den David und Piwi nur zu gut kannte. Offenbar fehlte schweres Gerät, um die Leichen, die sich vermutlich zu hunderten unter den Trümmern ihrer zerstörten Häuser zersetzten, zu bergen. Nicht lange und es würden sich die ersten Seuchen in Damaskus ausbreiten. Selbst in ihrem Hotelzimmer, war dieser Geruch gegenwärtig. David schloss das gekippte Fenster und ließ sich schwer in den Sessel fallen. Aus dem Bad hörte er, wie Piwi quietschend den Wasserhahn der Dusche öffnete. Der junge Angestellte an der Rezeption war nur gegen ein großzügiges Trinkgeld dazu zu bewegen ihm den Zugangscode für das Hausinterne WLAN Netzwerk zu überlassen.

Ängstlich hatte er sich nach allen Richtungen umgeschaut, bevor er ihm den zwölf-stelligen Zahlencode auf einem Zettel notierte.

«Die Gäste hätten normalerweise keinen Zugang zum drahtlosen Netzwerk des Hotels», sagte er. «Dafür gäbe es in der Lobby schließlich einen Internet Computer.»

David war allerdings nicht sehr erpicht darauf, dass jeder ihm über die Schulter sah, wenn er im Internet recherchierte oder seine E-Mails abrief, wenngleich er vermutete, dass der Internetverkehr ohnehin überwacht wurde.

Nachdem sein Laptop hochgefahren war, öffnete er die Netzwerkeinstellungen und tippte den Code in das dafür vorgesehene Feld und wartete. Die Verbindung war langsam, aber es würde genügen. Als das Symbol anzeigte, dass er verbunden war, öffnete er den Browser und startete sein E-Mail Programm.

Arvid Bengston hatte ihm eine E-Mail geschickt. «Endlich», dachte er erleichtert. Die Mail lud sich aufgrund der beiden Anlagen nur quälend langsam. Ungeduldig klickte er auf den Anhang und wartete bis das Textprogramm sich öffnete.

Offensichtlich war es Bengston's Team gelungen, den Mann, der mit Chloé von Kopenhagen in die Türkei geflogen war, zu identifiziert. Sein Name war Ahmad Mirza. David überflog das Personenblatt und prägte sich so viele Details wie möglich ein.

Ein junger Syrer kaum vierundzwanzig Jahre alt, dessen Affinität für Mathematik und Computer man schon früh erkannt zu haben schien. In Rekordzeit beendete er sein Informatik-Bachelorstudium an der Universität Damaskus und man schickte ihn danach für zwei Auslandssemester nach Schweden. David schüttelte verständnislos den Kopf. Es wollte ihm einfach nicht in den Kopf, wie sich ein junger, offenbar hochbegabter Mensch, eine vielversprechende

Zukunft vor ihm liegend, einer radikal-islamischen Ideologie unterwerfen konnte. Er hatte bisher immer angenommen, dass Menschen geringerer Bildung oder Intelligenz leichter zu manipulieren waren, als Menschen eines gewissen Bildungsstandes.
Der Mail war eine Bilddatei angefügt, die er anklickte. Er betrachtete eingehend das Bild Ahmad Mirzas. Ein unscheinbarer Junge, mit kurzen, schwarzen Haaren und dunklen Augen.
«Ist er das?» fragte Piwi, der mit einem, um die Hüfte gewickelten, Handtuch und tropfenden Haaren hinter ihm stand.
«Jup», sagte er. «Das ist der Typ der Chloé aus Schweden, via Dänemark und Türkei, hierher gebracht hat. Gott, ich bete, dass wir sie hier finden.»
Piwi klopfte David ermutigend auf die Schulter.
«Klar finden wir sie.»
«Dein Wort in Gottes Ohr», brummte David.
«Bengston schreibt hier, dass Ahmads Eltern während der Kämpfe in und um Homs getötet wurden. Es gäbe aber hier in Damaskus einen noch lebenden Onkel, der eine kleine Apotheke betreiben soll. Vielleicht sollten wir die Apotheke mal aufsuchen. Was denkst Du?»
«Guter Plan», nickte Piwi. «So furchtbar viele Apotheken wird es in Damaskus hoffentlich nicht geben. Hast Du denn einen Namen?
«Mirza, denselben wie unser Freund Ahmad», las David aus der Mail.
«Dann gib mir fünf Minuten mich anzuziehen, dann können wir los.» Piwi verschwand im Schlafzimmer.

Passau

Patrick war gleich nach der Besprechung zurück gefahren.
Ihre Laborcontainer waren auf einem Klinikgelände nahe des Inn aufgestellt worden und wurden aus der Klinik mit Strom und Wasser gespeist. Seit er beim ECDC ist, hatte er die Mobilen Labormodule noch nie aufgebaut gesehen, nur verladen auf einem speziellen Lastwagen. Äußerlich waren sie völlig unscheinbar, wie Patrick fand. Auffällig war allein die aufwändige Filter und Belüftungsanlage, die sich seitlich und oben auf den Containerdächern befanden. Die beiden Module waren nach dem Abladen nebeneinander gestellt und miteinander verschraubt worden. Sie entsprachen dem Standard eines S3-Labors und waren im Wesentlichen eine Miniatur ihres Labors in Solna.
So unscheinbar sie auch aussehen mochten, waren sie mit dem besten und teuersten High-Tech-Equipment bestückt, das man sich vorstellen konnte. Er stellte seinen Wagen ab und näherte sich den Containern, als sein Handy brummte. Eine SMS von Blanka.
Sie teilte ihm mit, dass sie am frühen Nachtmittag in Passau eintreffen würde, vielleicht auch schon früher.
Er stieg die drei Stufen zum Labor empor und öffnete die Türe, die mit einem einfachen Codeschloss gesichert war. Kai, Lars, Anna und Elias waren im angrenzenden Labor und saßen verteilt an vier Steril Werkbänken. Sie trugen leichte Schutzanzüge und hatten ihre Hände durch die behandschuhten Öffnungen der Werkbänke gesteckt und waren damit beschäftigt Kulturen anzulegen.

P.A., Helena und Nils saßen an den Mikroskopen.

Im Vorbeigehen klopfte Patrick an die Scheibe und winkte den aufschauenden Leuten im Labor zu.

«Hallo ihr drei. Wie kommt ihr voran?

«Nicht so schnell, wie wir wollen», sagte P.A. ohne den Blick zu heben.

Helena schaute vom Mikroskop auf und rieb sich den Nacken. «Wir sind mit der Sequenzierung des viralen Erbgutes sehr gut vorangekommen und die erste Hälfte der Basenpaare haben wir isoliert.

«Das ist toll», antwortete er. «Das klingt vielversprechend.»

«Die Ergebnislisten haben wir Dir in Dein Fach gelegt», sagte sie.

«Danke schön.»

Sein Telefon brummte in seiner Hosentasche.

Es war Blanka. Um die anderen nicht zu stören, verließ er den Container und trat nach draußen.

«Blanka? Alles klar? Wo bist Du denn?» Wollte er wissen.

«Ich bin auf dem Rückflug von Berlin.»

«Was hast Du denn in Berlin gemacht?»

«Ich wurde zu dieser Sondersitzung ins Kanzleramt zitiert, sonst wäre ich heute Morgen schon in Passau angekommen. Jetzt bin ich in einem Hubschrauber der Flugbereitschaft der Bundespolizei. Kannst Du mich nachher abholen? So in einer Stunde?»

«Klar, wenn Du mir sagst wo?»

Es herrschte kurzes Schweigen in der Leitung.

«Gibt es einen Heli-Port bei euch an der Klinik?», erklang erneut ihre Stimme.

«Ich denke schon. Sicher bin ich mir nicht.

Aber es gäbe auch so genügend freies Gelände wo ihr landen könntet.»
«Ok, warte kurz.» Erneutes schweigen.
«Alles klar, sagt der Pilot. In einer Stunde bin ich da. Ich habe Hunger, lass uns dann etwas essen gehen bitte.»
Patrick lachte. «Alles klar, ich werde uns einen Tisch reservieren. Bis dann.»
Er suchte die Nummer des Restaurant im Internet, in dem er vor zwei Tagen gegessen hatte und reservierte einen Tisch für zwei Personen. Kurz überlegte er, ob er für sein ganzes Team reservieren sollte, entschied sich aber dagegen. Er wollte erst hören was Blanka aus der Sondersitzung zu berichten hatte.
Patrick entriegelte die Türe und betrat erneut den Container. Im hinteren Teil war ein kleines Büro, das er für sich in Anspruch genommen hatte. Er schloss die Glastür hinter sich, ließ sich in den Sessel fallen und nahm die Listen zur Hand die Helena ihm in sein Fach gelegt hatte.
Akribisch ging er Spalte für Spalte durch. Gelegentlich machte er sich einzelne Notizen. Er hatte sich bequem nach hinten gelehnt und die Beine auf den Schreibtisch gelegt, bis ihm gewahr wurde, dass jeder ihn durch die Glasscheibe würde sehen können. Er widerstand dem Impuls die Beine vom Tisch zu nehmen.
«Ach, sollen sie doch denken was sie wollen», dachte er bei sich. *«Was vor mehr als zwei Wochen geschehen war wog viel schwerer, als nun leger die Beine auf den Schreibtisch zu legen.»* In den letzten Tagen hatten ihn verstärkt Zweifel geplagt, ob er am ECDC wirklich am richtigen Platz war, eine ganz neue Idee begann in ihm Gestalt anzunehmen.

Aber erst wenn das hier vorbei wäre und sie hoffentlich bald ihre Tochter wieder in die Arme schließen könnten, würde er sich dieser Idee widmen. Er zwang seine Gedanken zurück in die Gegenwart und konzentrierte sich wieder auf die Listen.

Seine Idee den Virulenzfaktor des Ebola Erregers zu bestimmen und das Virus so zu deaktivieren, dass es vom Immunsystem erkannt und vernichtet werden konnte, kam ihm mittlerweile wie eine Mars-Mission vor, oder eben wie der biblische Kampf David gegen Goliath. Weswegen er dem Projekt den Namen «Goliath» verliehen hatte. Selbst wenn sie so weit kämen, bliebe immer noch die Frage nach der Stabilisierung.

Er spürte, dass er der Lösung sehr nahe war, aber seine Gedanken waren völlig blockiert.

Er rieb sich die Stirn und versuchte sein Gedankenchaos zu ordnen. Komplexe Problemstellungen empfand er immer als Herausforderung, denen er sich gerne stellte und obwohl er sich redlich mühte, die Sorge um seine Tochter und die Sehnsucht nach seiner Frau zu verdrängen, gelang ihm das in den letzten Tagen immer schlechter. Alina befand sich in der Obhut ihrer Familie in den besten Händen. Sie alle kümmerten sich liebevoll um sie, sprachen ihr Mut zu und bestärkten sie, die Hoffnung nicht aufzugeben. Und so sehr er sich auch gewünscht hätte, von seinem Vater ein Lebenszeichen oder gar eine Erfolgsmeldung zu erhalten, hatte er größtes Vertrauen in ihn. In den vergangenen Tagen hatte es einige Momente gegeben, in denen er am liebsten alles hingeschmissen und zu seiner Frau zurückgekehrt wäre. Die innere Zerrissenheit zwischen Pflichterfüllung und Verantwortung seiner Familie gegenüber quälten ihn und

hätte Alina ihn nicht bestärkt weiter zu machen, hätte er längst aufgegeben. Ihm musste etwas einfallen. Unbedingt. Die Lösung war zum Greifen nahe, das spürte er.
Plötzlich riss ihn das Dröhnen mächtiger Rotoren aus seinen Gedanken.
«Herrgott, war wirklich schon eine Stunde vergangen, seit er mit Blanka telefoniert hatte?»
Er stürmte, sein Jackett greifend, nach draußen. Keine hundert Meter von seinem Standort entfernt senkte sich dröhnend ein Super-Puma auf den Parkplatz nieder.
Der dabei entstehende Orkan zerrte an seiner Kleidung und seinen Haaren. Staub und gefallenes Laub wurde aufgewirbelt, das in alle Richtungen davon stob. Die Augen zukneifend wandte er sein Gesicht ab. Sanft setzte die schwere Maschine auf dem Parkplatz auf. Die mächtigen Rotoren drehten sich im Leerlauf, als der Co-Pilot vom Sitz sprang und die seitliche Schiebetüre öffnete. Ihr entstieg die Direktorin, die sich gebeugter als es notwendig gewesen wäre von der Maschine entfernte, sehr darauf bedacht mit beiden Händen ihren Rock im Zaum zu halten, was nur teilweise gelang. Patrick war unwillkürlich an eine Szene aus einem Marilyn Monroe Film erinnert. Er hatte den Film nie gesehen, kannte aber die Szene in der die Monroe über einem U-Bahnschacht stand und der wehende Rock den Blick auf ihre atemberaubenden Beine frei gab.
Sicherlich eine skandalöse Szene für die damalige Zeit.
Er fand auch die Beine seiner Chefin konnten sich sehen lassen.
Er wunderte sich, dass er nie bewusst wahrgenommen hatte, wie attraktiv sie war.

Aber er schob es dem Umstand zu, dass sie seine Mutter hätte sein können.
Kaum, dass sie ihn lächelnd erreicht hatte, setzte der Orkan der Rotoren erneut ein und der Helikopter erhob sich träge und gewann an Höhe. Der Lärm war ohrenbetäubend und sie wartete bis die Maschine sich entfernt hatte.
«Hallo Patrick», sagte sie und umarmte ihn herzlich. Diese Geste der Zuneigung tat ihm gut und er genoss ihre warme Umarmung. Der Duft ihrer Haare erinnerte ihn an seine Mutter, die ihn auch immer in ihre Arme schloss, wenn es ihm schlecht ging. Blanka schien ihm angesehen oder gespürt zu haben, dass er genau das in diesem Moment gebraucht hatte, eine warme, mütterlich Umarmung, die zum Ausdruck brachte: *«Alles wird wieder gut!»*
Nicht, dass es ihm unangenehm gewesen war, aber er löste sich aus ihrer Umarmung und sah sie an.
«Schön, dass Du da bist. Komm lass uns essen gehen. Du musst sterben vor Hunger.»
Er nahm ihre Reisetasche auf, warf sie in den Kofferraum seines Wagens und öffnete ihr die Beifahrertüre. Gelöst, wie seit Tagen nicht mehr lenkte er den Wagen vom Parkplatz in Richtung Innenstadt und beschleunigte.

Er hörte den Helikopter landen, blickte aber nur wenig interessiert nach draußen. Er sah sie aussteigen. War ja klar, dass die Direktorin sich einen Auftritt dieser besonderen Art nicht würde nehmen lassen. Was hatte sie überhaupt hier zu suchen? Wollte sie nur nach ihrem Wunderknaben Dr. Rotznase Sprenger schauen? Ihm Honig ums Maul schmieren?
Wie sie ihn alle anödeten, diese zweitklassigen Biologen, Bio-Chemiker und Möchtegerns, die schleimend um Sprenger herumschawänzelten und ihm gefällig waren. Seit Tagen schon hing er hier in diesem Metallcontainer fest und verrichtete billige Arbeit, die jeder Laborassistent hätte verrichten können.
Sprenger hatte sich bislang sehr bedeckt gehalten, was er mit seinen Untersuchungen und Analysen bezweckte. Er fragte sich, wann er sie einweihen würde. Er glaubte eine vage Vorstellung zu haben, was in Sprengers hübschem Kopf vorging und er hatte sich Gedanken gemacht, ob und wie er seine Arbeit sabotieren konnte. Aber ohne konkrete Anhaltspunkte wonach er suchte, würde dies keinen Sinn ergeben.
Außerdem, dass musste er Sprenger zugestehen, hatte er die absolute Kontrolle, was im Labor vor sich ging. Vielmehr suchte er nach einem Plan, im Falle eines durchschlagenden Erfolgs, die Lorbeeren selbst ernten zu können. Das Helena bei ihren Recherchen nach der verschwundenen Probe aus Madrid nicht weitergekommen war, war ihm klar. Womit er allerdings nicht gerechnet hatte, waren die Ausbrüche des Ebola Fiebers, zumindest nicht so schnell und vor allem nicht so nahe in Europa.
Der Käufer seiner Informationen hatte sich jedenfalls sehr bedeckt gehalten, was die Verwendung des Virus anging. Und wenn die Sache aus dem Ruder zu laufen drohte, würde er sich absetzen.
Die Verhandlungen waren zäh und langwierig gewesen, aber er hatte einen guten Preis für seine Dienste aushandeln können und aus dem Verkauf der

Kleinen würde er, darauf hatte er bestanden, ebenfalls eine ordentliche Provision erhalten. Mit dem und was er sich über die Jahre angespart hatte, würde er bequem die nächsten Jahre irgendwo in Südamerika über die Runden kommen. Das, hatte er beschlossen, wäre aber nur sein Notfallplan. Er strebte nach höherem.

Stockholm

Es war in den letzten Tagen etwas ruhiger geworden, sodass Bengston nicht permanent in der Einsatzzentrale präsent sein musste. Das gab ihm endlich den nötigen Spielraum, um seine Wäsche zu waschen und zu Hause für etwas Ordnung zu sorgen. Er hatte ein Bad genommen, lag nun entspannt auf der Couch und entkorkte eine Flasche Rotwein, die er schon vor Jahren geschenkt bekommen hatte. Nachdem er durch alle Kanäle gezappt hatte und sich mit, der sich ständig wiederholenden Berichterstattung über die Flüchtlingskrise oder der hundertsten Wiederholung einer Liebesschnulze konfrontiert sah, entschied er eine DVD einzulegen. Er ließ seinen Zeigefinger über seine DVD Sammlung gleiten und entschied sich für einen Western mit Clint Eastwood. Während der Film startete ließ er sich auf der Couch nieder und legte die Beine, lange ausgestreckt, über den Couchtisch.

Caren hätte das wahnsinnig gemacht. *«Der Couchtisch sei schließlich kein Fußschemel»,* hatte sie immer gemault.
Sie hatten sich vor zwei Jahren scheiden lassen und er musste gestehen, dass er sie nicht wirklich vermisste. Es war, im Nachhinein betrachtet, eigentlich verwunderlich, dass ihre Ehe so lange gehalten hatte. Vor ihrer Hochzeit hatten sie es nie richtig thematisiert, aber er hätte immer gerne Kinder gehabt. Caren bekam nach ihrem Jurastudium die Chance in eine angesehene Kanzlei in Stockholm einzusteigen. Seinen Kinderwunsch hatte sie immer mit der Begründung abgetan, sich beruflich erst *sattelfest* machen zu wollen, damit sie jederzeit wieder in die Kanzlei würde zurückgehen können.
Dann kam die angebotene Teilhaberschaft, lukrative Vertragsgestaltungen für internationale Konzerne, irrsinnig wichtige Fälle und irgendwann fand sie, dass sie nun zu alt sei für Kinder. Letztlich hatte sie mit ihrem vier Jahre jüngeren Juniorpartner eine Affäre begonnen. Sie hatten sich im Guten getrennt und gütlich geeinigt. Sich mit ihr auf einen Rechtsstreit einzulassen wäre einem Suizid gleichgekommen. Sie war vor Gericht eine erbitterte Kämpferin. Er hatte auf die Eigentumswohnung verzichtet, während sie im Gegenzug großzügiger Weise auf Unterhalt verzichtete. Er ihr Unterhalt zahlen, so weit wäre es noch gekommen. Schließlich war er es, der ihr Studium zu großen Teilen finanziert hatte. Aber er hatte keine Lust zu streiten. Wenigstens verzichtete sie auf die Möbel. *Sie wolle die Wohnung in einem ganz neuen «Style»,* so hatte sie sich ausgedrückt, *einrichten.* Ihm war es nur recht. Er hing ohnehin nicht sonderlich an der Wohnung. Noch bevor die Scheidung rechtskräftig war hatte er eine kleine, aber gemütliche Wohnung im Osten

Stockholms bezogen und genoss sein Singledasein. Vor ein paar Monaten dann, hatte sich eine lockere Beziehung zu Malin, der einzigen Frau in seinem Team, entwickelt. Beziehung war eigentlich das falsche Wort. Sie trafen sich, wenn sie Lust auf Sex hatten.
Malin hatte ihn angerufen, als er in der Badewanne lag. Sie machte lüsterne Anspielungen und wäre gerne vorbei gekommen, um mit in die Wanne zu steigen. «Er hätte Kopfschmerzen und es ginge ihm auch so nicht sonderlich gut», log er. Warum eigentlich? Sie waren einander nicht verpflichtet und er hätte auch sagen können, dass er den Abend für sich genießen möchte. Er hatte den Eindruck, dass sie mehr für ihn zu empfinden schien und er wollte sie einfach nicht verletzen. Sobald sie sich wieder sahen, nahm er sich vor, würde er sie darauf ansprechen.
Er griff nach seinem Glas und leerte es in einem Zug, das er sogleich wieder auffüllte. Das Glas schwenkend ließ er den Wein darin kreisen.
Der Film flimmerte ohne, dass er ihn wirklich verfolgte. Es war schon ein alter Western, der 1985 erschienen war.
Der Pale-Rider. Ein einsamer Revolverheld, der sich als Prediger ausgibt und einer kleinen Gruppe von Goldschürfern zu Hilfe kommt, als deren Bedrängnis durch einen Minenbesitzer und eines korrupten Sherifs am größten ist.
Er musste an David denken. Irgendwie schien er ihm in diesem Moment sehr nahe. Er mochte ihn, er mochte ihn wirklich und es tat ihm immer noch leid, wie sich ihre Wege getrennt hatten.
Gerne hätte er ihm erklärt, weshalb seine Regierung so und nicht anders entschieden hatte, nicht anderes entscheiden konnte.

Obwohl es ihm von offizieller Seite untersagt wurde, war das wenigste, was er für David tun konnte, nein ihm schuldig war,
die nötigen Informationen zukommen zu lassen, die ihm helfen würden Ahmad Mirza in Damaskus aufzuspüren. Da er noch keine Rückmeldung von ihm bekommen hatte, hoffte er inständig, dass seine Mail angekommen war.
Das schrille Leuten seines Telefons schreckte ihn auf. Er musste vor dem Fernseher eingeschlafen sein. Vor ihm stand die leere Weinflasche, ein halbgeleertes Glas und im Fernsehen lief die ständige Wiederholung des Startmenüs des «Pale Rider.»
«Bengston», meldete er sich nach dem Abheben.
«Wann? Wo? Und das meldet er erst heute Morgen? Ich komme. Ich werde in einer halben Stunde im Büro sein. Nein, sagen wir eine Stunde.»
Bengston verabschiedete sich und legte auf.

Damaskus

Sie hatten den Mercedes bewusst in der Tiefgarage des Hotels stehen lassen. Er wäre einfach zu auffällig gewesen, weshalb sie sich entschieden ein Taxi zu nehmen. Der junge Mann an der Rezeption gab ihnen Auskunft, wo die Apotheke zu finden sei und rief ihnen ein Taxi. David bezweifelte, dass es ein offiziell zugelassenes Taxi war. David vermutete, dass der Fahrer wohl eher ein Freund oder Verwandter des Jungen von der Rezeption war. Sie bestiegen, den uralten VW Jetta und beschrieben dem Fahrer wohin sie wollten. Irgendwie schien der Fahrer zu glauben, sie unterhalten zu müssen, weshalb er plötzlich das Radio aufdrehte und lauthals, zu dem orientalischen Flötengedudel, zu singen begann. Die Fahrt hatte zum Glück nicht lange gedauert. Sie baten den Fahrer sie unweit der Apotheke abzusetzen und legten den Rest des Weges zu Fuß zurück. David hatte dem jungen Fahrer zum Fahrpreis ein fürstliches Trinkgeld gegeben, aufgrund dessen er sich vor Dankbarkeit fast zu überschlagen schien.

«Wer weiß», sagte David, «vielleicht brauchen wir seine Dienste noch einmal. «Dann kann er zeigen wie dankbar er wirklich ist.»

Dass sie auffielen war beiden klar. Sie wollten keinesfalls wie Touristen wirken, sondern wie Ingenieure, die beruflich in Damaskus zu tun hatten und sich auskannten. Zielstrebig steuerten sie ein kleines Teehaushaus an, vor dessen Schaufenster zwei Tischchen standen.

Piwi bestellte «Chai» und zwei Portionen syrischen Kartoffelsalat mit Fladenbrot, als sie an einem der beiden Tische Platz genommen hatten. Von ihrem Platz aus, hatten sie freie Sicht auf den Eingang der Apotheke. Außer des internationalen Symbols deutete äußerlich rein gar nichts auf eine Apotheke hin.
Genauso gut hätte darin ein Barbier logieren können.
Während sie aßen, beobachteten sie die Menschen, die an ihnen vorbei liefen und den Apothekeneingang.
Kaum, dass sie ihre Gabeln zur Seite gelegt hatten, eilte der übereifrige Teehausbesitzer herbei und räumte ihr Geschirr ab. Während dieser Tee nachschenkte, zündete David sich eine Zigarette an.
«Gehst Du, oder soll ich?», wollte Piwi wissen.
«Nein, lass mich.» David blies den Rauch aus. «Lass mich noch fertig rauchen, dann geh ich rüber.» Er fingerte den Ausdruck aus seiner Brusttasche und warf erneut einen Blick auf das kleine Bild darauf. Nachdem er seine Zigarette ausgedrückt hatte, erhob er sich und schlenderte zur Apotheke hinüber.
Die Türe hing schief in den Angeln und quietsche als er sie öffnete. Aus dem Hinterzimmer trat sogleich ein schlanker, hochgewachsener Mann. Das Bild das Bengston ihm geschickt hatte, schien älter zu sein, aber es war zweifelsfrei Ahmads Onkel.
Als er David sah begrüßte er ihn auf Englisch.
«Salam Aleikum. Was kann ich für sie tun?»
«Aleikum salam», erwiderte David den Gruß. «Wir sind Ingenieure aus Deutschland», Patrick deute mit dem Kopf nach draußen Richtung Piwi.
Der Apotheker reckte den Hals und nickte. «Ah Deutschland.»

Mein Freund ist Diabetiker und leider hat die Fluggesellschaft seinen Koffer verschlampt, indem sein Insulinvorrat war. Haben sie Insulin? Und ich bräuchte ein starkes Schlafmittel? Ich brauche etwas, um zu schlafen.»
«Insulin habe ich da. Wie viel brauchen sie denn?»
«Zwei Fläschchen sollten genügen. Und die Schlaftabletten?» fragte David.
«Müsste ich Ihnen besorgen.»
«Könnten sie mir die Sachen vielleicht durch eins ihrer Kinder ins Hotel bringen lassen?
Der Apotheker lachte. «Ich habe keine Kinder, nur einen Neffen. Der soll ihnen die Medikamente später bringen. Haben sie dort die Möglichkeit das Insulin kühl zu lagern?»
David nickte. «In der Minibar des Zimmers.»
David kramte seinen Zimmerschlüssel aus der Hosentasche und der Apotheker notierte sich den Namen des Hotels und die Zimmernummer.
«Was schulde ich Ihnen?»
«18.200 Pfund.»
Das entsprach etwa 75 Euro.
Er gab ihm zwanzigtausend, bedankte sich, verließ die Apotheke und setzte sich wieder zu Piwi.
«Und? War er es?», fragte Piwi knapp.
Er nickte. «Er schickt uns seinen Neffen ins Hotel.»
«Perfekt!»

Passau

Sie hatten beide mit großem Appetit gegessen. Während des Essens hatten sie über belanglose Dinge geplaudert. Blanka hatte sich erkundigt, wie es ihm und Alina ginge und mitfühlend hatte sie ihm zugehört. Nachdem der Ober ihre Teller abgeräumt hatte, bestellten sie Kaffee. Einen Nachtisch hätte keiner von ihnen mehr geschafft.

«Jetzt musst Du mir aber erzählen, warum man Dich ins Kanzleramt zitiert hat», wollte Patrick wissen.

Blanka schaufelte Zucker in ihren Kaffee.

«Ja, ich war genauso verwundert wie Du», gab sie zu.

«Da waren ein Haufen Leute von Behörden oder Institutionen, die ich nicht einmal kannte. Sie wollten von mir aus Epidemiologischer Sicht eine Einschätzung der Lage und ob das ECDC in der Lage wäre, eine Ausbreitung zu verhindern, bzw. ob wir in der Lage wären, einen Impfstoff zu entwickeln.»

«Was hast Du gesagt?»

«Das gleiche, was Du auch gesagt hättest. Dass wir an einer Entwicklung arbeiten, aber nicht sagen können, wie lange es dauern wird. Und das wir momentan nicht abschätzen können, ob und wie schnell eine Ausbreitung verhindert werden kann. Die immense Zahl der bereits Infizierten und jetzigen Todesopfer sind mehr als besorgniserregend.»

«Und welche Maßnahmen hat man dort besprochen?»

«Hm», überlegte sie. «Man will auf jeden Fall, wenn ich das richtig interpretiere, Transitkorridore einrichten, um die Flüchtlinge zu kanalisieren. Vordergründig soll damit die Registrierung der ankommenden Menschen begründet werden. Ein offizielles Statement zu den bisherigen Krankheitsfällen wird es wohl nicht geben. Ich denke, dass man die Sache, um eine unnötige Panik zu verhindern, noch klein halten möchte. Man hat mir aber zugesichert, dass auf nationaler Ebene alle Institution mit im Boot seien und man jederzeit reagieren könne, wenn der *Super-Gau*, so hat sich einer, glaub ich, ausgedrückt, eintreten sollte.

Patrick nickte nachdenklich. «Hoffen wir, dass es nicht so weit kommt.»

«Was gibt es bei euch Neues? Wie kommt ihr voran?», erkundigte Blanka sich.

«Nicht so schnell wie ich es mir wünsche, wenn ich ehrlich sein soll.

Blanka nahm einen Schluck ihres Kaffees. «Du musst mir erst noch einmal kurz erläutern, was Du vorhast. Ich habe das beim letzten Mal, als Du es mir erklärt hast, noch nicht richtig verstanden.»

«Also», begann er. «Wie Du ja weißt, hatte ich mit meiner Promotionsarbeit den wissenschaftlichen Ansatz entwickelt, mittels Aptameren RNA in befallene Wirtszellen einzuschleusen. Das besondere an diesen Aptameren ist, dass sie, ähnlich wie Antikörper, spezifische Moleküle, die Antigene, hochspezifisch binden, mit dem Vorteil allerdings, dass wir es nicht mit vergleichbar großen Proteinen, sondern mit doppelsträngiger DNA zu tun haben, was das Handling um ein Vielfaches vereinfacht. Mit der Einschleusung dieser sogenannten Komplementär-RNA soll erreicht werden, dass die biochemischen Reaktionen des Virus an sich, gehemmt oder verringert werden, bis hin zur gänzlichen Inaktivierung.

Ich erhoffe mir davon, dass das Immunsystem, nachdem der Virus inaktiviert wurde, die restliche Arbeit übernimmt und den Virus gänzlich aus dem Körper verbannt.
Er sah ihren fragenden Blick.
«Viren besitzen keinen eigenen Stoffwechsel», fuhr Patrick fort. «Sie haben zwar die Anlagen zur Verbreitung und Vermehrung, aber keines besitzt die Fähigkeit zur eigenen Replikation, sie sind in jedem Fall auf den Stoffwechsel einer Wirtszelle angewiesen.
Im Grunde genommen ist ein Virus lediglich die Anhäufung von Nukleinsäuren und Proteinen, die die Steuerung des Stoffwechsels und der Reproduktionsmaschinerie der befallenen Wirtszelle übernehmen. Quasi ähnlich, wie ein moderner Hackerangriff, eine feindliche Übernahme.
Wie die Vermehrung des Virus in der Wirtszelle vonstattengeht, erspare ich Dir, das kennst Du aus Deinem eigenen Studium.
Du kennst auch den Aufbau der DNA, die sich aus den Nukleotiden Adenin, Thymin, Guanin und Cytosin zusammensetzt?»
Blanka nickte und bat ihn fortzufahren.
«Die DNA enthält, durch den Code, der in der Anordnung der vier Basen festgelegt ist, wichtige Informationen, die über kleinere Signalmoleküle, der RNA, verwendet werden, um Proteine herzustellen. Und hier kommt unsere Komplementär-RNA zum Einsatz. Da der Virus sein Genom in das der Wirtszelle integriert, übernimmt auch die Zelle dessen anschließende Vermehrung. Diesen Prozess können wir stoppen, indem wir die Komplementär-RNA dazu verwenden, um die dazu passenden viralen Signalmoleküle zu binden und zum zellulären Abbau zu zwingen.

Die Komplementär-RNA bindet dann die von der Zelle abgelesenen viralen RNA-Signalmoleküle ungefähr so gut, wie ein Schlüssel in das richtige Schloss passen würde. Das Problem hier ist nur, die für den Virus relevanten Basenpaare ausfindig zu machen, zu isolieren und in eine komplementäre Sequenz umzusetzen.
Die komplementären Sequenzen werden vermutlich am Ende nicht mehr als 20-23 Basen aufweisen, das genügt aber schon, um die viralen Signalmoleküle so gut zu binden, dass es auch zu deren anschließendem Abbau kommt.
Du musst Dir das jedenfalls ungefähr so vorstellen, wie wenn Du mit verbundenen Augen versuchst, in die Mitte einer Zielscheibe zu schießen. Wir befinden uns gerade sprichwörtlich auf der Suche nach der Nadel im Heuhaufen.»
«Oder nach der Nadel im Nadelhaufen...», lächelte sie. «Ok ich verstehe das Problem. Weiter!?»
«Die Erbinformation *unseres* Erregers haben wir bereits zu großen Teilen entschlüsselt. Die Sequenzen sind analysiert und wir haben sie bereits auch schon digital in eine komplementäre RNA umgeschrieben. Wir stehen nur vor dem Problem, dass genau der Teil der Erbinformation des Ebola-Virus, über den wir noch im Unklaren sind, die Informationen enthält, die wir brauchen. Wir glauben, bisher die ersten zehn relevanten Basenpaare isoliert zu haben. Aber die Produktion der Komplementär-RNA ist, verglichen mit den Problemen, die uns die Aptamere machen, ein absolutes Kinderspiel.» Patrick fuhr sich mit der Hand durch die Haare. «Hast Du schon einmal etwas von dem Verfahren zur Aptamer-Herstellung gehört?»

Blanka schüttelte heftig den Kopf. «Ok», fuhr Patrick fort. «Zuerst, diese Aptamere sollen uns garantieren, dass die Komplementär-RNA auch in die richtigen Zellen gelangt und zwar nur in die vom Virus infizierten. Wenn man so will, sind die Aptamere unsere Sortierungssignale. Um die richtigen Aptamere zu bekommen, erstellt man große Zufallsbibliotheken von Oligonukleotiden unterschiedlicher Basenabfolgen. Es gäbe aber irrsinnig viele Variationen. Bis zu 10^{42}, weshalb wir versuchen diejenigen herauszufiltern, welche die höchste Affinität zur Bindung mit speziellen Molekülen des Virus, auf der Oberfläche der infizierten Zelle, haben. Sobald wir die richtigen Aptamere isoliert haben, können wir damit beginnen, sie mit der Komplementär-RNA zu fusionieren. Die 3D-Struktur des Oligonukleotides faltet sich um den Bindungspartner, in unserem Fall um die virusspezifischen Moleküle auf der Zelloberfläche und setzt durch die Einschleusung der Komplementär-RNA eine Inaktivierung in Gang, das heißt die Signalmoleküle des Virus werden, bevor sie zur Produktion der pathogenen Virusproteine verwendet werden können, quasi eingefangen und neutralisiert.»
Blanka machte mittlerweile einen jämmerlich überforderten Eindruck, sie hob leicht die Hand und rieb sich dann in mehreren rhythmischen Kreisbewegungen die Schläfen, bevor sie mit einem leicht auffordernden Blick Patrick zum Weiterreden bewog.
«So nun komme ich zum eigentlichen Problem. Sofern wir demnächst eine ausreichende Menge an Aptameren produzieren könnten, habe ich noch keinen Schimmer, wie ich sie an das Virus binden soll, ohne dass sie auf dem Weg dorthin vom Körper verschluckt werden.

Aptamere sind extrem instabil und brauchen einen Träger, an die sie gebunden sind. Erst durch einen geeigneten Träger werden sie stabilisiert und können mit dem Virus oder allgemein mit einer Zelle eine Bindung eingehen, ohne vom Körper als fremd erkannt und daraufhin abgebaut zu werden.
Ich hoffe mir fällt bald was ein.» Patrick wedelte mit der Hand als wolle er eine Fliege verscheuchen.
«Wenn Du einen geeigneten Träger fändest und ihr soweit wärt, würde das bedeuten wir hätten einen Impfstoff?», fragte Blanka aufgeregt.
«Einen Impfstoff direkt noch nicht. Ein Therapeutikum. Das heißt therapeutisch natürlich nur bedingt, weil die Schädigungen einer fortgeschrittenen Ebola Erkrankung kaum mehr umzukehren sind. Wenn das Therapeutikum aber anspräche und der Körper Antikörper gebildet hat, wäre die Herstellung eines Rekonvaleszentenserums möglich. Ja, das heißt es.»
«Ich meine, mein Studium ist schon ein paar Tage her, ach, noch bevor Du geboren wurdest, aber wenn ich Deine Ausführungen richtig verstanden habe, ließe sich diese Methode nicht nur auf das Ebola Virus, sondern quasi auf alle viralen Erkrankungen anwenden?»
Patrick nickte bestätigend. «Im Prinzip auf alle Zellen, z.B. auch entartete wie beim Krebs. Zumindest in der Theorie.»

Damaskus

David konnte kaum still sitzen. Immer wieder sprang er auf und sah zum Fenster hinaus.

Gleich nachdem er in der Apotheke war, fuhren sie ins Hotel zurück. Seitdem warteten sie.

«Mann, Du nervst.» Brummte Piwi. «Setz Dich mal hin. Der wird schon kommen.»

«Das ist unser erster und vielleicht einziger Anhaltspunkt. Was, wenn er nicht kommt?»

«Dann fällt uns was anderes ein.»

«Na, Deinen Optimismus hätte ich gern», frotzelte David.

«Wir können den Typen eh nicht so lange festhalten. Irgendwann wird ihn sein Onkel vermissen und jemanden losschicken. Aber laufen lassen können wir ihn auch nicht, sonst würde er Salim warnen.»

«Ach, schau an!», rief David aus. Er stand am Fenster und schaute angestrengt nach unten.

«Könnte das nicht unser klappriger Geländewagen sein, den der GID Spitzel erwähnt hatte?»

Piwi sprang von der Couch auf eilte zum Fenster. »Stimmt, wäre möglich.»

Der Fahrer parkte den Wagen umständlich vor dem Hoteleingang und stieg aus. Aus der fünften Etage war der Mann nur schwer zu erkennen. Aber nach der Größe und Statur zu urteilen, schien es sich um Ahmad Mirza zu handeln.

Als der Mann die Lobby betrat, verschwand er aus dem Sichtfeld. David hatte den Rezeptionisten angewiesen den Lieferanten, der Medikamente für sie bringen sollte, nach oben zu schicken.
Je nachdem, wie schnell sich Ahmad Mirza würde orientieren können, sollte er in zwei bis drei Minuten an ihrem Zimmer angekommen sein.
David zog die Pistole aus dem Holster, schraubte den Schalldämpfer auf den Lauf und steckte sie zurück.
Piwi verließ das Zimmer und postierte sich im Gang in einer Ecke, die man vom Lift kommend nicht einsehen konnte.
David verschloss die Türe und wartete.
In Gedanken zählte er rückwärts. Als sein gedanklicher Countdown fast zum Ende gekommen war, klopfte es an der Türe. Er spähte durch den Türspion und blickte in das, durch die Optik, verzerrte Gesicht Ahmad Mirzas.
Er wartete einen Augenblick bevor er öffnete. Fast im selben Augenblick sprang Piwi aus seinem Versteck und fiel von hinten über Ahmad her. Diesem entfuhr ein erstickter Schrei der Überraschung. Piwi hatte seinen Arm gepackt und bog ihn auf den Rücken, während er sich mit seinem Körpergewicht gegen ihn stemmte und ihn den Mund zuhaltend, in den Raum schob.
In der Vorwärtsbewegung fegte er ihm mit einem raschen Tritt die Beine weg und Ahmad fiel der Länge nach auf den Fußboden.
David war blitzschnell bei ihm, packte Ahmads anderen Arm und bog ihn ebenfalls auf den Rücken. Sein Knie hatte er in sein Genick gestemmt und drückte ihn mit seinem ganzen Körpergewicht zu Boden. Selbst wenn er gewollt hätte, wäre Ahmad nicht in der Lage

gewesen sich zu rühren. Er stöhnte unter dem Gewicht Davids.
Piwi stülpte den Kabelbinder über die Handgelenke und zog zu. David hörte ein jammern unter sich, dann riss Piwi einen langen Streifen von einer Rolle Panzertape und klebte Ahmad damit den Mund zu. Sein Versuch, sich durch heftiges schütteln mit dem Kopf zu wehren, wurde von Piwi mit einer Kopfnuss geahndet.
Sie zerrten ihn auf die Beine, trugen ihn tiefer in den Raum und platzierten ihn auf einem Stuhl neben dem Fenster. David schob sich einen Stuhl heran und setzte sich verkehrt herum Ahmad gegenüber. Die Arme verschränkt über die Stuhllehne gelegt sah er ihn eindringlich an.
«Weißt Du wer ich bin?» fragte er Ahmad.
Er sah David nur mit aufgerissenen Augen an.
«Ok. Du möchtest also nicht mit mir reden?» Er zog seine Waffe und richtete sie auf Ahmads Gesicht.
«Du hast ein Kind entführt.» David sah ihm tief in die Augen. «Stimmt's? Ahmad? Wo ist sie?»
Ahmad schien überrascht, dass David seinen Namen kannte.
Davids Augen verengten sich und sahen ihn scharf und durchdringend an.
«Ich habe nur zwei Fragen an Dich. Es liegt an Dir, ob Du mit mir kooperierst, oder nicht. Nur zwei Dinge solltest Du wissen. Redest Du nicht, töte ich Dich. Lügst Du mich an, töte ich Dich. Und den Scheiß, dass im Paradies 99 Jungfrauen auf Dich warten würden, kannst Du Dir abschminken. Dreckskerle wie Du, kommen nicht ins Paradies. Also? Wie sieht es aus?»

Keine Reaktion. Ahmad sah ihm nur schwer atmend und trotzig in die Augen. David blickte zu Piwi, der kopfschüttelnd und rauchend hinter Ahmad stand.
Unvermittelt schoss Davids Faust in Ahmads Gesicht. Der Schlag brach augenblicklich seine Nase. Blut schoss daraus hervor und bespritzte sein T-Shirt. Ahmad hätte sicher geschrien, wenn er gekonnt hätte. Stattdessen drangen aus seinem geknebelten Mund nur Grunzlaute. Tränen rannen seine Wangen hinab.
«Hör zu, ich habe weder Lust noch die Zeit Spielchen zu spielen.
Ich frage Dich noch einmal: Wo ist das Kind?»
Ahmads Nase schwoll an und das Atmen fiel ihm schwer. Blut und Rotz troffen aus der Nase.
Trotzig reckte er den Hals und starrte David nur mit tränenden Augen an.
«Ok. Wie Du willst.»
David hob die Pistole, drückte den Lauf von oben auf seinen Schenkel und drückte ab. Das ploppende Geräusch des Schalldämpfers war kaum laut genug, als dass es außerhalb des Zimmers zu hören gewesen wäre, trotzdem war Piwi hinter Ahmad zusammengezuckt. Offenbar hatte er nicht mit Davids Entschlossenheit gerechnet. Ahmad hatte den Kopf in den Nacken geworfen und heulte wie ein Wolf. Er wandte und drehte sich so sehr, dass er vom Stuhl gefallen wäre, hätte Piwi ihn nicht festgehalten.
Blut tropfte aus seiner Wunde am Schenkel auf den Teppich.
David ließ ihm Zeit zu Atem zu kommen und sich zu beruhigen. Er griff in die Haare und riss Ahmads Kopf hoch, so dass er ihm in die Augen sehen musste.

«Also nochmal. Und das ist Deine letzte Chance. Wo ist das Kind? Und wo ist Salim?
Weißt Du Ahmad, ich hätte größte Lust, das den ganzen Tag mit Dir zu machen. Du hast keine Vorstellung, welches Leid Du über die Menschen gebracht hast, denen Du das wichtigste in ihrem Leben genommen hast. Und falls dem Mädchen etwas zugestoßen sein sollte oder nicht mehr am Leben ist, reiße ich Dich mit bloßen Händen in kleine Fetzen und verfüttere Dich an die räudigen Straßenköter da draußen.»

David hob die Waffe und drückte den noch rauchenden Lauf gegen Ahmads Stirn.

«Ahmad? Hast Du mich verstanden? Wo ist das Mädchen?

Ahmads Augen weiteten sich angstvoll.

David spannte den Hahn seiner Pistole.

«Also?

Ahmad versuchte dem Druck des Pistolenlaufes nachzugeben.

David drückte die Waffe jedoch unerbittlich gegen seinen Kopf.

«Piwi, würdest Du einen Schritt zur Seite treten. Das gibt gleich eine riesen Sauerei.»

Piwi machte eine einladende Geste und trat zwei Schritte nach links.

Ahmad begann zu schreien und schüttelte heftig mit dem Kopf.

«Willst Du mir etwas sagen?», fragte David.

Ahmad nickte bejahend.

Auf ein Zeichen Davids entfernte Piwi das Panzertape auf Ahmads Mund.

«Lass hören!» forderte er Ahmad auf.

Ahmads Stimme klang rau, als er zu sprechen begann.

«Ich weiß nicht genau wo sie ist.»
«Was soll das heißen, Du weißt nicht *genau* wo sie ist? Du hast sie doch mit Salim nach Damaskus gebracht?»
«Ja», krächzte Ahmad. «Wir haben sie in das Haus des Kalifen gebracht. Aber ich weiß nicht, ob sie noch dort ist.»
«Wo ist dieses Haus?», bohrte David weiter.
«Im Tishreen Park. Es ist die Nummer 56. Ihr werdet es erkennen. Das Haus ist extrem gut bewacht und hat zig Videokameras.»
«Und wo finde ich Salim?»
«Ich weiß es nicht», stöhnte Ahmad.
«Lüg mich nicht an Ahmad», sagte David bedrohlich flüsternd,
«oder ich knall Dich ab.»
«Nein, nein, ich lüge nicht», wimmerte er. «Ich weiß es wirklich nicht. Wir hatten, seit wir das Mädchen abgeliefert haben, keinen Kontakt mehr.»
«Und wo treibt er sich für gewöhnlich herum?»
Ahmad zuckte mit den Achseln. «Keine Ahnung. Das heißt, doch. Bis vor ein paar Tagen hat er sich ständig in einem Puff herumgetrieben in der Altstadt.»
«Und wie heißt der Laden?»
«Al-Dschawhara!»
David nickte Piwi zu. Mit einem gezielten Schlag gegen den Hals Ahmads knockte Piwi ihn aus.
«Und jetzt?» fragte Piwi.
«Suchen wir Salim», antwortete David knapp.

SäPo – Stockholm

Knapp eine Stunde nach dem Anruf kam er in seinem Büro an.
Er bereute es die ganze Flasche Rotwein am Abend zuvor geleert zu haben. Er hatte zwar so tief geschlafen, wie seit Wochen nicht mehr, aber sein Schädel dröhnte und hämmerte. Er sollte sich daran gewöhnen, dass er keine zwanzig mehr war. Damals hätte ihm eine Flasche Rotwein nicht das Geringste ausgemacht. In der obersten Schublade seines Schreibtisches bewahrte er immer eine Packung Schmerztabletten auf, für den Notfall. Er drückte mit dem Daumen zwei Tabletten aus dem Blister und würgte sie mit einem Schluck Wasser, aus einer Plastikflasche, hinunter. Es schmeckte abgestanden und angewidert verzog er das Gesicht.
Er streifte sich das Jackett von den Schultern und hängte es über seinen Stuhl, als es an der Türe klopfte.
«Herein!»
Ole Sandberg steckte seinen Kopf zur Türe herein.
«Guten Morgen Arvid. Oh je, hast Du gefeiert gestern?» Ole grinste.
«Morgen. Hätte ich das nur mal getan», gab Bengston schief grinsend zurück. «Eine kleine Flasche Rotwein und ich falle ins Koma. Hättest Du nicht angerufen, ich läge wahrscheinlich immer noch auf der Couch. Also? Was hast Du?»
Ole winkte mit der Hand. «Komm, ich erzähl´s Dir auf dem Weg ins Labor.
Bengston erhob sich und folgte Ole.
«Gestern Abend, so gegen 21 Uhr, meldete sich ein Tauchlehrer,

ein gewisser Helmqvist. Er betreibt draußen am Norrviken See eine kleine Tauch-Schule.
Du kennst die Bucht über die die E4 verläuft, bei Roterbro?
Arvid nickte. «Ja, kenne ich.»
«Dort gibt es einen kleinen Zulauf. Dieser Helmqvist war dort gestern tauchen. Frag mich nicht was man da nachts reizvolles sehen kann unter Wasser. Auf jeden Fall hat er in der Nähe der Autobahnbrücke in sieben Metern Tiefe eine Pistole und ein Laptop aus dem Schlick gezogen. Ich hab die Pistole zur Untersuchung gleich ins Labor gegeben und die IT Forensiker schrauben gerade den Laptop auseinander.
«Hat er sie angefasst, dieser Helmqvist?» Wollte Bengston wissen.
«Er sagt nein. Nur mit seinen Tauchhandschuhen. Er hätte sie noch im Wasser in einen Beutel gesteckt und danach nicht mehr angefasst.»
«Gut!»
Als sie im Labor ankamen, war ein Forensiker gerade dabei eine Pistole mit spitzen, behandschuhten Fingern in ein Wasserbad zu legen. Bengston trat zu ihm.
«Ist sie das?»
«Morgen Arvid. Ja, das ist die Pistole.»
Bengston beugte sich über das kleine Glasbecken in dem die Pistole nun lag.
«Was ist das denn für ein Modell? Die ist ja uralt.»
Er betrachtete die Waffe durch das sich noch bewegende Wasser. Ein kleine kurzläufige Pistole mit einem braunen Griffstück, auf dessen Lauf ein überdimensioniert wirkender Schalldämpfer

aufgesetzt war. Er war unwillkürlich an die Walther PPK erinnert, wie man sie aus den alten James Bond Filmen kannte.
«Das ist eine 9mm Makarov. Ich habe sich noch nicht näher untersucht, aber ich würde behaupten, dass sie aus den 50er oder Anfang 60er Jahre stammt. So, wie ich das bis jetzt beurteilen kann, ist der Schalldämpfer eine Eigenkonstruktion, also kein Standardbauteil.
«Könnte das die Tatwaffe im Fall Arjona Krasniqi sein?» fragte Bengston an Ole gewandt.
«Das wissen wir erst, wenn wir sie im Beschuss hatten», meldete sich der Forensiker zu Wort.
«Ich muss sie erst reinigen und äußerlich nach Spuren absuchen. DNA, Fingerspuren, Du kennst das. Dann werde ich die Waffe beschießen und das Vergleichsprojektil kann ich dann mit den Projektilfragmenten, aus der Wohnung aus Rinkeby abgleichen.»
«Was denkst Du, wie lange das dauert?»
Der Forensiker überlegte kurz. «Naja, ich muss die Waffe erst reinigen und gängig machen. Sie kann noch keine vier Wochen im Wasser gelegen haben, trotzdem hat sie leichten Rost angesetzt. Spätestens Morgen Mittag weiß ich mehr. Reicht Dir das?»
«Perfekt!» antwortete Bengston.
Ole und Bengston verließen das Labor und eilten den Gang hinunter zur IT Abteilung.
«Guten Morgen zusammen», trällerte Ole. Bengston zuckte zusammen.
«Mann, Ole. Musst Du so laut sprechen?
Mir platzt gleich der Schädel.»
«Der Chef hat eine One-Man-Party gefeiert gestern», lachte Ole und

deutete mit der Hand Trinkbewegungen an. Allgemeines Gelächter war die Folge.
Bengston stieß Ole den Ellbogen in die Seite. «Halt doch Deine vorlaute Klappe», kommentierte Bengston nicht ganz ernst.
Er ließ sich auf einem freien Stuhl nieder und schlug die Beine übereinander.
«Und? Wie sieht es aus?»
Einer der IT Spezialisten wedelte mit einem quadratischen, metallenen Gegenstand.
«Wir haben die Festplatte aus dem Laptop ausgebaut und trocken geföhnt. Ich weiß noch nicht inwieweit, die Liegezeit im Wasser die Platte beschädigt hat, aber wenn was drauf ist, finden wir was.»
«Hm», brummte Bengston. Für ihn waren dieser ganze Computerkram nur spanische Dörfer. Früher hatte er versucht, sich damit intensiver auseinander zu setzen, aber die Entwicklungen in diesem Bereich gingen so rasant von statten, dass sein Wissen, oder was er darüber zu wissen glaubte, nach ein paar Jahren oder nach Monaten schon wieder obsolet war. Irgendwann hatte er es aufgegeben dieser rasenden Entwicklung hinterher zu hecheln.
«Was denkt ihr wann ihr die ersten Ergebnisse habt?»
«Nicht lange», sagte der, der mit der Festplatte gewedelt hatte.
«Gerade als ihr herein geschneit kamt, wollte ich sie anschließen. Wir müssen die Daten erst spiegeln, sofern noch welche vorhanden sind.»
«Wie meinst Du das, sofern noch welche vorhanden sind?» meinte Bengston.
«Schau, wenn die Festplatte gelöscht wurde, tauchen beim Spiegeln

zunächst keine Daten mehr auf. Die Platte scheint leer zu sein. Dann müssen wir eine spezielle Recovery-Software über die Platte laufen lassen und können so die Cluster wieder herstellen. Ein Laie, der seine Spuren löschen will, wird das in der Regel durch die Eingabe «Format C:» bewerkstelligen. Die Daten sind aber nicht wirklich gelöscht. Die meisten Betriebssysteme sind da sehr faul und löschen eben nur das Inhaltsverzeichnis. Ein großer Teil lässt sich eben doch wieder herstellen und für uns sichtbar machen. Je nachdem wie groß die Platte ist dauert das etwa vier bis sechs Stunden.»

Er dreht die Platte in seiner Hand. «250 GB – hm, drei bis vier Stunden hätte ich jetzt geschätzt.»

Bengston erhob sich von seinem Stuhl. «Klasse, haut rein! Und gebt mir Bescheid, wenn ihr was gefunden habt.

Er nickte Ole zu und sie verließen den Raum.

Passau

Patrick und Blanka waren nach dem Essen noch eine Weile gesessen und unterhielten sich angeregt. Nachdem sie bezahlt hatten, traten sie die Rückfahrt an. Für den Augenblick vergas er die Anspannung der letzten Tage. Ihr schien es genauso zu gehen. Nichts in den vergangenen drei Wochen schien noch normal zu sein. Sein Leben war bis dahin perfekt gewesen. Klar, gab es in seiner Jugend oder auch während des Studiums immer wieder einmal Unwägbarkeiten, die er jedoch immer, zuletzt auch dank der Hilfe seiner Eltern, bewältigen konnte. Aber richtig große Lebenskrisen hatte er bisher nie erlebt.

Er genoss damals seine Studentenzeit in vollen Zügen, lies keine Party aus und wachte nach jeder durchfeierten Nacht mit einer anderen schönen Studentin auf, die er irgendwo abgeschleppt hatte. Bis ihm im vierten Semester Alina über den Weg gelaufen war. Er traf sie in der Bibliothek. Noch bevor er sich überwinden konnte sie anzusprechen, hatte er sie aus den Augen verloren. Sie ließ ihm keine Ruhe, weshalb er in einem Studentenforum eine Suchanzeige aufgab. Die Tage vergingen und als er schon gar nicht mehr mit einer Reaktion gerechnet hatte, meldete sie sich tatsächlich.

Als sie sich dann zum ersten Mal verabredet hatten, war er aufgeregt wie ein Teenager. Er hatte nie an die Liebe auf den ersten Blick geglaubt. Ein träumerisch-romantischer Mythos, nichts weiter. Nach dem ersten Date hatte es ihn voll erwischt. Beide hatten sie schon ihre Erfahrungen gemacht und waren übereingekommen, dass sie es langsam angehen lassen wollten. Es blieb ein frommer Vorsatz. Schon am dritten Abend fielen sie übereinander her, als hätten sie einander jahrelang gesucht und endlich gefunden. Sie waren das ganze Wochenende nicht aus dem Bett gekommen. Er schmunzelte bei dem Gedanken.

«Warum lächelst Du?», wollte Blanka wissen.

Patrick schüttelte leicht den Kopf. «Nichts weiter, ich war nur an etwas erinnert.»

Er setzte den Blinker und bog in die Hoteleinfahrt ein.

«Jesus», rief Blanka aus, «was ist denn hier los?»

Vor der Hoteleinfahrt standen mehrere Übertragungswagen diverser TV- und Radiosender. In der Einfahrt tummelten sich Journalisten, begleitet von ihren Kamerateams, die vor dem Hintergrund des Hoteleingangs aufgeregt in ihre Mikrophone plapperten und mehr oder weniger Ernst in die Kameras blickten.

«Glaubst Du, die sind unseretwegen da?»

«Klar, was denkst Du denn? Gab Blanka zurück. «Ich frag mich nur, wie die davon Wind bekommen haben, dass wir hier sind.»

Patrick lenkte den Wagen langsam an der Meute vorbei und umrundete das Gebäude. Er hoffte, dass es einen Hintereingang gäbe, durch den sie ins Hotel schlüpfen konnten, ohne der Presse in die Arme zu laufen. An der Rückseite des langgezogenen Gebäudes parkte er den Wagen neben mehreren Müllcontainern. Neben einer Türe kniete ein junger dunkelhäutiger Kerl in Kochkleidung, der eine Zigarette rauchte.

«Entschuldigen Sie bitte», sprach Patrick den Mann an. «Wir sind Gäste ihres Hauses und suchen einen Eingang.

Der junge Mann erhob sich und schnippte seine Zigarette in den Gully neben sich. «Wieso benutzen sie dann nicht den Haupteingang? Das hier ist der Eingang zu Küche. Gästen ist der Zutritt hier nicht erlaubt.»

«Hören sie», sagte Patrick und trat einen Schritt auf den jungen Mann zu. «Ich will auf keinen Fall, dass sie Ärger wegen uns bekommen.» Er kramte seinen Zimmerschlüssel aus der Hosentasche und hielt ihn dem jungen Mann unter die Nase. Aus der Nähe schien er kaum älter als achtzehn oder neunzehn Jahre alt zu sein.

«Wir wollen einfach nur auf unsere Zimmer wir haben kein besonders großes Interesse der Meute von Presseleuten am Haupteingang in die Arme zu laufen, das ist alles. Und sie täten uns einen großen Gefallen, wenn sie uns erlauben würden durch die Küche zu gehen. Lässt sich das machen?»

Er zögerte.

Blanka war ebenfalls auf den jungen Mann zugetreten und steckte ihm einen zwanzig Euro Schein in die Brusttasche.

Plötzlich erhellte sich seine Miene, nickte und forderte sie auf ihm zu folgen.

«Geht doch», flüsterte Blanka grinsend neben Patrick.

Blanka und Patrick folgten dem Jungen durch ein Gewirr von Korridoren, vorbei an riesigen Kühlhäusern und Warenlagern. Amaniel, so war sein Name, sei schon als kleiner Junge mit seinen Eltern aus Äthiopien nach Deutschland gekommen. Er wollte schon immer Koch werden, erzählte er. Während er Ihnen voran ging, plapperte er ohne Unterlass, bis sie eine Schwingtüre erreichten. Amaniel blieb stehen und deutete zur Türe.

«Wenn Sie da durch gehen, kommen sie in die Lobby. Sie landen quasi gleich neben dem Rezeptionsschalter. Bitte verraten Sie niemandem, dass ich Sie hereingelassen habe. Ich will keine Probleme.»

«Keine Sorge, Amaniel», versprach Patrick und drückte ihm dankend die Hand.

Blanka und Patrick glitten durch die Türe und passierten so unauffällig wie möglich die Rezeption. Niemand schien Notiz von ihnen zu nehmen, weil alle angestrengt den Tumult vor dem Eingang beobachteten. Sie durchquerten mit großen Schritten die Lobby, als sich ihnen plötzlich eine junge Frau in den Weg stellte, ihnen ein Diktiergerät unter die Nase hielt und sofort begann sie mit Fragen zu torpedieren.

«Was macht die Europäische Seuchenschutzbehörde hier in Passau? Und steht ihre Anwesenheit im Zusammenhang mit den jüngsten Krankheitsfällen?»

Blanka schob sich an ihr vorbei. «Kein Kommentar!»

Die junge Frau folgte ihnen hartnäckig.

«Ist mit dem Ausbruch einer Seuche zu rechnen?»

Patrick war versucht sich umzudrehen und ihre Fragen zu kommentieren, unterdrückte jedoch diesen Impuls.

Sie erreichten den Aufzug. Nur mit Mühe gelang es Patrick die junge Reporterin daran zu hindern, mit ihnen in den Aufzug zu steigen.

«Ich bitte Sie um Verständnis, dass wir zum jetzigen Zeitpunkt, keine Fragen beantworten werden», sagte Blanka und nickte ihr lächelnd zu, bevor sich die Aufzugtüren schlossen und sie endlich allein waren.

«Die Bombe ist geplatzt», sagte er an Blanka gewandt.

«Scheint so. Aber wie? Ich verstehe das nicht. Ich muss ein paar Telefonate führen», entgegnete sie in Gedanken versunken.
Sie trennten sich in der dritten Etage und gingen auf ihre Zimmer.
Er entriegelte mit seiner Key-Karte die Türe, stürmte ins Zimmer, schaltete den Fernseher ein und fand einen Nachrichtensender. Ihm stockte der Atem, als er die Schlagzeilen las, die im News-Ticker am unteren Bildrand vorbei liefen.
«Wie zum Teufel…?»

Damaskus

Der kleine, gedrungene Kerl war ihnen schon in der Hotel Lobby aufgefallen. Er saß in einer Ecke der Couch und war zu angestrengt in ein Magazin vertieft. Nun folgte er ihnen, als sie die Straße Richtung Stadtzentrum hinunter liefen. Sie wollten ursprünglich mit dem Taxi fahren, waren aber neugierig, ob der Mann ihnen tatsächlich folgen würde.
Als sie an der Ruine eines Hauses vorbei kamen, trennten sie sich David konnte aus dem Augenwinkel sehen, wie der Mann zunächst zögerte und sich unschlüssig war, wem von beiden er folgen sollte. Offenbar entschied er sich an David dran zu bleiben. Er schien sehr darauf bedacht genügend Abstand zu wahren, um nicht aufzufallen, ihn aber auch nicht zu verlieren.

Es wäre ein leichtes gewesen ihn abzuschütteln.
Der Mann hatte mittlerweile zu David aufgeschlossen und passierte gerade die Häuserruine, an der sie sich getrennt hatten, als Piwi plötzlich heraussprang und den Arm um den Hals des Mannes legte. Ein ersticktes Röcheln entrang seiner Kehle.
Piwi zog ihn im Schwitzkasten unerbittlich in das zerstörte Haus. Der Mann strampelte und schlug wild um sich, als David sie erreichte.
Er drückte ihm die Pistole in die Seite. «Schschsch, ganz ruhig», sagte David, während Piwi ihn tiefer in das Gebäude schleifte.
«Wer bist Du?»
Auf ein Zeichen Davids lockerte Piwi seinen Würgegriff. Hustend und würgend rang der Mann nach Luft.
David ließ ihm einen Augenblick Zeit zu Atem zu kommen.
«Nochmal, wer bist Du warum verfolgst Du uns?»
«Der Colonel schickt mich», antwortete er mit krächzender Stimme, immer noch nach Atem ringend.
David hob die Waffe an die Stirn des Mannes.
«Das glaube ich Dir nicht.»
Verängstigt riss dieser die Augen auf.
«Nein, nein, nein, Sie müssen mir glauben, Mister Sprenger.»
Jetzt wurde David hellhörig.
«Und warum sollte Dich Colonel Ayman schicken? Er hat mir gesagt, wir wären auf uns alleine gestellt?»
«Nun, offenbar hat er seine Meinung geändert», stotterte der Mann.
«Wie haltet ihr Kontakt?», wollte David wissen.
Der Mann schien nicht recht zu verstehen.

«Na, via Handy», antwortete er.
«Dann ruf ihn an. Ich will es von ihm selbst hören.»
Der Mann nickte eifrig und wollte in seine Hosentasche greifen, als Piwi blitzschnell den Druck um seinen Hals wieder verstärkte.
«Langsam», hauchte ihm Piwi ins Ohr, «komm ja nicht auf dumme Gedanken, sonst breche ich Dir das Genick. Hast Du mich verstanden?»
Der Mann nickte mit hochrotem Kopf und lies seine Hand langsam in die linke Hosentasche gleiten, aus der er mit spitzen Fingern ein altes Handy hervor holte.
Piwi lockerte erneute seinen Griff worauf hin ein Hustenanfall folgte.
«In der Wahlwiederholung», röchelte er, «die oberste Nummer.»
David drückte die Wahlwiederholung und fand die Nummer, drückte auf den grünen Hörer und wartete. Nach mehreren dumpfen Tuut-Lauten meldete sich eine männliche Stimme, die David nicht kannte.
Er hob dem Mann in Piwi´s Schwitzkasten das Telefon ans Ohr und die Pistole an die Stirn.
Mit aufgerissenen Augen stammelte er einige arabische Worte, die David nicht verstand, ins Telefon. Er meinte, das Wort Ayman verstanden zu haben.
Der Mann nickte, woraufhin David das Telefon an sein Ohr führte.
«Hallo?», erklang es am anderen Ende. «Wer ist da?» David erkannte unzweifelhaft die Stimme des Colonels.
«Hallo Colonel Ayman. Sprenger hier.
Habe ich Ihnen unseren Schatten zu verdanken?

Der sich mit Verlaub nicht sehr clever angestellt hat.»

Colonel Ayman räusperte sich. «Das tut mir leid. Hamit ist kein ausgebildeter Agent, aber er hat uns schon gute Dienste geleistet. Ich dachte er könnte euch behilflich sein. Ich hoffe Du nimmst mir das nicht übel.»

David wusste nicht so recht, ob er sich darüber ärgern oder dankbar sein sollte.

Aus Höflichkeit dankte er ihm sehr für die Hilfe. Er versprach sich, wenn möglich, bald zu melden und legte auf.

«Er ist sauber», sagte Piwi, der Hamit gründlich abgetastet hatte.

David betrachtete Hamit lange. «Du sollst uns also helfen?»

Hamit nickte während er sich Nacken und Hals rieb.

«Nun gut», sagte David, «wir hätten da ein kleines Entsorgungsproblem.»

Hamit nickte. «Der Mann in eurem Zimmer?»

«Ach, Du weißt davon? Dann hast Du wohl schon länger in der Hotellobby gesessen?»

«Ich habe ihn kommen, aber nicht gehen sehen», antwortete Hamit. «So habe ich vermutet, dass er noch in eurem Zimmer sein muss.»

«Ok, pass auf Hamit! Der Mann, sein Name ist Ahmad Mirza, muss aus dem Hotel verschwinden. Sein Onkel betreibt in der Altstadt eine kleine Apotheke. Er hat Ahmad mit Medikamenten zu uns geschickt. Früher oder später wird er sich fragen, wo er abgeblieben ist. Wir mussten ihn etwas eingehender befragen, weshalb er nicht mehr so ganz taufrisch aussieht. Seine Wunden sind aber versorgt und wir haben ihn betäubt.

Ich will, dass Du Ahmad aus dem Hotel schaffst und ihn irgendwohin bringst, wo ihn niemand findet. Wir brauchen ihn aber noch lebend.»

«Ist so gut wie erledigt» entgegnete Hamit.

David war sich unschlüssig ob er Hamit vertrauen konnte. Aber der Colonel tat es und er war geneigt ihm das gleiche Vertrauen entgegen zu bringen.

Piwi der immer noch hinter Hamit stand zog eine Augenbraue hoch. Er schien Davids Gedanken erraten zu haben, denn er zuckte mit den Schultern und sagte: «Na schön, wir haben ja keine andere Alternative.»

SäPo - Stockholm

Bengston hatte sich mit seinem Chef, Loke Viklund dem Leitenden Staatsanwalt Dahlberg zum Mittagessen getroffen und sie während des Essens auf den neuesten Stand der Ermittlungen gebracht. Er ließ auch die aufgefundene Pistole und den Laptop nicht unerwähnt, dessen Untersuchungsergebnisse aber noch nicht vorlagen.

Er saß mittlerweile wieder, mit gelockerter Krawatte, an seinem Schreibtisch und überflog seine Emails, als Ole den Kopf zur Tür hereinstreckte.

«Hey Arvid», sagte er, «schalt mal den Fernseher ein und geh mal auf den Nachrichtenkanal.»

Bengston griff nach der Fernbedienung und sofort flackerte der Flachbildschirm an der gegenüberliegenden Wand auf.

Mit wachsender Sorge las er, die im News-Ticker durchlaufenden, Kurzmeldungen.

Patrick Sprenger hatte ihm mitgeteilt, dass er mit seinem Team nach Passau reisen würde, aber wie ernst die Situation wirklich war, war ihm nicht bewusst. Bis zu diesem Augenblick.

Er wandte sich Ole zu. «Sag bitte allen Bescheid, dass ich bis in einer Stunde eine Besprechung will. Das Labor und die IT-Leute sollen sich beeilen. Wir brauchen die Ergebnisse.»

«Alles klar.» Ole verschwand.

Passau

Patrick saß fassungslos auf der Kante seines Bettes und verfolgte die Sondersendung eines Nachrichtenkanals. Wie die Nachrichtensprecherin verkündete, würde es gleich eine Pressekonferenz der Regierung geben.

Das Bild wechselte und es wurde ein leeres Rednerpult gezeigt in dessen Hintergrund der Bundesadler prangte.

Plötzlich kam Bewegung ins Bild und der Bundesinnenminister trat ans Mikrofon.

Er nickte in die Runde und begrüßte die Pressevertreter.

«Guten Tag», sagte er in ruhigem Ton.

«Wie Sie bereits vermeldet haben, gab es an der Deutsch-Österreichischen Grenze bei Passau, aufgrund eines Krankheitsausbruchs bislang sechszehn Todesfälle. Nach bisherigem Sachstand sind uns weitere 148 Infektionsfälle bekannt. Diese werden zurzeit in umliegenden Kliniken intensiv-medizinisch betreut. Hierzu wurden spezielle Quarantänestationen eingerichtet. Die Bundesdeutsche sowie die europäische Seuchenschutzbehörde sind bereits vor Ort.

Er wurde durch eine Frage unterbrochen, die Patrick jedoch nicht verstand, die er aus dessen Antwort jedoch ableiten konnte.

«Ob es sich tatsächlich um einen Ebola-Erreger handelt können wir zurzeit nicht bestätigen.»

Der Innenminister nickte jemandem zu und ging auf eine weitere Frage ein.

«Das ist richtig», sagte er, *«uns liegen Meldungen vor, dass in Österreich, Ungarn, Slowenien, Makedonien und Griechenland bereits ähnliche*

Fälle aufgetreten sind. Aber diesbezüglich liegen uns noch keine genauen Zahlen vor. Ihnen geht in Kürze eine Regierungserklärung zu. Herzlichen Dank.»
Der Innenminister trat, gefolgt von seinem Staatssekretär und den Personenschützern, ab.
Das Klingeln seines Telefons riss ihn aus seinen Gedanken.
Es war Blanka, die sich gleich mit ihm auf einen Kaffee in der Hotelbar treffen wollte.
Er ging ins Badezimmer und spritzte sich zwei Hände voll Wasser ins Gesicht. Aufgestützt auf das Waschbecken betrachtete er sich im Spiegel.
«Das kann doch alles nur ein böser Traum sein», dachte er. *«Und das alles nur meinetwegen.»*
Er wusste nicht, wie er mit dieser Schuld würde leben können. Manchmal verlor er jeglichen Mut und auch die Hoffnung seine Tochter je wiederzusehen. Er glaubte immer für Alina stark sein zu müssen, dabei war gerade sie es, die in den vergangenen Tagen die Kraft für sie beide aufzubringen schien. Sie telefonierten täglich und sie bestärkte ihn darin, wie wichtig es sei, dass er in Passau ist, wie sehr sie an ihn glaubte. Sie betonte immer wieder, wie sehr sie seinem Vater vertraute, dass er Chloé finden und zurückbringen werde. Er war sich nicht sicher, ob sie sich das wie ein Mantra einzureden versuchte, oder ob sie wirklich davon überzeugt war. Es war nicht wichtig! Sie schöpfte daraus Kraft und Zuversicht, wenngleich er ihre Zuversicht nicht zu teilen vermochte. Nicht, dass er kein Vertrauen in die Fähigkeiten seines Vaters gehabt hätte, aber er erinnerte sich daran, wie sein Vater Bengston gedrängt hatte, da die Zeit ein wichtiger Faktor sei, seine entführte Enkelin zu retten.

Chloé war bereits seit 20 Tagen verschwunden. Er kramte sein Handy aus der Hosentasche und betrachtete das Bild von ihr, welches er als Hintergrundbild eingespeichert hatte. Er würgte den Kloß in seiner Kehle hinunter.

«Ich liebe Dich, mein kleiner Engel.»

Er richtete sich auf, atmete tief ein und ließ die Luft geräuschvoll aus seinen Lungen entweichen, fuhr sich mit den Fingern durch die Haare, griff sein Jackett und verließ das Zimmer.

Blanka saß bereits an der Bar und rührte in einem hohen Latte-Macchiato-Glas, als er die Hotelbar betrat. Sie hatte ihre elegante Garderobe vom Vormittag gegen ein paar Jeans, eine blaue Bluse einen leichten, hellgrauen Blazer getauscht. Sie hatte ihr Haar zu einem Pferdeschwanz zusammengebunden, der sie um Jahre jünger aussehen ließ.

Als er sich ihr näherte erhob sie sich und deutete auf einen kleinen Tisch in einer Ecke der Bar.

«Lass uns dort hinüber gehen», sagte sie.

Er bestellte beim Barkeeper einen Cappuccino und folgte ihr.

Sie sah sich um, um sich zu vergewissern, dass niemand sie belauschen würde.

«Ich habe vor zwanzig Minuten mit dem Innenministerium telefoniert. Ich habe mir die Zahlen bestätigen lassen. Mit Stand von heute Morgen gibt es sechzehn Tote und 148 gemeldete, verifizierte Infektionsfälle. Tendenz steigend.

Wie der Innenminister schon verlautbart hat, gibt es Todesfälle in Ungarn, Österreich und Slowenien.

Die genaue Anzahl ist aber noch unklar.

Man spricht von 80-100 Toten und etwa acht Mal so viele Infektionsfällen. In einer parlamentarischen Sondersitzung will man heute noch beschließen, ob der Notstand ausgerufen werden soll. Das Deutsche Infektionsschutzgesetzt ist bereits in Kraft getreten. Und es kommt noch schlimmer. Die Amerikaner haben bereits alle Flüge von und nach Europa gestoppt. Es ist nur eine Frage der Zeit bis die anderen Fluggesellschaften ihre Flüge, zumindest in die betroffenen Länder, einstellen und wir vollends isoliert sind.»

«Wurde die WHO schon informiert?» wollte er wissen.

Blanka nickte. «Schon geschehen!»

«Was beabsichtigt man in Berlin und Brüssel zu unternehmen, um der Lage Herr zu werden?»

Sie zuckte mit den Achseln.

«Da bin ich mir nicht sicher. Ich denke, das wird in der heutigen Sondersitzung thematisiert. Sollte beschlossen werden den Notstand auszurufen, würde, so hat man es mir zumindest zugesagt, die Bundewehr zeitnah Lazarette errichten und zusätzliches medizinisches Personal schicken. Es wurden alle Sicherheits- und Grenzbehörden bereits instruiert, bis auf weiteres, keine Flüchtlinge mehr aus den Transitzonen zu lassen. Man will quasi riesige Quarantänelager einrichten. Du kannst Dir sicher vorstellen, dass es zu Aufständen kommen wird. Ich mag mir das gar nicht vorstellen», sagte sie. Patrick rieb sich die Stirn. «Wenn wir doch nur schon weiter wären mit unserer Arbeit. Ich werde mich in den kommenden Stunden und Tage nur noch im Labor aufhalten. Ich weiß, dass wir es schaffen, aber jeder Tag, den wir verlieren, kostet Menschenleben und das macht mich fertig.»

SäPo - Stockholm

Bengston hatte mit Sorge die weitere Berichterstattung eines schwedischen Nachrichtekanals verfolgt, als es plötzlich an der Türe klopfte.

«Kommst Du?» fragte Ole, als den Kopf zur Türe hereinsteckte.

Er sah auf seine Armbanduhr. Er erschrak, wie schnell die Zeit vergangen war. Er schnappte sein Jackett und eilte mit Ole zum Besprechungsraum

«Sind alle da?»

«Jo, alle da», gab Ole knapp zurück.

Sie erreichten den Besprechungsraum und Bengston nahm an der Stirnseite des Tisches Platz.

Er wollte den Eindruck professioneller Gelassenheit vermitteln, was ihm nicht recht gelingen wollte.

«Also, was haben wir?» fragte er in die Runde und nickte dem Waffenspezialisten zu.

Der junge Mann war erst seit einem Jahr bei ihnen. Er war tüchtig und er hatte erstklassige Beurteilungen, weshalb Bengston ihm, trotz seines jungen Alters, eine Chance bei der SäPO gab. Sein Vertrauen in ihn sollte nicht enttäuscht werden.

Jetzt wedelte er mit einem Spurenbeutel und lächelte.

«Also wie ich Dir heute Morgen schon gesagt habe, handelt es sich bei der Pistole um eine sehr alte Makarov, Kaliber neun Millimeter. Produktionsjahr 1958. Ich habe sie beschossen und sie ist in einwandfreiem, schussfähigem Zustand.

Der Schalldämpfer ist ein Eigenbau, sehr einfach, grob gearbeitet, aber er erfüllt seinen Zweck. Ich habe zuvor Fingerspuren zu sichern versucht. Leider konnte ich nichts Brauchbares darauf sichern, bzw. die wenigen Minutien, die ich gefunden habe, wären für eine zuverlässige Auswertung ungeeignet gewesen. Aaaaber», sagte er ausgedehnt, «ich habe am Magazinboden Hautpartikel sichern können. Die Untersuchung habe ich bereits veranlasst.»

«Und die Ballistik?», fragte Bengston.

«Ich habe das Projektil aus dem Beschuss mit den Geschossfragmenten aus der Wohnung in Rinkeby verglichen.»

Bengston hielt den Atem an.

«Sie sind identisch. Die Makarov ist eindeutig und zweifelsfrei die Waffe mit der das Kindemädchen erschossen wurde.

Und es würde mich nicht wundern, » fuhr der junge Forensiker fort, «wenn die DNA zu unserem Salim passt.»

«Sehr gut», lobte Bengston den jungen Techniker. «Saubere Arbeit. Damit hätten wir Salim auch wegen Mordes an dem Kindermädchen am Wickel. Schick die ballistischen Daten bitte noch an INTERPOL, vielleicht können wir die Wege der Waffe nachvollziehen. Danke Christian.»

Der junge Forensiker wurde verlegen.

Bengston wandte sich den IT Spezialisten zu.

«Habt ihr was gefunden?»

Beide nickten eifrig.

«Wir konnten die Platte zu 98 % wieder herstellen. Und was wir gefunden haben, ist sehr interessant. Wir konnten Daten aus diversen Finanztransaktionen und hunderte Mails extrahieren.

Bei den Bankdaten handelt es sich um Kontenbewegungen innerhalb Schwedens, aber auch über internationale Banken.
Auffällig sind in diesem Zusammenhang große Geldtransfers von der Türkei nach Schweden.»
«Wäre das den Geldwäschebeauftragten bei den Banken nicht aufgefallen?» wollte Bengston wissen.
«Doch, bei Privatpersonen! Aber die Geldeingänge gingen auf ein Konto einer Ex- und Import Firma in Göteborg. Eine Anfrage nach dem Inhaber der Firma läuft bereits.
Die Daten laufen durch ein Analyseprogramm. Wir müssen das alles erst sortieren und filtern, dann kann ich dir mehr sagen.»
Bengston nickte Ole zu. «Mach bitte eine Notiz, dass wir unbedingt die Türken mit ins Boot holen müssen. Ich will wissen woher das Geld kam. Was gibt der Mailverkehr her?»
Der zweite IT-Forensiker meldete sich zu Wort.
«Bei einer ersten Sichtung scheinen, neben den üblichen Spam-Mails, viele belanglose Mails dabei zu sein. Aber eine Handvoll scheint vielversprechend zu sein. Die E-Mail Adresse selbst wird uns nicht viel weiter bringen. Es ist die Adresse eines Host-Servers, aber wir konnten die Wege bis nach Damaskus zurückverfolgen.»
«Lässt sich das genauer eingrenzen?»
«Nicht von hier aus», sagte der IT-Spezialist kopfschüttelnd.
«Hm», nickte Bengston bedächtig. «Ich kümmere mich darum.
«Denkst Du es macht Sinn die Konten, die wir bis jetzt kennen, einfrieren zu lassen?», fragte Ole.
Bengston überlegte kurz.
Er schüttelte den Kopf. «Noch nicht.»

Er wollte diese Maßnahme vorerst nicht in Erwägung ziehen. Er wusste nicht, ob das Einfrieren Salims Konten ihn aufschrecken und dazu veranlassen würde unterzutauchen. Er hatte immer noch nichts von David gehört. Er vermochte nicht einzuschätzen, wie Salim reagieren würde, wenn sie ihm den Geldhahn abdrehen würden. Und am Ende verlöre David seine Spur. Das wollte er nicht riskieren.

«Lasst uns damit noch warten. Aber ich werde den Staatsanwalt informieren, damit er entsprechende Anträge vorbereiten kann.

Ich danke euch allen. Ihr habt super Arbeit geleistet und wir sind ein großes Stück weiter gekommen.» Bengston erhob sich und verließ den Besprechungsraum.

Damaskus

Sie observierten nun schon die zweite Nacht den Nachtclub ohne Erfolg. David war kurz davor seine Geduld zu verlieren. Es drängte ihn, einfach hinüber zu gehen und den Laden kurz und klein zu schlagen. Irgendjemand würde ihm schon etwas über den Verbleib Salims verraten. David bewunderte Piwi für seine stoische Ruhe. Er fragte sich, ob Piwi überhaupt je aus der Ruhe zu bringen war.
Abwechselnd spähten sie durch ihre Ferngläser und beobachteten den Eingang des Bordells. Sie hatten sich gegenüber in einer der unzähligen zerstörten Häuser eingerichtet. Es war unbequem und staubig. Nachts wurde es bereits empfindlich kalt. David hoffte, dass ihr warmer Atem in der kalten Nachtluft sie nicht verraten würde. Er hätte gerne eine geraucht, aber auch das musste er sich verkneifen.
«Hat sich schon was getan?» flüsterte David Piwi zu.
Piwi, der sein Fernglas immer noch an den Augen hatte, brummte nur, als sich von Osten her ein Fahrzeug näherte.
Dem Geräusch nach, ein Dieselfahrzeug. Auf dessen Dach flackerte schwach eine Lampe. David vermutete ein Taxi.
Er hob das Fernglas an seine Augen und spähte in die Nacht, die dunkle Straße hinunter. Er hatte Recht. Der Wagen näherte sich holpernd, passierte ihren Standort und hielt direkt auf den Nachtclub zu. Beide starrten sie angestrengt durch die Ferngläser. Das Taxi, ein alter, weißer, verdreckter und verbeulter Mercedes, hielt neben dem Eingang. Einige Sekunden tat sich gar nichts.

Es war zu dunkel, um etwas sehen zu können.
Dann wurde plötzlich die Beifahrertüre geöffnet, ein Mann stieg aus und eilte zügigen Schrittes in den Nachtclub und verschwand.
«Verdammt!» stieß David hervor. «Hast Du ihn erkannt?»
«Nein», gab Piwi zurück. «Nur seinen Schemen.»
«Könnte er es gewesen sein?»
«Kann ich nicht mit Sicherheit sagen», brummte Piwi. «Zumindest die Größe und die Statur scheint zu passen.»
Für einige Sekunden wog David ihre Optionen ab. Wenn sie nun in den Nachtclub stürmten und es sich nicht um Salim handelte, wären sie aufgeflogen und die Chancen, dass Salim dann noch einmal in den Nachtclub zurückkommen würde, schwanden gegen Null.
Auf der anderen Seit schwanden ihre Chancen mit jedem Tag und jeder Nacht, die sie hier in diesem zugigen Loch saßen.
«Ich geh rein», sagte David knapp.
«Alleine? Fragte Piwi erstaunt.
David nickte.
«Das schmink Dir ab! Wenn, dann gehen wir beide. Ich lasse Dich jedenfalls nicht alleine in die Höhle des Löwen spazieren.»
Piwi sah Davids ernsten Gesichtsausdruck, deshalb fügte er frotzelnd hinzu:
«Außerdem würde Dir das so passen, die Mädels da drin alleine abzuchecken.»
David verdrehte die Augen. Aber Piwi hatte Recht. Es war zu gefährlich alleine.
«Also los! Schnappen wir uns das Schwein.»

Passau

P.A. Larsson, Kai Berg, Lars Lindqvist und Nils Farnström saßen an ihren Computern und arbeiteten, als sie den Laborcontainer betrat. Patrick und Helena waren im Sicherheitslabor. Falk und Hedlund hatten sich den Tag frei genommen.

Sofort wandten sich ihr alle Augen zu.

Sie sah atemberaubend aus. «Wie schafft sie das nur?» dachte Patrick, der ihr aus dem Labor zuwinkte. «Sie arbeitet wie ein Tier, schläft wenig und sieht dennoch immer aus wie aus dem Ei gepellt.» Sie trug ein cremefarbenes Kostüm mit einer fliederfarbenen Bluse und hochhackige Schuhe. Die Haare hatte sie hochgesteckt und war nur dezent geschminkt.

Er wandte sich wieder dem Mikroskop zu, an dem er arbeitete.

«Guten Morgen Frau Gergely», sagte P.A., der an einem der Computer saß.

«Guten Morgen P.A.», nickte sie ihm höflich lächelnd zu.

Sich dieses Lächeln abzuringen kostete sie viel Mühe.

Sie mochte Larsson nicht. Sie konnte nicht einmal genau sagen weswegen. Er kam ihr immer etwas zu schleimig und glatt vor. Zumindest in ihrer Gegenwart. Sicher, er war ein tüchtiger Mitarbeiter, aber sein Verhalten erinnerte sie oft an einen übereifrigen Sextaner, der zutiefst beleidigt war, wenn der Lehrer ihn mal überging.

«Wie lange ist er schon da drin?», fragte sie P.A. und deutete mit dem Kopf in Patricks Richtung.

Er zuckte mit den Achseln. «Genau weiß ich das nicht, als ich heute Morgen kam, war er schon im Schutzanzug.»
«Wären Sie dann so freundlich und werfen für mich einen Blick in die Einschleusungs-Zeiten?» fragte sie übertrieben höflich.
«Äh, ja natürlich», stammelte P.A.
Er drückte hektisch einige Tasten auf der Tastatur.
«Einschleusung war um…», er pfiff durch die Zähne, «um 20:11 Uhr gestern Abend»
«Er hat nicht ausgeschleust seit dieser Zeit?»
P.A. schüttelte den Kopf.
Blanka trat einen Schritt nach vorne und hämmerte gegen die Panzerglasscheibe.
Patrick, der sich wieder über ein Mikroskop gebeugt hatte, erschrak und fuhr mit dem Kopf herum. Sie drückte die Taste der Gegensprechanlage. «Du kommst jetzt sofort da raus und machst gefälligst eine Pause.»
Patrick schaute sie irritiert an.
«Wird's bald!» sagte Blanka streng. «Du kennst die gesetzlichen Vorschriften für das Arbeiten in Sicherheitslaboren. Du kommst da jetzt sofort raus, oder ich dreh Dir die Luft ab.»
Patrick erhob ergeben die Arme und nickte. Er erhob sich und schlurfte in Richtung Schleuse. Sie sah ihm die Müdigkeit an. Sie konnte nicht fassen, dass er nun mehr als 18 Stunden im Labor zugebracht hatte.
Blanka wartete geduldig, bis Patrick ausgeschleust hatte. Er wirkte müde, aber um seinen Mund spielte ein Lächeln.
Sie zog die Augenbrauen hoch. «Du hast es?»

«Fast», sagte er strahlend.
«Ich konnte hochaffine Aptamere isolieren und arbeite gerade an einem geeigneten Träger, um sie zu stabilisieren.
Aber», Patrick zögerte und sah sich im Labor um. Er deutete Blanka mit in sein Büro zu kommen. Er schloss die Türe hinter sich und sie unterhielten sich im Stehen.

Das gefiel ihm gar nicht. Er blickte verstohlen zu Sprengers Büro hinüber und erhoffte zumindest Gesprächsfetzen aufzuschnappen. Die anderen im Labor wandten sich wieder ihrer Arbeit zu und hatten keine Notiz davon genommen, dass Sprenger und Gergely sich leise unterhielten.

Ob Sprenger etwas gemerkt hat? Ob er ihm auf die Schliche gekommen war?

Er hatte die Testergebnisse der letzten Tage nur minimal verändert. Nur wenn man wusste, welche Variablen er in den Gleichungen verändert hatte, hätte man die Abweichungen erkennen können.

Für jeden anderen schienen sie absolut logisch und plausibel. Kaum vorstellbar, dass Sprenger so schnell dahinter gekommen war. Oder doch? Könnte es möglich sein? Er wurde unsicher. Er hatte Sprenger schon einmal unterschätzt.

Es war zu früh. So sollte es nicht ablaufen. Ärgerlich, dass er nicht hören konnte, worüber sich die beiden unterhielten.

Als Sprenger aus der Schleuse trat, war ihm das vielversprechende Lächeln, das er der Direktorin schenkte, nicht entgangen. Er wusste nur nicht, wie er es interpretieren sollte. Er hatte nur noch verstanden, wie sie ihn fragte, ob er es habe. Was hatte er? Sprengers Antwort auf ihre Frage war im Klingeln seines Telefons untergegangen. Das Timing war verhext.

War es ihm gelungen, die relevanten Basenpaare der Aptamere vollends zu isolieren?

Nun, dass er es schaffen würde, damit hatte er gerechnet, allerdings nicht in dieser kurzen Zeit. Er hatte mit mehreren Tagen, sogar Wochen gerechnet.

Es hasste Sprenger, er hasste ihn für seine Jugend, für sein Aussehen, seinen Erfolg und seine Genialität. Und er hasste sich selbst noch mehr, weil er nicht selbst diesen Ansatz entwickelt hatte.

Irgendwie schien Sprenger Lunte gerochen zu haben. Seit zwei Tagen hatte er sich im Labor vergraben und mit kaum jemandem gesprochen.

Er schien überhaupt verändert seit sie vor zwei Tagen das Transitlager am Ungarisch-Österreichischen Grenzübergang Spielfeld besucht hatten. Die Direktorin hatte ein kleines Team zusammengestellt und sie waren mit dem Helikopter hingeflogen. Ein Spezialzug der Österreichischen Armee hatte sie mit Schutzanzügen ausgerüstet.

Als sie durch die Zelte gingen bot sich ihnen ein Bild des Grauens. Überall lagen in Feldbetten hunderte Kranker.

Der leitende Militärarzt, ein Major Obergfell, führte sie durch die Zelte. Ziviles und militärisches Pflegepersonal hastete zwischen den Patienten umher, wechselte Bettwäsche, legte neue Infusionen oder spendete einfach nur tröstende Worte.

Er war froh, dass er unter dem Schutzanzug den Gestank nicht wahrnehmen konnte. Viele der Kranken lagen in Erbrochenem oder in ihren Fäkalien.

Sprenger war zu einem etwa 15-jährigen, dunkelhäutigen Mädchen getreten und war neben ihrem Feldbett in die Hocke gegangen.

Sie hatte die Augen leicht geschlossen, ihre Lider flatterten unkontrolliert. Ihre Lippen waren rissig und aus der Nase rann blutiger Schleim. Sprenger, im Vollkörperanzug, hatte die leichte Decke zurückgeschlagen, um sie genauer untersuchen zu können. Sie zitterte und ihr ausgemergelter Körper wurde von Krämpfen geschüttelt. Ihre Unterarme waren übersäht mit schwarzen, eitrigen Pusteln, von denen einige aufgeplatzt waren und gelben Eiter absonderten.

Sprenger deckte sie behutsam wieder zu. Er tupfte ihr den Schweiß von der Stirn und strich ihr übers Haar. Sie öffnete die Augen, als er leise auf Englisch auf sie einredete. Was Sprenger sagte konnte er nicht hören, aber sie schien zu verstehen, da sie ein leichtes Nicken mit dem Kopf andeutete. Sie würde die nächsten Stunden nicht überleben.

Der Major hatte sie weiter durchs Lager geführt und erklärt, dass sie allein in den letzten Tagen über 800 neu Infizierte registriert hätten.

Allein am heutigen Tag seien siebenundsechzig Todesfälle zu verzeichnen gewesen und die Zahl stiege exponentiell an.
Auf die Frage, was sie mit den Toten machten, antwortete der Major, dass sie hinter dem Lager in zwei mobilen Krematorien die Leichen sofort verbrannten. Es gäbe einfach nicht genügend infektionsgeschützte Leichensäcke, auch mangele es an Personal, um die Leichen abzutransportieren.
Zudem bestünde ein zu großes Risiko, die hochpathogenen Leichen durch die Gegend zu karren, fügte Sprenger hinzu.
Dass er immer und zu allem seinen Kommentar abgeben musste.
Als wären sie alle geistig minderbemittelt.
Die Stimmung war gedrückt, als sie nach Passau zurück geflogen waren.
Ihn schockierte dieser Anblick nicht mehr. War er doch schon im Kongo und Uganda damit konfrontiert gewesen.
Er hatte genügend professionelle Distanz, wie er es bezeichnete, das alles nicht zu nahe an sich heran zu lassen. Eigentlich war es ihm sogar egal.
Ihn beunruhigte lediglich wie schnell es sich verbreitete und auch wie nahe es nun war.
Dass er an dieser Situation maßgeblich beteiligt war, war ihm wohl bewusst, aber Schuld oder Reue empfand er nicht. Die ideologischen oder religiösen Ziele seiner Vertragspartner waren ihm einerlei. Er war fürstlich bezahlt worden das alleine zählte. Und wenn sein Plan aufging, würde er als Gewinner aus dieser Krise hervor gehen. So oder so.
Er wurde aus seinen Gedanken gerissen, als Sprenger und die Direktorin aus dem Büro traten.

«Dann lass uns jetzt irgendwo Mittagessen gehen», sagte Blanka an Patrick gewandt.

Plötzlich brach Chaos los. Mit einem lauten Knall, gefolgt von mehreren kleinen Explosionen, fiel die Haupteingangstüre des Laborcontainers aus ihren Angeln und schwer bewaffnete, maskierte Männer stürmten den Container und begannen, sich in dem beengten Raum vor dem Sicherheitslabor zu verteilen.

Er war blitzschnell aufgesprungen, packte Sprenger von hinten und legte ihm den Arm um den Hals.

Blanka schrie und allgemeine Panik brach aus. Befehle wurden gebrüllt. «Polizei, keine Bewegung!»

Patrick verfiel in Schockstarre. Was war hier los? Was hatte das zu bedeuten?

Rauch oder Reizgas, das vermochte er nicht zu unterscheiden, brannte in seinen Augen und trübten ihm den Blick.

Nur langsam klärte sich sein Gesichtsfeld und durch den Tränenschleier erkannte er nach und nach mehrere dunkel gekleidete, bewaffnete Männer, die mit Maschinenpistolen auf sie zielten. Patrick rang nach Atem, da sich ein Arm eng um seine Kehle gelegt hatte. Er würgte, aber der Griff schien sich nicht zu lockern. Er spürte einen brennenden Schmerz an seiner rechten Halsseite.

Durch die noch rauchenden Überreste der massiven Stahltüre des Containers trat ein Mann. Erst als dieser näher trat erkannte er ihn.

«Bengston?» schoss es ihm durch den Kopf.

Bengston trug eine schwere Schutzweste und einen ballistischen Helm. Patrick hätte ihn fast nicht erkannt.

«Machen Sie keinen Unsinn», richtete Bengston die Worte an den

Mann hinter Patrick.
«Wir wissen alles. Machen Sie die Situation nicht noch schlimmer!» sagte Bengston ruhig. «Lassen Sie Dr. Sprenger los und geben Sie auf!»
«Was Sie glauben zu wissen interessiert mich nicht», sagte die Stimme hinter Patrick.
«P.A.?» Was? Patrick verstand nicht.
«Larsson, das hat doch keinen Sinn mehr», sagte Bengston. Er öffnete den Riemen seines Helmes und hob ihn vom Kopf.
«Was Sinn macht und was nicht, müssen Sie schon mir überlassen», gab P.A. trotzig zurück. «Sie werden sich jetzt zurückziehen. In fünfzehn Minuten will ich hier einen Helikopter sehen und dann gewähren Sie mir mit Dr. Sprenger freien Abzug.»
«Sie wissen, dass ich das nicht tun kann und auch nicht tun werde, Herr Larsson.»
P.A. hatte ihn unbarmherzig im Würgegriff.
Den Schmerz an seinem Hals vermochte er immer noch nicht zuzuordnen. *«Was war das verdammt?»*
«Wird's bald!», schrie P.A.
«Schaffen Sie ihre Männer hier raus oder ich töte ihn.»
P.A. hatte Patrick eine Spritze an den Hals gesetzt und in seine Halsschlagader gestochen. Mit einer übertriebenen Geste deutete er an, den Kolben der Spritze niederzudrücken, um seiner Forderung Nachdruck zu verleihen.
«Denken Sie, ich hätte jetzt noch etwas zu verlieren?» geiferte P.A. wütend.
«Sie machen alles nur noch schlimmer», gab Bengston zurück.

Auf P.A. ´s Stirn zeichnete sich der rote Punkt einer Laserzieleinrichtung ab.
«Ich fordere Sie nochmals auf, nein ich bitte Sie, P.A., seien Sie vernünftig, legen Sie die Spritze weg und geben Sie auf», sagte Bengston mit eindringlicher Stimme.
P.A. schnaubte verächtlich und verstärkte seinen Griff um Sprengers Hals. Er gab ihm einen Stoß und schob ihn vor sich her in Richtung Ausgang. Fast unmerklich nickte Bengston und im selben Augenblick brach ein Schuss, der an den Stahlwänden des Containers ohrenbetäubend wiederhallte.
Patrick zuckte erschrocken zusammen. Ein klatschendes Geräusch und augenblicklich löste sich der Griff um seinen Hals. Warmes, zähflüssiges Blut spritzte über seine Wange, seinen Hals, besprenkelte die umliegenden Wände und befleckte Blankas Kostüm, die unmittelbar in seiner Nähe gestanden hatte. Hinter ihm fiel schwer ein Körper zu Boden.
Instinktiv fasste er sich an den Hals und spürte eine Spritze, dessen Injektionsnadel in seiner Halsschlagader steckte. Er zog die Spritze mit einem kurzen Ruck heraus. Es brannte wie Feuer.
Männer rannten wild durcheinander, stürmten auf ihn zu, an ihm vorbei und warfen sich über P.A. ´s leblos am Boden liegenden Körper.
Hände packten die Direktorin und ihre Mitarbeiter und zerrten sie hinaus. Das alles nahm er nur verschwommen wahr.
Apathisch sah er sich im Raum um, trat einen Schritt in sein Büro und nahm sein Handy, das er auf dem Schreibtisch hatte liegen lassen und wandte sich der Schleuse zu.

Blanka war schon fast draußen, als sie die Hände des Polizisten sich windend abschüttelte und in den Raum zurückstürzte. Patrick war schon durch die Schleuse ins Labor getreten.
«Patrick», schrie sie, «Was machst Du da verdammt?»
Er schüttelte den Kopf, er konnte sie nicht hören. Stattdessen hob er langsam die Hand und drückte sie flach an die Panzerglasscheibe.
«Oh mein Gott, nein», flüsterte sie und schlug die Hände vor den Mund.
Der Zylinder der Spritze in seiner hohlen Hand war leer.

Damaskus

Sie hatten die Ruine verlassen und näherten sich, die Dunkelheit ausnutzend, dem Eingang des Nachtclubs. Sie hatten nur ihre Pistolen mitgenommen, den Rest ihrer Ausrüstung hatten sie in aller Eile zusammengerafft und in die Taschen gestopft. Es wäre nichts Ungewöhnliches, wenn zwei ausländische Ingenieure ein Bordell besuchten. Sie würden nicht weiter auffallen. David klopfte an und eine in die Türe eingelassene Luke wurde geöffnet. Ein Paar gelangweilter, dunkler Augen musterte sie und die Türe wurde entriegelt. Sie traten ein, ohne weiter auf den Türsteher zu achten, aber David registrierte die Statur des Mannes und wog seine Chancen ab,

falls er mit ihm in einen Zweikampf treten müsste.
Sie traten tiefer in den schummrig beleuchteten Raum. Die Luft war rauchgeschwängert.
Einige der Tische, welche an den Wänden standen, waren besetzt. Sie steuerten eine kleine Sitzecke an, welche in einer besonders dunklen Ecke des Raumes lag.
So würden sie den Raum überblicken können, ohne selbst sofort gesehen zu werden.
Kaum, dass sie Platz genommen hatten, trat ein junger Mann zu ihnen und fragte nach ihren Getränkewünschen. Sie bestellten zwei Biere und der Mann verschwand.
«Hast Du ihn schon gesehen?» fragte Piwi.
«Hm, nein», brummte David. «Ist aber auch nicht leicht in diesem dunklen Loch.»
David ließ seinen Blick durch das Etablissement schweifen.
Junge und auch ältere Männer, insgesamt fünfzehn, wenn er richtig gezählt hatte, saßen verteilt an den Tischchen, unterhielten sich leise und begafften die Mädchen, welche sich leicht bekleidet an der Bar räkelten. Er beobachtete einige Sekunden eine der Frauen, welche sich redlich mühte einen erotischen Pole-Dance zu bewerkstelligen. Aber ihre ungelenken Bewegungen wirkten eher komisch und alles andere als erotisch. David hatte beinahe Mitleid mit ihr.
Ganz am Ende des Raums saß ein einzelner Mann an einem Tisch. Sein Gesicht war nicht zu erkennen.
Er schien an einer Wasserpfeife zu saugen, denn er blies dicke Rauchschwaden in die Luft. David stieß sein Bein gegen Piwi´s und nickte in dessen Richtung.

«Hm, hab ihn gesehen», brummte er. «Er trägt einen Bart, aber er könnte es sein.»

Zwei Mädchen näherten sich ihrem Tisch. Unverkennbar osteuropäisch. David vermutete Rumänien oder Ungarn. Prostitution im Allgemeinen und Männer, die zu Prostituierten gingen, somit der Prostitution Vorschub leisteten, waren ihm zuwider. Normalerweise hätte er die Mädchen sofort weg geschickt, aber sie mussten ihre Tarnung aufrechterhalten, weshalb er ihnen freundlich zulächelte und sie aufforderte Platz zu nehmen. Sie schienen sich nicht einig zu sein, wer von ihnen sich an Piwi oder ihn ranschmeißen sollten, fanden aber je einen Platz eng neben David und Piwi.

Als der Kellner mit den Bieren zurückkehrte, fragte David die Mädchen was sie trinken wollten. Sie bestellten kichernd je ein Glas Champagner.

Das Mädchen, das sich zu David gesetzt hatte, war blond gefärbt und übertrieben stark geschminkt. In mäßigem Englisch stellte sie sich ihm als «Nina» vor. Sie sei aus Rumänien, sagte sie. Sofort begann sie ihn zu fragen, wie er hieß und woher er kam.

David hatte wenig Lust sich mit Nina zu unterhalten, weshalb er nur den Kopf schüttelte und gespielt gelangweilt das Mädchen bei ihrer Tanzvorführung beobachtete.

Sie beließ es dann dabei, hatte aber ihre Hand auf seinen Arm gelegt und begann ihn zu streicheln.

Piwi stupste ihn unter dem Tisch an. David dreht den Kopf und sah, wie sich der Mann erhob und mit einer jungen, hübschen Schwarzhaarigen den Gang hinunter verschwand. David schüttelte fast unmerklich den Kopf, als Piwi sich erheben wollte.

«Lass ihm noch ein paar Minuten», sagte er.
Piwi nickte und entspannte sich wieder.
Der Junge Kellner war an ihren Tisch getreten, stellte zwei Gläser Champagner ab und entfernte sich diskret.
Nina hatte mittlerweile ihre Hand auf Davids Oberschenkel gelegt und ließ diese langsam nach oben gleiten.
Ob er Lust auf Entspannung habe, fragte sie ihn. David sah zu Piwi hinüber.
«Haben wir Lust auf Entspannung?», grinste David.
«Klar, haben wir Lust auf Entspannung», gab Piwi grinsend zurück.
Sie erhoben sich und ließen sich von den beiden Mädchen in Richtung der Zimmer führen. Sie gingen an der Bar vorbei und traten in den Gang, der nur von ein paar rot eingefärbten Glühbirnen spärlich beleuchtet war.
Sie passierten Zimmer, deren Türen zum Teil offen standen und die offenbar alle gleich eingerichtet waren. In jedem der Zimmer stand ein großes Futon Bett und auf einem Tischchen daneben standen eine Großpackung Kondome und Kleenex-Tücher.
David blieb stehen. Er drehte sich zu Nina um, steckte ihr und ihrer Freundin je einen Hundert Dollar Schein in den Ausschnitt ihres BHs und schob sie in eines der leeren Zimmer. Er bat sie hier zu warten. Die beiden schauten ihn zunächst irritiert an, willigten dann aber schließlich ein.
David wartete, bis Nina die Türe geschlossen hatte und ging dann weiter langsam den Gang hinunter. Piwi folgte ihm. Vor jeder geschlossenen Türe blieben sie für einen Augenblick stehen und horchten.

Nach einer weiteren Türe, sie hatten das Ende des Ganges beinahe erreicht, schnalzte Piwi mit der Zunge und deutete mit dem Daumen auf eine Türe. Room 23.

David neigte den Kopf leicht zur Türe und horchte.

Aus dem Inneren hörte man in unregelmäßigen Abständen klatschende Laute. David war sich nicht sicher, ob das das Geräusch einer ausgefallenen Sexpraktik oder das Peitschen schallender Ohrfeigen war. Er vermutete letzteres.

David nickte Piwi zu. Piwi der nochmal einen Blick über seine Schulter, den Gang hinunter warf, nickte bestätigend zurück.

David überlegte, ob er ins Zimmer stürmen sollte oder ob er versuchen sollte die Türe leise zu öffnen. Er drückte sacht die Türklinke hinunter. Sie war unverschlossen. Zentimeter für Zentimeter öffnete er sie einen Spalt breit.

Ein nackter Mann kniete über einem, auf dem Bett liegenden, Frauenkörper und hieb immer wieder mit der flachen Hand auf ihr Gesicht ein. Vergeblich versuchte sie schützend ihre Hände vor das Gesicht zu schlagen.

Bevor er die Hand für einen neuerlichen Schlag erheben konnte warfen sich David und Piwi auf ihn.

Davids Faust sauste herab und traf den Mann hart und präzise am Hals, woraufhin dieser sofort das Bewusstsein verlor. Mit einem Seufzen sackte er in sich zusammen.

Piwi reagierte blitzschnell. Mit der flachen Hand erstickte er den Schrei, den das schwarzhaarige Mädchen ausstoßen wollte.

«Schschsch, keine Angst», flüsterte Piwi. «Wir tun Dir nichts. Wirst Du schreien, wenn ich meine Hand wegnehme?»

Sie schüttelte den Kopf.
Langsam hob Piwi seine Hand von ihrem Mund, bereit sie ihr jederzeit wieder aufzulegen.
Sie robbte im Bett sogleich nach hinten und zog die Bein an wie ein verängstigtes Kind.
David zog einen Kabelbinder über die Hände des Mannes, welche er ihm auf den Rücken gedreht hatte und zog ihn fest.
Er dreht sich zu dem Mädchen um. Sie war außergewöhnlich hübsch, hatte feine Gesichtszüge, schwarze Haare und grüne Augen. Eine arabische Schönheit. Man hatte sie, so wie viele andere, zur Prostitution gezwungen er wollte sich nicht ausmalen, was sie alles erlitten haben musste.
«Geht's wieder?», fragte er sie sanft lächelnd.
Blut sickerte aus ihrem Mundwinkel, wo die Lippen aufgesprungen waren. Über ihrem linken Auge bildete sich ein Hämatom, das sich in den kommenden Tagen böse verfärben würde.
Sie nickte scheu. «Ja, geht wieder.»
Mit Verachtung sah sie auf den gefesselten Mann am Fuße des Bettes und spie ihm ins Gesicht. Eine Tirade arabischer Schimpfwörter folgte.
David sah Piwi an, der nur mit den Achseln zuckte. «Das übersetze ich Dir später», sagte er.
David setzte sich auf die Bettkante und reichte dem Mädchen einen Morgenmantel, den er vom Boden aufgehoben hatte.
«Kennst Du diesen Mann?» fragte er sie leise. «Kennst Du seinen Namen?»
Nach endlosen Sekunden des Schweigens nickte sie langsam.

«Ja ich kenne diesen Bastard. Sein Name ist Salim. Er kommt seit circa zwei Wochen jede Nacht.» Tränen rannen über ihre Wangen.
«Hat er Dich immer geschlagen», wollte David wissen.
Sie nickte. «Ja immer. Anders hat er keinen hoch bekommen. Vor drei Nächten hat er so hart auf mich eingeschlagen, dass ich das Bewusstsein verlor. Als ich nach ein paar Stunden wieder zu mir kam, war seine Wichse auf mir und er hatte mich angepinkelt bevor er gegangen war.»
David musterte sie eingehend. Ihr alter war schwer zu schätzen. Aber sie war sehr jung.
«Wie heißt Du?»
Sie blickte ihm zum ersten Mal direkt in die Augen. «Jasmin. Mein Name ist Jasmin», antwortete sie.
«Ist das Dein richtiger Name? Nein, schon gut. Du musst ihn mir nicht sagen. «Hör zu Jasmin», sagte David und kramte einen Zettel aus der Innentasche seiner Jacke.
«Ich möchte, dass Du diese Nummer anrufst. Das ist die Nummer eines Taxifahrers, der uns mal chauffiert hat. Ruf ihn an, er soll in fünfzehn Minuten hier sein.»
Sie nickte heftig mit dem Kopf. «Ich kann hier nicht weg. Sie würden mich finden und zurückbringen, oder gar töten», sagte sie von heftigem Schluchzen begleitet.
«Lass mich ausreden, Jasmin.
Wir werden das Loch hier gemeinsam verlassen. Wir bräuchten dazu allerdings Deine Hilfe. Wir müssen Salim hier weg schaffen danach schaffe ich Dich fort aus Damaskus. Hilfst Du uns?»
Jasmin überlegte nur kurz ehe sie nickte.

Er gab Piwi ein Zeichen. Sie begannen Salims erschlafftem Körper die Kleider anzuziehen, die überall verstreut auf dem Fußboden lagen. Sie mussten ihm dazu noch einmal den Kabelbinder, mit dem sie seine Hände gefesselt hatten, abnehmen.
Jasmin kramte suchend ihr Mobiltelefon aus einer Tasche, die neben dem Bett gestanden hatte und wählte die Nummer die David ihr gegeben hatte.
Es dauerte einige Sekunden bis die Verbindung stand. Mit wenigen arabischen Worten bestellte sie den Taxifahrer zum Nachtclub.
Sie unterbrach die Verbindung und nickte David und Piwi zu.
«Jasmin, gibt es hier einen Hinterausgang?», wollte David wissen.
«Nein, nur den Eingang durch den ihr gekommen seid. Es gab mal einen Notausgang. Den haben sie aber zugeschweißt, nachdem zwei Mädchen abgehauen sind.»
«Shit», entfuhr es Piwi. «Dann werden wir uns doch mit dem Gorilla am Eingang auseinandersetzen müssen.»
«Ich befürchte es», gab David zurück.
«Hast Du gesehen, was für ein Tier das ist. Der wiegt sicher drei Zentner?»
«Glaubst Du ich bin blind?», blaffte David. «Jasmin, weißt Du, ob der Typ bewaffnet ist?» «Keine Ahnung» sagte sie unsicher. «Könnte schon sein. Vor drei Monaten gab es hier drin mal eine Schießerei.»
David brummte. «Scheiße!»
«Zieh Dich an Jasmin. Hose, T-Shirt, Jacke, bequeme Schuhe, am besten Turnschuhe, wenn Du so etwas hast. Und nimm nur mit, was Du unbedingt brauchst. Ok?»

Sie hüpfte aus dem Bett, den Morgenmantel um ihren Oberkörper geschlungen.
Piwi stülpte gerade die Schuhe über Salims nackte Füße, auf die Strümpfe hatte er verzichtet, als er plötzlich inne hielt.
Er gab David ein Zeichen.
Jasmin stand in einer Ecke des Zimmers. Sie hatte den Morgenmantel von ihrer Schulter gleiten lassen.
David stockte der Atem, als er ihren Rücken sah. Er war übersäht mit duzenden, kleinen, kreisrunder Brandnarben, wie sie nur durch brennende Zigaretten verursacht werden. Man hatte sie furchtbar misshandelt und gefoltert. In David brodelte kalte Wut und Zorn. Er schluckte den Klos in seinem Hals hinunter zog seine Pistole aus dem Hosenbund. Er ließ das Magazin aus dem Griff gleiten, steckte es zurück und lud die Waffe durch, ehe er sie in den Hosenbund zurücksteckte. Jasmin hatte sich mittlerweile angezogen. Sie trug eine Blue-Jeans, ein schwarzes Top und darüber eine kurze Jeansjacke. Sie schlüpfte gerade in ein paar Nike Turnschuhe. Jetzt sah sie aus wie eine normale Teenagerin, nicht viel älter als achtzehn. Er kannte ihr Schicksal nicht, vielleicht würde sie ihm eines Tages davon erzählen. Ein kalter Schauer lief ihm über den Rücken, wenn er daran dachte, dass seiner kleinen Enkelin das gleiche Schicksal drohte.
Er würde die Bestien töten, die dafür verantwortlich waren.

Passau

Die Direktorin der europäischen Seuchenschutzbehörde stand schwer atmend vor der Panzerglasscheibe. Dicke Tränen kullerten über ihre Wangen, vermischten sich mit dem Blut Larssons und tropften auf ihr Kostüm, welches über und über besudelt war mit Blut und Resten von Gehirnmasse. Ungläubig starrte sie auf die leere Spritze in Patricks Hand. Mit dem Ärmel wischte sie sich Tränen aus den Augen.

Sie betätigte den Knopf der Gegensprechanlage.

«Was war da drin? Sagte sie mit belegter Stimme.

«Ich weiß es nicht», antwortete Patrick. «Aber ich vermute, dass es eine Lösung mit dem Erreger war. Zumindest war es kein Gift oder etwas anderes. Noch lebe ich ja», er grinste schief.

«Lass das! Das ist nicht witzig», sagte sie verärgert.

Bengston war hinter sie getreten. Er nickte Patrick zu.

«Hallo Herr Bengston», erklang metallen die Stimme Patricks aus dem Lautsprecher der Gegensprechanlage.

«Hallo Dr. Sprenger. Es tut mir leid!»

Patrick war irritiert «Was tut Ihnen leid?»

«Dass ich Sie in diese Situation gebracht habe. Ich habe die Lage offenbar falsch eingeschätzt und hätte taktisch anders vorgehen sollen.»

Patrick schüttelte abwehrend mit den Händen. «Ich mache Ihnen keinen Vorwurf. Ich habe in den letzten Tagen festgestellt, dass es Unregelmäßigkeiten gab. Kulturen die verunreinigt waren,

Laborergebnisse, die verfälscht waren und nicht zuletzt die Tatsache, dass offenbar aus dem ECDC heraus Informationen der Presse zugetragen wurden. Ich konnte niemandem mehr vertrauen.
Das war der Grund, weshalb ich mich in den letzten Tage nur im Labor aufgehalten habe», sagte er an Blanka gewandt.
«Aber ich konnte mir nicht vorstellen, wer aus dem Team es gewesen war.»
Patrick schluckte schwer. «P.A.!? Gerade ihn hielt ich für hundertprozentig loyal und integer. Ich verstehe das nicht.»
«Ich werde Ihnen alles berichten, was wir über Peer Arne Larsson in Erfahrung gebracht haben und wie wir ihm letztlich auf die Spur gekommen sind. Aber erst muss ich hier noch einige Dinge mit den örtlichen Behörden klären. Ich bitte Sie um etwas Geduld. Kann ich noch etwas für Sie tun?» wollte Bengston wissen.
«Haben Sie etwas von meinem Vater gehört?»
«Hm, nein. Leider nicht. Aber Sie dürfen sich keine Sorgen machen. Wenn einer Ihre Tochter zurück bringen kann, dann ist er es. Daran hege ich nicht die geringsten Zweifel.» Bengston lächelte ihm aufmunternd zu. Dann verließ er den Container.

Sie hatten je einen Arm Salims um ihre Schultern gelegt und trugen ihn langsam den Gang hinunter. Seine Schuhspitzen schleiften über den Boden. Jasmin folgte ihnen dicht auf. Zwei Nutten kamen ihnen mit einem Freier entgegen, die ihnen aber weiter keine Beachtung schenkten. David war froh in diesem Augenblick, dass der Gang nur schwach beleuchtet war.
Nach etwa zwanzig Metern bogen sie nach rechts ab und näherten sich dem Ausgang. David konnte den Türsteher nicht sogleich sehen in ihm keimte Hoffnung auf.
Als sie um die Ecke kamen, sah er ihn, der bullige Türsteher hatte sich in eine Ecke neben der Türe verzogen. Er lümmelte in einem zerschlissenen Ledersessel und hatte die Hände über seinem feisten Bauch gefaltet. Zuerst schien er keine Notiz von ihnen zu nehmen. Doch als er Jasmin erblickte erhob er sich schwerfällig.
«Wo wollt ihr hin?», fragte er in schlechtem Englisch.
Piwi ergriff als erster das Wort. «Unser Freund hier, hat etwas zu tief ins Glas geschaut. Aber wir wollten mit der kleinen Nutte hier in unserem Hotel noch eine kleine Privatparty feiern. Das geht doch sicher in Ordnung, oder?! Geh doch schon mal vor Jasmin», sagte Piwi an das Mädchen gewandt.
«Stopp! Das Mädchen geht nirgendwo hin. Ihr könnt hier Party machen oder gar nicht», brummte der Hüne.
Er trat einen Schritt auf sie zu versperrte ihnen den Weg.
«Ach komm schon mein Freund», lächelte Piwi,

«Wir bezahlen ja auch dafür. Sag uns was es kostet? Wir schicken die kleine Schlampe auch ganz bestimmt mit dem Taxi wieder zurück.»
Der Türsteher brummte kehlig. «Das Mädchen geht nirgendwo hin. Ihr nehmt jetzt euren versoffenen Freund und verschwindet besser von hier.»
«Nicht mal mehr im Puff ist der Kunde König», witzelte Piwi und sah in Davids Richtung.
Ohne Vorwarnung schnellte Piwi´s linkes Bein nach oben und traf den Türsteher mit voller Wucht im Schritt. Mit rudernden Armen knickte der Berg, unter kläglichem Wimmern ein. Blitzschnell hatte Piwi seine Pistole aus dem Hosenbund gezogen und setzte den vor ihm knienden Mann mit einem einzigen gezielten Hieb in den Nacken außer Gefecht. Dieser kippte mit einem Grunzen nach hinten und rührte sich nicht mehr.
«Hilf mir mal David. Wir müssen den Kerl irgendwie auf den Sessel bekommen. Salim erschlaffter Körper hing wie ein Sack an Davids Seite.
«Du bist lustig. Wie soll ich das denn machen?»
Jasmin war hinter David hervorgetreten und eilte zu Piwi.
Beherzt packte sie den rechten Arm des bewusstlosen Türstehers, griff mit ihrem linken Arm unter dessen Achsel und zog aus Leibeskräften. Sie schafften es ihn halbwegs auf den Sessel zu zerren.
David blickte erstaunt in Jasmins Gesicht. Soviel Kraft hätte er ihr gar nicht zugetraut.
Piwi streckte die Beine des Mannes aus und faltete die Hände über seinem Bauch.

Er sah beinahe aus, wie vor ein paar Minuten, als er halb schlafend da saß. Niemand würde etwas bemerken. David hoffte nur, dass er lange genug ohne Bewusstsein sein würde, bis sie mit Salim die Stadt verlassen hatten.
«Los, lass uns verschwinden», sagte Piwi. Er griff sich den rechten Arm Salims und legte ihn sich über die Schulter.
Gemeinsam schleiften sie Salim aus dem Nachtclub.
David war mehr als erleichtert, als er unweit des Ausgangs den alten, schäbigen VW Jetta erblickte.
«Gott sei Dank», flüsterte er in sich hinein.
Mit schnellen Schritten gingen sie hinüber. Jasmin eilte ihnen einige Schritte voraus, öffnete die hintere Türe und schlüpfte hinein.
Piwi war schon im Begriff den schlaffen Körper Salims auf die Rückbank zu verfrachten.
«Nein, nein, nein, warte Piwi.» David zog in Richtung des Kofferraums, öffnete die Heckklappe und wuchtete Salims Körper unsanft hinein.
Scheppernd knallte er den Kofferraum zu. «Fahr Du die paar hundert Meter voraus. Ich geh zurück zum Haus und hole unsere Ausrüstung.»
«Alles klar», gab Piwi zurück. «Bis gleich.»
David rannte im Laufschritt die Straße hinunter. Er achtete darauf, sich im Dunkeln der Häuserfronten zu halten, wenngleich er Gefahr lief, über irgendwelche Trümmerteile zu stolpern. Er wich Mauerteilen, alten Möbeln und ausgebrannten Autowracks aus, bis er den Eingang des Hauses erreichte. Zwei Stufen nehmend, hastete er die Treppe nach oben und packte sich die beiden Taschen über die

Schulter. Mit einem prüfenden Blick vergewisserte er sich, dass sie nichts hatten liegen lassen und verließ die Ruine so schnell wie er gekommen war. Piwi wartete bereits im Taxi. David warf die Taschen auf den Rücksitz und schlüpfte zu dem Mädchen auf die Rückbank.
«Nichts wie weg hier», sagte er schwer atmend.
Der junge Mann, der sie schon vor einigen Tagen vom Hotel in die Stadt gefahren hatte, schlängelte sich konzentriert durch die mit Trümmerteilen übersäte Straße. Trotz der Kühle der Nacht, standen ihm Schweißperlen auf der Stirn. Ihr Ziel war eine Schule in einem Vorort von Damaskus. Dorthin hatte Hamit Ahmad Mirza gebracht, als er ihn aus dem Hotel weg schaffte. Eine Hilfsorganisation der Vereinten Nationen hatte den Wiederaufbau der Schule ermöglicht, nachdem diese schon vor zwei Jahren völlig zerstört wurde. Die Bauarbeiten wären aber schon vor Wochen eingestellt worden, weil das ganze Baumaterial gestohlen worden sei, sagte Hamit. Sie wären dort völlig ungestört und niemand würde sich, seit der Bau brach läge, dorthin verirren. Nur wenige Menschen oder Fahrzeuge waren um diese Zeit auf Damaskus´ Straßen unterwegs. David kramte umständlich eine Zigarette aus der Schachtel. Er ließ sein Feuerzeug aufschnappen, entzündete sie und nahm einen tiefen Zug.
«Wie lange noch?» sagte David an den jungen Fahrer gewandt.
«Etwa zehn Minuten.» David nickte.
David musterte den jungen Mann, dessen Namen er ständig vergaß. Er war sich vor wenigen Tagen noch unschlüssig, ob er dem jungen Syrer wirklich würde vertrauen können.

Hamit schien ihn zu kennen und verbürgte sich für ihn. Mit dem Mercedes durch die Gegend zu fahren, wäre schlichtweg zu auffällig gewesen, weshalb sie ihn in der Tiefgarage des Hotels stehen ließen. Da nicht absehbar war, wie schnell sie Damaskus würden verlassen müssen, hatten sie ihre Sachen bereits im Geländewagen verstaut.
Plötzlich drosselte der Junge die Geschwindigkeit und bog in eine Seitenstraße ein. Sie näherten sich, über einen holprigen Weg, einem grob gemauertem Flachdachgebäude, dessen Dach nur zum Teil gedeckt war.
Die Federung des Jetta quietschte und knackte besorgniserregend. Hamit wartete bereits im Eingangsportal, der mit einer Taschenlampe zwei kurze Blinksignale gab. Unsanft brachte der Syrer den Wagen zum Halt.
«Wie war noch gleich Dein Name?» wollte David wissen.
«Tayyb.» Er grinste und entblößte eine Reihe von Tabak und Tee verfärbter Zähne.
«Tayyb, bitte warte hier. Ich bin gleich zurück.» Er wandte sich Jasmin zu. «Du bitte auch.» Sie nickte schläfrig.
Piwi und David stiegen aus. Mit gebührendem Abstand entriegelte Piwi den Kofferraum. Er wollte sich keinen Tritt einfangen, falls Salim wieder zu Bewusstsein gekommen wäre. Er tat gut daran. Salim lag zusammengekauert im Kofferraum und sah sie hasserfüllt an. Er spuckte aus.
«Was wollt ihr von mir? Wer seid ihr?»
David wischte sich den Speichel aus dem Gesicht. Das wirst Du noch früh genug erfahren. Los raus da!»
Er packte ihn grob am Oberkörper, während Piwi versuchte Salims

Beine zu packen, der wild um sich trat.
Es gelang ihnen Salim aus dem Kofferraum und ins Schulgebäude zu zerren. Hamit ging voran und leuchtete ihnen den Weg in einen kleinen Raum. Wie David sehen konnte, der einzige Raum mit einem intakten Fenster. An der Decke hing, an einem Kabel baumelnd, eine staubige Glühbirne. In der Mitte des Raumes standen ein wackliger Holztisch und zwei Stühle. Auf einen der Stühle verfrachteten sie Salim.
«Binde ihm die Füße an den Stuhlbeinen fest», wies Piwi Hamit an.
Hamit hatte alle Mühe den Tritten Salims auszuweichen. Wenig später hatten sie seine Beine und Hände gefesselt.
«Ok.» Bleibt bei ihm, ich bin kurz draußen», sagte David und verließ den Raum.
«Tayyb, mein Freund», sagte David als er auf dem Beifahrersitz Platz genommen hatte. Er bot ihm eine Zigarette an und zündete sich selbst eine an.
«Ich muss Dich um einen großen Gefallen bitten.
Wie lange brauchst Du von hier bis nach Jordanien?»
Der Syrer glotze ihn mit großen Augen fragend an. Er kratze sein unrasiertes Kinn und blies den Rauch der Zigarette genussvoll aus.
«Vier Stunden, vielleicht weniger?!»
David kramte in der Innentasche seiner Jacke und zog ein Bündel Dollarnoten hervor.
«Pass auf Tayyb! Ich möchte, dass Du das Mädchen an den Grenzübergang Nassib bringst. Sie muss unbedingt aus dem Land. Verstehst Du mich?»
Tayyb nickte. David ließ die Geldscheine durch seine Finger gleiten.

«Hier sind 800 US-Dollar. Wenn Du sie wohlbehalten in Jordanien abgeliefert hast und ich werde das überprüfen, verlass Dich darauf, gebe ich Dir weitere 700. Haben wir einen Deal?»

Der junge Syrer überlegte kurz und schielte auf die Geldscheine in Davids Hand. «Tausend jetzt und weitere tausend, wenn ich zurück bin!»

«Deal!» David reichte ihm die Hand und Tayyb schlug ein.

«Bis Du am Grenzübergang Nassib ankommst, habe ich dafür Sorge getragen, dass Jasmin dort abgeholt wird. Ich verlasse mich auf Dich Tayyb.»

Der Junge nickte. David drehte sich im Beifahrersitz nach ihr um. Verloren saß sie auf dem ausgesessenen Polster des Rücksitzes des Volkswagens. Das Haar fiel ihr wirr ins Gesicht. Die Wimperntusche war zerlaufen und zeichnete Spuren ihrer Tränen. Sie war so jung, so zerbrechlich und erneut kroch die kalte Wut in ihm empor, wenn er sich vorzustellen versuchte, was sie alles hatte durchmachen müssen.

«Jasmin», sagte er sanft und griff nach ihrer Hand. «Ich habe gute Freunde in Jordanien, die sich um Dich kümmern werden und Dich in Sicherheit bringen. Wir werden uns vielleicht nie wieder sehen, aber solltest Du irgendwann in ein gutes Leben gefunden haben, werden Dir meine Freunde helfen mich zu kontaktieren. Oder ich finde Dich.»

Er öffnete ihre Hand und legte den Rest des Dollarbündels hinein.

Ihr rannen Tränen über die Wangen und sie schluchzte, unfähig zu sprechen. David schüttelte den Kopf. «Nein, schon gut», sagte er sanft. «Nichts zu danken.»

Er öffnete die Beifahrertüre, schnippte den Stummel seiner Zigarette davon und pfiff nach Piwi. «Wollt ihr dann fahren?»
Piwi nickte, als er aus dem Gebäude getreten war und nahm Davids Platz auf der Beifahrerseite ein. David sah dem Mädchen hinterher, bis sich das Fahrzeug in der Dunkelheit verlor.

Passau

Patrick hatte aus dem Labor heraus zugesehen wie ein Team, das Bengston geschickt hatte, die Leiche P.A. ´s untersuchten, wegbrachten und anschließend den Vorraum von Blut und Gewebe säuberten. Es wurden Fotos gemacht und der Tatort wurde akribisch vermessen und dokumentiert.
Nichts deutete jetzt mehr darauf hin, dass hier vor wenigen Stunden ein Mann erschossen worden war, den er fast schon als seinen Freund bezeichnet hatte. Wie konnte er sich nur so täuschen in einem Menschen? Er hatte die Unstimmigkeiten auf den Laborergebnissen bemerkt und neue Berechnungen angestellt, hatte die verunreinigten Kulturen festgestellt und sich über die Tatsache geärgert, dass offenbar jemand aus dem Team der Presse einen Tipp gegeben hatte. Er hegte einen Verdacht, aber P.A. war für ihn über jeden Verdacht erhaben gewesen. Nichts deutete auf ihn.

Als Helena die zweite Probe aus Madrid, welche er angefordert hatte, nicht beibringen konnte auch ihre seltsame Reaktion auf seine Bitte, zu recherchieren wo die Probe abgeblieben sei, wurde er misstrauisch. Dass Kulturen verunreinigt waren, konnte vorkommen und er weigerte sich jemandem eine böse Absicht zu unterstellen.
Er schrieb das auch dem Umstand zu, dass sie alle überarbeitet waren und körperlich an ihre Grenzen stießen.
In der Gesamtbetrachtung konnte er aber nur zum dem logischen Schluss gelangen, dass jemand ihre, bzw. seine Arbeit zu sabotieren suchte. Aber weshalb? Dieser Gedanke ließ ihn nicht los. Lange Zeit war er nur so dagesessen und hatte sich in seinen Gedanken verloren.
Bengstons Team hatte den Leichnam Peer Arne Larssons schon vor Stunden weggeschafft, sein Team wurde psychologisch betreut und er saß hier gefangen in einem Glaskasten.
Er war zerrissen, ob er Alina und seine Mutter anrufen sollte oder ob er überhaupt jemanden davon erzählen sollte, was geschehen war. Er war müde, seine Gedanken rasten und der Einstich an seinem Hals brannte wie die Hölle.
Träge erhob er sich aus dem Stuhl und schlurfte hinüber zu einem Schrank, dem er ein Blutentnahmeset entnahm. Er wollte gerade den Ärmel hochrollen, als ihm einfiel, dass das Virus, sofern es bereits in seinem Blutkreislauf war, noch nicht würde nachweisbar sein. Frühestens in zwölf bis vierundzwanzig Stunden wäre der Nachweis von Antikörpern möglich. Frustriert schleuderte er das Blutentnahmeset in eine Ecke.
«Verdammte Scheiße», brüllte er.

Er schrie und brüllte aus Leibeskräften trat und kickte gegen alles, was ihm gerade im Wege stand. Als Wut und Zorn langsam verebbten, stand er abgeschlagen, sich auf einen Labortisch stützend, in der Mitte des kleinen Raumes. Er starrte auf die polierte Oberfläche des Tisches und atmete schwer.

«Geht es Ihnen jetzt besser?» klang es metallen aus dem Lautsprecher der Sprechanlage.

Erschrocken fuhr er herum. Es war ihm nicht bewusst, dass er hätte beobachtet werden können.

«Ja danke, Herr Bengston», sagte er mit einem schiefen grinsen. «Das tat gut.»

Bengston nickte. «Können wir uns unterhalten oder sollen wir unser Gespräch verschieben?»

«Nein. Ich muss wissen was los ist», sagte er und trat näher an die Sicherheitsglasscheibe.

Patrick deutete auf einen der Bürostühle und Bengston verstand.

Er zog sich den Stuhl heran und nahm vor der Scheibe Platz. Patrick tat es ihm gleich.

Erwartungsvoll blickte Patrick den Ermittler an.

Bengston rieb sich über die Stirn. «Wo soll ich anfangen?! Wir haben, wie sie am Anfang der Ermittlungen noch mitbekommen haben, die gesamten Personalakten bei Frau Gergely angefordert. Über jeden Mitarbeiter aus ihrem Team haben wir sorgfältige Umfeldermittlungen durchgeführt und zu jedem ein psychologisches Profil anlegen lassen. Wir haben nach Auffälligkeiten gesucht.

«Und haben sie etwas gefunden?»

«Sie spielen auf Larsson an?»

Patrick nickte.
«Nun, das war das Sonderbare. Über Larsson gibt es nicht viel zu sagen. Geschiedener Trinker, lebt seit einigen Jahren völlig alleine und zurück gezogen. Fährt so gut wie nie in den Urlaub. Geregelte Finanzen. Nichts, absolut nichts, was besonders auffällig gewesen wäre.
Patrick schüttelte ungläubig den Kopf. «Da muss es doch etwas gegeben haben. Irgendetwas in seiner Vergangenheit?»
«Ich komme gleich nochmal auf Larsson zurück», sagte Bengston. «Interessant für uns war jemand ganz anderer.»
Patricks Haltung versteifte sich. «Dr. Helena Nikiforos?», platze es aus ihm heraus.
Bengston nickte zustimmend.
«Wusste ich´s doch», triumphierte Patrick.
Bengston hob beschwichtigend die Hand. «Das dachten wir auch.»
«Aber», stotterte Patrick, «war nicht sie es, die die Probe hat verschwinden lassen, auf die wir so dringend gehofft hatten?»
Bengston schüttelte den Kopf. «Den Verdacht hatten wir anfangs auch. Dr. Nikiforos ist Griechin, aber das wissen Sie ja. Was aus ihren Akten jedoch nicht hervor geht ist, dass sie Zypriotin ist. Sie wurde als eines von drei Mädchen in Nikosia geboren. Ende der neunziger Jahre hatte sie geheiratet. Einen nordzypriotischen Türken. Kurz vor der Hochzeit, im April, 1999 konvertierte sie zum Islam. Ihre griechisch-orthodoxe Familie, alle tief verwurzelt im Glauben, hat ihr das nicht verziehen und ihr den Rücken gekehrt.
Sie war mit ihrem Mann daraufhin in den Nordteil der Insel gezogen.

Aussagen zufolge war sie eine sehr gläubige Muslima, die man nur mit Hijab in der Öffentlichkeit gesehen hat. Warum und wann sie sich von ihrem Mann trennte, wissen wir nicht. Aber was wir wissen ist, dass die Ehe offiziell nie geschieden wurde. In ihrem Lebenslauf gibt es eine längere Lücke, fast zwei Jahre, in denen sie spurlos verschwunden war. Wir nahmen zunächst an, dass sie radikalisiert worden sein könnte, die Zeit in einem terroristischen Ausbildungslager verbrachte und als Schläferin wieder aufgetaucht war. Wir haben auch Querverbindungen zwischen ihr und Salim Mohamad Mansur al-Aziz gefunden.»

Patrick stand vor Fassungslosigkeit der Mund offen.

«Wussten Sie Dr. Sprenger, dass Salim Praktikant am ECDC war?»

«Sie wollen mich verarschen, oder?!» sagte er ungläubig.

Bengston schüttelte den Kopf. «Keineswegs. Sie waren sogar schon am ECDC, wahrscheinlich sind Sie sich sogar mal über den Weg gelaufen. Er war jedoch in einer anderen Abteilung. Sei´s drum.

Dr. Nikiforos und Salim müssen sich am ECDC begegnet sein. Wir konnten über Salims Telefonverbindungen nachweisen, dass es telefonischen Kontakt zwischen ihr und Salim gegeben hatte. Dr. Nikiforos wird aktuell von zwei meiner besten Leute vernommen. Dann wissen wir hoffentlich mehr.»

«Könnte sie mit Salim unter einer Decke stecken? Hat sie mit der Entführung meiner Tochter etwas zu tun?»

«Hm», brummte Bengston. «Ich glaube es nicht. Dass es eine irgendwie geartete Verbindung zu Salim gab oder gibt, ist unbestritten. Aber sie hat für die tatrelevante Zeit ein lückenloses und wasserdichtes Alibi.»

«Aber sie könnte an der Planung maßgeblich beteiligt gewesen sein? Meinen Sie das?», hackte Patrick nach.

«Das habe ich nicht gesagt. Aber diese Möglichkeit auszuschließen wäre töricht.»

Patrick sah Bengston direkt an. «Wie sind Sie eigentlich auf P.A. gekommen?»

«Durch einen Zufall. Vor drei Tagen hat ein Sporttaucher in einem See, etwa acht Kilometer vor dem Flughafen Arlanda, quasi direkt neben der Autobahn, einen Laptop und eine Pistole gefunden. Wir haben beides forensisch untersuchen lassen und konnten die Waffe zweifelsfrei dem Mord an ihrem Kindermädchen zuordnen. Außerdem befand sich daran die DNA Salims. Die Auswertung des Laptops, Salims Laptop, war etwas kniffliger, weil die Festplatte stark in Mitleidenschaft gezogen war. Aber wir konnten darauf Kontenbewegungen und Emails sichern. Und wir haben dort interessanten Schriftverkehr gefunden.» Bengston machte eine kurze Pause. «Zwischen Salim und Peer Arne Larsson.»

Patrick nickte. «Fahren Sie fort!»

Wir haben uns einen Durchsuchungsbeschluss für seine Wohnung besorgt und haben dort alles auf den Kopf gestellt. Wir haben auch seinen Computer eingepackt und ausgewertet. Es gab da ein paar Dateiordner, die sehr gut geschützt waren. Wir haben aber einen sehr, sehr cleveren und ambitionierten IT- Forensiker, ein junger Kerl, der es dann doch geschafft hat, den Passwortschutz zu knacken. Und die Dateien waren sehr aufschlussreich.

Patrick sah Bengston neugierig an. «Spannen Sie mich nicht so auf die Folter.»

«Er wurde von Salim bezahlt. Von Larsson kam auch die Information über den neuen Madrider Erreger und, » Bengston zögerte, «er hatte Sie Salim ganz bewusst als Ziel verkauft.

Patrick spürte, wie Wut in ihm aufstieg. «Und», fuhr Bengston fort, «er hatte an der Entführung ihrer Tochter mitverdient.»

Bengston vermied es zu erwähnen, dass Larsson erst am Verkauf seiner Tochter verdient hätte.

«Wieviel hat er für das Leben meiner Tochter bekommen?», Patrick schluckte schwer.

«Dr. Sprenger», sagte Bengston streng, «Ihre Tochter lebt noch. Daran dürfen Sie nie zweifeln.»

Patrick schnaubte verächtlich. «Glauben Sie das wirklich?»

«Ja das tue ich. Außerdem, auch wenn das nun hart für Sie klingen mag, ist Ihre Tochter tot keinen Cent für diese Leute wert.»

«Wieviel hat er bekommen?»

«Acht Millionen Schwedische Kronen.»

Bengston sah Patrick fragenden Blick. «Rund 860.000 Euro.»

«Dieses miese Schwein.» Patrick rutschte unruhig auf seinem Stuhl hin und her.

«Aber wieso? Ich begreife das nicht. Was hab ich P.A. getan?

«Nichts!» Antwortete Bengston. «Sie waren einfach nur jünger und besser als er.»

Patrick schnaubte. «Was für ein Schwachsinn.»

Bengston schüttelte den Kopf. «Mitnichten. Wir haben eine Art Tagebuch auf Larssons Festpatte gefunden.

Seine Eintragungen begannen schon früh nach dem Studium. Dann war eine lange Zeit Pause und irgendwann fingen die Eintragungen erneut an, als er im Kongo und in Uganda war. Aufschlussreich waren die Eintragungen der letzten drei Jahre. Er hatte wohl sehr auf die Direktorenstelle beim ECDC spekuliert. Aber die Kommission in Brüssel hatte ihn zugunsten einer weiblichen Bewerberin abgelehnt. Blanka Gergely. Er hatte verschiedene Ausschüsse angerufen und sogar eine Klage eingereicht. Aber alles ohne Erfolg. Dann war ihre Stelle ausgeschrieben und er hat seinen Hut erneut in den Ring geworfen. Als bekannt wurde, dass ihm ein «junger Schnösel und daher gelaufener Doktoren Frischling», ich glaube so hatte er sich ausgedrückt, vor die Nase gesetzt werden sollte, hat ihm das den Rest gegeben. Er hatte wieder angefangen zu trinken. Ist Ihnen nie etwas aufgefallen?»

«Patrick zuckte mit den Schultern. «Nein. Ich muss aber zugeben, dass ich darauf nie geachtet habe.»

«Ich nehme an», fuhr Bengston fort, «dass er danach, oft im Suff, Eintragungen in diesem Tagebuch vorgenommen hatte. Sie waren zum Teil wirr und unstrukturiert. Aber allen Eintragungen war eines gemein. Er», Bengston räusperte sich, «hat Sie abgrundtief gehasst. Ihnen sogar den Tod gewünscht.»

Wir haben das Tagebuch einem Polizeipsychologen gegeben, einem Profiler wenn sie so wollen, der das wirre Zeug untersucht hat, bzw. noch dabei ist. Aus einigen Passagen konnten wir uns zusammen reimen, dass er, wie auch immer, als Gewinner aus dieser Krise würde hervor gehen. Larsson hat verrücktes Zeug geschrieben, wie

Er würde es allen zeigen sie würden schon sehen, wer am Ende die Zügel in der Hand hätte, usw.»

Patrick saß zusammengesunken auf seinem Stuhl, die Hände im Schoß gefaltet.
Lange Zeit, saßen sie sich schweigend gegenüber. Getrennt durch dickes Sicherheitsglas.
«Dr. Sprenger», hörte er Bengston Stimme aus dem Lautsprecher.
Patrick sah zu ihm auf.
«Sie sehen schrecklich aus, wissen Sie das?»
«Na, vielen herzlichen Dank», Patrick musste lächeln.
«Wann hatten Sie zuletzt eine Dusche? Wann Ihre letzte Mahlzeit?»
Patrick zuckte mit den Achseln. Er wusste es nicht mehr.
Bengston erhob sich von seinem Stuhl. «Ich mache Ihnen einen Vorschlag. Sie gehen jetzt in die Schleusenkammer und duschen sich. Und ich bestelle uns etwas zu essen. Wie klingt das für Sie?»
Patrick nickte resigniert. So wie er Bengston einschätzte, er war da seinem Vater sehr ähnlich, würde er auf keinen Fall Ruhe geben, solange er nicht tat, was er ihm auftrug.
«In Ordnung. Das klingt sehr gut.»

Damaskus

David warf einen Blick auf seine Uhr, nahm einen letzten Zug an der Zigarette und schnippte sie davon. Funken stoben, als sie auf dem Boden landete. Er dreht sich um ging ins Schulhaus zurück. Hamit erhob sich, als David den Raum betrat. Salim drehte den Kopf und sah ihn aus hasserfüllten Augen an. Er grunzte, durch den Knebel gedämpft, unverständliche Laute. Außer Beleidigungen, vermutete David, wäre nichts Vernünftiges aus seinem Mund gekommen. Er hatte Durst und kramte aus einer der Taschen eine Flasche Wasser, öffnete sie und leerte sie mit großen Schlucken bis zur Hälfte. David zog sich den Stuhl heran auf dem Hamit zuvor gesessen hatte, zog die Pistole aus dem Hosenbund und legte sie neben sich auf den Tisch. Lange musterte er das Gesicht Salims. Er beugte sich vor und fingerte den Knebel aus Salims Mund, der sogleich begann wüste Beschimpfungen auszustoßen. David schaute zu Hamit der hinter Salim an der Wand lehnte.

«Sohn einer dreckigen Hündin, Schafsficker, Ich ficke Deine Mutter», übersetzte Hamit.

«Ja, danke Hamit.»

Salim fluchte ohne Unterlass. David verdrehte die Augen und verpasste Salim mit der rechten eine schallende Ohrfeige. Seine Wange begann sich sofort rot zu färben.

«Mach mich los und ich töte Dich, Du ungläubiger Hurensohn», zischte Salim und riss wütend an seinen Fesseln.

«Peng!» Erneut traf Salim hart Davids rechte.

Tränen der Wut standen in Salims Augen.

«Habe ich nun Deine Aufmerksamkeit?» sagte David leise.

«Du kannst fluchen solange Du willst, Du kleiner Scheißkerl, aber Du solltest wissen, dass Du Dich mit dem Falschen angelegt hast. Ich will von Dir nur eines wissen. Du hast die Wahl. Du kannst es leicht haben oder auf die harte Tour.»

David sah mit übertriebener Geste auf seine Armbanduhr. «Du hast eine Stunde Zeit mir zu sagen, was ich wissen will. Es liegt an Dir. Wo ist meine Enkelin?»

Salims Augen flackerten und das Erkennen in seinen Augen war unübersehbar.

«Dr. Sprengers Vater», sagte er grinsend.

«So ist es», nickte David zustimmend. Und Salim…», David beugte sich vor, «Du hast keine Ahnung mit wem Du Dich angelegt hast und zu was ich fähig bin.»

Salim warf den Kopf in den Nacken. «Allahu….» Blitzschnell schoss Davids Faust nach vorne und traf Salims Nase, die mit einem widerlich klingenden Knirschen brach. «Spar Dir Dein Allahu Akbar-Gejaule.» Blut tropfte aus Salims Nase.

Salim spie ein Gemisch aus Speichel und Blut vor Davids Füße.

David sprang auf und riss den Stuhl von seinen Beinen. «Gottverdammt, dass ihr Arschlöcher auch nie erkennt wann es Zeit ist das Maul aufzumachen.»

David hatte Gewalt immer verachtet. Und Menschen zu foltern hatte er immer aufs Schärfste verurteilt. Die Methoden der CIA, des Mossad, des russischen GRU, die Zustände auf Guantanamo, die menschenverachtende Behandlung von Gefangenen waren ihm ein Gräuel. Er hatte einst einen Amtseid geleistet und geschworen Recht und Gesetz zu wahren, Gerechtigkeit gegen jedermann zu üben und wenn nötig sogar mit seinem Leben dafür einzutreten. Während seiner Ausbildung und der Zeit in der Sonderheit hatte er erkannt, dass er in der Lage war zu töten. Nicht jeder Polizist ist dazu in der Lage. Für bestimmte Aufgaben und Spezialausbildungen wurden Beamte gezielt ausgewählt, die ein strenges psychologisches Auswahlverfahren durchliefen. Er war gezwungen zu töten. Nicht, dass er die Wahl gehabt hätte. Diese Entscheidungen trafen andere. Dennoch war es immer so, dass es die Ultima Ratio war, um eine Lebensgefahr für andere abzuwenden. Damit hatte er auch nie ein Problem. Aber Menschen zu foltern, sie zu bloßen Subjekten staatlicher Willkür herabzuwürdigen, war verachtenswert. David war jedoch wild entschlossen seine Enkelin zu finden und sie aus den Händen geisteskranker Kinderschänder zu befreien. Dafür war ihm jedes Mittel recht. Und dafür würde er den Tod Salims und jedem der damit zu tun hatte, billigend in Kauf nehmen. Aber er musste seine rasende Wut zügeln.

David zündete sich eine Zigarette an, stellte den Stuhl wieder auf seine Beine und nahm vor Salim Platz.
«Wo ist sie? Ist sie im Haus des Kalifen? Oder habt ihr sie schon verkauft?» fragte er an Salim gewandt.
Salim schien überrascht, dass Sprenger vom Haus des Kalifen und vom Kalifen selbst wusste.
«Ja, ich weiß über das Haus Bescheid», sagte David. «Dein Freund

Ahmad war auskunftsfreudiger als Du jetzt. Nicht ganz freiwillig, gebe ich zu, aber er hat geredet. Ich will von Dir nur wissen, ob das Mädchen noch in diesem Haus ist oder ob sie schon weggeschafft wurde. Und wenn ja, wohin?»

Salim starrte durch ihn hindurch. «Salim? Hörst Du mich? Glaub mir, ich bringe Dich zum Reden. Du kannst mir Zeit ersparen und Dir eine Menge Schmerzen. Suchs Dir aus.»

Keine Reaktion. Salim starrte David mit leerem Blick an.

«Gut, wie Du willst.»

Er stand auf und wuchtete eine schwere Tasche auf den Tisch, der verächtlich unter der Last knarzte. Geräuschvoll riss er den metallenen Reißverschluss auf entnahm der Nylontasche eine Nagelpistole, die sie in der Ruine des Hauses gefunden hatten, Kabel und eine Autobatterie, die er sorgfältig nebeneinander auf dem Tisch aufreihte. Argwöhnisch beobachtete Salim David und seine Augen weiteten sich, als er die Gegenstände erblickte.

David ließ die Klinge seines Messers aufspringen und begann die Kabel abzuisolieren. Er schnitt um das Plastik, legte das Kupfer darunter frei und dreht es sorgfältig zusammen. Das alles tat er sehr langsam. Dann nahm er die Nagelpistole auf, wog sie in seiner Hand und vergewisserte sich, dass im Magazin noch genügend Nägel eingelegt waren.

David ließ den Schussapparat über dem Tisch schweben und trieb mit einem lauten «*Katschung*» einen Nagel in die Tischplatte, der fast vollständig darin verschwand.

Salim standen Schweißperlen auf der Stirn.

David zog sich den Stuhl, die Nagelpistole in der Hand, näher zu

Salim und setzte sich. Für einige Sekunden sah er Salim tief in die Augen, dann setzte er die Nagelpistole auf dessen linken Schenkel auf.

«Ich werde Dir jetzt Nägel in die Schenkel schießen und Dich mit der Autobatterie verkabeln.» David deutete mit dem Kopf zum Tisch. «Ich lasse Dich leuchten wie eine Glühbirne Salim, ich verspreche es Dir, es sei denn, Du sagst mir was ich wissen will.

Na los!» brüllte David. Salim zuckte zusammen. Aus den Augenwinkeln sah David, dass Hamit, der bis dahin teilnahmslos an der Wand lehnte, ebenfalls zusammen gezuckt war.

«Ok, wie Du willst.» David hob übertrieben seinen Arm und suchte den geeigneten Punkt an dem er den Nagel in Salims Fleisch schießen würde, fand ihn und drückte den Apparat in Salims Oberschenkel.

«Halt! Stopp, Stopp, Stopp!», wimmerte Salim. «Schon gut, ich sage Ihnen, was Sie wissen wollen.»

«Ich höre?!» sagte David, ohne jedoch die Nagelpistole von Salims Schenkel zu nehmen. «Lüg mich an und ich krümme meinen Zeigefinger.»

Salim schüttelte heftig mit dem Kopf. Kalter Schweiß tropfte von seiner Stirn.

«Der Deal wurde gestern perfekt gemacht. Sie wurde an einen Interessenten nach Tripolis verkauft», stammelte Salim.

«In den Libanon?»

Salim nickte. «Und wo ist sie jetzt? Ist sie noch in dem Haus des Kalifen?»

«Das weiß ich nicht.»

«Salim?!», sagte David warnend.
«Wirklich, ich weiß es nicht. Als ich heute Morgen dort war, war sie es noch.»
«Wer ist der Käufer?»
«Kenne ich nicht.» Salim zögerte eine Millisekunde zu lange.
«Erzähl mir keinen Scheiß», schrie David ihn an.
«Wer ist der Käufer», er drückte die Nagelpistole wieder fester auf Salims Oberschenkel.
«Irgend so ein reicher Scheich. Ein Geschäftspartner des Kalifen.»
«Name!», schrie David.
«Omar Abas bin Raschid al Bukar», schrie Salim angstvoll zurück. Sein Blick flackerte zwischen David und der Nagelpistole auf seinem Bein hin und her.
David lehnte sich im Stuhl zurück und musterte Salim scharf.
Plötzlich hörte David ein Geräusch und ergriff blitzschnell seine Pistole. Er brachte sie in Anschlag und zielte in die Dunkelheit vor dem Zimmer.
«Ho, langsam Brauner! Ich bin´s doch nur«, hörte er Piwi´s raue Stimme noch bevor er ihn richtig sehen konnte.
«Du tätest gut daran, Dich anzukündigen. Das nächste Mal drücke ich ab», witzelte David.
«Ja», lachte Piwi, «das traue ich Dir zu. Aha, ich sehe ihr habt euch nett unterhalten. Und? War euer Plausch ergiebig?»
David nickte, «Ja, das war er.»
«Gut!», Piwi reckte seinen Daumen in die Höhe. «Ich hab den Wagen 200 Meter von hier in einer Seitenstraße, verdeckt abgestellt. Wann willst Du los?»

David steckte sich eine Zigarette an und warf einen Blick auf seine Uhr. «Ich will keine Zeit mehr verlieren. Es könnte sein, dass die Kleine noch in dem Haus ist. In fünf Minuten rücken wir ab.»
«Was machen wir mit ihm hier?» wollte Piwi wissen und deutete auf Salim. Nach kurzem Überlegen antwortete David: «Ihn nehmen wir mit. Nur für alle Fälle. Wir können ihn später immer noch hierher zurück bringen. Hamit, Du hältst hier bitte die Stellung.»
Hamit nickte ergeben.
Piwi zog sein Leatherman aus der Hüfttasche an seinem Gürtel und durchtrennte die Kabelbinder an Salims Füßen. «Mach ja keinen Scheiß, ich warne Dich. Ich hatte einen Scheißtag.»
Er löste auch die Fessel hinter der Stuhllehne, aber nur, um sogleich Salims Arme wieder auf dem Rücken zu fixieren.
«Ich bringe unseren Freund schon mal zum Wagen.»
«Ist gut», brummte David. «Hamit, ich danke Dir für Deine Hilfe.»
Er streckte die Hand aus und schüttelte Hamit´s knochige Hand.
«Nichts zu danken», gab Hamit zurück.
«Ich war mir nicht sicher, ob ich Dir vertrauen kann. Du hast Dich wirklich als große Hilfe erwiesen. David kramte ein weiteres Bündel Dollarschein aus seiner Tasche. «Wenn Tayyb zurückkommt, möchte ich, dass Du ihm dieses Geld hier gibst. Wir hatten einen Deal und daran halte ich mich.»
Falls wir uns nicht mehr sehen sollten, pass gut auf Dich auf.»
Hamit nickte sichtlich gerührt. «Sie auch Herr Sprenger. Ich hoffe Sie finden bald ihre Enkelin.»
David bedankte sich, schulterte die beiden schweren Taschen und eilte Piwi nach.

Passau

Patrick fühlte sich deutlich besser nach der heißen Dusche. Auch wenn jeder, der das Labor betreten hätte, ihn hätte nackt sehen können. Die Stahltüre, die die Polizei aufgesprengt hatte, hing, verbogen und verbeult in den Angeln. Als er sich abgetrocknet hatte, schlüpfte er in seine getragenen Kleider. Er würde später jemanden bitten, ihm aus dem Hotel, etwas zum Wechseln zu bringen. Das blutbespritzte Hemd entsorgte er im Mülleimer und begnügte sich mit dem T-Shirt, dass er darunter trug.

So gut es ohne Bürste eben ging, fuhr er sich mit den Händen durch die noch feuchten Haare, bis er glaubte, einigermaßen zivilisiert auszusehen. Er hob die Stühle auf, die er in seinem Tobsuchtsanfall durch die Gegend katapultiert hatte, rückte die Labortische zurecht und schaffte etwas Ordnung. Er war froh, dass er in seiner Wut keine wichtigen oder teuren Geräte zerstört hatte. Jemand machte sich an der verbeulten Stahltüre zu schaffen. Es dauerte einige Sekunden bis die Türe sich unter einem jämmerlichen Quietschen öffnete und Bengston, ein Tablett tragend, den Vorraum betrat.

«Gar nicht so einfach, wenn man die Hände voll hat. Krankenhaus Essen», grinste er. «Ich hoffe wir werden es überleben. Es gibt Hackbraten, Kartoffelbrei und Karotten.»

«Hört sich gut an», antwortete Patrick. Erst jetzt spürte er wie hungrig er war.

«Stellen sie es mir in die Schleuse.» Bengston nahm seinen Teller vom Tablett, ging hinüber, entriegelte die Schleusentüre und stellte

das Tablett auf den Boden. Patrick wartete bis die Türe verriegelt war, dann erst betrat er die letzte Schleusenkammer. Die Türe verriegelte mit einem schmatzenden Geräusch und zeigte durch einen Piepton an, dass sie hermetisch abgedichtet war. Sogleich gingen ihm die Ohren zu. Mit einem schnellen Griff zur Nase stellte er einen Druckausgleich her. Er entriegelte und betrat die Schleuse, nahm das Tablett auf und trat den Rückweg an.
Patrick hatte sich an einen der Labortische gesetzt und aß mit großem Appetit.
«Wie geht es den anderen?» erkundigte sich Patrick.
«Ganz gut soweit», antwortete Bengston. «Kai Berg scheint es am meisten mitgenommen zu haben.»
Patrick nickte kauend. «Was hat Helena in ihrer Vernehmung angegeben?»
Bengston schluckte gerade einen Bissen des Hackbratens hinunter. «Es war so, wie ich es vermutet hatte. Sie hat glaubhaft angegeben, dass sie Salim, nachdem sie sich im Zentrum kennengelernt hatte, mit nach Hause genommen hatte. Sie hatten einen One-Night-Stand. Es habe noch ein paar Telefonate gegeben, aber das sei es auch gewesen. Ihren Mann hatte sie nach kaum drei Jahren Ehe verlassen, nachdem dieser anfing, sie zu schlagen. Es gab sogar eine Anzeige gegen ihn, wegen Körperverletzung. Das haben wir überprüft.»
«Und die zwei Jahre, die sie spurlos verschwunden war?»
«Richtig», sagte Bengston. «Sie war fast zwei Jahre auf Weltreise. Bolivien, Uruguay, Kapstadt, Johannesburg, Tokyo und weiß der Geier noch wo.

Sie konnte das anhand ihrer Visa belegen. Sie war übrigens total schockiert, als wir ihr eröffneten, dass Salim hinter der Erpressung und Entführung steckt.»

Bengston nahm einen großen Schluck seiner Cola. «Sie ist etwas naiv, wie ich finde, aber so wie es aussieht, hat sie mit der ganzen Sache nicht das Geringste zu tun. Es war übrigens Larsson, der die Probe aus Madrid abgepasst hatte.»

«Wie das?» Fragte Patrick.

«Na, er war selbst zum Flughafen Arlanda gefahren, hatte die Probe aus Madrid, die mit der Frachtmaschine ankam, in Empfang genommen und den Empfang mit ihrem Namen quittiert.»

Patrick hätte sich fast verschluckt. «Der Zolldeklarant im Frachtbereich hat Larsson aber zweifelsfrei identifiziert», fuhr Bengston fort.

Patrick hatte geendet und stellte den Teller auf das Tablett zurück.

«Wo ist Blanka?»

«Soweit ich weiß», sagte Bengston, «wurde sie vor ein paar Stunden mit einem Hubschrauber abgeholt. Ole meinte gehört zu haben, dass sie bei einer Krisensitzung sei.»

Patrick bedankte sich. Durch den Spalt der beschädigten Stahltüre sah Patrick, dass es draußen bereits zu dämmern begann. Er überlegte, ob er Alina anrufen sollte. Er kramte sein Handy aus der Hosentasche und entsperrte den Bildschirm.

«Könnten Sie sie bitten, mir ein paar Sachen zum Wechseln und mein Ladekabel zu bringen?»

«Aber natürlich. Sobald ich sie sehe.»

Bengston wollte sich gerade abwenden.

«Herr Bengston?» Der angesprochene hielt inne und drehte sich um.
«Haben Sie etwas von meinem Vater gehört?»
«Leider nein. Sobald ich etwas erfahre, sage ich Ihnen Bescheid, versprochen!»
«Danke schön» sagte Patrick.
«Ach und noch etwas. Mein Name ist Arvid. Ok?!»
Patrick lächelte Bengston hinterher als dieser den Container verlies.

Damaskus

Es dauerte nicht lange, bis David Piwi und Salim eingeholt hatte. Piwi stieß Salim unsanft vor sich her. Die Nacht war rabenschwarz und nur wenige Lichter waren im fünf Kilometer entfernten Zentrum Damaskus auszumachen. «*Eine trostlose Stadt*» ging es David durch den Kopf. Nur noch wenige erhaltene Gebäude oder Straßenzüge ließen vermuten, dass dies einmal eine schöne Stadt mit typisch orientalischem Flair gewesen war.

Sie erreichten den Mercedes, den Piwi, das musste David neidlos anerkennen, sehr gut versteckt hatte. Zwischen all den Trümmerteilen der zerstörten Häuser war das schwarze Ungetüm fast nicht auszumachen gewesen. Als Piwi das Fahrzeug entriegelte, blinkten die Scheinwerfer für einen Moment auf die Innenbeleuchtung ging an. Piwi öffnete eine der hinteren Türen und stieß Salim grob hinein.

«Los, rein da.»

Er legte ihm den Sicherheitsgurt an und zog diesen, so straff es ging, an. David hatte die Taschen in den Kofferraum zu der anderen Ausrüstung gestellt, als Piwi zu ihm trat.

«Also? fragte Piwi. «Wie willst Du vorgehen?»

«Ich hatte da auf Deine Expertise gehofft» gab David zurück.

«Hm», Piwi rieb sich das unrasierte Kinn, was ein schabendes Geräusch verursachte. «Die Nacht ist dunkel, das verschafft uns einen Vorteil. Salim wird uns kaum Zutritt ins Haus verschaffen können?»

«Kaum anzunehmen», gab David zurück.

«Na dann werden wir höflich anklopfen müssen. Wenn wir die Kameras im Eingangsbereich ausschalten, dürfte uns das etwas Spielraum verschaffen.
Schnell rein, schnell raus, heißt die Devise.»
«Salim», rief David ins Fahrzeuginnere. «Wie viele Wachleute sind in dem Haus?»
«Weiß nicht genau. Sechs bis acht», kam es von der Rückbank.
«Schnell rein und schnell wieder raus. So wie Du gesagt hast Piwi.»
Sie öffneten die Taschen und begannen die Ausrüstung auf dem freien Platz im Kofferraum auszubreiten.
«Alles da was das Herz begehrt», frohlockte Piwi.
Sie streiften sich die Schutzwesten über, schnallten sich die Koppeln um, befestigten die Beinholster an den Schenkeln und stopften Munition und Granaten in ihre Taschen, soviel sie konnten. In den Taschen fanden sich ballistische Helme mit Nachtsichtgeräten. Piwi pfiff anerkennend. «Das ist ja das feinste vom Feinen. Die neueste Generation Kevlarhelme. Du musst den König ja schwer beeindruckt haben, mein Freund.»
Sie rafften die Taschen zusammen, schlossen den Kofferraum und fuhren Richtung Tishreen Park. Sie schafften die Strecke bis in das Damaszener Nobelviertel in weniger als zwanzig Minuten. David schaltete früh das Licht des Mercedes aus. Sie klappten die Nachtsichtgeräte herunter und schalteten sie ein. Im Schritttempo bog er in die parkähnliche Anlage ein und hielt auf das Haus zu.
«Halte dort an der Ecke unter den Palmen» Piwi deutete mit dem Zeigefinger. David gehorchte und steuerte den schweren
Wagen auf die Reihe Palmen zu.

Er schaltete in den Leerlauf und lies den Wagen mit ausgeschaltetem Motor noch einige Meter weiterrollen.
Die Nachtsichtoptik tauchte die Umgebung in Davids Gesichtsfeld in ein grünes, diffuses Licht. Piwi schlüpfte geschmeidig aus dem noch rollenden Wagen und rannte gebückt, das Präzisionsgewehr im Anschlag, in Richtung Hoftor. Es war ein wunderschöner, mit Schnitzereien, verzierter Torbogen, aus schwerem dunklem Holz, der in die Ummauerung des Anwesens eingelassen war. Der einzig mögliche Zugang zum Haus. Verschanzt hinter einem Mauervorsprung legte er an. Es folgte ein gedämpftes «Plopp» gefolgt vom Geräusch splitternden Glases. Das «Plopp» wiederholte sich. Auf das Zeichen Piwi´s hin zerrte er Salim aus dem Auto und schob ihn im Laufschritt an der Mauer entlang vor sich her. Sie hatten ihn sicherheitshalber wieder geknebelt. Ein Ruf der Warnung war das letzte was sie gebrauchen konnten. Piwi lag mit dem Gewehr hinter dem Mauervorsprung und gab ihnen Feuerschutz.
Direkt neben dem Eingang, unmittelbar nach der Mauer, befand sich ein verglastes Wachhäuschen, in dem zwei Wachposten vor einer großen Anzahl Videomonitoren saßen. David und Piwi spekulierten darauf, dass diese aus ihrem Kabuff kämen, um zu überprüfen wieso zwei Kameras plötzlich kein Bild mehr lieferten.
Sie sollten Recht behalten. Die beiden bewaffneten Wachmänner kamen aus dem Wachhäuschen und teilten sich auf.
Piwi war herangestürmt und stand im Abstand von etwa vier Metern von David eng an die Mauer gepresst. Als die beiden Wachen sie in geringem Abstand passiert hatten schlüpften, sie hindurch. David nach rechts, Piwi nach links.

Schnell und präzise setzten sie die beiden Wachen außer Gefecht, schleiften ihre bewusstlosen Körper in ein Gebüsch, fesselten sie mit Kabelbindern und ließen sie dort liegen. Die Eingangstüre konnte nur über einen Schalter in dem Wachhaus entriegelt werden. David, der Salim vor dem Torbogen hatte stehen lassen, eilte zurück und schleifte ihn hinter sich her zur Haupttüre. Piwi drückte den Taster, den er schnell unter der Konsole fand und die Türe entriegelt mit einem leisen Summen.

David drückte die Türe auf und gab Salim einen Stoß, der vorwärts in die Eingangshalle stolperte. Er bereute beinahe ihn mitgenommen zu haben. Aber er kannte das Haus er würde ihnen helfen können sich schneller zu orientieren. Er befreite Salim von seinem Knebel.

«Wohin jetzt?» zischte David. Salim nickte in Richtung Treppe.

Langsam begannen sie die Treppe hinaufzusteigen. David hatte die Maschinenpistole im Anschlag. Piwi folgte ihm dicht auf, Rücken an Rücken, den Bereich der Eingangshalle absichernd. Salim zwischen ihnen. Sie erreichten den ersten Treppenabsatz, schwenkten die Waffen in alle Richtungen. Die roten Punkte ihrer Laservisiereinrichtung hüpften hektisch auf und ab.

«Weiter», flüsterte David.

Als sie am zweiten Treppenabsatz anlangten deutete Salim nach links. «Dort sind die Privatgemächer des Kalifen.»

Aus einem Zimmer, am Ende des rechten Korridors drang Lichtschein.

«Was ist dort» fragte David Salim flüsternd. «Ein Büro» kam es leise zurück.

«Du wartest hier», flüstere David und fummelte den Knebel zurück ins Salims Mund.
David und Piwi verständigten sich wortlos. Gaben sich militärische Zeichen. Tief gebückt näherten sie sich dem Raum, deren Türe zur Hälfte offen stand. Stimmen drangen zu ihnen. Mindestens zwei, glaubte David zu erkennen. Piwi hielt zwei abgespreizte Finger in die Höhe und bestätigte Davids Annahme.
Piwi tippte an sein Nachtsichtgerät und gab David damit zu verstehen, dass er daran denke sollte die Optik auszuschalten.
Das Licht im Raum würde durch die Optik des Gerätes verstärkt und er würde unweigerlich geblendet. David hatte aber daran gedacht. Er schaltete es aus und klappte es nach oben. Sie erreichten die Türe. David beruhigte seinen Atem. Piwi zählte mit den Fingern von drei Rückwärts. Der Countdown lief. Drei…, Zwei…, Eins…
Piwi trat hart gegen die Türe, die mit einem lauten Knall aufschwang. Ein feister, verschwitzter Wachmann fuhr zusammen, reagierte aber blitzschnell und wollte nach seinem Maschinengewehr greifen, das vor ihm auf dem Schreibtisch lag.
Mit ploppenden Lauten spie Piwi´s Maschinenpistole zwei Schüsse auf den Mann. Er wurde von den Beinen gerissen und fiel mitsamt des Sessel nach hinten.
Ein zweiter Wachmann, der auf einem Sofa, rechts im Raum saß, reagierte deutlich langsamer. David feuerte, als der Mann seine Pistole aus dem Holster zog. Mit einem kreisrunden Loch in seiner Stirn kippte er, mit starrem Blick, zurück auf das Sofa.
Piwi kniete am Boden und sicherte den rückwärtigen Korridor.
David sah sich im Raum um und war erstaunt.

Er war vollgestopft mit High-End Computer Equipment. In der linken Ecke des Raumes stand eine moderne Server-Anlage.
Er machte kehrt. «Los weiter.» Sie eilten zurück zum Treppenabsatz, wo Salim wartete. Piwi horchte die Eingangshalle hinunter. Er gab das OK-Zeichen.
Sie hatten die Nachtsichtgeräte wieder herunter geklappt und näherten sich den Privaträumen des Kalifen. Sie hatten von außen kein Licht in der oberen Etage erkennen können.
«Warte», zischte Piwi, als sie die Türe erreichten. Er riss den Klettverschluss einer Gürteltasche auf und entnahm ihr eine endoskopische Kamera mit einem kleinen Monitor an seinem Handgriff. Er schob die Kamerasonde unter dem Türspalt hindurch und lies sie durch den Raum gleiten.
«Ok», sagte er, «Sauber.» Die Türe war unverschlossen. Sie traten ein. Schnell hatten sie die Räume durchsucht. Im Wesentlichen bestanden die Privaträume des Kalifen aus einem riesigen Schlafzimmer, dessen Luft von Moschusduft geschwängert war, wobei der Duft nur leidlich den Geruch von Alter und Krankheit zu übertünchen vermochte. Es folgte ein Wohnzimmer mit einem gewaltigen Flachbildschirm an der Wand und einer Bibliothek. Was David durch die Optik erkennen konnte, waren die Räume exklusiv und geschmackvoll eingerichtet.
«Verdammt», flüsterte David. «Wir sind zu spät.»
Er sah Salim an. Ein Lächeln spielte um seinen Mund.
David zog seine Pistole, packte Salim im Genick und setzte sie ihm auf die Stirn. «Was? Was verschweigst Du mir?»
«Der Harem», raunte Salim. «Der was?»

Piwi traute seinen Ohren nicht.

«Ja, es gibt einen Harem. Die Flügeltüre direkt geradeaus, wenn man die Treppe hinauf kommt.»

«Also los zurück!»

David eilte voraus, den Korridor hinunter. Piwi und Salim folgten ihm dichtauf.

David zögerte keine Sekunde und öffnete die Türe. Er hatte den Knall kaum vernommen, als eine Kugel nur um Haaresbreite an seinem Kopf vorbei pfiff und ins Holz einschlug. Splitter stoben in alle Richtungen. Er spürte einen Stoß und wurde zur Seite geschubst. Schüsse fielen und er hörte die ploppenden Salven aus Piwi´s Maschinenpistole. Aus den Augenwinkeln sah er, wie einer der Wachen gerade aus dem Bett krabbeln wollte und seine Pistole in Anschlag brachte. David riss, am Boden liegend, die Maschinenpistole hoch und feuerte eine Salve auf den Mann ab. Die Kugeln trafen ihn im Oberkörper und rissen tiefe Wunden. Blut spritzte. Gurgelnd sank der Mann zurück in die Kissen. David hörte Weinen und Schluchzen, kindliche Stimmen, die sich in einer für ihn fremden Sprache beruhigende Worte zusprachen.

Der Rauch legte sich und David rappelte sich auf. Piwi kniete mit der Waffe im Anschlag vor der Flügeltüre.

Kleine Rauchfahnen kräuselten sich aus der Mündung seiner Waffe. Als David sich aufgerappelt hatte sah er sich um zählte drei tote Wachen. Mit den beiden aus dem Büro und den beiden, die draußen im Gebüsch lagen, waren es sieben Wachmänner. Er hoffte, dass sich nicht irgendwo ein achter herum treiben würde.

Mit der Waffe im Anschlag ging er langsam hinüber zum Baldachin verhangenen Bett, riss ihn zur Seite und späte in die Bettenlandschaft. Er blickte in die verängstigen Augen blutjunger Mädchen. Kinder. Geschminkt und mit Henna bemalt, aufreizend gekleidet. Sie waren eng zusammen gerückt und lagen sich schutzsuchend in den Armen.

«Schhhhh….» Mit einer beschwichtigenden Geste versuchte er die Kinder zu beruhigen.

«Chloé?» flüsterte er. «Kennt ihr ein kleines Mädchen mit dem Namen Chloé?»

«Ein Mädchen, vielleicht elf oder zwölf Jahre alt blickte erschrocken unter einer Decke hervor. Sie war offenbar nicht arabisch stämmig. Sie hatte lange goldblonde Haare. In perfektem britischen Englisch antwortete sie ihm: «Sie war hier. Sie haben sie heute Nachmittag fort gebracht.»

«Ich danke Dir», sagte er.

Er dreht sich zu Piwi um. «Wo ist Salim? fragte er erschrocken.

Piwi drehte sich schlagartig um und sah zur Türe.

Auf dem Boden vor der Türe lagen im Halbdunkel die Beine einer leblosen Person. David und Piwi stürmen hinaus.

Salim lag auf dem Rücken, auf seinen gefesselten Armen. Er atmete schwer und stoßweise, seinen Blick starr zur Decke gerichtet.

Blutiger Schaum quoll aus seinem Mund. Piwi kniete nieder und begann Salim zu untersuchen. Das Projektil, vermutlich ein Querschläger, war eine Handbreit unterhalb seiner rechten Brustwarze in den Oberkörper eingedrungen. Er drehte Salim etwas auf die linke Seite und zerschnitt seine Fessel.

Blut troff aus der Austrittswunde auf seinem Rücken und Luft entwich pfeifend daraus.

Piwi schaute zu David auf und schüttelte den Kopf. «Seine Lunge.»

«Bleib bei ihm. Ich muss was erledigen.»

David rannte den Korridor hinunter zu dem Büro. Dort angekommen, schob er die Leiche des feisten Wachmanns samt Bürostuhl zu Seite, zog sich einen Stuhl heran und setzte sich an den Computer. Er öffnete den Browser und seinen Email Account. Hastig tippte er zwei Nachrichten und schickte sie ab. Nachdem er sich vergewissert hatte, dass die Nachrichten versandt waren, schloss er das Browserfenster und versuchte sich auf der Desktop Oberfläche zu orientieren. Schließlich fand er wonach er suchte, fand den Ordner der heutigen Aufnahmen und öffnete ihn.

Er musste einige Sekunden den Schnellvorlauf betätigen, bis er die richtige Stelle fand. Da war sie. Seine Finger strichen sanft über den Monitor. Das verpixelte Bild zeigte einen bulligen Leibwächter, die kleine Chloé hinter sich her zerrend. Sie sperrte sich trotzig und zerrte an seiner Hand, bis er sich umdrehte und ihr eine Ohrfeige gab. Er hob sie hoch und setzte sie in einen schwarzen Land Rover. Das Video hatte keine Tonaufzeichnung, aber es war offensichtlich, dass sie weinte. Ein alter, gebeugt gehender Mann, stieg in einen zweiten, wartenden Range Rover und beide Fahrzeuge fuhren durch den Torbogen davon. Patrick schaute auf seine Uhr. «Verdammt», murmelte er. Der Konvoi hatte mehr als neun Stunden Vorsprung. Wütend fegte er den Monitor vom Tisch. Er griff nach dem Riemen seiner Maschinenpistole, brachte sie auf Hüfthöhe in Anschlag und feuerte das gesamte Magazin auf den Serverschrank, bis die Waffe leer klickte.

Dann ging er zu Piwi zurück, der immer noch am Boden neben Salim kniete.

«Er ist tot.»

«Ok», sagte David. «Wir können hier nichts mehr tun. Lass uns gehen. Ich hab die Videoaufnahmen von heute Nachmittag gecheckt. Sie sind mit Chloé in einem Konvoi um kurz nach siebzehn Uhr los gefahren.

«Und was ist mit den Kindern?» fragte Piwi entgeistert.

«Piwi, wir haben dafür jetzt keine Zeit, so Leid mir das tut. Ich habe eine E-Mail verschickt, hoffentlich an den richtigen, mit den Koordinaten dieses Ortes.

Piwi nickte und erhob sich schwerfällig.

«Verdammt Piwi! Du wurdest angeschossen.»

Piwi sah auf seinen linken Oberarm hinab. Er spannte ein paar Mal den Bizeps an und lies den Arm kreisen.

«Nicht so schlimm. Wir versorgen das später. Jetzt folgen wir dem Konvoi.»

Passau

Patrick hatte Alina, kurz nachdem Arvid Bengston gegangen war, eine Nachricht geschickt. Sie fehlte ihm sehr. Der Akku seines Handys war zu schwach zum Telefonieren. Außerdem war der Empfang in diesem Glaskasten schrecklich schlecht. Er hoffte inständig, dass Blanka bald käme, ihm Wechselkleidung und sein Ladekabel brächte.

Seit geraumer Zeit schon saß er an einer der Steril-Werkbänke und experimentierte mit unterschiedlichen Trägersubstanzen. Er hatte jegliches Zeitgefühl verloren. Immer wenn er glaubte, einen Fortschritt erzielt zu haben, wurde er enttäuscht. Die meisten Tests zeigten, dass die Träger, mit denen er versuchte die isolierten Aptamer-RNA-Hybriden zu stabilisieren, bevor sie an die infizierte Wirtszelle andockten, ihre Stabilität verloren. Sie konnten keine Bindung eingehen, da sie als Fremdstoffe erkannt und daraufhin abgebaut wurden.

Er lehnte sich zurück und rieb sich die Augen. Er spürte ein Brennen im Hals und er bekam Kopfschmerzen. Waren dies beginnende Symptome? Er hatte keine Ahnung, wie viel Zeit ihm bleiben würde.

Gerade als er zu einem der Kühlschränke hinüber gehen wollte, bemerkte er Blanka, die ihn durch die Glasscheibe beobachtete.

«Herrgott bin ich erschrocken! Wie lange bist Du schon hier?»

«Guten Morgen. Nicht sehr lange», antwortete sie. «Ein, zwei Minuten. Wie geht es Dir?

«Ganz gut eigentlich. Wo bist Du denn gewesen?
«Im Krisenreaktionszentrum des Auswärtigen Amtes.»
«Hat Dich Bengston erreicht?»
«Ach so! Na klar.» Sie schlug sich gespielt mit der flachen Hand an die Stirn.
«Ich hab Dir eine komplette Garderobe und Dein Ladekabel mitgebracht. Brauchst Du sonst noch etwas?»
«Ja, einen genialen Einfall», lächelte Patrick.
«Wie kommst Du voran?»
«Hm», er blickte zur Steril-Werkbank hinüber. «Leidlich. Die meisten mir bekannten Trägersubstanzen, von denen ich annahm, dass sie funktionieren würden, erwiesen sich als Flopp. Im wahrsten Sinne des Wortes. Sie sind einfach nicht stabil genug, um die Bindung der Aptamere an die infizierten Zellen zu ermöglichen, bevor sie abgebaut werden. Wir haben den Schlüssel zur Zelle und es fehlt nur noch der Bus, der unsere Passagiere dorthin chauffiert.»
Sie schaute ihn lange schweigend an. «Hast Du Alina schon informiert?»
Patrick fühlte sich ertappt. «Ich habe ihr noch nichts gesagt, nein. Ich will nicht, dass sie sich meinetwegen auch noch Sorgen machen muss. Aber sie fehlt…»
In diesem Moment stürmte Bengston in den Container.
«Gute Neuigkeiten», keuchte er nach Atem ringend, «Dein Vater ist Chloé ganz dicht auf der Spur. Sie lebt und es scheint ihr gut zu gehen. Sie war gestern Nachmittag noch in Damaskus im Haus des Kalifen. Sie wollen sie in den Libanon bringen. Dein Vater ist ebenfalls auf dem Weg Richtung Libanon.

Patrick klopfte das Herz bis zum Hals. Er ließ sich auf einem der Laborhocker nieder und vergrub das Gesicht in seinen Händen.
«Gott sei Dank, sie lebt!» murmelte er immer wieder. «Sie lebt.»
Die schon verloren geglaubte Hoffnung keimte neu in ihm auf.
Bengston war ans Fenster getreten und drückte ein Blatt Papier an die Scheibe. Patrick erhob sich und trat näher an das Glas.
Es handelte sich um den Ausdruck einer Email. Zweifelsfrei mit der Absenderadresse seines Vaters.

02:05 Sind im Kalifenpalast. C. lebt - auf dem Weg nach Tripolis. Folgen dem Konvoi.
12 Kinder – erbitte w.M.   33°31'14.6»N 36°16'05.1»E

Patrick sah Bengston fragend an. «Was meint er mit 12 Kinder – erbitte w.M?»
«Ich kann auch nur eine Vermutung anstellen. Ich kann mir vorstellen, dass sie dort in diesem Haus zwölf weitere Kinder gefunden haben, die vermutlich verkauft werden sollen. Mit «w.M.» meinte er weitere Maßnahmen.»
«Und die Zahlenreihe am Schluss, sind, denke ich, Geo-Koordinaten?»
«Richtig!» antwortete Bengston. «Ich habe die Mail Deines Vaters bereits an entsprechende Stellen weitergeleitet. Du entschuldigst mich, bitte? Ich wollte nur schnell herkommen und Dir die Nachricht überbringen.»
«Vielen Dank, Arvid.» Patrick wusste nicht ob Bengston ihn noch gehört hatte, so schnell war er gegangen.

Blanka freute sich mit ihm. «Du wirst sehen, jetzt wird alles wieder gut. Dein Vater wird sie finden.» Im selben Moment, wie sie die Worte ausgesprochen hatte, wurde ihr gewahr, dass vielleicht nicht alles würde gut werden.
Patrick sah sie mit einem schiefen Grinsen an. «Tut mir leid. Du weißt wie ich es meine, Patrick», sagte sie kleinlaut. «Schon gut», sagte er.
«Soll ich Dir die Sachen in die Schleuse legen? Du willst sicher gleich mit Deiner Frau telefonieren.»
«Ja. Ich muss ihr Bescheid sagen. Nein! Halt warte. Gib mir erst einen Lagebericht von draußen», forderte er.
«Na ja. Was soll ich sagen. Es sieht schlimm aus. Sehr schlimm, » seufzte sie.
Fast alle europäischen Mitgliedsstaaten haben den nationalen Notstand ausgerufen. Notstandsgesetze sind in Kraft getreten. Die Europäische Union ist quasi eine einzige große Quarantänestation.
Die Bundeswehr und das Österreichische Bundesheer haben, zusammen mit der Schweizer Armee, mittlerweile fast 200 Feldlazarette errichtet. Du kannst Dir sicher vorstellen, dass da draußen das pure Chaos herrscht. Hamsterkäufe und Plünderungen. Wer kann, verlässt Europa. Wobei das auch nicht mehr einfach ist, da alle Flughäfen gesperrt wurden. Und die Allermeisten sperren sich zu Hause ein. Medikamente gehen langsam zur Neige und Rekonvaleszenzseren gibt es schon lange keine mehr. Offizielle Stellen sprechen Europaweit von rund 28.000 Toten und geschätzten 160.000 Infizierten. Es ist ein Albtraum.»
Blanka standen die Tränen in den Augen.

«Sind außerhalb Europas schon Fälle aufgetreten?»
Sie schüttelte zaghaft den Kopf. «Nicht das ich wüsste.»
«Blanka, hör zu. Ich brauch das Team hier. Ich möchte aber niemanden verpflichten, in dieser Situation hier auszuharren. Frag bitte jeden einzelnen, ob er bleiben möchte oder zu seiner Familie zurückkehren will. Ich würde es niemandem verübeln. Anna Falk schickst Du bitte nach Hause. Sie hat ein 7-jähriges Mädchen zu hause. Sie soll zurück nach Stockholm. Ok?!»
«Ok» sagte Blanka. «Brauchst Du sonst noch etwas?»
«Nein, danke. Aber wenn Du mich jetzt alleine lassen könntest? Ich muss Alina anrufen.» Blanka nickte und verließ niedergeschlagen den Container. Patrick eilte zur Schleuse, raffte die Sachen zusammen, die Blanka für ihn hinterlassen hatte, schloss sein Handy an die Stromversorgung und rief Alina an.

Syrien

Schnell und lautlos hatten sie den Rückzug angetreten. David wusste, dass er beim Betreten des Harems Mist gebaut hatte und er ärgerte sich über sich selbst. Sie hatten sich vergewissert, dass die beiden Wachen noch schliefen, die sie draußen im Gebüsch hatten liegen lassen. Das würde noch eine Weile so bleiben, was ihnen einen zeitlichen Vorsprung verschaffte.
So gut es die Straßenverhältnisse und die Dunkelheit zuließen schossen sie über die Ausfallstraße, Richtung Westen aus der Stadt hinaus. Der Mercedes hatte eine unbändige Leistung und der Motor brüllte auf, wenn David das Gaspedal durchtrat.
Sie wollten die Stadt ein gutes Stück hinter sich lassen, bevor sie ihr weiteres Vorgehen überdachten. Außerdem mussten sie Piwi´s Schussverletzung versorgen.
Nachdem sie eine halbe Stunde unterwegs waren, zog David den Wagen an den rechten Fahrbahnrand. Es war ihnen während der ganzen Zeit weder ein Fahrzeug entgegen gekommen noch hatten sie überhaupt andere Fahrzeuge gesehen. David hielt es für ungefährlich, stellte den Motor ab und schaltete die Innenbeleuchtung an. Der Ärmel von Piwi´s Jacke glänzte feucht und Blut tropfte von seinem Ellbogen.
«Komm, in einer der Taschen ist ein Medi-Pack.» Piwi zog scharf die Luft ein, als er sich abschnallte und ausstieg.
David half Piwi die Schutzweste und die Jacke auszuziehen. Der Ärmel des T-Shirt schnitt er mit seinem Messer ein Stück weit ein

und riss es dann zur Gänze auf. David nahm die Flasche Desinfektionsmittel, die dem Medi-Pack beilag und leerte die Flüssigkeit großzügig über die Wunde. Piwi schrie laut auf.
«Sag mal, hast Du sie noch alle?» Das tut vielleicht weh Du Idiot», schimpfte Piwi lautstark.
«Ja, ja, ich weiß. Ich muss doch die Wunde erst mal säubern. Halt still!»
David riss mit den Zähnen ein Päckchen Wundpuder auf und streute es über die Eintrittswunde und widerholte die Prozedur über der Austrittswunde. Er musste die Blutung stoppen. Er riss ein zweites und drittes Päckchen auf verteilte es über den Wunden. Mit einem sterilen Tuch begann er vorsichtig, die Wundränder abzutupfen. Er leuchtete mit der Taschenlampe in die Wunden, um zu sehen, ob Fasern oder Gewebeteile seiner Jacke in die Wunde eingedrungen waren. Sie hätte er unbedingt entfernen müssen. Er konnte nichts finden, weshalb er begann Piwi einen eng sitzenden Verband anzulegen. David fand im Medi-Pack Schmerztabletten. Er drückte zwei Pillen aus dem Blister und reichte sie Piwi, zusammen mit einer Flasche Wasser. «Los runter damit!»
«Ich schluck nicht gerne Chemie», nörgelte er.
«Das ist mir Wurst, Du Sturkopf. Die Tabletten haben eine entzündungshemmende Wirkung. Die wirst Du jetzt nehmen und in vier Stunden wieder eine.»
Piwi gehorchte und verzog angewidert das Gesicht, als er die Tabletten hinunterwürgte.
«Geht´s?» erkundigte sich David. «Ja. Nein. Gib mir mal eine von deinen Zigaretten, bitte.»

David fummelte zwei Zigaretten aus der Schachtel und reichte eine davon Piwi.

So standen sie eine Weile neben dem Wagen und rauchten schweigend.

«Du, hör mal Piwi», sagte David betreten. «Es tut mir leid. Ich hab Scheiße gebaut vorhin.»

«Stimmt, Du hättest warten sollen, bis ich mit der Endo-Cam nachgeschaut hätte. Aber ich mach Dir keinen Vorwurf. Die Situation wäre danach nicht einfacher zu klären gewesen. Im Endeffekt wäre es auf das gleiche Ergebnis hinaus gelaufen. Zugegeben, das Überraschungsmoment wäre auf unserer Seite gewesen. Aber es ist gut gegangen. Das ist die Hauptsache.»

«Danke Dir, dass Du mich auf die Seite gestoßen hast. Ich denke, dass Salim die Kugel erwischt hat, die mir galt.»

«Na zum Glück, aber mach Dir deswegen keinen Kopf mehr, es gibt jetzt Wichtigeres. Außerdem hat das Schwein bekommen, was es verdient hat.»

David nickte zustimmend, verräumte das Medi-Pack und warf die verbluteten Tupfer und Tücher zusammen mit den leeren Päckchen in den Straßengraben. Als er zurückkehrte, hatte Piwi eine Straßenkarte entfaltet und studiert sie im Schein seiner Taschenlampe.

«Also, wenn ich das richtig sehe, gibt es zwei Routen nach Tripolis. Die eine führt über Beirut an der Mittelmeerküste entlang, die andere über Baalbek, etwas mehr über Land.» Er deutete mit dem Finger auf einen Punkt auf der Karte.

«Kennst Du die Gegend?»

«Ich war mal ein paar Monate im Libanon. ´94 und ´95.

Ich war aber hauptsächlich in Beirut.»
«Welche Route schlägst Du vor», wollte David wissen.
«Hm», brummte Piwi. «Die Route über Beirut wird uns, denke ich, knapp vier Stunden kosten. Die über Baalbek ist etwas länger, nicht so gut ausgebaut. Ich schätze eine Stunde mehr. Das Problem sehe ich vielmehr am Grenzübergang. Wir müssen bei Masnaa über die libanesische Grenze. Und für Deutsche, das weiß ich noch aus meiner Zeit an der Deutschen Botschaft in Beirut, gilt Visumpflicht. Und noch ein weiteres Problem. Wir haben beide jordanische Visa-Stempel in unseren Pässen.»
«Und das heißt?», fragte David.
«Dass sie uns an der Grenze sofort zurückweisen.»
«Und eine andere Möglichkeit gibt es nicht?»
Piwi überlegte kurz und schüttelte den Kopf. «Die Grenze, gerade zu Syrien, ist extrem gut bewacht. Und irgendwo in der Pampa über die Grenze zu wollen, kannst Du vergessen. Dafür ist das Gelände zu zerklüftet. Wir müssen uns eh hüten, weil gerade im Grenzgebiet zu Syrien die meisten Entführungen stattfinden. Ich hab da nicht nur einmal irgendwelche Touristen rausgeholt.»
«Piwi!» rief David erstaunt aus, «Du wirst doch nicht über Deine GSG9-Operationen plaudern?»
«Na, die sind nun wirklich kein Geheimnis», lachte Piwi.
«Also, was denkst Du?»
«Spielt, denke ich, keine Rolle, welche Route wir nehmen. Der Konvoi ist uns eh neun Stunden voraus, da käme es auf die eine Stunde nicht an, trotzdem sollten wir, so schnell wie möglich, dorthin kommen. Ich vermute, dass sie Tripolis schon erreicht haben.»

David blies geräuschvoll die Luft aus seinen Lungen. «Wir werden nicht umhin kommen, bei Masnaa die Grenze zu passicren», antwortete David.
«Denkst Du, wir können die Zöllner schmieren?»
«Die Zöllner dort, verdienen sicherlich besser als die Syrer. Ist denke ich eine Frage des Preises.»
«Eine andere Möglichkeit sehe ich nicht. Wir versuchen es.»
«Also? Beirut?» grinste Piwi.
«Ja, Beirut.»

Passau

Alina war in Tränen ausgebrochen und schluchzte herzerweichend, als Patrick ihr von der Mail seines Vaters berichtete. Er ließ ihr Zeit, sich zu beruhigen.
«Schatz, Du wirst sehen, dass wir unseren kleinen Engel bald wieder in die Arme schließen können», tröstete er sie. Er hätte sie so gerne in die Arme geschlossen. «Alina, Du fehlst mir ganz schrecklich. Ich vermisse Dich», sagte er mit belegter Stimme. Er hörte, wie sie sich die Nase schnaubte. «Du mir auch Schatz.»
«Wie geht es Dir? Du hörst Dich nicht gut an. Bist Du erkältet?»
«Es geht mir gut», log er. «Ich bin vielleicht nur etwas überarbeitet, aber sonst alles klar. Wie geht´s euch denn?

Und wie ist die Situation bei Euch?»
«Es geht so», hörte er sie sagen. «Papa hat zum Glück rechtzeitig reagiert und im Großhandel Lebensmittel gekauft und eingelagert, als müssten wir uns für einen Krieg rüsten. Der Keller ist voll davon. Ich finde es völlig übertrieben, aber so ist er halt.»
Niemand konnte absehen, wie sich die Situation in naher Zukunft entwickeln würde, ob man die Pandemie würde eindämmen können oder wie viele Todesopfer das Virus fordern würde. Es würden bald kriegsähnliche Zustände herrschen und die Vorsorge seines Schwiegervaters schien ihm mehr als vernünftig und umsichtig. Patrick sprach den Gedanken aber nicht laut aus. Er hoffte nur, dass seine Mutter, jetzt da sie auf sich alleine gestellt war, die gleiche Vorsorge getroffen hatte. Sonst würde er seine Schwiegereltern bitten, seine Mutter vorübergehend bei sich aufzunehmen.
Ihm fiel ein, dass er seine Mutter unbedingt anrufen musste, um ihr zu sagen, dass es Papa gut ging.
«Wie kommt ihr denn voran», fragte Alina und riss ihn aus seinen Gedanken.
«Gut, aber zu langsam fürchte ich. Wir sind aber der Lösung ganz nah.» Er klang zuversichtlicher als er es in Wirklichkeit war.
«Ist wirklich alles klar bei Dir? Du klingst irgendwie komisch.»
«Nein Schatz, es ist wirklich alles ok mit mir. Ich hoffe wir sehen uns ganz bald wieder.»
Sie weinte leise. «Du fehlst mir auch. Ich liebe Dich.»
«Ich liebe Dich.» Bye Schatz.»
Er beendet das Gespräch und starrte auf das Display seines Handys. Hätte er ihr erzählen sollen, was vorgefallen war?

Er schüttelte den Kopf und entschied, dass er es ihr immer noch würde erzählen können.
Er wählte die Nummer seiner Mutter und teilte ihr in wenigen Worten mit, was er vor wenigen Minuten seiner Frau erzählt hatte. Sie war überglücklich und sagte, dass er sich keine Sorgen mehr machen solle. Papa würde Chloé nach Hause bringen, so wie er es versprochen hatte.
Nachdem er sich vergewissert hatte, dass es ihr gut ging und sie für alle Fälle Vorsorge getragen hatte, verabschiedete er sich von ihr.
Kaum das er sein Telefon zur Seite gelegt hatte, quietsche die Labortüre und Blanka betrat, gefolgt von seinem Team, den Vorraum. Er blickte in die betretenen Gesichter seiner Mitarbeiter. Er nickte jedem einzelnen von ihnen zu. Anna Falk fehlte. Offensichtlich war Blanka seiner Bitte nachgekommen und hatte sie bereits auf den Heimweg nach Stockholm geschickt.
Helena stand beschämt etwas abseits der anderen und vermied es Patrick direkt anzusehen.
«Helena?!», sagte er. Ist alles ok zwischen uns? Sie hob den Kopf und ihr rannen Tränen über die Wangen.
«Nichts ist ok. Ich hatte ja keine Ahnung über Salim. Es tut mir alles so Leid Patrick», schluchzte sie.
«Es muss Dir nicht leid tun. Woher hättest Du es denn wissen sollen? Ich muss mich bei Dir entschuldigten.
Ich hatte Dich in Verdacht und habe Dir damit Unrecht getan.
Bitte entschuldige, Helena.»
Patrick wandte sich den anderen zu.
«Ich nehme an Blanka hat schon mit euch allen geredet?»

Sie nickten einmütig.
Nachdem keiner den Mut aufzubringen schien, als erster das Wort zu ergreifen, trat Blanka vor. «Helena, Kai und Nils würden gerne hier bleiben und Dich unterstützen. Lars und Elias baten darum, zu ihren Familien zurückkehren zu dürfen. Anna wird in einer Stunde mit einer Militärmaschine nach Hamburg fliegen, Lars und Elias fahren in zwei Stunden mit einem Sonderzug.»
Patrick hob die Hände. «Perfekt, ich freu mich. Lars, Elias, ich danke euch für alles, für euren Einsatz und Engagement. Ich wünsche euch und euren Familien alles Gute. Wir bleiben in Kontakt, ja?»
Beide nickten sichtlich gerührt.
Er klatschte in die Hände. «Also legen wir los!»

Berlin – Gemeinsames Terrorabwehrzentrum

Telefone schrillten kakophon durcheinander. Menschen rannten hektisch und scheinbar unkoordiniert mit Akten, Ausdrucken oder anderem Zeug durch die Gänge. Niemals in den sieben Jahren, seit er nun Leiter des GTAZ war, hatte er solch einen Ausnahmezustand erlebt. Eigentlich gab es keinen offiziellen Leiter des Zentrums weil man auf «Augenhöhe» kooperierte. Der Bundesinnenminister hatte jedoch früh erkannt, dass es ohne einen leitenden Koordinator nicht funktionierte.

Das GTAZ wurde als gemeinsame Koordinierungsstelle, der Sicherheitsbehörden der Länder und des Bundes mit dem Ziel, die operative Arbeit zur internationalen Terrorismusbekämpfung zu verbessern, gegründet. Dem GTAZ gehörten u.a. Vertreter des Bundeskriminalamtes, des Verfassungsschutzes, des Bundesnachrichtendienstes, Landeskriminalämter, der Zollkriminalämter des Militärischen Abschirmdienst an. Ihr Ziel war und ist, durch Bündelung und Austausch von Informationen, die Bekämpfung des islamistischen Terrorismus. Natürlich hatte man in der Vergangenheit auch Szenarien von Bioterror-Anschlägen durchgespielt. Aber seine Vorgesetzten hatten diese Möglichkeit des Terrors nie wirklich oder ernsthaft genug in Betracht gezogen und laut angeblicher Geheimdienstberichte habe es den unzähligen Terrororganisationen bisher immer am dafür notwendigen Equipment oder Knowhow gemangelt. Ganz offenbar eine Fehleinschätzung.

Seit sie von der Schwedischen SäPo die beunruhigende Nachricht bekommen hatten, dass eine Terrorgruppe offenbar in den Besitz eines tödlichen Krankheitserregers gekommen war, mussten sie ihre bisherigen Analysen ganz neu bewerten. Die SäPo hatte dem Bundesamt für Verfassungsschutz und dem BND einen umfangreichen Bericht ihrer Erkenntnisse übermittelt, kurz danach waren die ersten Krankheitsfälle aufgetreten und das abstrakte Szenario eines bioterroristischen Angriffs wurde mit einem Schlag bittere Realität.

Alle Sicherheitsbehörden hatten die Befürchtung, dass mit dem Flüchtlingsstrom auch Kämpfer des ISIS nach Europa kommen würden. Aber dass man diese als Träger einer todbringenden Krankheit würde nach Europa würde einschleusen, damit hatte niemand ernsthaft gerechnet. Oder man wolle es einfach nicht sehen. Der BND hatte seit geraumer Zeit vage Hinweise, dass dieser, im SäPo-Bericht erwähnte, Salim Mohamad Mansur al-Aziz, Handlanger eines selbsternannten Kalifen sein soll. Dieser ominöse Kalif war auch den anderen Diensten und dem GTAZ kein Unbekannter. Aber dieser Mann war ein Phantom.

Er wechselte so häufig seine Identitäten und Aufenthaltsorte, dass es keine gesicherten Erkenntnisse gab, wer dieser Mann überhaupt war. Lt. Berichten der CIA konnte bei einem Zugriff auf den Al-Qaida Führer, Osama bin Laden, im Mai 2011 in Pakistan, ein Mann entkommen, den man für die Nummer 2 in bin Ladens Organisation hielt. Die Daesch oder auch ISIS genannte Terrororganisation war ein Phänomen, das erst vor wenigen Jahren aufgetreten war. Man wusste es mittlerweile besser.

All die vielen islamistischen Terrororganisationen, die man kannte, ob sie nun Al- Qaida, Taliban, Al-Schabab, Hamas, Abu Sajaf oder Boko Haram hießen, waren doch nur Splittergruppen, von denen man annahm, dass sie nur Teile einer großen, zentral gesteuerten Organisation waren. Man hatte auch die ISIS nur als eine von vielen extrem aktiven Terrorgruppen weltweit vermutet. Ein fataler Irrtum. In der ISIS vereinigten sich all die kleinen Terrororganisationen. ISIS war die Dachorganisation, wenn man so wollte und der Kalif ihr oberster Führer. Seit mehr als neun Monaten konzentrierten die Sicherheitsbehörden ihre Suche auf diesen Mann. Nach den letzten Berichten sollte sich der Kalif in Basrah, Irak, nahe der iranischen Grenze aufgehalten haben. Dort verlor sich seine Spur vor mehr als drei Monaten. Der Nahe Osten war groß und es gab für diesen Mann zig Länder, in denen er hätte Unterschlupf finden können. Es war die Suche nach der Nadel im Nadelhaufen. Trotz eines engen Austausches zwischen der GTAZ und den amerikanischen Behörden gab es keine konkreten Hinweise auf den aktuellen Aufenthaltsort des Kalifen – Bis heute. Als er heute Morgen sein Email Programm geöffnet hatte, war ihm sogleich eine Mail aufgefallen, dessen Absender er zwar kannte, ihm aber nur einmal begegnet war. Er erinnerte sich an diesen Mann, einem Polizisten aus Baden-Württemberg, wenn er es richtig in Erinnerungen hatte, aber mit einem beeindruckenden Lebenslauf. Sie waren sich einmal begegnet vor vielen Jahren, als er, als Botschafter, in Priština an der Deutschen Botschaft tätig war. Er öffnete eine neue Nachricht und schrieb über seinen Verteiler folgende Nachricht:

Dringende Sondersitzung um 11:00 Uhr. Unbedingte Teilnahme erforderlich!

Syrien

Der Mercedes donnerte mit über 200 Stundenkilometer über die staubige Piste. Die Autobahn war vierspurig und gut ausgebaut. David überschlug im Kopf, dass sie bei dieser Geschwindigkeit in zehn bis zwölf Minuten die Grenze zum Libanon erreichten müssten.

«Du hast mir immer noch nicht erzählt, wie Du eigentlich nach Jordanien gekommen bist», fragte er an Piwi gewandt.

«Ich habe versucht Dich zu Hause anzurufen. Beate hatte mir aber gesagt, dass Du in Stuttgart bist und von dort aus, über Frankfurt, fliegen würdest. Ich habe mich dann sofort um einen Flug ab Zürich gekümmert. Meine Maschine war jedoch zwei Stunden vor Deiner in Aman. Wahrscheinlich gingen bei den dortigen Einreisebehörden sämtliche Gizmos an, als sie meinen Pass überprüft hatten.

Auf jeden Fall wurde ich von zwei Typen in Anzug in einen kleinen Raum geführt und befragt.»

«Was hast Du gesagt»? wollte David wissen.

«Dass ich mich hier mit einem Geschäftspartner treffen würde, der in Kürze mit einer Maschine aus Frankfurt hier einträfe. Und dann haben sie mich in dieses Penthouse gebracht. Aber frag mich nicht woher die wussten, dass wir kommen würden.»

«Wahrscheinlich wegen der Mail, die ich Colonel Aman geschickt hatte. Ist eigentlich auch egal. Ich war sehr, sehr froh Dich zu sehen Piwi. Wirklich sehr froh.»

Die ersten Hinweisschilder auf den Grenzübergang zum Libanon huschten an ihnen vorbei, weshalb David die Geschwindigkeit drosselte.
David spürte eine wachsende Unruhe in sich aufkeimen.
Er hoffte, sie würden es irgendwie schaffen, die Grenze zu passieren. Auch Piwi hatte sich in seinem Sitz aufgerichtet. Es schien ihm ähnlich zu gehen.
Sie erreichten das Ende der Ausbaustrecke und die Fahrspuren verengten sich zu einer mehr recht als schlecht ausgebauten Straße. In einiger Entfernung erkannten sie, durch mächtige Scheinwerfer erhellte, mehrere kleine Gebäude. Der Grenzposten in den Libanon. Piwi rutschte unruhig auf seinem Sitz hin und her.
«Lass mich reden», sagte Piwi.
David sah Piwi irritiert an. «Schau mich nicht so doof an, ich hab eine Idee», brummte Piwi. David zuckte mit den Achseln, wagte aber nicht zu widersprechen.
Er verringerte die Geschwindigkeit des Mercedes noch weiter und schlängelte sich im Schritttempo um die Panzersperren und Barrikaden. Sie hielten im gleißenden Licht eines Scheinwerfers vor einer Schranke, die für den massigen Mercedes nicht im Geringsten ein Hindernis dargestellt hätte. David verwarf diesen Gedanken schnell wieder, da die Grenzwächter mit Sicherheit aus allen Rohren hinter ihnen her geballert und sie durch den halben Libanon gejagt hätten.
Was immer Piwi vorhatte, er vertraute ihm.
Männer stürmten aus einem der Häuschen, nahmen hektisch Aufstellung und brachten ihre Maschinenpistolen in Anschlag. Man forderte sie auf, mit erhobenen Händen aus dem Wagen zu steigen.

Langsam und sorgsam darauf bedacht, keinen hektische Bewegungen zu machen, öffneten sie die Türen und stiegen aus.
Ein dünner Kerl mit einem schief sitzenden Barett, gab sich als leitender Offizier zu erkennen. In scharfem Ton forderte er sie auf, ruhig stehen zu bleiben und ihre Ausweise auszuhändigen.
Piwi griff in die Innentasche seiner Jacke und machte einen Schritt auf den Offizier zu. Unverzüglich gingen alle Waffen nach oben und zielten auf Piwi. David konnte nicht erkennen, was Piwi aus seiner Tasche befördert hatte, aber er beobachtete ihn aufmerksam, ohne die bewaffneten Grenzwächter aus den Augen zu lassen.
Piwi ließ sich nicht durch die Wachen beeindrucken und lief selbstbewusst weiter auf den Offizier zu. Ein Schuss peitschte und vor Piwi´s Füßen stob der Staub auf. Nicht einmal dieser Warnschuss lies Piwi sichtbar zögern. Als er den Offizier erreicht hatte, reichte er ihm seinen Pass.
«Wir sind Angehörige des Diplomatischen Corps der Deutschen Botschaft in Beirut», sagte er. «Sie sind nicht befugt uns aufzuhalten oder zu kontrollieren. Und wenn sie unseren Wagen durchsuchen, welches ein Diplomatenfahrzeug der Botschaft ist, machen Sie sich nach internationalem Recht strafbar.»
Piwi sah dem Offizier fest in die Augen, als dieser ihn argwöhnisch musterte. Kritisch beäugte er den Pass in seiner Hand und begann bedächtig die Seiten des Dokuments durchzublättern.
Dann drehte er sich um und verschwand damit in dem Häuschen. Nach schier endlosen Minuten, in denen er das Dokument auf seine Echtheit zu prüfen schien, kam der Offizier zurück. Ohne ein Wort reichte er Piwi den Pass zurück, gab seinen Männern ein Zeichen

und die Schranke wurde geöffnet. David startete den Motor und wartete bis Piwi auf den Beifahrersitz geschlüpft war, ließ den Motor aufheulen und passierte mit durchdrehenden Rädern die Grenzanlage.

«Herrgott nochmal!» rief David, als sie die Grenze einige hundert Meter hinter sich gelassen hatten. «Ich hab mir fast in die Hose gemacht. Wo zum Geier hast Du denn den Diplomaten-Pass her?»

Piwi grinste breit. «Ein Überbleibsel aus meinem letzten Afghanistan-Einsatz.»

«Red´ keinen Scheiß. Wir mussten doch unsere Diplomatenpässe nach dem Auslandseinsatz immer wieder zurückgeben.»

«Weiß ich?» gab Piwi grinsend zurück. «Ich dachte, ich könnte das Ding irgendwann mal brauchen und habe ihn als verloren gemeldet. Das Auswärtige Amt hat mir dann, noch während ich in Kabul war, einen neuen Pass geschickt und den hab ich dann auch brav zurückgegeben.»

«Was wenn sie das überprüft hätten? Oder bei der Botschaft in Beirut angerufen hätten um unsere Legitimation zu überprüfen?»

«Haben sie aber nicht, oder»!? grinste Piwi. «Außerdem schuldest Du mir 500 Euro. Ich war nämlich genauso clever wie Du und habe in Aman einen 500-Euro-Schein in den Pass gepackt.»

David lachte laut auf. «Die gebe ich Dir gerne zurück.»

Berlin – Gemeinsames Terrorabwehrzentrum

Kurz vor elf Uhr hatten sich alle Verantwortlichen, die er angeschrieben hatte, im Sitzungssaal des GTAZ eingefunden. Auch zwei Vertreter der US-Botschaft waren eingetroffen.
Nachdem der leitende Koordinator des GTAZ sie alle begrüßt hatte projizierte er die Mail, die er erhalten hatte, auf die Leinwand hinter sich.
«Diese Nachricht hatte ich heute Morgen in meinem Maileingang. Sie stammt von einem Polizeibeamten aus Baden-Württemberg, einem Kriminalhauptkommissar, den ich einmal während meiner Zeit im Kosovo getroffen habe. Sein Name ist David Sprenger. Die Hintergründe warum und weshalb der sich in Syrien aufzuhalten scheint und was der dort treibt, sind mir allerdings völlig unbekannt. Ich habe diesbezüglich schon eine Anfrage an das Innenministerium Baden-Württemberg geschickt.»
Der Vertreter des Bundeskriminalamtes rutschte unbehaglich auf seinem Stuhl hin und her.
«Entschuldigung.» Er räusperte sich. «Dazu habe ich vielleicht ein paar Informationen.»
«Jetzt bin ich aber sehr gespannt», antwortete der Leiter.
«Wir haben vor ein paar Wochen einen Bericht der Schwedischen SäPo bekommen, wonach die Tochter eines Dr. Patrick Sprenger, einem Molekularbiologen des ECDC in Stockholm, entführt worden war. Das Kind benutzte man als Druckmittel, um Dr. Sprenger dazu zu bewegen, einen hochpathogenen Ebola-Erreger aus einem

Sicherheitslabor zu schleusen.»
«Ja, das ist uns bereits bekannt. Wir haben denselben Bericht der SäPo vorliegen», drängte der Leiter ungeduldig.
«Nun ja. Kurz darauf erhielten wir einen Anruf eines Polizeibeamten, der um Unterstützung ersuchte, ihm bei der Suche nach seiner Enkelin zu helfen.»
«Dr. Sprenger ist David Sprengers Sohn?» entfuhr es dem Leiter des GTAZ.
Der hochrangige Beamte des BKA nickte verlegen.
«Und? Was hat das BKA getan?»
«Wir hatten sein Anliegen, zusammen mit dem Bericht der SäPo, dem Bundesinnenministerium übersandt. Zu diesem Zeitpunkt gab es aber keinerlei Hinweise auf den Aufenthaltsort seiner Enkelin. Man hatte uns gesagt, dass die Angelegenheit auf höchster Ebene behandelt würde. Und seitdem habe ich nichts mehr gehört.»
Der Leiter des GTAZ kochte innerlich vor Wut.
«Nun gut, ich werde mich später darum kümmern. Das meiste dieser Nachricht ist für mich unverständlich, aber die Schlagworte «Kalifenpalast» und die am Ende genannten Geo-Koordinaten, lassen darauf schließen, dass Sprenger tatsächlich den Aufenthaltsort des Kalifen ausfindig gemacht hat. Ich will, dass das vorrangig überprüft wird.»
Mit Blick zu den beiden Vertretern der US-Botschaft sagte er: «Ich gehe davon aus, dass Sie die Koordinaten zeitnah durch einen Satelliten oder einen Drohneneinsatz überprüfen werden.
Ich bitte Sie nur darum, eventuelle weitere Maßnahmen ihrerseits mit unserem Auswärtigen Amt und dem Verteidigungsministerium

zu koordinieren. Danke meine Herrschaften.»
Damit stürmte aus dem Sitzungssaal.
Als er an seinem Büro vorbei kam, wies er seine Sekretärin an, alle heutigen Termine abzusagen und seinen Fahrer zu verständigen.
Im Kanzleramt angekommen, stürmte er ins Büro des Kanzleramtschefs, der gerade am Telefonieren war.
Irritiert unterbracht dieser sein Gespräch und hängte den Hörer ein.
«Ihr habt nicht wirklich einen Landespolizisten nach Syrien fliegen lassen, der für uns die Drecksarbeit macht? Sag mir, dass es nicht so ist? Sag mir, dass Du davon keine Ahnung hattest!»
«Nun ja.» Der Chef des Kanzleramtes lehnte sich in seinem Sessel zurück und lächelte verlegen.
«Es gab keine Hinweise auf den Aufenthaltsort des Kindes. Und wir konnten nichts tun.»
«Herrgott, das ist die Enkelin eines Polizisten und eine deutsche Staatsbürgerin, will ich hinzufügen. Du kannst mir nicht erzählen, dass wir nicht in der Lage gewesen wären das Mädchen ebenso gut zu finden, wie ein einfacher Polizist.»
«Das mag schon sein», antwortete der Kanzleramtschef herablassend. «Aber wenn wir ein Team hingeschickt hätten, wäre es zu internationalen Verwicklungen gekommen. Wir hatten entsprechende Ersuchen nach Syrien geschickt, aber wir waren gezwungen zu warten, bis uns die syrische Regierung um Unterstützung ersucht hätte, bzw. gestattet hätte diesbezüglich zu intervenieren.
«Mein Gott», sagte der Leiter des GTAZ. «Es ist für mich immer wieder erschreckend zu sehen, wie leicht ihr euch die Dinge macht.

Ihr seid unschlagbar darin, anderen immer den Schwarzen Peter zuzuschieben und andere für euch die Drecksarbeit machen zu lassen. Hör zu Peter!», sagte er scharf, «Wir haben seit heute Morgen zum ersten Mal seit Monaten wieder konkrete Hinweise auf den Aufenthaltsort des «Kalifen.»

Dank dieses Polizisten. Laut seiner Nachricht ist er auf dem Weg in den Libanon, um seine Enkelin zu befreien. Ich schlage vor», er korrigierte sich, «nein, ich verlange von Dir, dass Du sofort ein Team der GSG9, von mir aus auch ein Team der KSK dorthin schickst, die Sprenger, wenn nötig, helfen oder ihn evakuieren können, sollte er Erfolg haben.»

«Das können wir.....» setzte dieser an.

«Mir ist völlig egal was Du Deiner Meinung nach kannst oder nicht. Du wirst das veranlassen oder ich bringe die ganze Sache vor den Außen-Ausschuss. Außerdem sind die Amerikaner jetzt mit im Boot. Dir bleibt also keine andere Wahl.»

Mit diesen Worten verlies der Leiter der GTAZ das Büro des Kanzleramtschefs.

Sein Vorgehen würde ihn den Kopf als Leiter kosten, aber das war ihm gleichgültig. Er ließ sich von seinem Fahrer zurück ins GTAZ bringen.

Passau

Patrick hatte es sich, seit er in diesem Glaskasten eingesperrt war, etwas wohnlicher gemacht. Er bat um ein Fernsehgerät, eine Kaffeemaschine und seinen Laptop, die man ihm durch die Schleuse ins Labor brachte und auch anschloss. Die Direktorin war auch umsichtig genug, ihm ein Feldbett und bei einem örtlichen Unternehmen eine Campingtoilette und einen Paravent zu besorgen, die er in einer Ecke des Labor, nachdem er etwas umgeräumt hatte, installierte.

Er hatte brüllende Kopf- und Gliederschmerzen und sein Hals brannte wie Feuer, er war kaum in der Lage zu schlucken. Er fühlte sich fiebrig. Das Essen, welches Blanka ihm geschickt hatte, stand unangetastet auf einem der Tische. Er verspürte einfach keinen Appetit. Auf sein Bitten hatte ihm Helena Blut abgenommen und untersucht. Nun hatte er Gewissheit. Er war mit dem Ebola-Erreger infiziert.

Die Inkubationsphase war extrem kurz, er hatte nicht so schnell mit den ersten Symptomen gerechnet, was vermuten ließ, dass ihm P.A. eine konzentrierte Lösung des Erregers gespritzt haben musste. Was ihn im Nachhinein erstaunte, war die Tatsache, dass P.A. noch in der Lage war, selbst nach dem tödlichen Kopfschuss, den Kolben der Spritze zu drücken. Er glaubte immer, dass ein solcher Schuss, da der Tod unmittelbar eintritt, jegliche Handlungen unmöglich machten.

Dieses Wissen half ihm nun nicht weiter. Patrick schätzte, dass ihm, selbst wenn er sich fiebersenkende Infusionen legen würde, maximal zwei bis drei Tage blieben. Mit Grippesymptomen hatte es begonnen, in den folgenden Stunden und Tage würden furchtbare Magenkrämpfe, Durchfall und Erbrechen dazu kommen. Seine Schleimhäute würden zu bluten beginnen und es kämen innere Blutungen hinzu. Letzen Endes würden seine Organe, unter furchtbaren Schmerzen, nach und nach versagen.
Er hatte schreckliche Angst und es fiel ihm schwer, sich auf die Arbeit zu konzentrieren. Es war eine schreckliche Ironie des Schicksals. Jetzt da die Befreiung und Rettung Chloé´s so nahe schien, würde ihm nicht einmal mehr die Zeit bleiben, seine Tochter zu sehen. Er lachte bitter.
Helena sah ihn von der Seite aus ihrem Schutzanzug an. «Alles ok?» fragte sie.
«Ja alles ok», log Patrick.
Sie hatten sich aufgeteilt, da durch das Feldbett und den Paravent der Platz jetzt eingeschränkt war. Patrick und Helena arbeiteten im Labor, während Kai und Nils im Vorraum an den Computern saßen. Patrick hatte Nils mit der Eingabe und Auswertung der Testreihen beauftrag und Kai hatte er gebeten zu recherchieren, ob es irgendwo im World Wide Web oder überhaupt auf diesem verkorksten Planeten eine Abhandlung zu ihrem Problem gab.
Langsam war er am Ende mit seinem Latein. Sie hatten nun beinahe alle in Frage kommenden Trägersubstanzen getestet und versucht die Aptamer-RNA-Hybride an die infizierten Zellen andocken zu lassen. Kurz nach der Injektion wurden die Aptamer-RNA-Hybride

als Fremdkörper erkannt und wieder einmal abgebaut.
Einmal glaubten sie den geeigneten Träger gefunden zu haben, da der Abstossungsprozess erst mit einiger Verzögerung eintrat.
Alle Testreihen verliefen negativ.
Frustriert lehnte er sich in seinem Stuhl zurück und rieb sich die brennenden und tränenden Augen.
«Lass uns morgen weiter machen Helena. Mir fallen die Augen zu und Du solltest Dir auch etwas Ruhe gönnen.»
Helena nickte gähnend. «Kommst Du klar alleine hier drin?» erkundigte sie sich.
«Aber klar. Ich werde mir jetzt eine schöne heiße Wanne einlaufen lassen und relaxen», frotzelte er.
Sie hob nur wenig amüsiert eine Augenbraue. «Komiker.»

Libanon

Sein schweißnasses Shirt trocknete nur langsam. David war fast das Herz stehen geblieben, als Piwi am Grenzübergang die gewagteste Nummer abzog, die er je gesehen hatte. Piwi hatte das Navi mit der neuen Route gefüttert und David lies den Wagen Fahrt aufnehmen. In knapp eineinhalb Stunden würden sie Beirut erreichen. Beirut war von Masnaa nur rund 80 Kilometer entfernt.

«Sollte nicht so schwer sein, die Residenz des Scheichs ausfindig zu machen?! Was denkst Du?» hörte er Piwi fragen.

«Hm, ich habe keine Ahnung. Ich nehme an, dass er mehrere Häuser oder Paläste sein eigen nennt. Wird, denke ich, nicht ganz einfach sein.»

David sah auf das Display seines Handy. «Wenn wir in Beirut sind, versuche ich Colonel Ayman anzurufen, im Moment habe ich keinen Empfang.»

David sah in den Rückspiegel und sah den dünnen Silberstreifen am Horizont, der die aufgehende Sonne ankündigte.

«Versuch ne Runde zu schlafen, Piwi. Du musst mich nach Beirut mal ablösen. Was macht der Arm?»

«Tut weh», brummte Piwi und würgte in diesem Moment zwei weitere Schmerztabletten hinunter.

Piwi drehte sich zur Seite und war fast augenblicklich eingeschlafen. Obwohl auf libanesischen Autobahnen keine Geschwindigkeitsbeschränkung galt, achtete David sehr darauf, nicht schneller als hundertvierzig zu fahren.

Es drängte ihn zwar schneller nach Tripolis zu kommen, aber er wollte nach ihrem Auftritt an der Grenze nicht unnötig weiteres Aufsehen erregen. Der Wagen alleine war schon auffällig genug.
Er hoffte, dass seine Mails ihre Empfänger erreicht hatte. Eine hatte er an Bengston und eine dem ehemaligen Botschafter, den er seinerzeit im Kosovo kennengelernt hatte, geschickt.
Er war sich nicht einmal sicher, ob seine E-Mail-Adresse, die er hatte, noch aktuell war. Eine zweite hatte er an Colonel Ayman geschickt, in der er ihm mitteilte, dass er ein Mädchen namens Jasmin Richtung jordanische Grenze los geschickt hatte.
Auf Bengston würde er sich verlassen können. Wahrscheinlich hatte er Patrick sofort informiert und die Mail an die entsprechenden Stellen weitergesteuert. Aber er war sich sicher, dass er aus Deutschland mit keiner Hilfe würde rechnen können.
Die Region war ein Pulverfass und Deutschland hatte es immer vermieden, sich in den Nahen Osten einzumischen. Für ihn war es schon außergewöhnlich, dass der Außenminister vergangenes Jahr zu Nahost-Friedensgesprächen nach Israel gereist war.
Sie würden es irgendwie alleine schaffen müssen. David hatte sich bisher nicht gestattet, sich zu viele Hoffnungen zu machen, weshalb er noch keine Pläne gemacht hatte, wie es weiter gehen würde, wenn sie Chloé aus den Händen dieses Scheichs befreit hätten.
Das naheliegende wäre, nach Beirut zurück zu fahren, um sich in die Deutsche Botschaft zu flüchten.
Von Beirut nach Tripolis waren es weitere achtzig Kilometer. Sie würden die Strecke, wenn er mit Höchstgeschwindigkeit führe, in deutlich unter einer Stunde schaffen.

Eine Stunde, in der zig Straßensperren, oder ein Hinterhalt auf sie warten könnten. Eine Ausreise über den Flughafen Tripolis schied definitiv aus. Andernfalls müssten sie es über den Landweg in die Türkei versuchen, was aber wieder bedeutete durch Syrien fahren zu müssen. Das war eine Option, die er nur zu allerletzt in Betracht ziehen würde.

Ihm war auch die Flucht über das Mittelmeer nach Zypern in den Sinn gekommen. Aber dann müssten sie zunächst ein Boot besorgen und die Küstenwache würde, gerade in diesem Bereich verstärkt mit Patrouillenbooten präsent sein. Sie würden sehen.

Er fummelte eine Zigarette aus der Schachtel und zündete sie an. Eine verfluchte Angewohnheit. Wenn er heil aus diesem Schlamassel käme, so schwor er sich in diesem Augenblick, würde er aufhören zu Rauchen.

Beate täte er damit einen riesen Gefallen. Er schnippte die Asche aus dem Fenster. Ob es Tayyb gelungen war, Jasmin zur Grenze zu bringen? Er würde es vermutlich nie erfahren.

Passau

Patrick hatte sich, nachdem Helena gegangen war, unter die Dusche gestellt. Seine Kopfschmerzen waren beinahe unerträglich geworden. Lange ließ er sich das heiße Wasser über den Kopf schwallen, aber es brachte nicht wirklich Linderung. Nachdem er sich abgetrocknet hatte und eine Schmerztablette geschluckt hatte, war er nur in Unterhose unter die Decke auf dem Feldbett geschlüpft. Lange Zeit lag er da und starrte gegen die Decke des Metallcontainers. Er fühlte sich schrecklich einsam und er hatte Angst. Todesangst. Seine Eltern hatten ihn im Glauben erzogen. Als Kind war er einige Jahre Ministrant gewesen und es hatte ihm Spaß gemacht. Wann die Wissenschaft letztlich den Glauben verdrängt hatte, wusste er nicht mehr. Er rief sich die Worte des Glaubensbekenntnisses ins Gedächtnis.

Ich glaube an den Heiligen Geist, die heilige katholische Kirche, Gemeinschaft der Heiligen, Vergebung der Sünden, Auferstehung der Toten und das ewige Leben. Glaubte er wirklich noch daran? Er hatte eigentlich nie daran geglaubt, dass der Tod etwas endgültiges sein könnte, dass hernach irgendetwas sein müsse, trotzdem konnte er daraus keinen Trost schöpfen. Er würde sterben und das war unausweichlich. Es war etwas anderes den Tod als etwas Unausweichliches am Ende des Lebens anzuerkennen, aber seinen unmittelbaren, gewissen, Tod vor Augen zu haben, zu wissen wann man sterben würde, etwas völlig anderes. So musste sich ein zum Tode verurteilter fühlen, dachte er. Mit dem Unterschied, dass dieser nicht leiden musste.

Er hatte Angst vor dem was kommen würde, vor den Schmerzen, auch vor der Scham, wenn er nichts mehr würde bei sich behalten können. Er würde niemals seine Tochter aufwachsen sehen, mit ihr die Einschulung oder Schulabschlussball feiern, nie erleben, wie sie sich zum ersten Mal verliebt oder sie zum Traualtar führen. Seine Frau würde sich irgendwann wieder verlieben und einen anderen Mann heiraten. Verdammt es war einfach nicht fair.
Er zog sich die Decke über den Kopf und lies seinen Tränen freien Lauf.
Wann er eingeschlafen war, wusste er nicht, aber er erwachte, weil ihm speiübel war. Er hastete zur Campingtoilette und übergab sich, wie er sich noch nie in seinem Leben übergeben musste. Sein Magen krampfte sich immer und immer wieder zusammen, bis er nur noch Galle erbrach. Geschwächt und schweißüberströmt, saß er auf dem kalten Fußboden.
«*Verdammt! Es geht zu schnell*», ging es ihm durch den Kopf. Mit dem Kopf in der Armbeuge ruhte er aus, musste sogar für einige Minuten wieder eingeschlafen sein.
Als er die Augen öffnete sah er, wie sich auf seiner Haut winzige Salzkristalle gebildet hatten, als der Schweiß verdunstet war und er schmeckte das Salz auf seinen Lippen. Ihn fror erbärmlich, aber ihm fehlte die Kraft aufzustehen, er wollte nicht aufstehen. Plötzlich kam ihm ein Gedanke und mit aller verbliebenen Kraft stemmte er sich in die Höhe, schleppte sich an der Wand abstützend hinüber zu seinem Laptop und tippte einige Suchbegriffe in die Suchmaschine ein. Die Internetverbindung kam ihm quälend langsam vor. «Na los! Mach schon!» murmelte er ungeduldig.

Schließlich wurde die Suchmaschine fündig. Mit gezielten Klicks manövrierte er sich durch die Seiten und fand wonach er suchte. Nachdem er die E-Mail Adresse markiert und kopiert hatte, öffnete er das Email Programm und tippte hastig einige Zeilen und klickte auf senden. Dann wurde ihm schwarz vor Augen.

Libanon

Es war bereits hell, als sie in Beirut ankamen. Piwi hatte lautstark geschnarcht, als er neben David tief und fest geschlafen hatte.

«Wir müssen Deinen Verband wechseln», sagte David. «Er ist durchgeblutet.»

Piwi schien noch nicht richtig wach zu sein und warf nur einen kurzen Blick auf seinen Arm. «Willst Du gleich weiter Richtung Tripolis?» fragte Piwi.

«Ich habe einen Bärenhunger. Wir sollten vielleicht erst mal nach einem Restaurant oder Kaffee Ausschau halten.»

«Wenn so früh überhaupt schon etwas geöffnet hat», raunte Piwi neben ihm. «Aber ich stimme Dir zu. Mir hängt der Magen auch in den Kniekehlen.»

David nahm den Fuß vom Gas und verließ die Autobahn in Richtung Stadtmitte.

Auf dem Weg ins Zentrum würden sie sicherlich etwas finden.

Einen Laden oder ein Lokal. Ganz gleich was.
Kurz nachdem sie abgefahren waren lenkte David den Mercedes auf eine kleine, unbelebte Nebenstraße.
«Lass uns erst Deinen Verband wechseln. Ich will ja nicht, dass Dir der Arm abfault.»
«Ich könnte mich jedes Mal totlachen über Dein komödiantisches Talent», maulte Piwi. «Ehrlich, wenn Du mal bei der Polizei aussteigst, solltest Du eine Comedy-Karriere in Betracht ziehen.»
David hatte völlig vergessen, dass Piwi ein Morgenmuffel par excellence war. Er grinste und stieg aus.
Nachdem er den Verband gelöst und die Wunden gewaschen hatte, befand er, dass sie gar nicht übel aussahen. Sicherlich würde der Heilungsprozess schneller verlaufen wenn man die Wunden genäht hätte, aber die Wundränder hatten sich schön verschlossen. Wenn Piwi den Arm ein wenig schonte, würde sich bald eine dünne Schicht Schorf gebildet haben.
Er trug eine dünne Schicht, antiseptischer Wundsalbe auf und verband Piwi´s Arm, wobei er sehr darauf achtete, die Wunden nicht zu berühren.
Als David fertig war, rollte Piwi seinen Ärmel hinunter. Er warf ihm einen Luftkuß zu, «Sie sind so gut zu mir, Schwester Sprenger.»
«Idiot», lachte David. «Los! Lass uns was zu essen besorgen. Ich sterbe.»
Sie mussten nicht lange fahren, bis sie am Straßenrand einen Imbiss fanden, aus dem es verführerisch duftete.
Sie stellten den Wagen direkt am Straßenrand ab und schlenderten hinüber.

Nachdem sie sich an das einzige Tischen am Straßenrand gesetzt hatten, bestellten sie Falafel, kleine Fleischspiesschen mit Lammfleisch, Oliven, Salat und Fladenbrot. Es dauerte auch nicht lange, bis die ersten Kinder zusammengelaufen waren und das schwarze Ungetüm am Straßenrand begafften. Durch die Erwachsenen wurden sie eher mit Skepsis beäugt, dennoch ließen sie sich nicht beeindrucken und aßen mit großem Appetit. David wollte nicht mehr Zeit als notwendig verlieren legte einen 50 US-Dollar Schein auf den Tisch, als sie gingen. Das war vermutlich mehr als der kleine Imbiss in einer Woche erwirtschaftete. Als Piwi die Fernentriegelung betätigte kreischten die Kinder begeistert, als sich die Türen, quittiert von einem Pfeifen, öffnete.
Um die Kinder noch mehr zu beeindrucken, ließ er die Heckklappe automatisch auf und zu fahren. Die Kinder hatten ihre wahre Freude an dem für sie futuristischen Gefährt. David und Piwi stiegen ein und Piwi ließ den Motor etwas lauter aufheulen, als es notwendig gewesen wäre. Die Kinder winkten ihnen begeistert nach, als sie losfuhren.
David hatte die Route nach Tripolis bereits ins Navigationsgerät eingeben und schnell ließen sie Beirut hinter sich.
David warf einen prüfenden Blick auf sein Handy. «Ich versuche jetzt Colonel Ayman zu erreichen.» Er wählte die Nummer und wartete. Wie schon beim letzten Mal, veränderte sich der Klingelton nach dem dritten Freizeichen. David vermutete, dass der Anruf umgeleitet wurde.
«Hallo?» erklang seine Stimme am Ende der Leitung.
«Sprenger hier.»

«David, wie schön Deine Stimme zu hören.»
In seiner Stimme schwang ehrliche Freude und Erleichterung mit.
«Dein Paket ist übrigens angekommen», sagte der Colonel. «Wir haben uns darum gekümmert.»
«Danke, Colonel. Was können Sie mir über einen Scheich namens Omar Abas bin Raschid al Bukar sagen?»
«Du machst Witze?» hörte er die erstaunte Stimme des Colonel.
«Scheich Omar war bis letztes Jahr Vorsitzender der Arabischen Liga. Ich dachte bisher, dass er ein integrer Mann ist.»
«Offenbar ist er das nicht, weil er der Höchstbietende war, Colonel. Ich muss wissen, wie ich ihn finde wo ich…» er suchte nach Worten, «mein Päckchen finde.»
Es vergingen einige Sekunden, ehe der Colonel antwortete.
«Gib mir dreißig Minuten und lass Dein Handy auf Empfang.» Er hatte aufgelegt.

Passau

«Um Gotteswillen!», rief Helena aus, als sie in den Vorraum des Laborcontainer getreten war. Sie fand Patrick zusammengekauert und ohnmächtig auf dem Laborfußboden. Nachdem sie die Direktorin verständigt hatte, war sie in die Schleuse gestürmt, hatte sich in ihren Schutzanzug gezwängt, war so schnell es ging ins Labor gehuscht und hatte Patrick auf sein Feldbett gezerrt. Selbst durch die Handschuhe hindurch fühlte er sich kaltschweißig an. Er zitterte am ganzen Leib. Das Display des Thermo-Scan zeigte fast 41 Grad an, als sie seine Temperatur maß.

Sie eilte zu einem der Schränke, riss eines der Bestecke auf, legte ihm einen Zugang und schloss eine der Infusionsflaschen an, die sie gestern vorsorglich in der Klinikapotheke besorgt hatten.

Die Infusion tropfte langsam in seine Vene. Sie sollte sein Fieber wieder auf ein normales Maß senken.

«Danke», sagte Patrick mit brüchiger Stimme. Seine Lippen waren rissig und seine Augen glänzten fiebrig.

«Schon ok», lächelte Helena. «Du hast mir einen ganz schönen Schrecken eingejagt. Könntest Du das in Zukunft bitte unterlassen?»

«I´ll do my very best», sagte er näselnd, in Anspielung auf den Silvester-Klassiker Dinner for One.

«Helena, ruf bitte alle zusammen. Auch Blanka.» Ich hatte heute Nacht eine Idee, die ich mit euch besprechen muss. Ich weiß nicht wie lange ich euch noch eine Hilfe sein kann.»

Helena zog die Stirn kraus. «Jetzt gleich?»
«Ja. Jetzt gleich», antwortete er. «Es ist wichtig.»
Helena war zum Telefon geeilt und rief im Hotel an. Dreißig Minuten später waren alle versammelt. Bevor sie eingetroffen waren, schaffte er es, auf Helenas Drängen hin, eine Fleischbrühe zu essen, die sie aus der Küche des Krankenhauses geordert hatte. Die Suppe und die Infusion taten ihre Wirkung, er begann sich besser zu fühlen. Kai, Nils und Blanka saßen vor der Glasscheibe. Patrick hatte sich, in eine Decke gewickelt, auf einen Laborstuhl gesetzt, während Helena es vorzog stehen zu bleiben.
Ich hatte heute Nacht eine Idee, einen Gedanken, den ich euch nicht vorenthalten will. Ich kann euch nicht mehr genau sagen, wie ich darauf gekommen bin, aber mir fiel ein, dass ein chemisches Element aus der Gruppe der Halbmetalle ganz unglaubliche chemische Eigenschaften aufweist. In der Technik findet es bereits als Halbleiter Anwendung. Ihr kennt es alle. Ich spreche von Silicium.»
Kai sah ihn verdutzt an.
«Silicium ist in der Lage Mehrfachbindungen einzugehen», fuhr Patrick fort.
Es ist äußerst stabil, relativ Reaktionsträge, ist in Säuren unlöslich, weil es eine leichte Oxidschicht bildet, aber leicht löslich in Laugen und Wasserstoff ist.
Ich habe das Thema vor einigen Jahren mal in einem Essay gelesen. Ich konnte in Aachen eine Firma ausfindig machen, die Silicium-Nano-Partikel, wie wir sie benötigen, herstellt. Das Herstellungsverfahren nennt sich anodische Oxidation. Sehr, sehr kompliziert und aufwändig und mit aufwändig meine ich extrem teuer, aber ich will

euch jetzt nicht mit Details erschlagen. Ich habe heute Nacht noch eine geringe Menge dieser Nano-Partikel bestellt. Und dann muss ich wohl umgekippt sein.

«Blanka», er sah sie direkt an, «Du müsstest bitte dafür sorgen, dass wir diese Partikel so schnell wie möglich hier her bekommen. Kannst Du das machen?»

«Das schaffe ich, keine Sorge», lächelte sie zuversichtlich.

«Ich gebe Dir nachher die Adresse der Firma. Ich habe keinen Schimmer, ob es funktioniert, weshalb ich erst mal nur eine Kleinstmenge bestellt habe. Ich habe aber auf deren Homepage gesehen, sollten wir denn Erfolg haben, dass die Firma auch schnell in der Lage wäre, viel mehr dieser Nano-Partikel herzustellen.

Ich nehme an, zu einem exorbitanten Preis, aber darüber sollen sich dann andere den Kopf zerbrechen.

Jetzt komme ich zum eigentlichen Problem. Wir haben die Erbinformation des Virus und wir haben einen geringen Vorrat an komplementärer RNA der virulenten und pathogenen Signalmoleküle, die wir mit unseren «Eintrittskarten» fusioniert haben, unsere Aptamer-RNA-Hybride. Dieser winzige Vorrat reicht aber höchstens, wenn überhaupt, für einige Impfeinheiten, wahrscheinlich sogar nur um ein paar Tests zu machen. Aber darauf komme ich später noch einmal zurück.

Ich hege die große Hoffnung, dass diese Silicium-Nano-Partikel die Hybride stabil halten, wenn sie sich an die Struktur der befallenen Zelle anheften. Falls, ich sage falls, es nicht wieder zum Zerfall kommt, sollte die komplementäre RNA in die Zelle eingeschleust werden und die Virus-Transkription deaktivieren.

«Und welchen Sinn hat das?» wollte Kai wissen. Blanka nickte noch immer etwas perplex, obwohl er es ihr schon dargelegt hatte.
«Das Ebola-Virus dringt komplett in die Wirtszelle ein. Das Virus verliert dabei seine Hülle und beginnt, seine Erbinformationen in die DNA der Wirtszelle zu integrieren. Zur genetischen Vermehrung bedient es sich, da es das ja nicht selbst kann, der Enzyme der Wirtszelle. Außerdem blockiert das Virus die Abwehrmechanismen der Wirtszelle. Dadurch, dass wir das Virus inaktivieren, kann das körpereigene Abwehrsystem angreifen und die infizierten Zellen abtöten.»
Kai und Blanka nickten. Sie schienen verstanden zu haben.
«Die Silicium-Nano-Partikel werden in Form eines hauchdünnen Films geliefert, sogenannte Wafer. Wir müssen diese Wafer bei 500 Grad Celsius hydrokarbonisieren, also in eine Lösung bringen. Erst danach können wir daraus, durch starke Verdünnung in 100%igem Alkohol, Gebrauchslösungen anmischen.
Unsere isolierten Hybride werden in der Silicium Lösung vermischt, der Alkohol extrahiert – et voila, fertig wäre unser Anti-Ebola-Cocktail. Ein hoffentlich wirksames Therapeutikum.
«Aha, so einfach. Und sowas fällt Dir nachts, mit Brummschädel und 40 Grad Fieber ein?» witzelte Nils.
«Und wie soll das mit dem Aufkochen dieser Wafer funktionieren?»
«Das ist kein Problem», schaltete sich Helena ein. «Das ist Grundkurs Chemie. Was ich aber noch nicht geschnallt habe…», fragte Helena an Patrick gerichtet. «Du hast erwähnt, dass unser Vorrat an Hybriden nur für eine Impfdosis reicht. Wie können wir davon mehr herstellen?»

«Wir? Gar nicht!» antwortete Patrick knapp. «Dazu wären wir technisch gar nicht in der Lage hier. Wir müssten die komplementäre RNA-Synthese einem externen Labor in Auftrag geben, das darauf spezialisiert ist. Und auch dieses wäre nur in der Lage, in der Kürze der Zeit, eine geringe Menge eines lösungsfähigen Pulvers zu liefern. Um in diesen Dimensionen unser Therapeutikum herzustellen, wie wir es benötigen, müssten alle Labore, die dazu in der Lage wären, komplett ihre Produktion auf dieses eine Produkt umstellen.»

Es herrschte betretenes Schweigen.

Patrick zuckte mit den Achseln. «Das ist meine Idee. Ich kann euch nicht sagen, ob es funktionieren wird, aber was Besseres fällt mir nicht ein.»

Er blickte zu Blanka, die ihn ebenso fragend wie alle anderen anschaute.

«Es ist teuer, es ist aufwändig und mit einem gewissen Risiko verbunden, weil wir dadurch zeitlich komplett gebunden sind. Wenn es ein Misserfolg ist, haben wir eine Menge Zeit vergeudet. Was sagst Du Blanka?»

«Was haben wir denn für eine Wahl? Wir versuchen es! Gib mir die Adresse dieser Firma und ich kümmere mich darum, dass wir heute noch diese Partikel her bekommen.»

Er bat Nils und Kai, im Internet nach Laboren zu recherchieren, die in der Lage wären die Komplementär-RNA zu synthetisieren. Sie sollten ihre Suche nicht nur auf Deutschland beschränken.

Patrick wurde von einem heftigen Hustenanfall geschüttelt. Als er die Hand vom Mund nahm, sah er den blutigen Auswurf. Die Blutungen hatten begonnen.

Unauffällig wischte er sich die Hand an der Decke ab und hoffte, dass es niemand gesehen hatte.
Als er sich umdrehte, standen Helena Tränen in den Augen.
«Helena, nicht!» sagte er, «ich brauche Dich jetzt dringender denn je. Hast Du verstanden, was ich vorhin erklärt habe?»
Sie nickte, leise schluchzend. «Traust Du Dir zu, die Arbeit fortzusetzen, falls ich mich nicht mehr auf den Beinen halten kann?»
«Hör doch auf so was zu sagen», schrie sie, «wir werden das zusammen beenden, hörst Du?»
Patrick blickte betreten auf seine Füße.
Er musste ihr nicht erklären, dass er sich in vierundzwanzig bis achtundvierzig Stunden nicht mehr auf den Beinen würde halten können. Stattdessen nickte er. «Wir beenden es zusammen», versprach er.

Libanon

Kaum fünfzehn Minuten waren vergangen, als Davids Handy mehrere Pieptöne von sich gab. Es waren drei Kurznachrichten eingegangen. Als er die Nachrichten öffnete bestanden die ersten beiden Nachrichten nur aus einer Zahlenreihe die dritte beinhaltete eine Bilddatei. Er dachte zunächst, dass der Colonel ihm eine chiffrierte Nachricht übermittelt hatte. Dann erkannte er, dass es sich um Geo-Daten, in Stunden, Minuten und Sekunden handelte. Nachdem er die ersten Koordinaten ins Navi getippt hatte, sah er, dass es sich um ein Gebäude handelte, von dem David vermutete, dass es sich um den Palast des Scheichs handelte. Er tippte den zweiten Datensatz ein und wartete bis das Gerät das Ziel berechnet hatte. Es handelte sich um ein, ebenfalls alleinstehendes, kleineres Gebäude, direkt an der Küste.

Dann öffnete er die Bilddatei. Er hielt Piwi das Telefon vor die Nase, sodass er den Mann auch sehen konnte. Es zeigte einen arabischen Mann, Mitte, Ende der fünfziger, mit einem sorgsam gestutzten Oberlippenbart, eine typische Kufiya, die traditionelle Kopfbedeckung arabischer Männer, tragend.

In diesem Moment piepte sein Telefon erneut.

«Colonel?»

«Ja ich bin es David. Du hast die Koordinaten und das Bild bekommen, nehme ich an?»

«Habe ich, danke», entgegnete David. «Bei den ersten Koordinaten handelt es sich um das Haupthaus.

Aber ich muss Dich warnen. Dieser Scheich befehligt eine kleine Armee und der Palast dürfte extrem gut bewacht sein. Das zweite Gebäude ist sein Landsitz an der Mittelmeerküste, aber nicht minder gut bewacht.»

«Gibt es noch andere Gebäude, wo mein Päckchen sein könnte?»

«Keine uns bekannten. Der Rest seiner Immobilien sind Firmengebäude oder Lagerhallen. Viel Glück.»

Der Colonel hatte aufgelegt, noch ehe David irgendwelche Rückfragen stellen konnte.

«Verdammt», fluchte er. «Jetzt können wir wieder mit dieser Sucherei anfangen.»

«Beruhige Dich David, wir haben in Damaskus mit wesentlich weniger Informationen angefangen als in Tripolis. Wir werden sie finden. Ok?»

«Ja, werden wir», gab David nicht ganz so überzeugt zurück.

Er warf einen prüfenden Blick auf seine Uhr. In knapp einer Stunde würden sie in Tripolis ankommen.

«Ich schlage vor, dass wir uns in Tripolis zunächst ein Hotel suchen, den Wagen irgendwo parken und schauen, ob wir einen Leihwagen bekommen. Ich will mir beide Häuser erst mal anschauen und mir ein Bild davon machen.»

Piwi nickte zustimmend. Als sie Tripolis erreichten herrschte reger Verkehr. Piwi schlängelte sich geschickt mit dem großen Wagen durch das Verkehrschaos. Das Navi hatte sie zu einem Hotel im Zentrum, unweit des Hafens, gelotst, was von außen nicht viel her machte, aber ein gediegenes Ambiente besaß. Sie wählten ein Zimmer von dem aus man einen Blick auf das Meer und den Hafen

erhaschen konnte. Das Hotel hatte zwar keine Tiefgarage, aber auf der Rückseite besaß es einen, mit einer hohen Mauer umgebenen Hof, in dem sie den Mercedes abstellten. Im Zimmer angekommen ließ David sich aufs Bett fallen und schloss die Augen.
«Ich spring mal schnell unter die Dusche», hörte er Piwi stimme gedämpft aus dem Badezimmer. David brummte unverständlich. Er war fast augenblicklich eingeschlafen.

Passau

Patrick und Helena waren zur Untätigkeit verdammt. Ohne die Nano-Partikel konnten sie im Moment überhaupt nichts ausrichten. Helena hatte sich strikt geweigert, ihn alleine zu lassen und bis zum Mittag hatte sie sich, von Kai und Nils, Bunsenbrenner und diverse Gefäße bringen lassen und eine Apparatur aufgebaut, mit der sie würde die Nanopartikel aufkochen können. Auch mehrere Flaschen Lösungsmittel waren dabei.
Patrick ging es immer schlechter. Obwohl Helena ihm im Laufe des Morgens eine zweite Infusionsflasche angehängt hatte, war sein Fieber nicht wesentlich gesunken. Oft wurde es ihm so schwindelig, dass er sich setzen musste. Hinzu kam, dass er blutigen Durchfall bekam. Die Untätigkeit machte ihn rasend. Er lag auf dem Bett, dämmerte immer wieder weg und wurde dann von fiebrigen

Albträumen geplagt, in denen er schreckliche Bilder von Chloé vor Augen hatte und er seinen Vater blutüberströmt am Boden hatte liegen sehen. Als er aus einem dieser Träume hochfuhr, waren seine Wangen tränennass. Den Kopf auf seine Hände gestützt wartete er, bis die Schreckensbilder verblasst waren. Ihm dröhnte der Kopf und seine Augen brannten. Das Licht der Neonröhren stach in seine Augen und verstärkte die stechenden, pochenden Schmerzen hinter seiner Stirn. Noch ehe er Helenas Gesicht erblickte, als sie vorsichtig um den Paravent linste, hörte er das quietschende Reiben ihres Schutzanzuges.

«Wie fühlst Du Dich?» erkundigte sie sich. Ihr Stimme klang gedämpft durch das Plastik ihrer Schutzhaube.

«Nicht gut», stöhnte er. «Wir haben nicht zufällig Ibuprofen als i.v. Lösung da?»

«Nein, aber kann ich Dir welches besorgen. Hast Du solche Schmerzen?»

«Hmm, ja. Mir platzt bald der Schädel.»

Sie griff zum Telefon und bat um einen Beutel Ibuprofen Lösung. Wen sie anrief wusste er nicht.

Plötzlich vernahm er das durchdringende Quietschen der immer noch defekten Stahltüre durch die Gegensprechanlage. Als wollte sie ihn verhöhnen schien die Sprechanlange das Quietschen um ein Vielfaches zu verstärken. Das Geräusch hallte in seinem Schädel wider und er kniff schmerzverzerrt die Augen zusammen. Und wieder quietschte es, als die Türe zufiel. Dieses Mal war er vorbereitet und hatte sich die Finger in die Ohren gesteckt.

Als er die Augen öffnete sah er Blanka, die triumphierend ein

kleines Päckchen in die Höhe hielt und breit grinste. Sie war ungeschminkt, ihre Haare waren zerzaust und sie sah übernächtigt aus.
«Ich habe es», rief sie.
Helena legte ihren Zeigefinger vor den Mund und gab Blanka zu verstehen, dass sie nicht so laut sprechen sollte. Zumindest versuchte sie das, bis dieser von ihrer Schutzhaube blockiert wurde.
Blanka verstand und sah besorgt zu Patrick, der immer noch auf der Kante des Feldbettes saß.
«Das ist toll», sagte Patrick. «War es schwierig?»
«Na ja. Leicht war es nicht. Ich musste etliche Anrufe tätigen, bis man bereit war mir einen Hubschrauber zu schicken.»
Patrick stand wackelig auf den Beinen und sah Blanka an. Sein Gesicht war aschfahl und er hatte tiefe, schwarze Ringe unter den Augen.
«Schau mich nicht so an», sagte er zu Blanka, sich ein Lächeln abringend.
«Du siehst nicht besser aus.»
Sie sah an sich hinunter und fuhr sich mit den Händen durch die Haare. «Dann schau mich am besten nicht so genau an. Es war alles schon etwas hektisch heute Morgen.»
«Das wichtigste ist, dass wir jetzt die Nanopartikel haben», sagte Helena aus dem Hintergrund. Ich würde dann gleich anfangen.»
Helena hatte sich kaum umgedreht als Blanka einen spitzen Schrei ausstieß.
Patrick war zusammengebrochen und lag von Krämpfen geschüttelt am Boden.

Libanon - Tripolis

David erwachte als die Sonne bereits hoch am Himmel stand. Wie lange er geschlafen hatte, konnte er nicht ermessen. Es fühlte sich wie viele Stunden an. Ein Blick auf seine Uhr verriet ihm, dass er nur knapp vier Stunden geschlafen hatte. Verloren sah er sich im Hotelzimmer um. Er musste sich erst orientieren. Ihre Taschen standen unangetastet auf dem Boden vor dem Bett, ein Handtuch war achtlos über den Sessel geworfen worden und Piwi´s Jacke hing an einem Stuhl, aber von Piwi selbst keine Spur. Er stand auf und ging hinüber zu Piwi´s Jacke. Der Autoschlüssel fehlte.

Da er ohnehin nichts anderes machen konnte, entschied er sich zu duschen und danach in die Hotellobby hinunter zu gehen, um sich einen Kaffee zu besorgen.

Erfrischt, aber mit noch feuchten Haaren, hatte er sich auf einen abgewetzten, braunen, Ledersessel in eine Ecke der Hotelhalle gesetzt. Er beobachtete die Menschen, die kamen und gingen und auch das Personal. Viele Gäste schien das Hotel im Augenblick nicht zu beherbergen. Es waren fast ausschließlich arabisch stämmige Gäste, gut betuchtere, wie er vermutete. Ein junger Kellner brachte ihm eine Tasse Mokka, nicht sein Lieblingsgetränk, aber er brauchte das Coffein.

David nippte an seiner Tasse, während er seinen Blick über die Straße schweifen ließ.

«Na, wieder fit?» hörte er eine Stimme hinter sich.

«Piwi!» rief David erfreut. «Wo bist Du denn gewesen?»

Piwi ließ sich schwer in den Sessel gegenüber fallen und winkte dem Kellner.

«Ich habe mir die letzten Stunden die beiden Häuser angeschaut und mir dazu ein paar Gedanken gemacht. Ich wollte Dich nicht wecken.»

«Lass hören», forderte David ihn zum Weitersprechen auf.

Piwi bestellte eine Cola und derselbe Kellner entfernte sich wieder.

Er schwieg einige Sekunden, in denen er einen Notizzettel entfaltete und vor sich auf das Tischchen legte.

«Ich habe mir überlegt, ob wir vielleicht bei Tageslicht reingehen?»

David schaute Piwi verständnislos an. «Wie meinst Du das?»

«Die Häuser, naja, zumindest der Palast, sind so wie der Colonel sagte, ziemlich gut bewacht. Sicherheitstechnik vom neuesten Standard. Ich habe mich vor beiden Objekten einige Zeit aufgehalten und mir ist aufgefallen, dass ein ständiges Kommen und Gehen herrscht. Jede Menge Zulieferverkehr, Du weißt schon, Lebensmittellieferanten, Wäschereiservice, Getränkelieferanten, einige Handwerker, sowas halt. Wenn wir das ausnutzen, haben wir, denke ich, das größere Überraschungsmoment auf unserer Seite, als wenn wir eine nächtliche Operation starten. Wann würdest Du denn die Wachmannschaften verstärken? Doch wohl eher nachts.

Tagsüber sind die Wachen meiner Erfahrung nach weniger aufmerksam, zwar ausgeschlafener aber weniger alarmiert. Zudem hätten wir das Tageslicht und wären nicht auf die Restlichtverstärker angewiesen. Allerdings mit dem Nachteil, dass wir auch mit wesentlich weniger Ausrüstung auskommen müssten, was uns auf der anderen Seite wiederum beweglicher, flinker macht.

Der Kellner brachte Piwi´s Cola, die er fast in einem Zug leerte. Er rülpste herzhaft. «Was denkst Du?»
«Ich muss mir das durch den Kopf gehen lassen. Das viel größere Problem ist, dass wir nicht wissen, in welchem Gebäude sie Chloé gefangen halten.»
«Dazu hab ich eine Theorie», murmelte Piwi in sein Glas, als er die letzten Schlucke daraus nahm. «Der Palast ist ziemlich belebt. Ich könnte mir vorstellen, dass der Scheich dort relativ häufig offizielle Empfänge abhält. Zu viele Leute, zu viel Personenverkehr. An dem wesentlichen kleineren Küstenhaus ist das nicht der Fall. Das liegt abgeschieden, ist kaum einsehbar es herrscht wenig Verkehr. Zudem sind mir dort im Sand Reifenspuren aufgefallen, ähnlich dem Profil, das mir vor dem Haus in Damaskus aufgefallen war. Das ist nur so ein Gefühl, aber ich glaube, dass der Konvoi mit den beiden Range Rover dort war.»
«Du weißt schon wie riskant das ist, oder?! Wenn wir in die falsche Bude einmarschieren ist der Scheich alarmiert und macht aus dem Haus, wo die Kleine ist, eine Festung, oder er bringt sie weg. Und das war´s dann.»
Piwi beugte sich vor. «Herrgott David, glaubst Du, mir ist das nicht bewusst? Mir wäre auch lieber ich hätte zwei super eingespielte Einsatzteams, die man zeitgleich in die Häuser jagen könnte. Aber leider haben wir die nicht zur Verfügung. Ich bin die Strecke zwischen den beiden Anwesen heute Vormittag abgefahren, weil ich wissen wollte, wie lange man im ungünstigsten Fall dafür bräuchte.»
«Und? Wie lange hast Du gebraucht?»

«Knapp fünfzehn Minuten. Wenn man es richtig laufen lassen würde, denke ich wäre die Strecke in der Hälfte der Zeit zu schaffen. Wie ich Dir schon sagte, mein Vorschlag wäre es, mit dem Haus an der Küste zu beginnen. Werden wir dort nicht fündig, müssten wir schnell verlagern. Einen besseren Vorschlag habe ich nicht. Deine Entscheidung, mein Freund.»

«Aber konspirativ brauchen wir danach nicht mehr vorgehen wollen?!»

Piwi schüttelte entschieden den Kopf. «Da brauchst Du Dich dann nicht mehr rein schleichen wollen. Das geht dann nur mit brachialer Gewalt. Und die werden uns ganz schön einheizen, wie Pfadfinder sehen die Jungs dort nicht aus. Wenn ich raten müsste, würde ich sagen, dass das alles ehemalige Angehörige militärischer Spezialeinheiten sind.»

David leerte seinen Mokka und betrachtete den Kaffeesatz in seiner Tasse. *«Jetzt wäre ein Blick in die Zukunft nicht schlecht»,* dachte er bei sich. *«Oder einfach nur ein wenig Hilfe.»*

«Wir machen es so wie Du vorgeschlagen hast», sagte er. «Gleich morgen früh.» Piwi klopfte auf die Schenkel und erhob sich. «Ok, ich muss noch ein paar Sachen besorgen. Wir treffen uns nachher auf dem Zimmer.»

Er ließ David zurück, der versuchte seine Sorgen und Bedenken beiseite zu drängen. Es konnte so vieles schief gehen. Ja, sie könnten dabei sogar ihr Leben verlieren. Er versuchte den Gedanken zu verdrängen. Er ging zur Rezeption und ließ sich mit Deutschland verbinden.

Passau

Die plappernden Stimmen, die Geräusche gummibesohlter Schuhe, die sich hektisch bewegten und auf dem Boden quietschten, das Schrillen eines Telefons, das alles drang nur gedämpft zu ihm durch. Obwohl er sich mit aller Kraft bemühte, konnte er seine Augen nicht öffnen. Er spürte wie ihn etwas anhob. Schaukelnd, sanft wippend, schien er zu schweben. Es war nicht einmal unangenehm. Das wippende Auf und Ab hatte etwas Beruhigendes, etwas Einschläferndes. Die Stimmen und alle anderen Geräusche schienen sich von ihm zu entfernen. Eine alles umfassende Dunkelheit fing an ihn einzulullen.

Es war keine Dunkelheit vor der er sich fürchtete, es fühlte sich warm und wohlig an. Er fühlte keine Schmerzen, keine Angst. Er war sich nicht mal seines Körpers gewahr. Er ließ sich fallen, ergab sich in die völlige Dunkelheit, die ihn willkommen hieß und warm umfing.

Tripolis

David saß schwer atmend, mit dem Rücken an die Mauer gelehnt. Schweiß tropfte von seiner Stirn. Er hatte bereits das dritte Päckchen Wundpuder auf die Wunde gestreut, biss die Zähne zusammen, drückte die Kompresse darauf und begann die Binde eng um seinen Schenkel zu wickeln. Der brennende Schmerz raubte ihm fast das Bewusstsein.
Piwi lehnte ihm gegenüber an der Wand, das Bündel Mensch eng an seine Brust gepresst, während er einhändig das Magazin seiner Pistole wechselte, die er zwischen die Knie geklemmt hatte.
Viel Zeit würde ihnen nicht bleiben, dass wussten sie beide.
«Kannst Du gehen?» flüsterte Piwi.
David bewegte sein Bein und nickte dann. «Wird schon gehen.»
Er wischte sich mit dem Ärmel den Schweiß aus dem Gesicht.
Sie sahen sich lange in die Augen, schließlich nickte Piwi und sie hatten stillschweigend einen Pakt geschlossen. David wusste nicht an welchem Punkt, die Sache aus dem Ruder gelaufen war. Doch, eigentlich wusste er es. Seiner Unbeherrschtheit war es zu verdanken.

Nachdem Piwi gestern Nachmittag in der Stadt zwei identische Overalls und zwei Pilotenkoffer besorgt hatte, waren sie früh zum Landsitz des Scheichs gefahren. Sie hatten den Mercedes unweit des Hauses auf dem Personalparkplatz abgestellt. Ein älterer, aber gut gebauter, Libanese am Empfang blickte sie irritiert an, als David

und Piwi an der Wache vorbei und ins Haus gehen wollten.
«Hey, wo wollt ihr denn hin?» brüllte der.
Piwi drehte sich gespielt langsam um und lief auf den Mann zu.
«Sagen Sie mal, Sie Bauer. Wie reden Sie eigentlich mit mir?»
Wäre er nicht so angespannt gewesen, hätte er, wegen Piwi´s Affektiertheit laut loslachen müssen.
Er hielt ihm seinen eingeschweißten Ausweis unter die Nase.
«Wir sind deutsche Ingenieure und im Auftrag des Scheichs hier. Wir sollen diese Hütte zu einem Smart-Home umrüsten.»
«Zu was?» fragte der mit einem dümmlichen Gesichtsausdruck.
Piwi lachte Kopfschüttelnd und sagte an David gewandt, «Der Bauer weiß nicht was ein Smart-Home ist.»
«Hören Sie guter Mann. Ein Smart-Home ist ein vollautomatisiertes Haus. Man kann damit ganz einfach über sein Smartphone alle wichtigen Systeme im Haus, wie Haustechnik, Haushaltsgeräte, Multimediageräte und so weiter.... Aber was erkläre ich Ihnen das überhaupt?»
Der Mann griff nach einer Liste und suchte den Namen darauf, den er Piwi´s ID Karte entnommen hatte.
«Ich glaube nicht, dass Sie angemeldet sind», sagte der Mann sichtlich nervös.
«Hören Sie zu», sagte Piwi und beugte sich näher an dessen Gesicht.
«Ich bezweifle, dass Sie überhaupt etwas auf dieser Liste lesen können. Seine Hoheit, Scheich Omar Abas bin Raschid al Bukar, hat uns persönlich beauftragt, seine Hütte hier ins neue Zeitalter zu führen. Und es war ihm wichtig, dass das heute noch erledigt wird. Wenn Sie uns nicht hinein lassen wollen, ist mir das ziemlich egal.

Mein Kollege und ich werden wieder gehen, werden mit dem Boot raus fahren, einen Tauchgang unternehmen, danach ein paar leckere Cocktails trinken und uns die Sonne auf den Bauch scheinen lassen. Mir ist das sogar Recht. Aber, zum Teufel, ich bin gespannt wie Sie das dem Scheich erklären wollen.»

Piwi sah ihm lange in die Augen.

Der Mann wusste nicht was er sagen sollte und schien zu überlegen. Er wedelte letztlich nur mit der Hand und deutete Ihnen ins Haus zu gehen.

Sie öffneten die Türe und betraten eine auslandende, ovale Halle an deren Wand sich eine marmorne Treppe nach oben wandt.

David hatte nicht damit gerechnet, dass so früh schon jemand im Haus sein würde. Außer den beiden Wachmännern, die sich in einem Salon unterhielten, fielen ihm mehrere Bedienstete auf, die dienstbeflissen durch die Gänge huschten. Ihn überkam ein Verdacht.

Piwi gab ihm ein Zeichen, dass sie sich trennen sollten und deutete David nach oben zu gehen. David nickte und begann langsam die Treppe empor zu steigen.

Oben angelangt war er unentschlossen, ob er dem linken oder dem rechten Korridor folgen sollte. Die Architektur des Hauses war beeindruckend. Es vereinigte geschickt orientalische Elemente mit der Moderne. Der Korridor wurde von mehreren bögenartigen Durchgängen dominiert, dazwischen waren in der Decke verschiedenfarbige Oberlichter eingelassen, die das Licht prismenartig brachen und den Raum in warme Farben tauchten.

Die Bögen waren mit arabischen Schriftzeichen aus dem Koran verziert.

Aus einem der Räume vernahm er Stimmen. Er stellte seinen Koffer ab und kramte daraus den Stromdetektor hervor den Piwi besorgt hatte.

Keine Sekunde zu spät hatte er das Gerät eingeschaltet, als eine betagte Frau aus dem Raum, aus dem die Stimmen gekommen waren, in den Flur trat. Die kleine, rundliche Frau beäugte ihn kritisch unter ihrem Hijab. David nickte ihr, sorgsam darauf bedacht ihr nicht direkt in die Augen zu sehen, höflich zu. Er wandte sich der Wand zu und lies das Gerät in seiner Hand über die Mauer gleiten, welches sofort pfeifende Töne von sich gab. Sie schien sich danach nicht weiter für ihn zu interessieren und stieg gebeugt die Treppe hinab. David schlug das Herz bis zum Hals. Er wartete bis er außerhalb ihres Sichtfeldes war und ging, den Detektor weiter in der Hand, langsam der Korridor hinunter. Vor jeder Türe verharrte einen Augenblick und horchte angestrengt. Als er eine weitere Türe passierte, hörte er Stimmen und Geräusche. Er ordnete sie jedoch einem laufenden Fernsehgerät zu und wollte schon weitergehen, als er den Kopf, noch näher zur Türe geneigt, horchte und erstarrte. Er konnte die Stimmen zunächst nicht verstehen, aber es handelte sich unzweifelhaft um Deutsch, was aus den Lautsprechern des Fernsehers drang.

Eine Kindersendung, dessen Name ihm entfallen war. Sein Herz schlug bis zum Hals, als er langsam den Türknauf drehte. *«Bitte lass sie nicht verschlossen sein»*, flüsterte er.

Sie war es nicht. Er betrat einen kleinen Vorraum, dem sich, wieder durch einen dieser imposanten Bögen getrennt, ein großer Raum mit einer gewaltigen Glasfront anschloss, die einen bezaubernden Blick auf das Mittelmeer dahinter bot. Eine Brise wehte vom Meer her durch die geöffneten Terrassentüren und bewegte sanft die Gardinen. Er trat tiefer ein und bemerkte die Wache nur aus dem Augenwinkel. Ein bulliger Araber in einem schwarzen Anzug, saß links des Bogens in einem Sessel und blätterte gelangweilt in einer Broschüre. David ließ seinen Blick durch den Raum schweifen.
Er erkannte sie augenblicklich und er musste sich sehr beherrschen nicht augenblicklich ihren Namen laut auszurufen. Sie saß, ihm den Rücken zugewandt, auf einem riesigen Bett, trug ein dünnes Nachthemd und ihre Haare waren zu einem Pferdeschwanz gebunden.
Einen kleinen Teddybären eng an ihre Brust gepresst, wippte sie sanft vor und zurück und schaute in den riesigen Flachbildschirm an der Wand, auf dem eine Cartoonserie flimmerte, deren Geräusche er auf dem Gang vernommen hatte.
David hoffte, dass sie sich nicht umdrehen würde. Er trat durch den Bogen, den Blick starr auf den Detektor in seiner Hand geheftet.
«Wer sind Sie und was wollen Sie hier?» Der Araber war zu Tode erschrocken aufgesprungen, da er David nicht hatte kommen hören.
«Ich bin Ingenieur und führe hier einige Messungen durch», antwortete David beiläufig. «Ich bin gleich wieder weg.»
«Opaaaaaaa!!!!!!!» drang es laut vom Bett herüber.
Der Blick des Arabers huschte irritiert zwischen dem Kind und David hin und her.
Seine rechte Hand glitt unter sein Jackett.

David reagierte blitzschnell, blockierte mit der linken seinen Arm, die rechte Faust schoss hart und präzise vor und traf den Kehlkopf des Arabers, dessen Aufschrei in einem gequälten Röcheln und Gurgeln erstickte. David trat behände mit einem Schritt hinter den Mann, legte seinen Arm um den Hals und drückte zu. David hätte Chloé diesen Anblick gerne erspart, aber er konnte kein Risiko eingehen. Wild strampelnd versuchte sich der Araber Davids eisernem Griff zu entwinden, der jedoch gnadenlos zudrückte, bis jegliche Gegenwehr erstarb und er leblos zu Boden sank. David zog den erschlafften Körper des Mannes zu einer Türe, hinter der er eine Toilette oder ein Badezimmer vermutete. Mit dem Ellbogen stieß er die Türe auf hievte den toten Körper in die Badewanne.

Er schloss die Türe sorgsam nach sich trat zu dem großen Bett.

Chloé kniete, den Teddy immer noch eng an ihre Brust gedrückt auf dem Bett. Als sie ihn mit großen Augen ansah, kullerten dicke Tränen über ihre Wangen. Es schien, dass sie ihren Augen nicht recht trauen mochte.

«Hallo mein Schatz!», sagte er flüsternd als er sich auf der Bettkante nieder ließ.

Als er seine Arme ausbreitete hüpfte sie hinein und versank weinend in seinen Armen.

David sprach beruhigend auf sie ein und wiegte sie sanft hin und her.

«Ich bring Dich jetzt nach Hause, mein Schatz. Aber wir müssen gleich gehen und Du musst mir versprechen, dass Du ganz, ganz leise bist. Kannst Du das?»

Mit großen, verweinten Augen sah sie an ihm empor und nickte,

sodass ihr Pferdeschwanz aufgeregt auf und ab hüpfte.
David sah sich im Raum um, entdeckte aber nirgends Kleider oder Schuhe, weshalb er beschloss sie, so wie sie war, mitzunehmen.
Er drückte sie an sich und küsste ihren Kopf.
«Was haben Sie hier zu suchen?»
David zuckte zusammen, fing sich aber schnell wieder.
Ein feister Kerl stand unter dem Bogen. Außer einer Unterhose trug er nur einen dünnen, seidenen Morgenmantel, den zu schließen er für unnötig zu halten schien.
Obwohl er die traditionelle Kufiya nicht trug, erkannte ihn David sofort. Sein Verdacht hatte sich bewahrheitet. Der Scheich war hier.
Seine massigen, fetten Hände, an denen mehrere Ringe blitzten, in die Hüfte gestemmt, sagte er: «Ich habe Sie etwas gefragt. Wer sind Sie und was haben Sie hier zu suchen?»
David entließ Chloé aus seinen Armen, erhob sich langsam und trat einen Schritt auf den Scheich zu.
«Mein Name ist David Sprenger. Und das…» er deutete hinter sich, «ist meine kleine Enkelin. Ich werde sie jetzt hier raus bringen.»
«Das werden Sie nicht tun. Schließlich habe ich für den kleinen Engel dort, ein Vermögen gezahlt.» Er lächelte schmierig und entblößte zwei Goldzähne.
«Was sind Sie nur für ein krankes Arschloch?» spie David ihm entgegen.
«Sich an einem wehrlosen, unschuldigen Kind zu vergehen.»
Der Scheich bellte ein heiseres Lachen.
«Dafür ist sie noch zu jung. Aber in zwei, drei oder vier Jahren wird sie das Juwel meines Harems sein.»

David spürte eine unbändige Wut in sich.
«Sie kommen hier ohnehin nicht hinaus.
Also lassen sie den kleinen Engel hier und verschwinden sie, woher Sie gekommen sind.»
«Komm Chloé», sagte David. Sie sprang in seine ausgebreiteten Arme. «Ich werde jetzt gehen, versuchen Sie doch mich aufzuhalten.»
«Nur über meine Leiche», grinste der Scheich.
«Nein», dachte David, *«das wäre zu gnädig für Dich, du verdammtes Dreckschwein.»*
Er drückte Chloé eng an sich, verbarg ihren Kopf an seiner Brust, zog seine Pistole, zielte und schoss.
Mehrere Stufen nehmend hastete er mit Chloé die Treppe hinunter. Piwi kam aus dem Salon gerannt und warf David einen vorwurfsvollen Blick zu, der zu fragen schien: «*Was hast du getan*?»
Die Schmerzensschreie des Scheichs drangen bis in das Erdgeschoss. Es würde nur Minuten dauern, bis sein Geheul auch den letzten seiner Wachen alarmiert haben würde.
«Bring sie hier rein. Rasch!» herrschte Piwi ihn an. David stellte Chloé im Salon auf die Beine und Piwi legte ihr eine schusssichere Weste um, in der sie hoffnungslos versank. Piwi riss an den Klettverschlüssen und versuchte sie, so gut als möglich, anzupassen. «Es wird genügen», sagte er. Chloé sah irritiert an sich hinab. «Das ist aber ein komisches Kleid, Opa? Das ist ja viel zu groß!»
«Du siehst ganz bezaubernd darin aus mein Schatz», er küsste sie auf die Stirn, hob sie hoch und nickte Piwi zu.

«Bereit?» wollte Piwi wissen und warf ihm eine der Maschinenpistolen zu.

David blies hart die Luft aus, «Ja bereit.»

Piwi ging ihnen voran und schoss auf alles was sich ihnen in den Weg zu stellen versuchte, während David Chloé abschirmte, die sich an seine Brust kauerte und beide Hände über ihre Ohren gelegt hatte. Vom Parkplatz her näherten sich fünf bewaffnete Wachen, die ihnen den Rückweg zum Fahrzeug versperrten. Piwi deutete nach links und feuerte mehrere Salven in Richtung der Männer ab, die sich sofort hinter die geparkten Autos warfen. Sie begannen sich rennend durch den Hain zu kämpfen.

Dornige Äste peitschten David ins Gesicht, die ihm die Haut aufrissen. Schützend hob er seinen freien Arm vors Gesicht und Kämpfte sich weiter durch das Geäst. Plötzlich pfiff eine Kugel dicht an seinem Ohr vorbei und schlug nur wenige Meter vor ihm in den Stamm eines Baumes. David reagierte instinktiv, ließ sich nach hinten auf den Rücken fallen, riss die Maschinenpistole hoch und schoss über Kopf. Er feuerte einmal, zweimal, erst der dritte Schuss fand sein Ziel und der Mann, der bereits gefährlich nahe heran war, brach tödlich getroffen zusammen. David drehte sich, soweit es Chloé an seiner Brust zuließ zu Seite und beobachtete das Dickicht. Nichts.

«Los weiter!», drängte Piwi. «Zu dem Haus da vorne.» David hatte sich aufgerappelt und beschleunigte seine Schritte. Das Lauftraining machte sich bezahlt, obwohl es ungleich schwieriger war, mit der Kleinen auf dem Arm, in einen Rhythmus zu finden.

Chloé wurde bei jedem Schritt heftig durchgerüttelt langsam und

ermüdete sein linker Arm. Fünfzig Meter, vierzig Meter, dreißig Meter, gleich würde er das Haus erreicht haben.
Piwi hatte hinter einer Mauer bereits Deckung bezogen und gab David Feuerschutz. Er hörte den Schuss nur von fern und eine Millisekunde später knickte er ein. Um Chloé nicht zu zerquetschen, ließ er sich zur Seite fallen und schlidderte einige Meter, bis er zur Ruhe kam. Als er an sich hinunter schaute, bildete sich sofort im Stoff seiner Jeans, auf seinem Oberschenkel, ein dunkelroter Fleck, der schnell zu wachsen begann.
«Verdammt», flüsterte er. Er brachte sich in eine halb kniende, halb stehende Position und robbte so weiter dem Haus und der schützenden Mauer entgegen. Piwi zielte mit der MP im Anschlag auf ein Ziel, dass David verborgen war. Der Schuss war ohrenbetäubend laut, dann ein erstickter Schrei.
David hechtete mit letzter Kraft hinter die Mauer und sank rücklings an ihr hinunter.
«Nimm mir die kleine ab, Piwi», bat David.
Piwi streckte die Arme aus. «Komm mein Schatz. Kommst Du mal zu mir?»
Chloé hatte Piwi noch nie im Leben zuvor gesehen, aber sie schien instinktiv zu spüren, dass sie ihm vertrauen konnte. Bereitwillig reckte sie ihre Ärmchen aus und lies sich von Piwi hochheben.
«Hey meine Kleine. Vor mir brauchst Du keine Angst zu haben. Mein Name ist Pit, ich bin ein Freund Deines Opas.»
David versorgte seine Schussverletzung und saß, immer noch nach Atem ringend, an die Mauer gelehnt.
Das Projektil hatte seinen Oberschenkel durchschlagen, aber zum

Glück seinen Knochen nicht getroffen. Mit einem Schussbruch hätte er unmöglich weiter gehen können.
«Wie viele?» erkundigte sich David.
«Zwei aus südlicher, zwei aus westlicher, drei aus nördlicher Richtung und nach Osten habe ich keine Sicht.
«Fuck!» fluchte David, als er ein neues Magazin in die Maschinenpistole gleiten ließ.

Passau

Betretend schweigend saßen sie einander gegenüber. Helena schluchzte. Kai hatte den Arm um sie gelegt und redete tröstend auf sie ein.
«Hast Du seine Frau schon angerufen, Blanka?» fragte Nils. Blanka, die ihr Gesicht in den Händen vergraben hatte, nickte bejahend.
«Sie ist auf dem Weg hierher», drang es gedämpft dahinter hervor. «Ich wäre froh, wenn Du Dich um sie kümmern würdest, wenn sie da ist.»
«Selbstverständlich», entgegnete Nils.
Blanka wischte sich die Tränen aus dem Gesicht und fuhr sich mit den Fingern durch die zerzausten Haare.
«Helena?», sagte Blanka leise.
Mit leerem Blick und geröteten Augen sah sie zu Blanka auf.

«Helena, wie weit bist Du?
Sie brach erneut in Tränen aus.
«Helena», sagte Blanka scharf. «Reiß Dich bitte zusammen.
Es ist für uns alle schwer, aber wir dürfen jetzt nicht den Mut verlieren, hörst Du?»
Helena war unter den scharfen Worten Blankas zusammen gezuckt. Sie schnaubte sich geräuschvoll die Nase und richtete sich auf.
«Die Lösung ist fertig. Aber wie Patrick schon vermutete, hat die Menge gerade für zwei Testreihen ausgereicht.»
«Na und?» drängte Blanka ungeduldig.
Helena nickte. «Die Tests waren positiv, die Aptamere waren stabil, haben erfolgreich an befallene Wirtszellen angedockt und das Virus inaktiviert. Genauso wie Patrick es gesagt hatte.»
Blanka sprang auf und klatsche begeistert in die Hände. «Gott sei Dank!»
Kai dämpfte ihre Euphorie sogleich wieder. «Wir bekommen aber so bald keine Komplementär-RNA, um das Serum in großer Menge herzustellen.»
«Wie lange?» erkundigte sich Blanka mit bangem Blick.
«Mindestens zwei Wochen, eher drei.»
Blanka sank erschöpft auf ihren Bürostuhl. «Gottver…! Soviel Zeit haben wir nicht. Die Menschen sterben wie die Fliegen. Wir liegen mittlerweile bei Rund 78.000 Todesopfern und beim sechsfachen an Infizierten. Mit jedem Tag, den wir verlieren, sinkt die Chance, die Pandemie einzudämmen. Habt ihr alle Labore angeschrieben?»
Kai nickte.
«Zwei haben bereits mit der Produktion angefangen und die

Aachener Firma produziert mit Hochdruck Silicium-Nano-Partikel.»
«Ich werde mich darum kümmern», versprach Blanka.
«Vielleicht kann ich denen ein wenig Feuer unter dem Hintern machen. Versucht bitte trotzdem noch weitere Labore zu akquirieren. Ihr entschuldigt mich bitte, ich treffe mich gleich mit diesem Bengston.»
Sie schlüpfte in ihre Jacke und verließ den Container.

Sie fuhr nicht gerne selbst, weshalb sie sich üblicherweise mit dem Taxi chauffieren ließ. In diesen Tagen war es schwer ein Taxi zu bekommen. Viele Menschen waren gar nicht mehr zu Arbeit erschienen und hatten sich aus Angst vor einer Ansteckung zu Hause verbarrikadiert. Sie hatte sogar vereinzelt gehört, dass Menschen begannen ihre Wohnräume mit Schwefel auszuräuchern oder ähnliche okkulte Dinge zu treiben. In den Straßen türmte sich der Müll und begann erbärmlich zu stinken, weil niemand mehr da war, der ihn hätte abführen können. Viele Geschäfte und Läden blieben geschlossen und nur hie und da fand man ein Restaurant, das noch geöffnet hatte. Nur vereinzelt begegneten ihr Menschen. Es war eine absurde, beinahe groteske Szenerie, das Militär, mit Gasmasken bewehrt, durch die Straßen Passaus patrouillieren zu sehen, um Plünderungen Einhalt zu gebieten. Die Polizei war lange schon überfordert. Gerade dort gab es sehr viele Krankheits- und Todesfälle, was für Blanka nicht weiter verwunderlich war, da die Polizisten am häufigsten dem Krankheitserreger ausgesetzt waren. Viel zu spät hatte man begonnen, sie mit entsprechenden Schutzausrüstungen zu versorgen.

Kaum zehn Minuten nachdem sie das Labor verlassen hatte, traf sie im Restaurant ein, das bis auf den letzten Platz besetzt war. Suchend schweifte ihr Blick durch das Lokal, bis sie Bengston, winkend am anderen Ende des Saals, ausmachte.
Sie eilte hinüber und entschuldigte sich. Bengston machte eine wegwerfende Handbewegung.
«Ich bin selbst erst vor einer Minute angekommen», sagte er.
Irgendwo im Lokal war ein Husten zu hören alle Köpfe schienen sich nach dem potentiellen Virenträger umzusehen. Nur langsam wurden die Gespräche danach wieder aufgenommen.
«Ich hoffe, dieser Albtraum ist bald zu Ende» flüstere er.
«Sie haben Recht. Und mit etwas Glück ist er vielleicht bald Vergangenheit.»
«Wie meinen Sie das», fragte er überrascht.
«Dr. Sprenger war erfolgreich», sagte sie hinter vorgehaltener Hand. Wir haben einen injektionsbereiten Wirkstoff, den wir aber leider noch nicht in großen Dosen herstellen können, weil es an Rohstoffen fehlt», fuhr Blanka fort.
«Oh, das ist sehr bedauerlich. Wie lange wird es dauern?»
«Zwei Wochen mindestens.»
Sie gaben bei einem Kellner ihre Bestellung auf, der sich aufrichtig für die Verzögerung entschuldigte.
«Wie weit sind Sie mit ihren Ermittlungen?» erkundigte sie sich.
«Sie sind unsererseits fast abgeschlossen.» Er nippte an seinem Wasser. «Mir ist bei der Durchsicht von Larssons Email Korrespondenz etwas aufgefallen, was ich mir nicht erklären kann. Er hatte seinen Email Verlauf sehr gründlich gelöscht, weshalb wir nur teilweise die

Mails wieder herstellen konnten. Wir sind da aber auf eine Mail gestoßen, in der er offenbar bei einer Firma irgendetwas bestellt hatte. Geordert hatte er es im Auftrag des ECDC, aber offensichtlich aus eigener Tasche bezahlt. Zumindest konnten wir das über seine Kontenbewegungen nachvollziehen. Haben Sie eine Vorstellung, was es gewesen sein könnte, was Larsson bestellte?»

Blanka schüttelte nachdenklich den Kopf. «Beim Besten Willen nicht, zumal er eigentlich gar nicht legitimiert war, im Auftrag des ECDC, irgendwelche Bestellungen vorzunehmen. Was er bestellt hatte, war der Mail nicht zu entnehmen?»

«Nein, leider nicht. Aber die Mail ging an eine Biotec-Firma mit dem Namen AKZ BioDesigns.»

Blanka erstarrte «Wie sagten Sie war der Name?»

«AKZ BioDesigns», wiederholte Bengston.

«Ich habe diesen Namen erst kürzlich gehört. Entschuldigten Sie mich kurz.» Sie kramte ihr Handy aus der Handtasche und wählte Helenas Nummer.

«Helena?» Blanka hier. «Wie hieß doch gleich die Firma bei der Nils die Komplementär-RNA in Auftrag gegeben hat?»

Bengston beobachtete sie gespannt. Sie zupfte sich nervös an der Unterlippe.

«Nein! Wirklich? Und Du bist ganz sicher? Tu mir bitte einen Gefallen und schau im Kryo-Schrank, ob dort Produkte von AKZ BioDesigns eingelagert sind.»

Quälend langsam verstrichen die Sekunden, in denen sie nervös auf der Unterlippe kaute.

«Ja?» Sie lauschte aufmerksam Helenas Stimme und unterdrückte

mit der Hand einen Aufschrei. Tränen der Freude standen in ihren Augen.
«Ich danke Dir Helena, ich komme so schnell wie möglich zurück.»

Tripolis – Libanon

Unaufhaltsam rückten die Wachen näher, schlossen gnadenlos den Ring um sie immer enger und schnitten ihnen jegliche Fluchtmöglichkeiten ab. Chloé saß zusammengekauert, mit angezogenen Knien, in der Ecke und hatte ihr Arme schützen über ihren Kopf gelegt. David richtete sich hinter seiner Deckung auf, hob die Waffe, feuerte und traf einen der Männer, der gekrümmt zusammen brach. Er konnte sich gerade noch hinter die Mauer ducken, als die verbliebenen Schützen sofort mit einem Sperrfeuer antworteten. Putz, Staub und Mauerteile regneten auf sie herab, als ein Kugelhagel über und hinter ihnen ins Mauerwerk einschlug. Querschläger pfiffen heulend an ihnen vorbei.
Piwi gab aus der Deckung heraus immer wieder kurze, präzise Feuerstöße ab. Zwischen den Pausen, des ratternden Stakkatos seiner Maschinenpistole, vernahm er das leise Wimmern Chloés.
David ließ, sich hektisch nach allen Seiten umschauend, ein neues Magazin in die Waffe gleiten. Ihre Gegner hatten sich bereits bis auf zehn Meter angenähert.

Ihr verbissener Widerstand war aussichtslos, aber er wusste das Piwi genauso empfand. Er würde sich niemals kampflos ergeben. David war sich sicher, dass die Männer klare Anweisungen hatten und dem Kind nichts geschehen dürfe. Mit ihnen würde man kurzen Prozess machen, daran hegte er nicht den geringsten Zweifel. Für eine Sekunde schloss er die Augen und rief sich Beates hübsches Gesicht ins Gedächtnis.

Als sie gestern telefonierten, er hatte sie aus dem Hotel in Tripolis angerufen, hatte er ihr versichert, wie sehr er sie liebt. Sie schien gespürt zu haben, dass es, als sie sich verabschiedeten, ein endgültiger Abschied sein könnte. Unter Tränen, waren ihren letzten Worte: «Ich liebe Dich, David.» Sie hatte ihn nicht, wie sonst, beschworen, ja auf sich aufzupassen, oder vorsichtig zu sein. Beate war eine starke Frau, sie würde es verarbeiten, dessen war David sich sicher und er hatte Sorge getragen, dass sie nach seinem Tod gut versorgt wäre.

Er atmete tief ein und konzentrierte sich wieder auf das Hier und Jetzt. Mit einem Schlag auf den Verschlusshebel lud er die Maschinenpistole durch, erhob sich, den brennenden Schmerz in seinem Schenkel ignorierend, hinter seiner Deckung. Mit der Wut der Verzweiflung hielt er auf die Männer an und feuerte bis das Magazin geleert war und seine Waffe nur ein verhöhnendes Klicken von sich gab. Er schleuderte sie in die Ecke und zog die Pistole. Es schien überhaupt kein Ende zu nehmen, immer mehr bewaffnete Männer stürmten heran. Es gelang ihnen, sieben weitere heranstürmende Gegner auszuschalten.

«Ich bin leer», schrie Piwi. Er war hinter seiner Deckung abgetaucht und hatte schützend die Arme um Chloé gelegt.

Mit der Pistole musste David präziser anhalten als mit der Maschinenpistole, aber er hatte bei jedem Schuss leise mitgezählt. Auch die Patronen in seiner Pistole würden bald zur Neige gehen. Vier, zwei, noch eine… Klick! «*Das war´s*», dachte David. Ihre Gegner schienen die Situation augenblicklich erkannt zu haben und stürmten aus allen Richtungen auf sie zu.
Sie bellten Anweisungen, die David nicht verstand.
Gerade als er die Pistole fallen ließ und sein Hände im Nacken, als Zeichen seiner Kapitulation, verschränkt hatte, zerrissen plötzlich mehrere gewaltige Explosionen die Luft. Aufwirbelnder Staub und beißender Rauch breitete sich aus und hüllte sie hustend ein, nahm ihnen die Sicht. Ein ohrenbetäubendes Tosen setzte ein und riss sie beinahe von den Beinen.
Knattern von Schnellfeuerwaffen, wieder folgten Explosionen. Dichte Rauchschwaden raubten David die Sicht, als unvermittelt ein Mann zu seiner Linken auf ihn zugestürmt kam, der mit erhobener Maschinenpistole zu einem Hieb ausholte. Mehrere Schüsse brachen und der Mann fiel, stolpernd und mit ungläubig aufgerissenen Augen, sterbend zu Boden. Mit den Schüssen hatte auch David etwas hart im Rücken getroffen, seine Beine knickten ein und mit rudernden Armen fiel er. Hart schlug er auf dem Steinboden auf. Ein brennender Schmerz, der einem Höllenfeuer glich, breitete sich aus und raubte ihm schier die Sinne. Gestützt auf seine Unterarme kroch er auf Chloé und Piwi zu. Angstvoll schaute sie unter Piwi´s Armen hervor und hatte ihre kleinen Hände nach ihm ausgestreckt. Sie bewegte ihre Lippen und schien etwas zu sagen, das David nicht mehr hören konnte. Dunkelheit umfing ihn.

Passau – eine Woche später

Etwas drang in sein Auge und bohrte sich schmerzhaft weiter in sein Gehirn. Millionen kleiner Sterne explodierten, Lichtblitze flammten auf und verblassten wieder. Stimmen und Geräusche, die ihm völlig fremd und unvertraut waren, drangen dumpf an sein Ohr. Etwas war in seinem Hals, was ihn zu ersticken drohte. Panik überkam ihn. Eine Stimme redete auf ihn ein, er solle seine Augen öffnen. So sehr er es auch versuchte, es wollte ihm nicht gelingen. Jemand oder etwas berührte ihn. Wieder dieser Stimme «Öffnen Sie ihre Augen!»

Schließlich gelang es ihm mit aller Mühe das Lid eines Auges zu öffnen, dann, quälend langsam, das zweite. Nur sehr langsam gewöhnten sich seine Augen an die Helligkeit, während nach und nach schemenhafte Umrisse begannen Gestalt anzunehmen, an Form und Struktur zunahmen, aber sein Gehirn sich weigerte die Informationen zu interpretieren.

«Können Sie mich hören?», sagte die Stimme, die weit entfernt und verzerrt klang.

«Gut, sehr gut!» Er wusste nicht was er getan hatte, was diese freudige Reaktion hervorgerufen haben könnte.

Gesichtslose Wesen standen um ihn herum, schienen auf ihn hinab zu starren. Er schloss die Augen. Vielleicht wären die Gestalten verschwunden, wenn er sie wieder öffnete.

«Lassen Sie ihre Augen geöffnet», drängte die Stimme wieder. Blinzelnd zwang er sich zu tun, wie ihm geheißen wurde.

Dieses Mal fiel es ihm leichter und er gewöhnte sich schneller an den Lichteinfall, auch schienen die Gestalten mehr und mehr an Kontur und Schärfe zu gewinnen. So gut es ging ließ er seinen Blick schweifen und blickte in die Gesichter von Menschen, die er noch nie in seinem Leben gesehen hatte. Oder war er tot und hatte es einfach noch nicht realisiert? Wie aus weit entferntem Zeit und Raum schwebte eine Gestalt auf ihn zu, deren Umrisse sich von den anderen unterschied.

Langsam kam sie näher, schien sich über ihn zu beugen. Klare, blaue Augen sahen ihn an und etwas berührte sanft seine Wange.

«Hallo Schatz. Ich bin es. Erkennst Du mich?»

Eine Träne kullerte aus seinem Augenwinkel, als er fast unmerklich mit dem Kopf nickte. Sie war da! Sie, mit dem Gesicht eines Engels, das ihm in seinen Träumen wieder und wieder begegnet war, die ihn davon abhielt sich ganz der Dunkelheit hinzugeben, die seinen Namen rief und ihn davon abhielt, sich in die niemals endende Schwärze zu stürzen, die ihn gefangen hielt.

Patrick versuchte ihren Namen auszusprechen, aber der Schlauch in seinem Hals ließ seinem Mund nur einen gurgelnden Laut entweichen. Es kostete ihn alle Mühe, als er seine Hand hob und ihr mit zittrigen Fingern eine Träne von ihrer Wange strich. Liebevoll lächelte sie ihn an.

Er war unwillkürlich an den Film Matrix erinnert, als er dreißig Minuten später beobachtete, wie sie ihn, gleich dem Protagonisten «Neo», von allen Schläuchen, Kabeln und Zugängen befreiten, die sie in seinen Körper gelegt hatten.

Als einziges beließ der Arzt einen Venenzugang an der Hand durch den, aus einem Tropf, eine Flüssigkeit zugeführt wurde.
Während der ganzen Zeit war Alina nicht von seiner Seite gewichen. Sein Hals brannte und seine Stimme klang belegt als er sie fragte: «Was ist geschehen? Wie lange bin schon hier?»
«Acht Tage mein Schatz. Nachdem Du im Labor zusammen gebrochen warst, hat man Dich hierher gebracht und in ein künstliches Koma verlegt.»
«Wo ist hier?»
«In die Quarantänestation eines Passauer Krankenhauses. Ich erzähl Dir alles später, zumal ich eh noch ein Huhn mit Dir zu rupfen habe. Du hast mir eine Todesangst eingejagt und ich war so wütend auf Dich, weil Du mir verheimlicht hast, dass Du so krank warst. Aber jetzt möchte Dich jemand sehen.»
Wie auf ein Stichwort ging die Türe seines Krankenzimmers auf und Piwi trat herein. Er trug seinen linken Arm in einer Schlinge. Chloé war nicht zu halten, als sie hinter Piwi´s Beinen auftauchte.
Dicke Tränen kullerten ihre Wangen hinunter als sie kreischend ins Zimmer stürzte. «Papaaaaa», rief sie jauchzend, hüpfte ins Bett und fiel Patrick um den Hals. Eine Ewigkeit hielten sie sich eng umschlungen.
Er würde sie nie wieder los lassen, schwor er ihr flüsternd und küsste ihre Stirn und Wangen.
Sein Vater kam ihm schmerzlich in den Sinn und Alina verstand seinen sorgenvollen Blick.
«Deinem Vater geht es gut. Du wirst ihn später sehen.»
Piwi, der gerührt, in der Türe stehend, das Widersehen beobachtet

hatte, nickte Patrick zu und zog sich lautlos zurück.
Die Ärzte waren erstaunt wie schnell sich Patricks Werte stabilisierten. Obwohl sie keine Zweifel hegten, dass er wieder vollständig genesen würde, bestanden sie darauf ihn noch weitere drei Tage stationär beobachten zu wollen.
Chloé war nicht zu bewegen ihren Vater auch nur ein Minute zu verlassen. Wie eine Klette hing sie an ihm. Sogar nachts hatte sie darauf bestanden bei ihrem Vater in der Klinik schlafen zu dürfen und Alina musste mit Engelszungen auf sie einreden, um sie zum Mitgehen zu bewegen. Die Klinikleitung hätte Alina gestattet bei ihrem Mann zu bleiben, aber sie konnten ihr, in der noch angespannten Situation, kein Bett frei machen, weshalb sie und Chloé nachts in das Hotel zurückkehrten, indem auch Patricks Team logierte. Alina hatte ihm später berichtet, dass ein Team von Kinderpsychologen, sofort als sie mit dem Flugzeug von Zypern nach Deutschland gebracht worden war, Chloé intensiv betreut hatten. Nach allen ersten medizinischen und psychologischen Untersuchungen konnte ein sexueller Missbrauch ausgeschlossen werden. Wie sie auf das erlebte reagieren würde, müsse man in den kommenden Wochen und Monaten intensiv beobachten, aber sie bescheinigten Chloé eine überaus gute Prognose, das Geschehene gut zu bewältigen. Obwohl er fand, dass sie einen unbeschwerten Eindruck machte, gerne und oft lachte, beobachteten Patrick und Alina sie sehr genau.
Sie saßen in der Cafeteria des Krankenhauses.
Chloé hatte einen heidenspaß daran, mit Patrick in dessen Rollstuhl durch die Gänge zu flitzen.

In einer unmöglichen Position, wie Patrick fand, war Chloé auf seinem Schoß eingeschlafen noch bevor Blanka, Helena, Bengston und Piwi in der Cafeteria eintrafen.
Alina hätte Patrick gerne noch etwas geschont, aber er platzte vor Neugierde und bestand darauf endlich alles zu erfahren.
Vor allem wollte er wissen, wie es seinem Vater ging. Alina hatte sich immer nur sehr vage ausgedrückt. Seinem Vater ginge es gut, hatte sie immer wieder beteuert, aber dass etwas geschehen sein musste, war ihr anzusehen. Irgendetwas verschwieg sie ihm.
Kaum das Piwi Platz genommen hatte, begann er ihn auszuquetschen.
Piwi schilderte ihm, wie sie der Spur Salims nach Damaskus und später der Spur Chloés in den Libanon gefolgt waren und wie es ihnen gelungen war Chloé aus dem Haus zu befreien.
«Wir sind, kaum nachdem wir aus dem Haus kamen, in einen Hinterhalt geraten, den wir übrigens einem Spitzel des jordanischen Geheimdienstes zu verdanken hatten. In Damaskus hatten wir uns seiner Hilfe bedient und dachten wir könnten ihm vertrauen. Offenbar ein Fehler, da er sowohl für den GID als auch für den Kalifen zu arbeiten schien. Naja. Jedenfalls hatte Hamit, so hieß er, uns verpfiffen und die Leute des Scheichs erwarteten uns bereits. Nur sind sie davon ausgegangen, dass wir versuchen würden in den Palast einzudringen und haben die Kleine», er deutete auf, die auf Patricks Schoß schlafende Chloé, «in das Küstenhaus des Scheichs gebracht.
Uns war klar, dass wir mit sehr hohem Einsatz pokerten, wir hatten uns für das Küstenhaus entschieden.

Dass wir sie dort gefunden haben, war reines Glück. Nachdem wir aus dem Haus kamen, hatten sie uns die Fluchtwege versperrt. Letztendlich sind wir nur wenige Hundert Meter weit gekommen. Wir konnten uns vor einem älteren Haus verschanzen und uns so gut es ging verteidigen.
Bei diesem wüsten Schusswechsel wurde Dein Vater zweimal angeschossen. Einen Oberschenkeldurchschuss und einen Schuss in den unteren Rücken. Die Situation war eigentlich aussichtslos. Wir hatten keine Möglichkeit zu entkommen Munition hatten wir auch fast keine mehr. Irgendjemand schien wohl ein Einsehen mit uns gehabt zu haben und uns Hilfe geschickt. Wirklich keine Sekunde zu spät. Zwei Einsatzteams der GSG9 haben uns evakuiert und nach Zypern ausgeflogen.
Patrick...», Piwi sah verstohlen zu Alina, «Dein Vater wird vermutlich nie wieder gehen können. Das Projektil wurde zwar von seiner Schutzweste aufgehalten, hat aber beim Absorbieren der Geschoßenergie genau einen Wirbel getroffen. Der Wirbel und das Rückenmark wurden dabei schwer geschädigt, er könnte sehr wahrscheinlich von der Hüfte abwärts gelähmt bleiben. Das tragische daran ist, dass der Schuss von einem unserer Leute kam.»
Patrick hatte sich eng an seine Tochter geschmiegt und ließ seinen Tränen freien Lauf. Alina hielt seine Hand.
«Wo ist er jetzt?»
«In einem Bundeswehrkrankenhaus in Ulm», antwortet Alina.
«Deine Mutter ist bei ihm.
Sie lässt Dich ganz lieb grüßen und ich soll Dir ausrichten, wie sehr es ihr Leid tut, Dich im Moment nicht besuchen zu können.»

Patrick nickte. «Das ist ja selbstverständlich.»
«Und wie geht es ihm?»
«Gut, soweit», antwortete Piwi. «Du solltest Deinen Vater kennen. Er ist ein absoluter Kämpfer und der lässt sich so leicht nicht unterkriegen. Glaub mir, er ist in Ulm in den besten Händen und die besten Neurologen kümmern sich um ihn. Außerdem macht er schon wieder platte Witze.»
«Ja, so ist er. Mein Vater hat sich noch nie unterkriegen lassen.»
Nach einer kurzen Pause fragte er: «Was wurde eigentlich aus dem Kalifen, Salim, Ahmad, diese, wie hieß sie doch gleich, Jasmin den Kindern, die ihr in Damaskus entdeckt habt?»
Piwi lachte. «Langsam, langsam! Der Reihe nach. Salim wurde, als wir ins Haus des Kalifen eingedrungen waren von einer verirrten Kugel getötet.»
«Gut» entgegnete Patrick mit Genugtuung.
Soweit mir bekannt ist, hat der jordanische GID diesen Hamit und Ahmad noch in der Schule, in der wir Salim verhört hatten, einkassiert.» Piwi warf einen fragenden Blick zu Bengston.
«Das ist richtig», meldete sich dieser zu Wort. «Hamit´s Telefon war überwacht worden, nur hat man seinen Anruf nach Tripolis zu spät bemerkt, als das man euch noch hätte rechtzeitig warnen können.»
«Und was haben sie mit den beiden gemacht, Arvid?», wollte Patrick wissen.
«Das kann ich Dir nicht mit Gewissheit sagen. Aber der GID fackelt, meiner Erfahrung nach, in solchen Dingen nicht lange.
«Also sind sie tot?»
«Davon gehe ich aus.»

Piwi fuhr fort zu erzählen. «Dieser junge Taxifahrer hatte, wie er es Deinem Vater versprochen hatte, Jasmin zur jordanischen Grenze gebracht. Wie mir Colonel Ayman berichtete, wurde Jasmin, eine Palästinenserin, im Alter von neun Jahren aus dem Gaza-Gebiet entführt und zur Prostitution gezwungen. Da ihre Eltern bereits tot sind, hat die jordanische Regierung zugesichert, sie in Amman zu behalten und zu betreuen. Man fand einige Tage später die verkohlten Überreste des Jungen in seinem ausgebrannten Taxi. Es wird vermutet, dass er IS-Milizionären in die Hände fiel, die ihn ausraubten und töteten.

«Die Kinder Piwi, die Kinder?» drängte Patrick.

«Jetzt warte doch! Sämtliche Geheimdienste der westlichen Mächte waren scharf auf den Kalifen. Die Amerikaner schienen besonders großes Interesse an dem Kalifen zu haben. Man sagt den Amis ja nach, dass sie Osama bin Laden, als der noch Mudschaheddin-Kämpfer gegen die Russen war, seinerzeit erst groß gemacht hatten. Angeblich, das ist aber auch nur ein Gerücht, soll der Kalif, dessen richtiger Name immer noch nicht bekannt ist, die Waffenlieferung der Amerikaner damals in die Wege geleitet haben.

Der Kalif war der führende Kopf hinter diesem ganzen ISIS Mist.

Nachdem Dein Vater Bengston und auch dem Gemeinsamen Terrorabwehrzentrum in Berlin die GPS-Daten des Kalifenpalastes gemailt hatte, haben sich die CIA wie die Geier auf die Infos gestürzt. Die US Regierung hat die Special Forces dorthin entsandt und das Haus dem Erdboden gleichgemacht. Die Kinder, zwölf waren es, erlitten dasselbe Schicksal wie Jasmin.

Man hat sie bereits ihren Eltern zurück gebracht.

Und bevor Du mich wieder drängelst… Den Kalifen haben sie im Palast des Scheichs in Tripolis einkassiert.
Bengston nickte. «Wie ich gehört habe, sitzt der bereits in Guantanamo.»
«Und der Scheich?»
«Naja», räusperte sich Piwi, «dem hat Dein Vater den Schwanz weggeschossen.»
Blanka und Helena gluckten.
«Verzeihung die Damen», Piwi´s Wangen liefen rot an.
«Lebt der noch?» fragte Patrick überrascht.
«Das war Davids Absicht. Zurzeit wird der noch in einem Krankenhaus in Beirut, unter schwerer Bewachung, behandelt.»
«Die Amerikaner», meldete sich Bengston zu Wort, «haben den Server im Haus des Kalifen ausgewertet und konnten den inneren Zirkel dieses Mädchenhändlerrings identifizieren. Das wird in den nächsten Monaten noch einige Skandale geben, nehme ich an.»
«Und nicht nur das», lächelte Piwi, «auf dem Server konnten die meisten Terrorzellen und Mitglieder der IS-Milizionäre identifiziert werden.
Alle Sicherheitsbehörden weltweit fahnden mit Hochdruck nach den Männern und Frauen.»
Patrick beugte sich, soweit es die schlafende Chloé zuließ, in seinem Rollstuhl nach vorne und ergriff Piwi´s Hand.
«Pit, Alina und ich danken Dir von Herzen. Wir stehen für immer in Deiner Schuld.»
Piwi dessen Gesicht sich puterrot färbte machte eine wegwerfende Handbewegung.

«Schon gut», brummte er, «aber nenn mich bitte nie mehr Pit, ok?»
«Ok», versprach Patrick.
Blanka und Helena, die es vor Ungeduld nicht mehr auszuhalten schienen, rutschten unruhig auf ihren Stühlen hin und her.
«Wie ist es bei Euch gelaufen?», stellte Patrick endlich die erlösende Frage.
«Du hattest Recht, Patrick, Du hattest mit allem Recht», grinste Helena.
Ich habe, nachdem Du im Labor zusammengebrochen warst, die Nano-Partikel hydrokarbonisiert und sie in eine Lösung gebracht. Nachdem wir die Aptamer-RNA-Hybride dazu gemischt hatten, war es allerdings so wenig, dass wir nur zwei Tests durchführen konnten, aber die waren ein voller Erfolg.
Die Aptamere waren stabilisiert, haben wie erwartet an die infizierten Wirtszellen angedockt und das Virus inaktiviert.
«Wie konntet ihr dann so schnell mehr von dem Serum herstellen?» fragte er verblüfft.
Blanka fiel Helena ins Wort, die schon zu einer Antwort ansetzte.
«Wir hatten alle in Europa in Frage kommenden Labore über die Kommission der EU verpflichten lassen unsere Komplementär-RNAse zu produzieren. Wir hätten jedoch erst nach Wochen mit den ersten Lieferungen rechnen können.
An dem Tag, als Du zusammengebrochen bist, hatte ich mich mit Arvid zum Essen verabredet.»
Wie beiläufig hatte Blanka nach Arvids Hand gegriffen.
Patrick musste grinsen und lächelte zufrieden.
«Hierbei hat er mir berichtet, dass P.A. bei einem Labor, namens

AKZ BioDesigns, schon kurz nachdem ihr alle relevanten Basenpaare des Virus identifiziert hattet, Komplementär-RNA bestellt hatte, angeblich im Auftrag des Zentrums. Interessanterweise hatte er die Lieferung aus eigener Tasche bezahlt. 60.000 Euro. P.A. war vieles aber sicherlich kein selbstloser Mensch. Arvid möchtest Du?»

«Das war er ganz sicher nicht. Danke Blanka. Laut unseres psychologischen Gutachters litt Larsson unter einer massiven narzisstischen, passiv-aggressiven Persönlichkeitsstörung. Er hat sich permanent beruflich missverstanden, ungerecht behandelt und unterdrückt gefühlt. Er war der Überzeugung, dass er Direktor des ECDC hätte sein sollen. Larsson war, wie man landläufig sagen würde, Größenwahnsinnig. Wir können eigentlich nur spekulieren, dass P.A. irgendwann Deinen Plan, vielleicht nicht in allen Einzelheiten, erkannte und Dich in Deiner Arbeit soweit sabotierte, dass er irgendwann als der Problemlöser, Retter oder Messias, nennt es wie ihr wollt, dastehen konnte. Deshalb hat er große Mengen dieser Aptamere bestellt, sie sich nach Passau schicken lassen und tiefgefroren eingelagert.»

Patrick schüttelte verständnislos mit dem Kopf.

«Nachdem wir die Lieferung im Kryo-Schrank fanden, konnten wir innerhalb weniger Stunden fast 200.000 Einheiten des Therapeutikums herstellen und über die Gesundheitsämter verteilen lassen», sagte Blanka.

«Du warst übrigens der Erste, an dem wir es ausprobiert haben.»

«Vielen Dank, ich wollte schon immer Laborratte spielen.

Bin ich jetzt ein Cyborg?» fragte Patrick mit einem breiten Grinsen.

«Wir hatten keine andere Wahl», entschuldigte sie sich.

«Du warst dem Tode näher als dem Leben. Wir haben uns alle wahnsinnig Sorgen um Dich gemacht. Hätten wir länger gewartet, wärst Du vielleicht nicht mehr zu retten gewesen. Wir mussten alles auf eine Karte setzen. Beinahe stündlich haben wir Dir Blut abgezapft, um zu sehen, wie sich das Therapeutikum verhält, bzw. wann Deine körpereigene Abwehr zu kämpfen begann.
Einen Tag, nachdem wir Dir *SPRESiO2* injiziert hatten, begann Dein Körper Antikörper in rauen Mengen gegen das Virus zu entwickeln. Die Symptome gingen ebenfalls zurück.»
Er stutzte. «Nachdem ihr was injiziert hattet? SPRESiO2?»
Helena lief rot an. «Das war meine Idee. Eine Kombination Deines Nachnamens und der Chemischen Formel des Silicium Oxids», kicherte sie.
Patrick verdrehte gespielt die Augen.
«Auf jeden Fall…», nahm Blanka das Wort wieder auf, «…haben wir aus Deinem Blut-Serum mit den Antikörpern ein Rekonvaleszentenserum hergestellt, mit dem wir bereits weite Teile der Bevölkerung geimpft haben. Seit zwei Tagen vermelden die Behörden einen deutlichen Rückgang der Infektionsfälle.
«Und das Therapeutikum?»
«Hat bei vielen in der frühen Phase der Erkrankung hervorragend angesprochen. Im späteren Verlauf des hämorrhagischen Fiebers, wenn die massiven Blutungen eingesetzt hatten, waren die Organe bereits so stark geschädigt, dass eine Rettung nur zum Teil oder nicht mehr möglich war.
«Wie schlimm sieht es jetzt aus?» erkundigte er sich.
«Aktuell liegen die Zahlen der bisherigen Todesopfer bei Rund

125.000 Menschen. Seit wir das Therapeutikum verabreichen lassen, ist die Zahl der Todesopfer deutlich gefallen.
Leider ist die Zahl der Infizierten mit Rund 450.000 immer noch sehr hoch, mit Stand heute Morgen sind aber keine neuen Infektionsfälle mehr gemeldet worden.
Ich würde behaupten wir haben die Pandemie im Griff», sagte Blanka mit großer Erleichterung. «Wenn Du mir zustimmst, würde ich meine Presseverlautbarung so verfassen.»
«Einverstanden», antwortete er überglücklich.

Epilog

Die alte Frau war froh, dass sie immer etwas auf die hohe Kante gelegt hatte. Ihr kleiner Laden, lief die letzten Jahre nicht mehr besonders gut und mit dem Ausbruch dieser Pest, sie konnte sich diesen Namen nie merken, sind die Kunden schließlich ganz ausgeblieben. Die letzten vier Wochen hatte sie so gut wie nie das Haus verlassen. Ihr Keller und ihre Lagerräume waren gut gefüllt. Was sie zum Leben brauchte, hatte sie. Sie war ohnehin sehr genügsam, da sie noch nie viel gegessen hatte, was nicht unbedingt auf ihren alten Kater zutraf. Er war sehr eigen, was sein Futter anging. Schnurrend strich er um ihre Beine, als sie sich in der Küche eine Kanne Tee zubereitete.

«Was ist alter Knabe? Hast Du denn schon wieder Hunger?»

Sultan war ein riesenhafter, schwarzer Kater, der ihr vor über zehn Jahren zugelaufen war und seit dieser Zeit hielt er ihr die Treue. Anfangs war sie sich unschlüssig, ob sie ihn wirklich behalten sollte, aber sie musste sich eingestehen, dass sie sich mit ihm weniger einsam fühlte, seit ihr Mann gestorben war. Von Anfang an hatte er sich wie der Herr im Hause gefühlt und sich dementsprechend benommen. Er schlief, wo es ihm gerade bequemte.

Sie griff über sich ins Regal nach der Schachtel und füllte seinen Napf mit Trockenfutter. «Das sollte genügen, Du Fresssack.»

Gleich kommen die Nachrichten. Sollen wir sie uns ansehen?»

Sie trug das Tablett in ihre kleine Stube, stellte es auf dem Tischchen ab und machte es sich in ihrem Fernsehsessel gemütlich.

Erst nach einigem Suchen fand sie den Nachrichtenkanal. Die ganze neumodische Technik bereitete ihr oft Mühe und diese winzigen Tasten auf der Fernbedienung machten es ihr nicht gerade leichter. Sie erinnerte sich, wie schwer es ihr gefallen war, sich mit der neuen Kaffeemaschine im Laden auseinander zu setzen. Viel lieber bereitete sie den Kaffee mit der alten Kolbenmaschine zu, wie sie es seit fast dreißig Jahren tat. Ihre Tochter hatte aber darauf bestanden. «Du wirst sehen, wie viele Kunden Dir das bringt», hatte sie vor zwei Jahren orakelt. Eine völlig sinnlose Investition, wie sie heute wusste. Als sie noch gedankenverloren in ihrer Tasse rührte, begann der Einspieler der Nachrichten.

Guten Abend sehr verehrte Damen und Herren. Meine Name ist Sven Rodenberg und hier sind die 20 Uhr Nachrichten.
In einer heutigen Presskonferenz verkündete die Europäische Seuchenschutzbehörde, dass Ende der Ebola Pandemie.

Eine Lifeschaltung wurde eingeblendet.
«Sieh nur Sultan», sagte sie zu ihrem Kater, der ihr auf den Schoß gesprungen war und sich bereitwillig kraulen ließ. «Da ist der nette, junge Mann, der bis vor ein paar Wochen immer früh morgens auf einen Cappuccino gekommen ist.»
«Was wohl aus ihm geworden ist»? fragte sie sich. Von einem Tag auf den anderen war er fern geblieben.

«…In enger Zusammenarbeit mit der WHO und den nationalen Gesundheitsbehörden, haben wir vor acht Tagen begonnen, Impfseren zu verteilen. Die Bevölkerung ist größtenteils den dringenden Aufrufen nachgekommen, sich gegen das Virus impfen zu lassen. Wir können zum jetzigen Zeitpunkt davon ausgehen, dass wir die Pandemie erfolgreich eingedämmt haben, da die Zahlen von Neuinfektionen nahezu gegen Null gesunken sind. Ich appelliere dennoch, wer sich noch nicht hat impfen lassen, dies dringend nachzuholen auch weiterhin die Sicherheitsvorkehrungen zu beachten.

Im Untertitel des Beitrages stand: B. Gergely, Director European Centre for Disease Prevention and Control (ECDC), Stockholm, Sweden.

«Er sieht blass aus, findest Du nicht? Und eingefallen. Ich hoffe er kommt wieder einmal her. So ein netter junger Mann, Du würdest ihn auch mögen Sultan.»

«…das war der Lifebericht, für sie, aus Passau.

Wie die schwedische Regierung heute verlauten ließ, sind die Ausgangsperren aufgehoben worden. Die Rationierungen von Dieselkraftstoff und Benzin wurden auf 30 Liter pro Woche angehoben. In der kommenden Woche sollen alle öffentlichen Ämter, der öffentliche Nahverkehr und Schulen wieder ihren gewohnten Betrieb aufnehmen. Innereuropäische Fluglinien, so hieß es, sollen nach und nach wieder ihren Flugbetrieb aufnehmen. Internationale Flüge seien davon aber nach wie vor ausgeschlossen.

«Das sind wirklich gute Neuigkeiten», sagte sie leise.

Washington: Wie der US Präsident, Barack Obama, heute in einer Pressekonferenz im Weißen Hauses verlauten ließ, ist es einer US Spezialeinheit vergangene Woche gelungen, einen lange gesuchten Terroristen-Führer dingfest zu machen. Mit seiner Festnahme sei der westlichen Welt ein entscheidender Schlag gegen den weltweiten islamistischen Terrorismus geglückt. Dieser befinde sich zurzeit im Militärgefängnis Guantanamo und soll zeitnah angeklagt werden. Ihm wird u.a. die Planung und Anordnung der Anschläge vom 11.09.2001 auf das New World Trade Center in New York angelastet, so das Weiße Haus.

Tripolis, Libanon:
Wie die libanesische Tageszeitung Al Anwar berichtet, soll sich Scheich Omar Abas bin Raschid al Bukar, langjähriger Vorsitzender der Arabischen Liga, nach einem Herzinfarkt in einer Beiruter Klinik befinden. Sein Zustand wurde von den Ärzten als stabil bezeichnet.
Unbestätigten Berichten zufolge soll Scheich Omar al Bukar im Verdacht stehen, Kopf eines Mädchenhändlerringes zu sein, nachdem vor einer Woche in Damaskus, Syrien, nach einem Gebäudebrand zwölf entführte Mädchen aus einem Haus in einem Damaszener Nobelviertel gerettet werden konnten.
Das waren die aktuellen Nachrichten. Nach einer kurzen Werbeunterbrechung sehen Sie den Wetterbericht für morgen. Bleiben Sie dran, wir freuen uns auf Sie.»

«Ist das nicht schrecklich, was für böse Dinge auf der Welt geschehen? Ich hoffe, dass alles bald wieder seinen normalen Gang geht.

Und morgen lassen wir uns impfen, nicht wahr mein guter alter Sultan?!» Sie küsste seinen Kopf, das er ihr mit einem dankbaren schnurren vergalt. Sie schaltete das Fernsehgerät aus und ging zu Bett.

Es war ein unangenehmer Gang für ihn, denn die Kanzlerin persönlich hatte ihn ins Kanzleramt zitiert. Entgegen seiner Erwartung hatte sie ihn nicht von seinen Aufgaben als Leitenden Koordinator des Gemeinsamen Terrorabwehrzentrums entbunden. Vielmehr eröffnete sie ihm, dass sie ihn der EU-Kommission, als Leiter des neuen Europäischen Terrorabwehrzentrums in Den Haag, vorschlagen wolle. Allerdings rügte sie ihn scharf für seine Vorgehensweise und dafür, dass er ihren Amtsleiter mehr oder weniger erpresst hatte. Ihrem Versprechen, den Vorfall intern zu untersuchen und aufzuarbeiten, kam sie in den folgenden Wochen nach.
Sie erbat sich jedoch absolutes Stillschweigen, was den Einsatz der GSG9 anging und die unautorisierte Beteiligung eines Polizeibeamten. Vier Stunden, nachdem er dem Kanzleramtschef die Pistole auf die Brust gesetzt hatte, waren zwei Einsatzgruppen der GSG9 von Köln aus mit einer Trans-All Maschine der Bundeswehr nach Zypern verlastet worden. Noch als die Maschine in der Luft war fanden Gespräche mit der libanesischen Regierung statt.
Zwei Militärhubschrauber, von einer im Mittelmeer eingesetzten Korvette der Bundesmarine, hatte die beiden Teams auf Zypern aufgenommen und später nach Tripolis weitergeflogen.

Nur zögerlich räumte man später ein, dass man über jeden von Sprengers und Wilkens Schritten, mittels einer eingesetzten Drohne und Satellitenüberwachung, im Bilde gewesen sei. Auf seine Frage, ob Deutschland, im Falle eines Scheiterns Sprengers, interveniert hätte, erhielt er nie eine Antwort.

Offiziell und das war bereits mit dem entsprechenden Länderministerium besprochen, waren er und Wilkens nur auf einer Urlaubsreise durch den Nahen Osten.

Es amüsierte ihn, wie sich die Kanzlerin über die offiziellen Statements der Amerikaner echauffiert hatte. «Die wüssten einen Scheiß ohne uns», hatte sie gesagt. «Einen Scheiß?», er hatte der Kanzlerin ein derartiges Vokabular gar nicht zugetraut.

Er selbst hatte Zweifel, ob der Kalif die Zeit, bis zu einer Anklageerhebung, überhaupt überleben würde. Man hatte in seinem Haus in Damaskus Hinweise auf eine weit fortgeschrittene Krebserkrankung gefunden. Naja, dies sollte kein deutsches Problem sein.

Fakt war, dass eine weltweite Jagd nach aktiven IS-Kämpfern, Schläfern und Unterstützern des Terrornetzwerkes Islamischer Staat begonnen hatte.

Nach den jüngsten Entwicklungen und Erkenntnissen schien keiner mehr Zweifel zu haben, dass es mit der Inhaftierung des Kalifen nicht enden würde. Im Gegenteil, er persönlich rechnete mit einer Verschlimmerung. Dem GTAZ lagen Hinweise vor, die mehr als beunruhigend waren.

«Was ist mit Sprenger?» hatte er die Kanzlerin gefragt.

«Was soll mit ihm sein? Nichts», lächelte sie nonchalant. «Weder die Regierung in Damaskus, noch die libanesische, erhebt irgendwelche

Vorwürfe gegen Sprenger.
Zu ihrem Staatssekretär sagte sie: «Und noch etwas, ich möchte, dass Sprenger und Wilkens für alles entschädigt werden. Sprenger soll die beste medizinische Nachsorge bekommen, die für eine schnelle Genesung erforderlich sind.»

Wenige Tage nachdem Patrick entlassen worden war, schloss er seine Eltern weinend in die Arme. Chloé war überglücklich, ihre Großeltern zu sehen, völlig aufgedreht war sie David auf den Schoss gehüpft. «Opa, darf ich mit Dir im Rollstuhl fahren?» quengelte sie.
«Aber sicher mein Schatz. Wo willst Du denn hinfahren?»
«Ganz egal», piepte sie. «Einfach nur rum fahren.»
Er setzte sie sich richtig auf den Schoss und stieß die Räder an. Wie sie an Fahrt zunahmen, begann sie vergnügt zu quietschen.
«Wie geht es ihm?» fragte er seine Mutter, als David außer Hörweite war.»
«Es geht ihm gut. Erstaunlich gut sogar. Die Ärzte sind guter Hoffnung, dass sich sein Zustand mit der entsprechenden Therapie verbessert und er vielleicht sogar wieder gehen kann. Er hat jedenfalls seinen Mut nicht verloren und ist bereit zu kämpfen. In drei Tagen beginnt seine Rehabilitation. Es wird ein langer Weg, aber ich bin, so wie die Ärzte, guter Hoffnung, dass er es schaffen kann.»
«Und wie geht es Dir Mama?»
Sie lächelte zufrieden. «David ist am Leben, Chloé und euch geht es gut wir haben eine der schlimmsten Pandemien der Neuzeit überlebt, alles andere ist für mich bedeutungslos.»

ENDE

Geb. 1970, verheiratet, Kriminalbeamter;
Seit 26 Jahren im aktiven Polizeidienst; Seine Leidenschaft gilt dem Motorradfahren und dem Gitarre spielen.

Der Thriller «Projekt Goliath» ist sein erster Roman.